煮山记

徐衎——著

孟繁华 张清华/主编

山东文艺出版社

图书在版编目（CIP）数据

煮山记/徐衍著. —济南：山东文艺出版社，2023.6
（情感共同体·80后作家大系/孟繁华，张清华主编）
ISBN 978-7-5329-6873-2

Ⅰ.①煮… Ⅱ.①徐… Ⅲ.①中篇小说—小说集—中国—当代②短篇小说—小说集—中国—当代 Ⅳ.①I247.7

中国国家版本馆CIP数据核字（2023）第062591号

煮山记
ZHU SHAN JI
徐　衍　著

主管单位	山东出版传媒股份有限公司
出版发行	山东文艺出版社
社　　址	山东省济南市英雄山路189号
邮　　编	250002
网　　址	www.sdwypress.com
读者服务	0531-82098776（总编室）
	0531-82098775（市场营销部）
电子邮箱	sdwy@sdpress.com.cn
印　　刷	肥城源盛印刷有限公司
开　　本	710毫米×1000毫米　1/16
印　　张	17.75
字　　数	240千
版　　次	2023年6月第1版
印　　次	2023年6月第1次印刷
书　　号	ISBN 978-7-5329-6873-2
定　　价	66.00元

版权专有，侵权必究。如有图书质量问题，请与出版社联系调换。

总序
80后：一个情感共同体

孟繁华　张清华

"情感共同体"，是新近兴起的历史学流派——情感史研究的概念。这个历史学研究流派被称为史学研究的新方向，它在考量客观事实的同时，还关注到人的道德、行为、信仰与情感等因素。美国学者苏珊·麦特和彼得·斯特恩斯指出，对情感的研究改变了历史书写的话语——不再专注于理性角色的构造，而情感研究已有的成果已经让史家看到，不但情感塑造了历史，而且情感本身也有历史。当然，研究历史与情感的关系和研究文学与情感的关系，是完全不同的两回事。借助历史研究的"情感共同体"概念，意在说明，这个共同体是一个真实的存在，而并非空穴来风。

将80后作家群体看作一个"情感共同体"，当然也只是一个比喻，一如我们此前将70后看作"身份共同体"一样。任何比喻都是有欠缺的，但可以将比喻对象更形象地呈现出来。另一方面，即便是80后本身，他们也从不同的方面将作家看作一个"共同体"。80后有代表性的批评家杨庆祥，写了《80后，怎么办》一书，引起很大反响，特别是在80后群体中，反响更强烈。张悦然说："十年前80后主要是一种反叛形象，主要写的是叛逆青春，那时候的80后肯定不需要《80后，怎么办》这本书。但是到了现在，变化非常大。我的问题在于，这代人是不是变得太快了一点,好像青春结束得太早了一点,一下子就进入了一种很委顿的中年的状态里面。正是在这样快速的消失当中,我们这一代人需要停下来审视自己。"由此可见,杨庆祥的困惑切中了一代人的思想脉络。他书中提出的问题,比如"失败的实感""历史虚无主义""抵抗的假面""沉默的'复数'""从小资产阶级梦中惊醒""我们这一代没有真正的青春""我依然属于弱势群体""能够受到一些公平的待遇就可以了"等,因有极大的"共情性",而受到了同代人的关注。这是80后内部对"情感共同体"认同的一个佐证。但无论如何,杨庆祥还比较客观。他终究还认为"我们是比50后、60后和70后更幸福的一代人"。这当然是另外一个话题。

在现代社会里,每个人都是当然的单个主体,但每一代人也必定有某种共性,虽然这共性也是被建构和解释出来的。80后的共性是什么?也许很难说清楚,杨庆祥的阐释或许也不能说服所有人。要想为他们找一个最大的"公约数",确乎很难。但是,从某种意义上来说,这一代人有着相似的文化与社会境遇,却是事实。这种境遇在我们看来,或许就是一种历史的"错位感"与"迟到感"。他们成长的阶段,刚好是中国社会迅猛变革与走向市场化的年代,他们的童年与青春时代,经历了中国社会价值观的剧烈转换;而等到他们长成的时候,中国的社会已历经世纪之交,进入了一个阶层逐渐固化、机遇相对减少的时期。相对优越的成长环境、比较早地受到关注,与成年后的某种失落之间的落差,带给了这一代人特有的困惑与迷茫。

从这个意义上,与其说他们是一个"情感共同体",不如说是"经验共同体",只是这样说不够清晰和强烈而已。要想说得有效,而不只是"求正确"的话,那么"情感共同体"是一个必要和不得已的强调。但是须知,在情感体验与情感表达之间,也同样存在着巨大的差异,人的个性差异在文学表达中,尤其有决定性的作用,更何况,人所表达的情感，也未必是他内心感受到的真情实感。所以，从根本上说，即便是同代人，他们的创作也未必在同一个声音频道里。因此，恰是这些相同和差异，一起构成了这代人的整体特征。我们必须承认，现在我们讨论的80后作家，与刚刚出道时的80后作家已经非常不同。对那时的80后作家，社会和文学界都有不一样的看法，比如有的人认为，他们过早地被市场裹挟和被书商包装了，他们没有经历上几代作家所经历的那些制度性的历练，所以在他们之中也就"看不到跟经典写作接轨的作者"。同时还有一种看法，就是他们除了书写个人成长经验之外，很难进行真正的"创作"，对社会问题和社会公共事务还不具备处理的能力。

然而时过境迁，经过十多年的锤炼和努力，以及社会不同方面的合力培育，现在的80后已经蔚为大观，且早已实现了"纯文学"意义上的承前启后，逐渐成熟并走向了文学创作和批评的一线。为了培养文学批评队伍，中国现代文学馆已先后邀请了十余届客座研究员，这些人中的相当一部分是80后，十余届中已有数十人，其规模已足以令人生畏。更有第三届客座研究员，还将他们自己命名为"十二铜人"，显然隐含了自我认同的情感关系。鲁迅文学院多次举办"青年作家高级研修班"，参加者也多为80后。更有专门以培养"文学新锐"为己任的文学刊物或栏目，比如专门举荐文学新锐的《西湖》杂志，以及《人民文学》的"新浪潮"，《十月》的"小说新干线"，《北京文学》的"新人自荐"，《作家》的"处女作"，《天涯》的"新人工作间"，《民族文学》的"本刊新人"，《中国作家》的"新实力"等等，都培养了一大批80后作家。正如80后青年批评家行超所说，最近的这二十年，既是中国社会经济、文化思潮、价值取向发生巨大转变的二十年，也是80后一代从青春期的少男少女成长为家庭支柱和社会中坚力量的二十年。80后一代在生理和精神上的全面成长，必然导致如今的80后文学与此前呈现出若干显见的变化，世纪之交那种与市场需求、商业逻辑等相纠缠的青春文学，已逐渐在他们笔下消失，取而代之的，是在内容、主题、艺术手法等多方面都变得更加成熟、更加复杂的多样性的写作。到今天，在纯文学刊物、出版市场、网络文学等各个文学场域，80后作家都占有重要的位置。而这代人写作历程中所经历的变化，恰恰构成了中国文学在新世纪发展流变的一个面向。

从诗歌领域来看，80后的一代，似乎已经没有当年70后登场时那种明显的策略意识。他们既不急于标张自我文化身份的独异性，也不刻意强调与前代的继承性，在诗风上是相当"稳健"的一代。从社会身份看，他们也主要有两类，一类是"学院派"的，一类是"非学院派"的——隐藏于社会各界与三教九流，但共同点是，文化素养都相对较高。其中"非学院派"的一类在写作上更接地气，像丁成、阿斐、唐不遇，还有女诗人中的郑小琼、李成恩，他们都是现实感非常强的诗人，当然表达个性都各自有鲜明特点；而茱萸、胡桑、严彬、王东东则都属学者型的诗人，有很强的学院背景和诗学素养，他们的写作可以说都非常自信，有从容不迫的气度，既充满知性，同时又不掉书袋，殊为难得。这两类诗人，并没有像"第三代"那样分为"民间写作"和"知识分子写作"，他们几乎已经消弭了这些对立和差异。即使是像郑小琼这种出身底层、从"打工诗人"群体中成长起来的写作者，也体现出良好的素养，也写过许多具有先锋气质的，以及"纯粹植物"意义上的诗歌。

总体上，80后一代的文学评论家、小说家、诗人、散文家，已经全面覆盖当代中国文学的各个场域。为了推动这个文学群体的健康发展，鼓励青年作家创作，我们在编辑"身份共同体·70后作家大系"之后，应出版社之约，不得不继续勉力集合"情感共同体·80后作家大系"，深感使命难违，与有荣焉。但实在说，又恐因为年龄阻隔、代沟之障，对他们的理解和阐释其力难逮，说出外行话来，令方家和晚辈嗤笑。所以，多不如少，与其在这里喋喋不休，不如让读者自去判断。

致敬山东文艺出版社的朋友们,他们高瞻远瞩的文学眼光和情怀令我们感佩不已;也致意 80 后的青年才俊,他们的积极响应也令我们倍感欣慰。让我们一起努力,继续为中国当代文学的发展添砖加瓦。

是为序。

目　录

总　序 80后：一个情感共同体　…………　1

煮山记　…………　1
你好，明媚　…………　27
漆　马　…………　43
前方高能预警　…………　69
心　经　…………　85
寸光乍泄　…………　111
肉林执　…………　163
第四十三遍落木　…………　203
红墙绿水黄琉璃　…………　209
栗色沃野　…………　249

后　记　不可靠之言　…………　267

煮山记

春天来了，炳坤老人看见一只白鹤，就跨上去扶稳坐好了。

很快就会有新的老人睡在炳坤老人睡过的床垫上，盖炳坤老人盖过的旧棉被，再把浓痰吐进床底下炳坤老人吐过血的那只痰盂里。小玉躺在邻床上，盯着天花板，怀念了一会儿炳坤老人，发现自己其实并不认识，只知道老人是肺癌，只觉得天花板上脱落的墙皮神似仙人驾鹤图，怎么以前没发现？

从小玉家去人民医院有六种走法，但不管怎么走，最后都要经过一条短街。短街像是医院的一截阑尾，迟迟割不掉，日渐破败，烂尾了。街上现存一家白铁皮加工店、一家寿衣铺子、一家水果店、一家童装店、一家小吃店、一家土产日杂烟花爆竹专卖店以及一个报刊亭，都像淋巴一样结缔于此。

小吃店过去单靠朱阿姨一人打理，如今三个女儿都成人了，有一位馄饨西施的母亲做现成榜样，三个女儿也分别长成了年糕美女、包子美女和面条美女，四美齐集，秀色丰盛，比一屋小吃更可餐。小吃店开在医院正对面，等于医院的半个食堂，病患们原先都以为自己的食欲、性欲经过医院洗礼，很淡很稀了，自以为无欲则刚天下无敌了，化疗都挺过来了，下肢大隐静脉都取出来连上冠状动脉和主动脉了……可一坐进小吃店，他们发现自己依旧软弱，一盘炒年糕、一客小笼包、一碗肥肠面足以动摇他们，不想或不敢走出小吃店，回到医院了。

一个刚做完肠镜的中年男人一边用筷子挑出肥肠面里的猪肠一边告诉面条美女，一星期以后，医生也会从我的肚子里切掉一段肠。面条美女鼓励说，赶紧再来碗肥肠面补一补。中年男人乐了，壮胆似的把两碗肥肠面吃个精光。另一桌，一位正处于哺乳期的年轻妈妈和婆婆相对而坐，年轻妈妈用餐巾纸反复擦拭碗和调羹，婆婆从自带的保温桶里倒出两碗鲫鱼汤。年轻妈妈央告婆婆，通乳师好不容易把我的奶打通，我不想再涨奶发烧啦。婆婆说，一切为了孩子，长辈为小辈牺牲是应该的。包子美女过来上小笼包顺便解围，恭喜当妈妈呀，恭喜当外婆……还是奶奶？婆婆说，奶奶。包子美女笑眯眯地说，奶奶为孙子的奶费心啦。婆婆没话说了。

在小吃店，顾客即上帝。然而不愿做上帝甘当奴隶的不在少数。对于那些打着顾客幌子的爱慕者，三姐妹就是另一番面目了。

"时间不等人呀，我一天比一天老了。"苦追年糕美女而不得的男士怨天尤人。如果是正常顾客，包子美女和面条美女自然面带微笑，一百个欢迎，但是面对大姐的求偶者，她们就不愿忍受这一套老把戏了：这些男人把自己贬得一钱不值，希望她们几句话就重塑他们的信心，他们总是在寻找别人的夸赞。

"你比过去任何一天都光彩照人。"包子美女正话反说。

"你实在比我们母亲年轻太多啦。"面条美女阴阳怪气地说。

求偶者脸色一阵青一阵白的，好像生了蛔虫，实际上他真心想做年糕美女肚里的蛔虫，在悻悻而去之前，再次表明心迹：时间不等人呀，你的心思真叫我猜不透，但是我等你。不料换来包子美女和面条美女更凶猛的嘲笑：老狼老狼几点钟？三点钟。老狼老狼几点钟？天亮啦！时间不等人呀——

当包子美女取代年糕美女的位置，年糕美女自然也占据了包子美女以往的制高点，联合面条美女一起对二妹（姐）的爱情冷嘲热讽。在她们混杂着猪油、葱花、炭火、煤气、面粉等味道的身体的内部，似乎仍住着三个完好无损的小女孩。小玉喜欢看三姐妹恃靓行凶，看那些可怜兮兮的男人持之以恒地示好示弱；看三姐妹对真正的顾客大献殷勤，那是迫于生计的另一种示好示弱；看那些病患大快朵颐，毫不掩饰地对病魔示好，向死神示弱……小吃店每天上演的妥协让小玉倍感亲切，从而原谅自己某些方面的无能为力。某天，小玉穿过小吃店，准备避到后门接一个不想接的电话，不巧撞见面条美女和水果店的阿木在后厨门外气喘吁吁地舌吻，好像两个哮喘病人，一点也没有被泔水桶的酸臭败坏兴致，直到雨滴掉进他们的脖颈里，像小虫子一样爬向灵魂深处，他们才分开来，一前一后从小玉身边跑过，对小玉展露微笑，骄傲的、快乐的、怜悯的笑。

朱阿姨假装不知道小女儿的好事，直到水果店夫妻俩上门说亲，朱阿姨才表现出冷酷的一面。朱阿姨默许女儿们情感上的保守态度，理由是外面骗子多，反正只要安心留在店里，她们是不会被生活为难的。依朱阿姨的设想，她希望三个女儿按年龄大小依次成婚，年糕美女、包子美女，最后才到面条美女，也不乏良婿人选，但最后关头，朱阿姨总是代表女儿先退缩了，她实在没把握把大女儿交到那些她看不透的男人手里，她自己的教训还不够深刻吗？她更不甘心小吃店从此少了一块美丽的招牌。朱阿姨这样安抚另外两个女儿：以你们大姐的年纪，不好找伴娘，你们要结婚没问题，做完伴娘就可以了……

时间不等人。伴娘在长大，新娘在变老，年糕美女认命地留在小吃店做年糕美女，包子美女和面条美女的婚事只好无限期延后，朱阿姨像保育员一样抚育三个女儿。三个女儿全不结婚，外人对朱阿姨家就没什么可挑剔的，而一旦面条美女成婚，将是她两位姐姐嫁不出去的有力证明。"你们不妨先考虑我们家大女儿啊。"朱阿姨认为，使她的女儿中的两个免遭更大的不幸，比她们之中的一个得到幸福更为要紧。水果店夫妇不出所料地打了退堂鼓，水果店老板娘愤愤不平，女大三，至少还抱个金砖，至少还说得过去，大个十三岁像什么话，简直不把我们阿木当人看嘛。

　　小玉多次目睹水果店一家三口在店里支开小折叠桌，好像要数清楚碗里一共有多少饭粒那样，埋头吃掉一日三餐。水果店老板娘不爱说话，但爱唱歌，每周有两天要上老年大学合唱班排练。水果店老板只有喝过酒才会活过来，喷着酒气对老婆儿子哼哼唧唧呜呜咽咽，好像一头斗败的公牛，即将从斗牛场拉到屠宰场。小玉也在婺城公园见过阿木和面条美女约会，坐在角落的石凳上，坐得笔挺，明明都到了晚婚晚育的年龄，还像两个早恋的初中生一样。据阿木穿插在情话中的闲聊透露，水果店夫妇不仅食不言，也是寝不语的。面条美女不无担忧地说，我们在一起久了会不会也变成这样，饭桌上没话讲，到了床上还是没话讲。阿木说，上床了确实没必要多讲，行动最重要。

　　阿木没有告诉面条美女的是，美丽的面条美女并非他的首选，在她之前，他已经相过好几次亲，要么是他妈安排的，要么是他爸托人介绍的，要么他看不上对方，要么对方瞧不上他。水果店夫妇急于让下一代繁衍下下一代，好让死水一样的生活有点波澜。当年水果店夫妇从茶机厂双双下岗，以为生活到头了，走出工厂就是世界末日了，不想绝处逢生，虽然还保有做工人的朴素与腼腆，但水果生意做久了，到底经了世面，也多少具备了资本家的狡黠与得体——她用唱歌释放不说话蓄积下的能量；他借助自家酿的黄酒让酒神附体，使一切愤世嫉俗阴阳怪气都显得合情合理——他们再也不是从前愣头愣脑的仓管员和高级钳工了。

　　提亲失败的水果店老板闷头干掉一碗黄酒，骂骂咧咧，生儿子有什么好，要是生女儿，我老早当外公啦！阿木，你有什么脸挑三拣四的，老子当年做高级钳工多么风光，还不是随随便便就找了你妈，随随便便有了你。水果店老板娘懒得戳破丈夫吹的牛皮，反正他们目标是一致的。不知从何时开始，水果店老板娘匀出一部分唱歌的热情转移到织毛线上，电视打开，调到少儿频道，天线宝宝或者熊出没光头强，作为织毛线的背景乐，偶尔抬头瞄一眼，嘴角有笑意流出。

　　阿木和面条美女准备不顾家庭阻力，自己的幸福自己做主。阿木告诉面条美女，我妈已经做好当奶奶的准备，只欠孙子了。面条美女说，我怕痛的。阿木捏捏女方的双肩说，痛一会儿就没事了，你妈和我妈还不都是好好的。面条美女说，我妈一点也不好，不开张的时候从来不笑。阿木说，我爸我妈开门做生意都不笑的。面条美女说，这样也能做生意？阿木说，感谢这个医院，让我们家有饭吃。说真的，我妈和老年大学的阿姨可以讲一天的废话，我爸更加厉害，和酒友能喝一天一夜，可两人一回家一碰到一起就是哑炮。面条美女说，我妈和我们讲到钞票就停不下来，也经常讲她以前分娩的痛、催乳的痛、哺乳的痛，她每一次生产完都要经历难以形容的情绪低潮，我大姐喝母乳把我妈奶上的结痂吸下来，痛得她冒冷汗，到现在都印象深刻，我妈最羡慕那些乳腺又直又通的女人。阿木说，你也感谢一下人民医院吧，不久的将来，你会在里面生下我们的健康宝宝。面条美女说，我还是怕。阿木赶紧搬出网上看来的情话，陪伴是最长情的告白……输了你赢了世界又如何……一辈子太短只争朝夕，我保证我们一辈子都有说不完的话……面条美女说，我不是怕痛，我怕的是离开妈妈，我也害怕妈妈离不开我。面条美女抽出垫在腰部的枕头，坐起来说，要是哪天我妈一觉醒来发现我不见了，她一定以为自己还在做梦。我妈心重，就像结石病人，心头压着很多石头，就在刚才我突然意识到她把她的一部分石头搬进我心里了。

　　生米没有按计划煮成熟饭，水果店和小吃店的联姻宣告失败，尽管双方家长毫不知情。阿木原本也想假装什么都没发生，他依旧当他的水果店小王子，对父母领来的相亲对象横挑鼻子竖挑眼。可是孝顺母亲的面条美女洗完澡出来，掏了一笔钱给他，房费一人一半，这是我的一半，扣掉上午我买珍珠奶茶的钱，你点一点。阿木这才意识到自己的眼光居然并没有比父母辈高明到哪去，千挑万选结果相中这么一个庸俗货！阿木经受感情创伤的同时，还饱受了很长一段时间自我怀疑的煎熬。

阿木失恋如失聪，对于沉默的家不再难以忍受，甚至对沉默相对的父母多了一些理解。他们都是没有多少童年的人，过早中断了学业，在做工人之前，一个做过营业员，一个做过电影放映员。阿木母亲是家中长女，有一个弟弟两个妹妹，还有一个常年卧床没有任何工分贡献的父亲。阿木父亲是家里的老幺，有一个姐姐和三个哥哥，无奈家道中落，最小的儿子也要早早自立，养活自己……阿木在沉默中忽然想明白一件事：他自己还没有长大，没有被爱过的孩子也不太会爱别人，一如父母，即使年纪一把，也是孩子。二十九岁的阿木没向任何人披露他的重大发现，以一种孩子般的专横自大在地图上选了一个遥远的目的地，留下一封告别信就出走了。信中对于父母的指责套用了一句面条美女的话：你们都是结石病人。

小玉在水果店附近遇到过一个生物学意义上的孩子。那孩子问小玉，你有棒棒糖吗？小玉说，没有。孩子说，这是我的。然后掏出棒棒糖，剥开，塞进嘴里。孩子含着棒棒糖问小玉，你有枪吗？小玉说，没有。孩子说，这是我的。然后掏出一把折纸手枪，瞄准小玉的脑门。小玉卖力配合做出中枪倒地的反应，孩子依然拒绝给小玉看他的枪并反复强调，这是我的！这让小玉想到阿木离开后的水果店老板娘。不幸被阿木言中，水果店老板娘感觉心头大石越变越大，陷入清算的狂热中，衣柜是她的，鞋架是她的，鞋架上所有毛拖鞋及部分塑料拖鞋是她的，窗帘和窗台上的绿萝、宝石花是她的，双人床有一半归她，她还享有四分之一的沙发、五分之三的冰箱、六分之五的取暖器、七分之五的煤气灶。水果店老板娘持续歇斯底里，对丈夫说得最多的就是，这是我的！这是我的！这些都是我的！包括一只偶然经过水果店的流浪猫。小玉发现面对猫脸的老板娘会露出孩子般天真的笑，对流浪猫说的话比对客人、丈夫都要多得多。

"多吃一点，长得快长得壮，这样你能结交到许多年轻漂亮的母猫，它们都会排着队任你挑选。"

"小乖乖，你今天跑哪去了呀？怎么这么脏？赶紧去搞干净，不然今晚没有带鱼吃。"

"怎么流血啦？我和你讲，不要乱跑，待在家里有什么不好的呢？"

"你是不是嫌我啰唆？你不要嫌我啰唆，我都是为了你好。"

这种人与猫的温情对话随着丈夫回家告一段落。水果店老板借口外出拿货，天天去打牌散心，向牌友透露自己的不抵抗政策：没错，她算得一点没错，严格按照夫妻双方购买时的支付比例算出来的，不管我在不在家，我都享有那个家一半的双人床、四分之三的沙发、五分之二的冰箱、六分之一的取暖器、七分之二的煤气灶，我完全不担心无家可归。牌友说，一半的双人床不就是一张完整的单人床。水果店老板说，没错，你讲得一点不错，我现在是一个快乐的单身汉。

水果店老板回家不为别的，拿了钱准备杀回牌局，来把大的。水果店老板娘立即对流浪猫翻脸，厉声呵斥，烦死了，走开！你回来干什么！快走！快走！等到丈夫再度离家，水果店老板娘又四处奔走找寻流浪猫，把猫的前腿重新搭上她的膝盖，小乖乖，不要抛下我好不好……小玉觉得人和猫早晚都要崩溃，都要精神分裂。小玉经常梦到自己走山路、蹚河水，穿过阔叶林、针叶林、灌木丛，翻山越岭，跌倒了，翻山越岭，衣服擦破了，翻山越岭，衣不蔽体了，还在山中。有一天梦醒便乘公共汽车到郊外，下雨前的山，黑黢黢的，显得很近，小玉扯开嗓门大喊，喊出所有的害怕与不甘，焦虑响彻山谷，山谷又把她的喊声送还给她。

流浪猫最近一次被驱逐后就没回来。水果店老板娘只好停止反复无常指桑骂槐的把戏，彻底放弃原先为当奶奶所做的准备。那些纯手工针织的小鞋小帽小上衣小裤子，意外地很有市场，白白便宜了来买水果的客人。水果店渐渐名不副实，边上的童装店也名不副实了。

童装店有个混世小魔王，就是那个曾经掏出折纸手枪扫射小玉的孩子，经常大喊大叫地闯进水果店。水果店老板娘听之任之，孩子嘛，总归吵闹的，想象中的天伦之乐差不多也就这样吧。当初提议开水果店有她的私心，希望余生都活在芬芳的果香里，永远告别工厂仓库那股混合了机油味、铁锈味、霉味而且含有甲醛的恶臭。甲醛超标会使人身上起疹子，肝脏坏死，肾脏衰竭，上岗前的安全培训讲得清清楚楚。好在命运没有苛待这位脆弱的仓管员，生下阿木、退出工厂，好多年后她才停经。水果店老板娘希望子孙后代是全新的，和工厂没有任何瓜葛，立志要用苹果、香蕉、葡萄、猕猴桃，以及离他们生活的地方和他们的生活都很远的番荔枝，给子子孙孙一个甘甜丰美的童年。不忙的时候她就翻一翻字典，找出几个汉字排列组合，给孙子预备了一大堆名字，哪怕作为小名，就像番荔枝有"释迦"这个别称。

童装店老板娘根本不知道水果店老板娘无意竞争，更加不知道自己儿子承载了水果店老板娘一部分隐秘的渴望。童装店老板娘串门到小吃店，和朱阿姨发牢骚，我同隔壁一向无事，想不到人家是闷声发大财，要把我搞倒。朱阿姨笑脸相迎说，讲什么搞倒不搞倒的，市场经济，大家公平竞争。童装店老板娘说，要是你隔壁也开一间小吃店，我希望你还能笑着讲这些大道理。

小吃店的一边是水果店，另一边就是白铁皮加工店。这类店铺通常集中在城北的五金一条街，因此这间特立独行的小店生意一般般。晴天，白铁皮加工店门口的酒店油烟罩、排烟管道、油烟净化器、厂房各类罩、排气除尘系统、不锈钢、镀锌板、铝板反射明晃晃的太阳光，好像一座座银山，唯一能够与之抗衡的只有回收旧手机的老人的三轮车了。

老人蹬着三轮车穿梭于婺城的大街小巷，车上的旧喇叭吃力地喊：旧手机换不锈钢脸盆，一只手机换小盆，两只手机换大盆……满载不锈钢脸盆的三轮车在太阳底下就是一座流动的银山。阴雨天，白铁皮加工店和三轮车都暗淡，店门口就会多出一个老人。老人秃头，皮肤像白铁皮一样白，有一双灰色的大眼睛，极度怕光，只敢在没太阳的时候出来透透气。他大部分时间躲在加工店内隔出的十平方米的单间，很少开灯，逼仄阴暗的环境常常令老人梦回年轻时代，天没亮就下井，地底下又黑又热，空气里的煤尘和毒气弄坏了这位老矿工的肺，让他从年轻开始就咳嗽不止，每天干到天黑，只有星期天才能见到太阳，不敢多看，傍晚微弱的夕照也能把他刺出眼泪来。比肺病和光更可怕的是那种击鼓传花式的厄运，以及面对厄运唯有默默承受的无力感。如果已经两个月没出事故了，矿工就要为自己祈祷了，搭乘提升机下井的每一天都是一次赌博，谁都不知道鼓声什么时候停，厄运像大红花突然砸中某人，每盏矿灯都有编号，于是那个编号就永远死了。

老矿工带着他的编号和一身伤病逃出生天，但击鼓传花仍在继续。老矿工不止一次目睹击鼓的死神通体雪亮，使他无法与之长久对视，耳边只听见越发急促的鼓声，越来越快，越来越急，咚咚咚咚咚咚……老矿工不止一次听广播听到因救护车延误导致患者死亡的事故，强烈要求住到医院附近。白铁皮加工店就脱离五金一条街，突兀地扎在小吃店隔壁惨淡经营，儿子壮志难酬，对老父也就没什么好脸色了。老矿工就像是众多白铁皮成品中的一件，沉默、冷硬、苍白、无人问津——人比自己所造的产品、所使用的工具没多多少个性，没有人对此感到不安。

老矿工唯一能说上话的就剩回收旧手机的老人了。回收旧手机的老人每次走进老矿工的小房间都要说一句，真黑啊，比矿井还黑。老矿工嘿嘿一笑，庆幸黑暗的房间掩盖了凌乱和肮脏。老矿工什么都不舍得扔，破的塑料桶、儿子的钓鱼竿、辣酱瓶、缺一片叶的电风扇、生锈的固体酒精炉、废报纸，以及旧衣服旧裤子旧鞋子，还有一盏永远不会亮的矿灯，全堆在房间里。回收旧手机的老人没话找话再次感慨房间的黑，五瓦的灯泡这才不死不活地亮起来。回收旧手机的老人大开眼界，说我好像走进自己的破烂堆啦。老矿工得意地说，用这种灯泡，电表根本不转。回收旧手机的老人顿时原谅了眼前的昏暗和狼藉。两位老人和旧手机一样都已步入报废行列，最喜欢交流类似的生活智慧。即使远离矿井多年，老矿工仍旧战战兢兢，像遵守从前的安规一样，坚决贯彻执行"赚不到钱就尽量不花钱"的原则，以免酿成坐吃山空的悲剧。老矿工赚到的一点点钱来自医院后门的垃圾池，小玉多次见到老矿工气喘吁吁地从输液瓶、带血的棉球、一次性针筒、一次性口罩、一次性压舌板、一次性橡胶手套这些医疗垃圾中拣出纸板箱，用力踩啊、压啊，仿佛制服一群歹徒。二十八岁的小玉忍不住展望了一下未来，假如老来是这副光景，她情愿三十岁就死掉。

"炳坤走了，八十三岁，高寿了。"回收旧手机的老人的声音仿佛从很深很远的地方传来。

"一个人孤零零活到八十三，有啥意思。"老矿工的声音听上去很冰很凉。

回收旧手机的老人摸了摸自己高耸的鼻子，感慨道："算命先生讲，我这个鼻子叫孤峰，主晚年凄凉的，算得还挺准。哪天天气不好，我带你也去算算？"

"我相信科学的。"老矿工决定尽量待在这个离医院直线距离不到两百米的矿井一样的房间里，不去伤害任何人，也不让任何人来伤害他。

"算命先生说，每个人都不想死，因为不想死，就会产生阴魂，滞留人间，尤其是那些意外猝死的。算命先生说，医院是阴魂的集聚地。"回收旧手机的老人相信未来的某一天，他将在医院和炳坤老人重逢，话题一转，"炳坤肯定还有钱留在养老院。"

"我死也不去养老院，住在荒郊野岭等于劳改坐牢。"老矿工已经听回收旧手机的老人描述过很多次，他只去探视了一回就留下了难以磨灭的印象：那座私营养老院盖在郊区的矮山上，门口有一扇锈迹斑斑的大铁门，进去是一小片水泥浇筑的空地，有个小花坛，落光了叶子看不出是什么植物，光秃秃的树枝上绑着几朵绢花，日晒雨淋，花开不败，老人们东倒西歪地或坐或站，晒太阳。炳坤当时穿一件蓝色罩衫独坐在太阳晒不到的廊道里打盹，回收旧手机的老人就站在几步之遥的太阳底下看炳坤酣睡，在护理阿姨过来分发点心——煮得稀烂极软的红薯块，准备把炳坤摇醒之前，回收旧手机的老人像疯狗一样跑下了山。跑什么跑，炳坤连亲生女儿都认不出了，还能认出你来？回收旧手机的老人像一只老疯狗一样瘫坐在山脚，对着自己吠。

"我们都老了。"回收旧手机的老人说，"下次碰见炳坤，我要问问他到底藏了多少钞票没带走。"

"炳坤脑筋糊涂，到时候说出成百上千万来，你也信？"老矿工说，"反正我的家当全在这里啦，要是我先去见炳坤，这屋子破烂就全归你这个破烂王啦。"

回收旧手机的老人坐得离灯泡远了一点，这样就不用别过脸去流眼泪了，但沙哑潮湿的声音还是出卖了他："我本来还想和炳坤找上门去，就算炳坤稀里糊涂，站在边上也能充个人头，给我壮胆。"

"壮什么胆，小两口的日子也不太平，儿子离家出走，报警不给立案，做老公的天天在外头鬼混，做老婆的和隔壁卖童装的女人磕磕绊绊，不比当年了。"

"想当年我从矿上病退，到婺城第二中学看大门，我是亲眼看着他们风光起来的。"回收旧手机的老人猛捶一记膝盖说，"阴雨天是你的好天气，对我就是噩梦了。"

"那个时候他们屁都不懂不知道，除了年轻还是年轻。"老矿工试图安慰老友，却点起了旧手机老人压抑多年的怒火。"凭什么好端端一条腿，在矿上都没报废，却要折在那对中学生的手里？你应该比我更清楚，这条街上没多少回收生意好做，我过来除了看看你，我也希望他们能够看见我，看看我，然后良心发现，向我，向炳坤道歉。"

"炳坤也是倒霉，难得去学校看你，你拉上人家抄黑板报，结果一字之差，天差地别。"房间突然沉默，回收旧手机的老人的三轮车停在店门口，喇叭朝向水果店那位已经变老变胖变安静其实是失意的女中学生反复喊话："旧手机换不锈钢脸盆，一只手机换小盆，两只手机换大盆……"

小玉的旧手机响了，她不情不愿地接起来。"我没钱，妈也没钱了，上次那些钱是奶奶过年给的红包，要是知道最后都溜进了她儿子的口袋，兴许奶奶会多给一点。"小玉说，"我很尊敬奶奶，每年大年初二去完外婆家就去奶奶家，不然也不会有那个红包……"

电话挂断，紧接着是另一个不想接的电话。

"小姨，你用不着专门跑一趟，下次我和妈去你家的时候再拿就好了。"小玉说，"其实表弟放暑假回来也能喝的呀……我妈这两天有点感冒咳嗽，我很好，谢谢小姨。"

父亲的电话又来了，小玉只好让温和的语气重新强硬："我再讲一遍，我和妈都没钱，我们自己还等着用钱！"小玉实在不愿意重温那天的记忆，倒不是因为母亲的车祸有多惨烈，事实上，母亲只受了点皮外伤。事故就发生在短街上，谁也没想到擦破脚踝会流那么多血。小玉和围观人群保持一点距离，看着吓坏的司机摘掉墨镜，扶起母亲，母亲一边努力站起来一边站不起来。围观者来来去去，人们很愿意在上班路上看一点热闹，又生怕迟到，也只能看一点热闹，只有小玉，看完全程。赖在地上的母亲也看见了女儿，自觉回避目光，继续专注于夸大伤情博取同情。

小玉母亲的床位靠窗，坐起来就能看见医院大门。小玉母亲抄下了肇事司机的身份证号和手机号才放人家走，然后骄傲地向女儿宣布："我终于可以歇两天了。"小玉从小就怕与人亲近，怕别人闻出她身上灰尘、烂水果、死鱼虾蟹的气味。大学旅游管理专业一毕业，小玉就到超市做收银员，每每抱怨工作，母亲就开导她，你再等几年，等我退休了，你来顶我的班，只要认真勤快就能评上先进，年底多发一千块奖金。

小玉第一次听母亲这么说以为开玩笑，说得多了，发现母亲是认真严肃的，就再也笑不出来了。想想看，一个不到三十岁的未婚女人天天推着垃圾车扫大街，人们一定会因为她的年轻以及脸上的眼镜对她多看好几眼。阿木出走后的一天，面条美女主动问小玉，你那天看到我们亲嘴巴了吗？面条美女自问自答，不会再有下次了。小玉问她，想阿木吗？面条美女犹豫片刻说，想，我想和他谈谈怎样才能忘记他。面条美女仍旧是小吃店里的风景，美则美矣，游客止步。

小姨经常往小玉家送一些进口瓜果、时蔬、酸奶，理由是表弟在省外读大学，她和姨父两个人吃不完。小姨嫁人后就做了全职太太，小姨父白天上课，晚上在家搞有偿家教，小小的车库硬是塞了二十五个小学生。即便如此还有家长千方百计想挤进来，而那些成功把孩子交给小姨父管教的家长，喜悦激动之情溢于言表，比孩子考上北大清华还开心。早些年是逢年过节收收礼，现在不年不节，小姨家也收获颇丰，极大地节省了吃穿用度上的开销，并不时惠及小玉家。小玉母亲每次都要回礼，清明节的清明粿、端午节的甜咸粽子，亲力亲为包好、蒸好，亲自送到妹妹家。然而每次都憋着一肚子火回来。"她以为天底下就她日子最难过了，一会儿嫌二手房装潢不称心，卧室衣橱的滑门关不严，灰尘跑进去，一会儿说你表弟的室友白天逃课睡觉晚上通宵打游戏，担心你表弟被带坏，一会儿又说家里那群小学生晚饭只吃肉只喝菜汤，等到你小姨最后上桌，只剩两坨干巴巴的苋菜……"小玉母亲怒火加妒火中烧，开始翻旧账：小姨婚后不久，小姨父因为边下楼梯边看小说，摔断了腿，小姨苦着脸跑回娘家借钱，小玉母亲也没二话，虽然积蓄不多，救人救急。半年后，小姨小姨父在婺城小学教职工宿舍楼里烧了一桌家常菜答谢，小玉母亲吃饱喝足，愉快地怀揣还款在校园里散步，路过公告栏，没有任何心理准备地看见了自己的亲妹妹。在那张有点晒褪色的照片上，小玉的小姨被学生们簇拥着，喜笑颜开，一看右下角的拍照日期，正是筹钱救命后的第二天。小玉母亲心里一沉，既然那是一段艰难到需要举债的日子，她的亲妹妹就应该收敛自己，就像登门借钱的那晚，她的妹妹被她的恩情压得抬不起头来，好像伏法的女犯，没脸见人，而不是在她看不见的地方，笑得这样没心没肺。

　　小玉主动告知母亲住院消息的亲属，只有大姨一人。"大姨，我妈在人民医院四楼302病房，本来只是脚上一点皮肉伤，体检又查出来糖尿病，肝也有毛病，你要有空就来陪她说说话吧。"小玉知道大姨肯定有空。大姨没有子女，一个人住一栋险些被查封的排屋。大姨父从前办防盗门厂，生意兴隆，后来非法吸储，逃离婺城。大姨一开始还试图辩护，这种坑自己人的事他干不出来的。随着越来越多证据指明大姨父的出逃是瞒着大姨有计划有预谋暗中进行的，大姨一下子老了好几岁，从此寄情牌桌，借牌消愁。公平地讲，大姨的物质条件还是要比小玉家好很多，但精神层面，小玉和母亲都自认为略胜一筹，她们从未感受到大姨一丝一毫的优越感，相反，大姨才是需要她们同情的对象，因此她们和大姨最亲近。

　　"我是一夜回到解放前，糖尿病确诊了，往后米饭不能吃饱，水果不能吃多，和地主家的长工有啥区别。"小玉母亲向亲姐姐大倒苦水，有些撒娇的意思。

　　小玉大姨说："哪个更好？是常年卧床不起还是没受什么罪地早早

去了？我现在每天打打小牌，不输不赢，不死不活。"小玉母亲笑得像一盘向日葵。医生进来提醒访客注意安静的同时，做了进一步解释："糖尿病人，或是被病毒长期侵蚀的人，身体会自动散发出一种苹果腐烂的味道。"小玉怀疑母亲病了很多年了，母亲身上那股她避之不及的烂苹果的气味或许并非来自苹果，或许母亲身体内部早已破烂不堪。母亲住院前，小玉几乎每天下班都要光顾医院斜对过的水果店，买两只梨，几根香蕉，或者一小盒圣女果，又或者什么都不买。有一回结完账，阿木突然问小玉，你是过来做市场调研准备吞并我们吗？你们大超市的水果是便宜又新鲜，但也没必要赶尽杀绝，大超市要做大，小店也要吃饭。小玉一时分不清是因为暴露了超市收银员的身份所引起的误会，还是生怕这误会把她和阿木的关系搞僵，总之满面羞红又滚烫，仿佛她要拿刚买的那几根黄瓜图谋不轨似的。面条美女和阿木都不知道小玉暗恋阿木已久。母亲住院后，小玉去水果店更频繁了。情场失意的阿木一天到晚坐在收银台后面的靠背椅上出神，膝盖上摊着一张中国地图。小玉挑了半块哈密瓜。阿木问小玉喜不喜欢沙漠，说着用食指圈出地图上的新疆，这里的哈密瓜又便宜又好吃。小玉看出阿木的魂不守舍，于是说，比起哈密瓜，我更喜欢沙漠。阿木眼睛一亮，说这块哈密瓜我请你吃了。小玉说，你真奇怪。阿木说，我是比较奇怪一点，在这里我无人可爱，我发现我最爱的还是我自己。小玉洞察阿木心思似的怂恿说，去一趟沙漠可能就不一样啦。阿木眼睛一亮。

　　去他的沙漠。小玉本意绝不是让阿木彻底在婺城消失，而是希望阿木和面条美女分开一阵子，眼不见为净也就不必日日沉溺于悲伤，为伊消得人憔悴。事到如今，小玉只好期盼阿木早日从沙漠凯旋，假如他真的去了沙漠，期盼归来的阿木真的和从前"不一样"了，不再"无人可爱"，至少可以看见小玉，然后爱一爱小玉，为此小玉时刻准备着。早在小学，小玉就已经非常注意仪容仪表了，在校期间务必保持领口和袖口的整洁，放学从不上同学家玩，也从来不邀请同学到自己家，从小学到中学，没人知道她是环卫工人的女儿。小玉母亲从前拒绝学校所在辖区的清扫分配，哪怕那是上下班最方便的区域，现在则从不去小玉当班的超市买东西，哪怕年终大促。在婺城这么一个小县城，秘密可是一件罕有的东西。小玉和母亲为守秘所付出的努力，毫不亚于在婺城的熟溪河上重修熟溪桥，那座始建于南宋开禧三年的古桥曾被一场百年一遇的洪水冲垮。现在，母女精心修葺的秘密终将被父亲毁于一旦。

　　小玉最不情愿接父亲的电话。父亲在小玉手机里叫"这是一个失败的男人"，按照第一个字的拼音排序，排在通讯录末尾，见不得人，正如母亲在小玉的通讯录里叫"阿妈"，又加了个"A"，永远排第一位。小玉父亲比小玉还讲卫生，一天刷三次牙，不分寒暑每晚洗澡，衣服和被子折成的方块都有锐利的角，这是父亲在监狱里消磨时间的后遗症。入狱前的每天凌晨三点钟，小玉父亲准点被闹铃吵醒，入狱后才发现其实不需要闹钟了，夜夜都被自己的生物钟吵醒，凌晨三点准时醒来，常常盯着天花板到天亮。出事的那个凌晨三点，小玉父亲和往常一样起床、穿衣，启明星一如既往高悬头顶。如果非要说有什么不一样，就是那天父亲打碎了一只生鸡蛋，这不算问题，小玉一家都知道如何煮开裂的鸡蛋，只要往水里加点醋，蛋白就不会流溢出来。喝了一碗粥，吃掉那只开裂的煮鸡蛋的父亲和往常一样骑摩托车运送白萝卜、菜心、土豆、莲藕、西蓝花、黄花菜、西红柿、冬瓜到菜市场。途经劳动桥，桥上的路灯似乎比往常暗，父亲就撞倒了一名蹬三轮的老菜农。老菜农身体开裂，黏黏糊糊的血像蛋清一样漏出来……父亲出狱前，小玉就做好了心理准备，坐牢会毁了父亲，至少会有一些改变，然而父亲除了作息变得规律，并无多大长进，反而比从前更加固执。父亲声称他已经听过和执行了太多的命令，再也不想听任何人的任何话了。

　　小玉也不愿意父亲接其他人的电话。"真热啊，晚上'喜来乐'喝啤酒啊，这时候酱爆螺蛳最好吃啦……今天喝个三百块，一点都不多，现在的一百块还比不过以前的十块钱……老倪晚上有战友过来，在友好饭店接风。友好饭店换老板之后越来越不行了，也就老倪还当风水宝地。对对对，还是'喜来乐'实惠……"小玉知道"喜来乐"，一家开在婺城粮食批发交易所隔壁，租用了交易所二层老办公楼的小酒家，不提供住宿，说到底就是比街边大排档高档一点点的室内大排档。但小玉多了个心眼，疑心"喝啤酒""酱爆螺蛳""三百块""十块钱""战友""接风""风水宝地"都是幌子，是另有所指的黑话。父亲肇事逃逸之前滴酒不沾，更不爱交际，所以做不来卖菜生意，干了半辈子的送菜工，出狱后才变得热衷于呼朋唤友喝两杯。给父亲打电话的一定是狱友。坐牢不是件光彩的事，共同的污点使他们人造了一片新大陆，某些约定俗成的黑话只在这片新大陆通行。这个"失败的男人"自我放逐到新大陆，没钱了才想起家人。"在家吧？三百块有吧？我请人家喝酒啊，上次是人家请我……真倒霉，要不先给一百块……"

小玉听着电话突发奇想，比起环卫工人和送菜工的女儿，自己是否更能接受劳改犯的女儿、酒徒的女儿？答案是肯定的，于是小玉也成了一个笑贫不笑娼的人了，和她见识到的大部分婺城人一样。"妈在医院……被车撞了。"小玉对父亲的纠缠忍无可忍，故意夸大车祸伤情，隐去糖尿病不表。父亲果然如纸老虎一般弱了声势，说："什么车……抓到了吗？"小玉说："和你一样，逃了。"小玉盯着手机屏幕上的"这是一个失败的男人"暗下去，突然好奇自己在父亲的通讯录里叫什么。小玉一有机会就狠狠自嘲"死收银员""臭收银的"，她一点也不喜欢现在的工作，尤其讨厌那些买生鲜熟食的顾客，这会让她的手和母亲的一样，一层腥臭。小玉曾经鼓励母亲辞去环卫工作，到小玉的大学所在的城市生活："你只是个清洁工，马路哪里都有。"母亲说："我老了，习惯老地方。"又说："你可以毕业留在那里，可是如果我有什么事，你的父亲，我是指望不上的，你还是要坐火车、坐飞机赶回来。你外公过世的时候全家人都在，除了你大姨在海南做她的女强人，导致你外婆现在还偏心小姨。"母亲最后降低音量示弱说："不管你在哪里，我的心总是向着你的。我已经失去很多了，只有你了，等我再老十岁，你就是我的靠山了……"小玉接受母亲的宣判，回到婺城服刑，立在超市收银台后边，日复一日机械劳动，把自己改造成收银机的一部分。小玉工作一忙就会做翻山越岭的梦，梦到最后，河流沸腾，林木枯焦，只有山，岿然不动。梦醒，小玉还是要出门上班，去做她的"死收银员""臭收银的"——对发生在自己身上的事情嘲讽般地置身事外，不失为一种避免发疯的心理防御机制——小玉不温不火地恨婺城、恨收银、恨母亲、恨出身，恨了这么多年，一直没疯。

虽然小玉没有详述车祸经过，但其父相信在不大的婺城里找出罪魁祸首不是难事。白铁皮加工店、寿衣铺子、水果店、童装店、小吃店、土产日杂烟花爆竹专卖店和报刊亭早上开张都发现了自家门上"重金寻找车祸目击证人"的悬赏告示，都不约而同地搜索了一下记忆，没听说发生了如告示所说的"惨烈车祸"啊，更别提"肇事逃逸"这么有意思的谈资了。小玉主动打电话质问父亲。父亲的口气很软，像刚挨了一拳："我想帮帮你。你妈好点了吗？"小玉答非所问："你真的有钱悬赏？"父亲笑了笑。小玉明知故问："有线索吗？"父亲说："见鬼了，除了推销灵芝孢子粉和婺城新陵园卖墓地的，一个陌生电话也没有。不过没关系，司机看到满大街的悬赏通缉告示肯定紧张害怕，投案自首是早晚的事，就像我当年一样。"父亲说完干笑两声。小玉觉得父女俩在某些方面惊人地相像。到底是亲生父亲。

悬赏告示贴了没两天就枯黄了。小玉父亲服刑期间做过文教工作，深谙细节对增强说服力和感染力的重要性。两天后升级版的悬赏令再次出现在街上，指名道姓写了小玉和小玉母亲的职业、近况，并附上两人的生活照。白铁皮加工店、寿衣铺子、水果店、童装店、小吃店、土产日杂烟花爆竹专卖店和报刊亭纷纷记起之前短街上那起不大的摩擦事故，想不到不幸的环卫工人后来又遭遇了一起惨烈的车祸，难怪很久没看到她了，难怪短街一天比一天脏，更想不到的是，小吃店和水果店的常客小玉居然是这位环卫工的亲生女儿。老矿工记得自己在摩擦事故现场见过小玉，小玉不扎堆，远远盯着地上的母亲，也可能记错了，老矿工现在经常搞混许多事情，但有一件事是确凿无误的：再没有比他的儿子更冷血的人了。

偏偏白铁皮加工店的老板第一个向小玉伸出援手，还为小玉发起募捐动员：咱们这条街的卫生多年来全靠杨丽娟打理，如今人家祸不单行，我觉得我们应该出点力尽点心，我个人收入不多，先捐三百。小吃店的朱阿姨积极响应：广结善缘才能招财进宝，我捐五百。童装店老板娘不甘人后，捐了五百五十五元，还发表了一番动人的演说：我做童装生意纯属偶然，我不是没有离开婺城的机会，去广州，去上海，事实证明留下来是对的，友好的邻居，人与人之间的关心，这是最重要、最宝贵的。报刊亭利润薄，老板只捐了一百，但附加了优惠条件：如果需要精神食粮，尽管开口，无条件提供报纸杂志。

土产日杂烟花爆竹专卖店的小光是正儿八经技工学校花炮专业毕业的。毕业后先在花炮厂干了三年。在清一色的中年工人中，十九岁的小光瘦高、青涩、扎眼。头一个月，小光和谁都不说话，没活的时候就一个人坐到花炮厂的防爆坡顶上。工人们也纳闷，做花炮也能做成大学生？一个月后，小光和那些老工人找到了话题，他们和小光聊他们的孩子。花炮行业逐年不景气，小光干到第三年，花炮厂关停，小光也是技校最后一届花炮专业的毕业生。小玉母亲工作间隙会到小光店里歇脚，同时分享一些有意思的破烂，比如一个透明鱼的标本，小光也不知为何物，过了几天小玉母亲告诉小光，那是刺尾鱼的幼体，刺尾鱼之所以叫刺尾鱼，是因为尾巴有硬棘，和手术刀一样锋利。小光点点头。小玉母亲还抓到过一种巨型蚂蚁样的虫，小光也不懂，最后还是小玉母亲求教妹夫，再给小光科普，那是毒隐翅虫，落在人身上要吹不要拍，如果拍死，虫子的体液会毒伤皮肤，引发剧痛，但死不了人。"幸好我把它引到了矿泉水瓶子里，不然我的脚底板就遭殃啦。"小光点点头，其实不怎么感兴趣，但敬佩小玉母亲永远干劲十足，仿佛第一天参加工作，一点没被工作磨损，年年都是先进，价值一千块人民币的"婺城环卫局劳模"。小光还注意到小玉母亲踩扁塑料瓶的架势很像踩缝纫机，脚尖如缝纫机针头，沿着瓶子一周精准发力，迅速轧出空气，把塑料瓶轧得像一张鞋垫一样薄。技校老师总把"匠人精神"挂在嘴边，小光以前觉得抽象空洞，遇到小玉母亲才有了参照和概念。眼下，先进、劳模、匠人蒙难了，小光岂能坐视不理？

也有逆大流不捐款的。寿衣铺子的老太太戏仿报刊亭老板：我做的是小本买卖，要钱没有，要我捐个花圈，赞助几件寿衣是可以的。白铁皮加工店的老板继续做思想工作：有缘一场，说话做事留一线余地。寿衣铺子的老太太不需要同情心，或者说利他主义冲动，顾自打开碟机，让《大悲咒》充盈斗室，顺便飘一点到街上。老太太换了一副慢悠悠的腔调说，佛能带来幸福、安康，只要心中有佛，佛自然会到你身边，心静、心宽，万事才能吉顺，才算一个人真正的自由。

另一位拒绝捐款的正是老矿工，不仅不慷慨解囊，还冷言冷语给儿子的热心义举泼冷水，说白铁皮加工店老板虚伪，说他做好事是因为心虚。老矿工说："对自家人越坏的人，对不相干的别人就越好……炳坤在世的时候，炳坤那个嫁到江苏镇江的女儿对老父不闻不问，炳坤死后，女儿买高香上金山寺要烧给老父，结果金山寺响应佛教协会文明敬香的倡议，规定香体总长大于350毫米，直径大于2.5毫米，香体可燃部分大于250毫米的香——但愿我没记错——都不得带进寺里……"面条美女成功被老矿工点燃了义愤，但没有骂骂咧咧，而是用一段充满诗意的话抨击了炳坤女儿薄养厚葬的行径："我们今天活在这个世上，被一些人用最恶毒的语言、最不负责任的行为中伤，但是当我们死去，棺木即将合上，他们却总是把百合花塞进我们的手中。我活着的时候，你们为什么不把花儿送上……"

在捐和不捐之间摇摆不定的是开水果店的夫妇。平时路遇乞丐，水果店老板娘总是绕过去，不是她毫无血性，正相反，乞丐的困厄会让她烦扰，目睹暴行或不幸需要强大的神经，她巴不得天下太平，如果不是，她只求把暴行和不幸转移到她看不见的地方。所以小玉父亲第一次张贴的告示当晚就被水果店老板娘撕掉了。谁知几天后新的悬赏告示不偏不倚贴在上一份悬赏告示的遗址上，水果店老板娘大呼见鬼，玫瑰色的手指甲刚刚撮起新悬赏告示的一角，就被小玉父亲的焦黄色大拇指压了回去。水果店老板娘说，消灭城市"牛皮癣"，人人有责。小玉父亲说，让我贴半个月，帮帮忙，就半个月。水果店老板娘说，帮不上。小玉父亲说，帮帮忙。水果店老板娘说，你不要道德绑架。小玉父亲脸一黑，你要是不帮忙，我真把你绑架了，实话告诉你，我坐牢认识几个绑架犯朋友，实话告诉你，我以前差点捅死两个人。水果店老板娘把威胁当耳边风，哼着《甜蜜蜜》一把揭下悬赏令，几乎同时一记耳光落到她脸上。水果店老板娘愣了三秒才大喊大叫，杀人犯杀人啦。水果店老板虽然受够了老板娘，但老板娘受辱等于打老板的脸，于是放下吃泡饭的碗，提起切西瓜的刀。小玉父亲俨然真正的杀人犯了，一往无前地把头往刀口上送，一边低吼，实话告诉你，要么你现在就捅死我，我以前差点就捅死两个厌货。水果店老板绝望地发现自己不是当杀人犯的料，西瓜刀掉到地上，刀柄先着地。这时童装店的混世小魔王溜过来，受了双重侮辱的水果店老板娘忽然觉得孩子的动静吵得她耳朵疼，嘴巴干，忍不住扬手也给了孩子一耳光。震天响的哭声拉回了她的理智，使她陷入靠背椅不停地喃喃道："我从没想过我会这样做……暴力真的会传染……"水果店老板捡起西瓜刀，企图晃掉刀面上的灰尘，冷笑道："想当年你发扬革命大无畏精神征服过多少人，包括我……"

当着杀人犯的面内讧使夫妻俩亢奋，使他们拥有一种奇异的安全感，掩盖了对杀人犯的恐惧，也暂时忘了儿子下落不明的隐痛。小玉父亲只是觉得吵闹，这种一地鸡毛的店面，悬赏告示不贴也罢。

小玉和母亲的黑白打印照片使悬赏告示看上去更像是母女俩的通缉令，小玉再经过短街都把头低得很低很低，但是身心轻松，因为苦心经营的身份秘密已经戳破。朱阿姨最先发现婺城电视台的记者在短街一带出没，大家一致认为记者是收到了募捐善举的新闻线索才赶来的，于是水果店的冷战迅速终结，夫妻俩共同捐出一千块，一跃成为短街上最善良的人。排除寿衣铺子那位不识好歹的老太太，短街称得上众志成城，可谓百善街。这真是一条好新闻，值得大力宣扬、表彰、传播。

等到父亲送来以讹传讹换回的善款，小玉突然觉得那是她把自己卖掉的所得。没错，小玉是需要他们，需要钱，但小玉更被他们所需要，除了寿衣铺子的佛教徒另有寄托，短街上其他人都像水果店夫妇一样，通过捐助小玉获得了慰藉。小玉想起小学有一年暑假父母为钱大吵，吵个没完，直到听说有人跳熟溪河自杀，顿时休战清静。小玉母亲骑上凤凰26寸女式自行车，小玉坐在父亲的捷安特后座，一家三口怀着赴宴赶集的心情停在熟溪河边。岸上早已人山人海，空出来的那个缺放着死者遗物：一双女式塑料凉鞋、一个坤包、一副太阳眼镜。一家三口彻悟生命诚可贵似的靠得紧紧的，显得很亲密，回家以后，父亲母亲也确实和睦了相当长一段日子。眼下，小玉成了那具河中女尸，修补白铁皮加工店、水果店、童装店、小吃店、报刊亭等等各种不如意……小玉没有和父亲过多交谈，透过病房的窗看见父亲在医院门口停下，主动为一辆小轿车让路，小轿车右转要开进医院，只是没打转向灯，父亲就有点仓皇地退进门卫室，像个战俘眼巴巴地目送车子开过。小玉尽收眼底，像在看别人的事，于是落泪。只有为不相干的人和事，小玉才会流眼泪，这似乎是一种家族病，一家三口都为河中女尸湿过眼，但在外公丧礼上，谁都没哭，包括母亲，沉默、沉默、沉默……沉默像清漆把灵堂刷了一遍又一遍，如果不是新生的表侄要喝奶哇哇大哭，十几号人的灵堂比棺材和坟墓还静……

有了捐款，小玉母亲可以安心在医院住到月底了，小玉也在考虑下次经过短街是不是应该抬头挺胸一点，笑一笑，作为受益人，她有义务对他们的恩惠有所表示。小玉母亲的医生也参与救治过炳坤老人，有时例行检查完也会闲聊几句，和这对母女分享一点老人的事。炳坤老人肺癌晚期，经常咳血，脖子伸长，眼珠往上顶，胸脯一瘪一鼓就呕出一口血，极度虚弱，然而一到星期四上午，老人就要下床上上下下爬楼梯。医生曾委婉地暗示，与其做这种无用功，不如安心躺平。炳坤我行我素。医生暗中观察，终于豁然开朗，医院食堂每周四烧带鱼，炳坤就是冲着这个味道去的。"红烧带鱼天下第一香，可惜我不能吃了，从一楼到五楼，每一层的带鱼味道都不同，我从一楼爬到五楼等于用鼻子吃了好几种带鱼。"后来，食堂不烧带鱼了，星期四不再是炳坤老人的节日。再后来的一天，炳坤老人侧卧病床，怀抱枕头，一睡不醒。小玉的爷爷也是在这个医院病逝的。每次去奶奶家，奶奶和小玉说完最近吃了什么，见了啥人之后就开始老生常谈，讲父亲以前的事。爷爷早逝，父亲那时还是中学生，成天疯跑瞎闹，奶奶找到学校找到父亲，问他想不想见最后一面。父亲反问奶奶，他看起来怎么样？奶奶说，他看起来像个死人。奶奶带父亲走到太平间，父亲却说，回家吧。奶奶正准备原路返回，父亲却一把推开太平间的铁门，走到爷爷的铁床边，迅速地看了一眼，从医院出来就直接回学校了。"那个时候学校哪里还有课上……"直到现在奶奶也没原谅父亲草率敷衍的奔丧，尽管父亲的牢狱之灾多少令她释怀了些。

　　今年是婺城第二中学建校八十周年纪念日，水果店夫妇原本和小玉一样，没打算参加校庆活动和同学会，如今关系缓和，欣然赴约。夫妻俩手挽手好像逛菜市场，从南教学楼的一楼走到五楼，再从五楼过天桥到北教学楼，每个教室都是一团热闹，认识的、不认识的，都是兄弟姐妹。一直逛到北教学楼一楼尽头最后一间教室，显而易见那是一群学长学姐，看样子就比他们年长许多，神色凝重地围坐一圈。夫妻俩转身就走，迎面碰上更老的回收旧手机的老人。老人嘿嘿一笑，水果店老板娘面无表情地擦身而过。水果店老板去上厕所，等他出来，候在厕所门口的回收旧手机的老人递上一张纸。水果店老板摆摆手说了声谢谢。老人保持递的手势不变，水果店老板只好接过，发现不是厕纸，而是从笔记簿上撕下的一页，被手汗濡得很软了，有些圆珠笔字迹已经洇糊，但还是能看清一行又一行……

　　水果店老板准备揉成团丢掉，水果店老板娘好奇过来一看，脸色大变，慌乱的神情很快感染了丈夫。夫妻俩迅速交换眼神，恢复了热恋时候的默契，仿佛回到革命加恋爱的青春期，他们和周围很多青年一样，热情而盲目，有形势所迫身不由己的因素，也有无聊苦闷想要折腾的本能冲动，一颗红心紧贴另一颗红心，严丝合缝，毫无渣滓，透明烛照，全心全意，主人翁对美好生活的无限憧憬和向往……

　　水果店老板娘追上回收旧手机的老人说，校工大伯吧，你好啊。水果店老板附和道，您好。回收旧手机的老人嘿嘿一笑。水果店老板娘改口说，您好啊，校工大伯，还记得我吧？我情愿您忘记我了。水果店老板下意识地去看老人的腿，老人一动不动，看不出异样，但这一点也不影响水果店老板娘的忏悔，当年我们不懂事，我们犯了许多年轻人都会犯的错误。水果店老板紧接着表态，您身体还好吧？我们在人民医院附近开了个水果店，欢迎您随时来，想吃多少有多少，多吃水果身体好。

回收旧手机的老人嘿嘿一笑，你们说什么都好，我很快就要去见炳坤啦，人定升天，人定升天……

短街真的上了电视，不是因为众筹善举，而是作为脏乱差的典型予以曝光。面条美女偶尔和客人开玩笑，自嘲是住在一个上过新闻的知名地段。十几年前，这里不仅脏乱差，还卖黄碟、迷药、片刀、假证、鼠药、消字灵；十几年后，旁门左道都销声匿迹，依然脏乱差。十几年后，水果店也要成为历史了。

离开之际，水果店老板娘只和小吃店朱阿姨透露了去向："你们能睡安稳吗？我老公睡不着，也不让我睡。明天我们就要搬回乡下东皋村了，那里比较安静，应该可以睡着。如果阿木回来，麻烦你帮我们把新家地址告诉他。"朱阿姨和水果店老板娘虽然没做成亲家，也没发展成为像童装店老板娘那样的闺蜜，但一点也不影响朱阿姨和水果店老板娘恋恋不舍依依惜别。朱阿姨甚至得体地别过头，克制地落了一行泪。

离愁别绪并未持续很久。两天后，在水果店的旧址上新开了一家小吃店。

你好，明媚

十岁以前，我的时间都很富裕，包括五十七岁的外婆，六十六岁的爷爷，三十四岁的舅舅，我们都有大把的时间无所事事。那是1999年11月的一天，爸爸终于得到了一个机会，尽管只是一天的短假，也称得上生活或者命运的一次特赦了，连续上了四十九个昼夜颠倒的班之后，该死的锅炉房终于顺利投产。爸爸半夜回来，没有惊动任何人。天亮以后，我和妈妈也没吵醒蒙头大睡的爸爸。浅灰色的被子从他的胸部到膝盖凹陷下去，在脚趾那儿再隆起，仿佛有个庞然大物，极其沉重地压在他身上，如果不是均匀的呼吸使胸腔起伏，我会觉得被子是裹尸布。

妈妈做好午饭最后一道红烧带鱼，和我坐在餐桌边等爸爸。你爸可能还要再睡一小时。语气中有不容置疑的忧伤，仿佛爸爸不是下班回家，而是战场凯旋。我不禁又想到裹尸布，爸爸睡得太死了，直到正午才起来。开饭了，睡意依然笼罩爸爸，只见他半闭双眼，往缓慢嚅动的双唇之间送饭送菜，然后缓慢地瘪瘪嘴，异常缓慢地吐出带鱼的刺。

爸爸没吃多少，走到阳光照着但依旧寒冷的阳台上，似乎才彻底醒来，伸伸懒腰顺便扯了扯晾衣绳，又观察一番晾衣杆，上次加固的部分依然牢固，于是右手握杆，猛挥几下。冷的空气受了劈砍，猎猎响。前面宿舍楼与宿舍楼之间的那一小片天，灰蒙蒙黄澄澄，像一张新鲜的捕蝇纸，楼下空地像个秃头那样闪闪发亮。爸爸转身背光，看见了我，发现我一直在看他，又不自在地挥舞起晾衣杆，左手三下，右手三下，好像方寸大乱的小丑。

昨晚我和妈妈看了一场免费的马戏表演。傍晚，马戏演出的消息随一辆带喇叭的金杯车开进社区并在社区里绕了半天而尽人皆知：晚上七点，琉璃路青年路交叉口，免费看马戏，猴子骑车、猴子画画，更有拇指姑娘现场演唱，精彩不容错过……斑秃的瘦猴子骑着破破烂烂的独轮车一遍遍经过我的脚边，我只觉得无聊，我只想看拇指姑娘。我边上一个小男孩说，外公不如小猴。小男孩妈妈说，外公的病还要好久好久才能好。小男孩说，外公讲话都没人听，也没什么人看外公，外公不如小猴。小男孩妈妈给了耍猴人五块钱的纸币，据我观察，那是当晚全场最高纪录了。我仰头观察妈妈，她和我一样，有些心不在焉。耍猴人过来了，妈妈后退一步，留下没有钱的我在原地把头垂得低低的，偏偏瘦猴子骑过来龇牙咧嘴，严重破坏了我的歉意。终于等到拇指姑娘，小男孩问他妈妈，为什么这些小学生看上去那么老那么苦？小男孩的妈妈似乎也吃不准，望向我妈。我妈抿着嘴。男女侏儒各握一只时不时漏出电流声的旧话筒，对唱了《知心爱人》。掌声寥寥。男侏儒就把他的搭档，那位在情歌对唱中几次破音的女侏儒拉回身边，拖长音叫了声"老婆"。女侏儒也拖长音应了一声"老公"，然后把大脑袋搁到对方的窄肩膀上。男侏儒大声宣布，不瞒大家说，我和老婆结婚五年啦，再过两年就七年之痒啦，去他的七年之痒。人群中的男人们笑出了声，我边上的小男孩被他妈拽走了。我妈向前一步，站回我身边。男侏儒从裤兜掏出一管尿黄色的浑浊液体，声称独门药酒，哪里疼抹哪里，哪里酸胀抹哪里，哪里痒也一样，保管药到病除，全身舒泰。女侏儒在小丈夫的坏笑声中推出一辆放着一只密封铁皮桶的小推车到场地中央，开盖，刺鼻的药酒味袭击全场，紧接着捞出一团湿淋淋黑乎乎还带花纹的不明物。我捏住鼻孔慢慢看清那是一条盘着的经过浸泡变得软绵绵的蟒蛇。实打实看得见，我们的药酒绝对真材实料，男人女人绝对都满意。男侏儒吆喝完，绵绵地唤了一声"老婆"。手捧蟒蛇的女侏儒立即投怀送抱，一路滴滴答答，直到头碰头偎在一起。从我的位置看过去，那条蟒蛇就像连接他们的粗壮得过分的脐带。

我问爸爸见没见过大蟒蛇。他疑惑地看了我一会儿，眼神沉静，嘴巴微张，看样子要不了几年就可以进社区老年大学了。于是我没提妈妈身体不舒服的事，也没告诉爸爸，昨晚马戏团的药酒十块钱一管，妈妈买了两管。爸爸从阳台踱回屋里，突然一伸右臂，迅疾如十一月的北风，右掌啪一声扣住书架上的部分书脊，停在《海洋生物学辞典》上的苍蝇便逃不出爸爸干燥的手掌心了。家里真温暖，十一月还有苍蝇。爸爸捂着苍蝇丢入水池，冲进下水道，然后蹲在池边检查一番，水管健康完好，滴水不漏。爷爷年前中风在医院住了小半年，破裂的脑血管都补好了，但医师一再强调，出院后千万千万要特别小心，从此爷爷无缘烟酒麻将，在家如出家，如在动物园。奶奶每天准时准点投喂的三餐清淡饮食让口味重的爷爷生不如死，但谁也不把"不活啦""活着没意思"之类的抗议当回事，就像没人会把一只充老虎的病猫当真。于是我明知故问爷爷的近况，是否还挑食。爸爸想了一下说，你想去看爷爷吗？我想了想，摇摇头说，爷爷成天在床上，看见我也不说话。爸爸说，等你爷爷身体好了就好了。两年后，我冒水痘，在家关了半月。每当黄昏像瘟疫般弥漫开来，窗外便响起同龄人活蹦乱跳的动静。我通过窗玻璃的反光瞥见了一个可怜而虚弱的家伙，除了嫉妒，还有恐慌，两年前爷爷对我的那种嫉妒与恐慌，疾病对健康，衰老对青春，我在爷爷面前有多生龙活虎，爷爷就相应地意识到自己是多么无能为力，当我愉快地度日，爷爷只有苦熬。爷爷肯定盘算过这是他倒数第几次和孙子见面，每一面都弥足珍贵，因此必须用面无表情来掩盖那些汹涌澎湃的恨意妒意，那些恐慌无望。某种程度上，他的孙子无异于死神来了。

假如那天我去看爷爷，或者说让爷爷看看我们，爸爸也许就不会无事生非，明明检查淋浴喷头，查着查着却拧断了。喷头挂着一线铁锈水砸在卫生间的地砖上，砸出一小块三角形的缺，也毁了妈妈浅浅的午睡。枕巾在妈妈半边脸上压出了一块印痕，她的眼睛，赤裸裸、水汪汪又可怜巴巴，仿佛被突如其来的光亮刺痛了，更刺痛她的是赤裸裸、水汪汪又可怜巴巴的半截喷头，却让爸爸生动起来，又有了用武之地，就像早些年灯泡需要爸爸，五斗柜需要爸爸，锅碗瓢盆还有我都需要爸爸，直到爸爸进了锅炉厂，妈妈才逐渐接管了爸爸过去掌控的这一切。爸爸用一张草纸将锈蚀的喷头包好准备上五金店。妈妈说，夏天还远着呢。比喷头更早恶化的是热水器，不管怎么加热永远只流温水，春秋冬三季我们全家都去锅炉厂的职工浴室，只有夏天冲凉才需要喷头。妈妈赤裸裸、水汪汪又可怜巴巴的眼睛暗下去，声音干哑，夏天再说吧，我现在只想睡觉，我今天早上六点就去菜场买新鲜带鱼了。爸爸只好轻拿轻放下喷头，轻手轻脚回到紧挨阳台的书房，轻轻抽出《海洋生物学辞典》。

爸爸一直对海很感兴趣，搜集过不少资料，包括小说，自己也写过一些诗，大海组诗、珊瑚颂什么的。但爷爷始终认为和文字打交道风险太大，宁愿爸爸去考电工证，天天带电作业也比舞文弄墨安全。爸爸的兴趣以及相当大一部分天性就被抑制了，但又没到彻底扼杀的程度，可怜的爸爸只好别别扭扭地见缝插针，利用零碎时间维护那部分不被承认的自己。1999年的11月，爸爸难得拥有一个完整的下午，却坐立不安了，一会儿起身泡茶，一会儿去撒尿；一会儿翻翻电视报，一会儿去撒尿；一会儿抬头看看还有没有苍蝇，一会儿又去撒尿。我简直怀疑爸爸的膀胱报废了。托电视广告的福，我很早就知道尿频尿急不是小事。我用妈妈教训我的那一套对付爸爸，专心一点，专注一点。爸爸这才老老实实坐下，躁动的膀胱勉强适应了下午两点钟的清闲，很快又抖起腿来，写字台跟着晃。爸爸就在有规律的震动中进入了阔别已久的海洋世界。

　　世界上已经有许多物种消失了，还有一些正在消失。我坐在爸爸身旁研究电视报，圈出几部动画片的播出时间，爸爸突然伸过手来盖住报纸，迫使我的目光追随他略微泛白的唇，从天空到陆地，从陆地到海洋，你知道的你不知道的，可能你这辈子永远不会知道也不需要知道的，正在消失。我点点头。爸爸用食指点点自己又指了指我，我们也都会消失。我模仿语文老师的腔调，人固有一死，或重于泰山，或轻于鸿毛。爸爸纠正我，不是死，是消失，连鸿毛都没有。我想到陈列在教室后面的白鹭标本，残存的生命力集聚在羽毛上，集中在外表装饰上，内里除了一些木屑，空空荡荡，白鹭在制成标本前死了一次，如今标本残旧马上要沦为废品了，白鹭即将迎来第二次死亡，然后彻底消失。爸爸说，世界上已经消失的人种，有苏美尔人、古埃及人、玛雅人，还有很多很多。他又拿了一本书，翻来翻去终于找到了他想要的句子：一个地球满载腐臭熏人的战争、伤痛与死亡，却仍不可理喻地轻巧旋转。我似懂非懂地点点头，保护环境，人人有责，婺城是我家，卫生靠大家。爸爸居然笑了，笑意把他的黑脸揉得更皱了。我趁机摊开电视报上的影讯，我们去看电影吧，看他们拯救地球。

　　爸爸在卧室抽屉翻找锅炉厂发的电影票时又把妈妈吵醒了。妈妈的第一反应居然是为什么这个时间爸爸会出现在卧室，然后开始紧张爸爸有没有请假，会不会迟到。等到清醒过来，妈妈一边用右拳的指关节揉搓双眼一边埋怨我们为什么又一次毁了她来之不易的酣眠。

　　电影晚上七点开场，我们大可在家吃完饭再出发，但我和爸爸毫不犹豫地选择提早出门并重重关上家门，生怕妈妈的怨气怒火会像瘟疫似的追上我们。还是从厨房窗户泄漏了一点，夜里早点回！不要吃垃圾食品！注意安全！我和爸爸全当耳边风，不断加快车速，逃离了疫区。车速开始减慢，爸爸的喘息逐渐加重。我说，放我下来走一会儿。爸爸边喘边说，慢慢来，我们有的是时间。我们就像误入长跑比赛的短跑运动员，过早爆发，余下的里程每一步都倍感艰辛。我们不断被超车，各式各样的自行车，男款女款，还有童车。骑四轮童车的小女孩和我们同行了一小段，然后一骑绝尘，充当我们的领路人。她也去电影院吗？我问爸爸。爸爸说，我们就跟着她，我们有的是时间。小女孩不时回头挑衅地看我们一眼。我说，我们暴露了。爸爸还是那句话，我们有的是时间。我们跟随小女孩拐进市民广场，几个打气排球的妇女正在张罗场地。一个滑旱冰的小男孩满场绕圈，小女孩也加入其中。我们暴露了，我再次强调，目标在和我们兜圈子。爸爸没有因为我的警告终止行动，但两分钟后他终于不再跟小女孩陪小男孩做无意义的圆周运动，他要去撒尿。我把自行车推到公厕门口，洗手池底下一摞废旧报纸上码着一叠粉红传单，受潮模糊的油墨里残存着"抗议""反对""不""南斯拉夫""美国""悍然""轰炸"等字眼。

当我将视线投回广场，目力所及是生命（尽管广场上人并不多）、绿色（那些长青植物为冬天的广场撑足了面子）、光明（阳光虽不温暖但也并非一无是处），是和平（胖胖的妇女们开始打气排球，气排球一样的胸脯和气排球一样剧烈运动）。小男孩小女孩一圈又一圈，在笨重的冬天难能可贵地持续表现出轻盈的品质，像寒风中的两片叶子、两只塑料袋、两张旧报纸。

爸爸甩着两只湿手出来看了眼广场说，我们的领路人呢？我说，飞走了。爸爸说，消失了？我说，消失了。爸爸居然没有反驳我的天马行空。我走在自行车的另一侧，想象自己飞在半空俯瞰这一对因时间过剩而百无聊赖的父子。这里就是从前的老火车站，爸爸饶有兴致地充当起市民广场的讲解员，那棵大樟树以前是候车室，现在喷水池的位置原来有一座小钟楼，现在说小，当年可是第一高第一大的标志，手表还很稀罕，钟楼就很重要，大钟面四方庄严，我和你爷爷奶奶送你姑姑去安徽农村，我送你大伯去参军，我和你大伯接你姑姑返城，我和你姑姑接你大伯退伍回来都在这里，后来呢，手表普及，钟楼就没那么重要了，时间加快还是变慢好像全看个人了，人和人的差距就显出来了。爸爸和自行车停在钟楼旧址，时间的废墟上，池水碧绿，飘满枯叶。上次喷水是什么时候？结果爸爸答非所问，最后一次看见钟楼就是爆破那天，和钟楼一起炸掉的还有旁边的读报栏，戈尔巴乔夫访华，在中国待了四天，我每天都到读报栏追新闻，后来我就养成了每天下午骑自行车出门，到读报栏等候新消息的习惯，然后夏天过去，你出生了。

我们在靠近广场出口的地方发现一个陶艺摊，摆了一只泥猴、一个泥杯，还有一座泥塔。摊主是个戴棒球帽的小姐姐，上身系一条深蓝围裙，一束马尾从帽子后面的通风口探出来。她踩动陶轮的踏板，轮子以逆时针方向旋转，缓缓升起一圈软绵绵的黏土。她不停将手伸进碗里，蘸蘸水，再半抱着那团湿答答、黏糊糊的泥塑的……小猫？爸爸认为那是一座奖杯。我们就站在摊子前，静候谜底。小姐姐突然抬头问我，你想要什么？我感觉我脸红了。你想要什么我就做什么。小姐姐像电视里的保育员笑容可掬地望着我，然后把手浸入水里，洗净擦干，从摊位底下抽出一把小小的泥塑手枪，说，这是昨天的成品，上午刚烧好，做着玩的，送你玩吧。我假装欢喜，实际上我更想要一台影碟机或者一本辞典一样厚的书。小姐姐又把手浸入水里，把那团猫脸一样的黏土压扁揉烂，重新再来。一支更大的步枪渐趋成型，她热情地让我触摸，比对手枪和步枪的差异。我更清楚地意识到，我一点也不喜欢枪，我不知道为什么小姐姐对枪情有独钟。我喜欢看电视读书读报，它们填充了大段大段爸爸不在家而妈妈总是沉默的空白时间，也教会我许多，我甚至想过哪天突然拿"前列腺增生"或者"盆腔炎"吓他们一跳，我有把握他们一定会大呼小叫，届时家里的冷清将被短暂打破。可事实是，我手舞足蹈挥着枪，嘴里发出阵阵爆破音，砰——砰——我给了自己两枪，生怕别人看出我对枪毫无兴趣，接着瞄准摊上的猴、杯、塔，然后是摊主，砰——爸爸掏出一张五元纸币，回报了小姐姐的好手艺，然后提醒我把枪收好，仿佛那是一把危险的真枪，随时可能擦枪走火，吓到或弄伤馄饨店里的人。

馄饨店新推出了一种炸得金黄松脆的虾饼。我眼睁睁看着店主用网兜从油锅下方的红色水桶里捞出一大勺活蹦乱跳的小虾，裹上面粉仍在盆里张牙舞爪，直到被店主拨拢到一块，再捏泥巴似的揉成团下油锅。虾饼一定要趁热吃。店主乐呵呵地注视着我和爸爸。我狠咬一口，烫，也不松脆，相反还有点湿，塞牙，虾味也远没有油炸时闻起来那么足。好吃吗？店主期待和鼓励的目光向着我们逼近。好吃。我和爸爸异口同声。

两碗馄饨端上来，爸爸摘下起雾的眼镜，用衣服下摆抹了抹，又抽了一张桌上的餐巾纸细擦一遍，然后叫住服务员，说，多来点葱和香菜，谢谢。说实话，我在外面吃饭的机会不多，这得归功于把一日三餐安排得妥妥当当的妈妈，另外她总不遗余力地妖魔化家以外的餐饮，不卫生啦，吃多了不长个啦，只会痴肥得像年猪啦，小小年纪就发胖可不是什么好兆头，当然我也没什么零花钱。当服务员端来一碟香菜一碟葱，我偏偏打了个喷嚏，香菜和葱登时飞溅，服务员的头发也绿了。我羞愧难当。爸爸说，再来一瓶啤酒，匆匆打发了服务员。我不安地观察了一下周围，大家自顾自吃饭说话，没人注意我。我这才稍稍放松又立刻紧绷起来，像电视上那些下馆子的人一样，故作优雅地问服务员另要了一个空碗。我把馄饨捞进空碗，吃一只捞一只，吹凉了再吃。你姑姑以前也这么吃的。爸爸突然说，安徽农村也有馄饨，和饺子一样大，你姑姑吃不惯，每次回来都要吃个十碗八碗，过足瘾，你奶奶就不高兴了，说大姑娘家怎么像饿死鬼一样难看。爸爸不止一次告诉我，奶奶的小花园救了我们全家,别人家的花园种蜡梅种含笑种指甲花,奶奶种什么？葵花！这是多么富有远见的决定啊,金灿灿的葵花开满院,一朵连一朵,好比早晨八九点钟的太阳,人看了都振奋都受鼓舞,关键真正到了饿肚皮的困难时候,葵花籽可以直接生吃,炒着吃,还可以做葵花油,人保住了小命,又振奋起来受鼓舞。我喜欢奶油味的瓜子。爸爸说,到电影院买。爸爸倒了一杯啤酒,假装也要给我来一杯,这是他在家喝酒前的小把戏,每次必然招来妈妈的呵斥,不吸烟不酗酒不进"三室一厅",《小学生守则》背一背。我和妈妈都很清楚爸爸不会真的让我碰酒精,但我们都乐意参与这个游戏也好表演也好,为爸爸的自斟自饮助助兴。可这天爸爸故伎重施完才意识到妈妈不在场,酒瓶悬在父子之间,形同一堆墨绿色的悬念。我很想问爸爸一些我不敢问妈妈的问题,比如舅舅上哪儿去了,什么时候回来。自从药酒生意失败以后,舅舅便躲债避走他乡,连过年也不露面。在此之前舅舅已经折腾过回形针加工生产线、茶叶种植、两头乌养殖,甚至跑到上海学过美容美发,可惜都做不长。外婆每每叹息,做人要有常性,话说回来兄弟姐妹能拉一把是一把,能帮一点是一点。妈妈不买账,三岁看到大,从小就吊儿郎当游手好闲,留下这些烂摊子一点不稀奇,要我借钱,一分没有。妈妈没说破的是,舅舅不成器和重男轻女的外婆脱不了干系。妈妈为了教育我珍惜当下好好学习,曾透露过一点她的童年,我像你这么大的时候,放了学先去地里拔猪草,喂完猪再回家烧晚饭,喂人。我记得清清楚楚,她用的是"喂人",喂你外婆,还有你舅舅。

爸爸收回酒瓶,晃了晃,嘴巴对准瓶口,整个人向后仰,好像要倒下去一样。一只橘猫溜出后厨,钻到桌底,一下一下蹭着我的脚脖。虽然厚厚的棉裤和羊毛袜阻隔了我和猫,但我能够想象猫的体温,那种特有的暖意。最近电视上每天播地板广告,丛林深处,一眼温泉,白雾升腾,赤身裸体的孩子与猫狗尽兴嬉戏,似乎告诉大家,通过这个品牌的环保无污染的实木地板回归自然的赤子不分性别、年龄、物种，所以各位看官，还等什么呢？赶紧掏钱订购吧。

爸爸喝光啤酒，摘下眼镜，理了理鬓角。我知道他没醉，爸爸的酒量至少半箱啤酒。冰消了，河水大，树木绿油油，水面上起雾。我又怀疑爸爸可能真醉了，电视上说人在极度疲惫的状态下是很容易醉的，不然爸爸怎么能看见我所想的？家里要买木地板吗？一半水红一半水绿，这就是丁姑塘，每年五月塘里的水就会变成一半红一半绿。什么塘？我犹豫要不要叫服务员过来结账。爸爸接下去说，从前婺城有个姓丁的员外，有个很美丽的女儿，上门讲亲说媒的人不断，丁员外一心想攀个高亲，女儿的婚事一拖再拖。女儿其实早就已经喜欢自家一个表兄了，表兄家里穷，但他们偷偷相爱，私订终身，表兄几次来求亲都被丁员外挡回去。这个时候有一位大老财也来求亲，丁员外立刻答应，收了一千两银子的彩礼。出嫁当天，女儿头戴凤冠，上身穿红绸袄，下身穿绿纱裙，像个花花绿绿的木头人。起轿以后，木头人突然活过来，大喊大叫，看准机会跳出轿去，一直跳呀跳，最后啵的一声跳进池塘，等捞上来已经断气了。我抢白道，表兄跟着跳了吗？爸爸好像没听到提问，也可能有意忽略说，丁姑塘底有一块石碑，准确地说是半块。我说，上面有藏宝图吗？爸爸凑近些告诉我，飞石寺的碑，刻的是飞石的来历以及建飞石寺的经过，石碑被你大伯拦腰砸断，我和你姑护送着把一半碑丢进了丁姑塘。我说，另一半呢？爸爸迅速摇摇头，坐直坐正如一口古刹老钟，仿佛醉意困意倦意都蒸不烂、煮不熟、捶不扁、炒不爆他了。爸爸喝光馄饨汤，打了一个响亮的嗝，开始背诵：我是海／我要大／大到能够／环抱世界／大到能够／流贯永远／我是海／要容纳应该容纳的一切／能澄清应该澄清的一切／我这晶莹无际的碧蓝／永远地／永远地／要用它纯洁的幸福光波／映照在这个大宇宙中间……爸爸正了正毛领，带我直线走出馄饨店，那一刻他好像不再是锅炉厂的电工，而是大海里的掌舵者。从馄饨店走到我们停放自行车的女贞树下,这一路爸爸哈着酒气大发感慨,今年冬天真冷啊,丁姑塘肯定要结冰,不管结不结冰都没人知道那里有块碑,等我没有了,从天空到陆地,从陆地到海洋,都找不到我……

离电影开场不到十分钟了,我在桥上远远看见了立在电影院门口的海报,那么大那么鲜艳。爸爸松开刹车让自行车顺下坡飞驰到底,然后一个一百八十度大转弯,谢天谢地我没被甩出去。我重提奶油味的瓜子,爸爸掏出一枚一块钱的硬币,我接过又犹豫起来。电影院附近只有金阿姨的公用电话亭出售零食,可我不想单独面对饶舌的金阿姨。爸爸的出现果然更助长了金阿姨的热情和谈兴,老久不见了,看电影吗?听说这次的新片很感人,我都很想看,可惜没有人替我,走不开。奶油味的瓜子?中午就卖完啦,现在只有原味和焦糖的……我准备提醒爸爸不要瓜子了,电影要开始了,金阿姨忽然正色道,你爸还好吧?你爸是好人。时间就在金阿姨和我爸对我爷爷的追忆中无情地流逝。电话亭那一排座机显示的电子时间每过一秒就齐整地跳动七下,我的心脏也跟着快速收缩,一秒钟跳七下。我知道再不打断他们,就要酿成连古希腊人也无法想象的巨大悲剧。

我捧着原味瓜子坐在疾驰的自行车后座聆听爸爸气喘吁吁的教诲,你应该讲礼貌,不该打断我和金阿姨的谈话,我知道电影快开始了,你悄悄提醒一下我就可以了,没必要冲金阿姨嚷嚷,你说呢?我感到一丝愧疚,尽管金阿姨始终笑眯眯的,毫无责备我的意思,至少她表现出来的是这样,还免费送了我一包原味瓜子,更加重了我的愧疚。自行车突然急刹车,我本能地跳下后座,谢天谢地瓜子没开封,不然铁定撒一地。爸爸还坐在自行车上,一个头发凌乱、肩膀浑圆的年轻男人牢牢控制了右边的车把手。刚刚右车把手蹭破了男人右臂的一点皮。我不知道这么冷的天,那男人为什么还要把袖子撸上去,让白皙的胳膊和胳膊上的虎头文身一并暴露在十一月的冷风中。我都替他感到冷。

　　大哥，你看吧。男人把受了皮外伤的右臂伸过来。我和爸爸都被那个蓝黑色的虎头文身吸引住了，虎头上面不是"王"而是一个"忍"字。爸爸连忙道歉。大哥，你看吧。男人没有忍让收手的意思，像一根人肉横杆拦住了我们的去路。下垂的厚眼睑使他看上去像一名重度失眠患者，在遇到我们之前似乎不知道自己在什么地方，也不知道该去什么地方，现在他强撑着那对金鱼眼，凸鼓的褐色眼睛注视着我和爸爸。时间在流逝，他肥厚的耳垂和宽大的鼻翼开始泛红，我也感到了冷。

　　如今我早已学会了将最严肃的想法以最无理、最荒诞的方式表现出来，以匹配我细腻而羞怯的心灵，可在当时，我只有懵懂和迟钝。我孤零零站在爸爸身后，晃着双手，佯装勇敢，效果却不大理想。我只好把手藏进裤兜，摸到了枪，居然很烫，马上要融化了一样。我真想告诉爸爸，我可能受寒发烧了，我们赶紧进电影院吧。焦虑折磨着我年轻健康的膀胱，我突然感到一股汹涌的尿意，忍不住抖起腿来。另一边裤兜里有一枚飞行棋的骰子，紧握着，咬紧牙关，我忍。爸爸终于从自行车上下来了，以自行车为界和年轻男人僵持着。以往比如去水库游泳或是爬山遇到特别窄险的山路，爸爸都会假装很害怕，这样就能让真正害怕的我分心到他身上。可是电影院门口的爸爸真的害怕了，他放下自行车撑脚，松开车把手之后就有点不知道该把手往哪放了，彷徨了好一会儿才逃进裤兜。我倒希望他兜里有把货真价实的手枪。

　　买包烟可以吧？双方进入谈判，爸爸的声音有些哆嗦，于是又跺脚又搓手，假装刚刚的失态是寒冷所致，然后清清嗓子，吐出一口浓痰，声音终于有了谈判的力度和劲道，买包烟可以了吧？男人点头，缩回胳膊。利群会不会太好了？不抽烟的爸爸开始调动他不多的香烟知识。男人想了一下点点头。大红鹰呢，大红鹰是不是也太好？男人说，大红鹰有好有坏。爸爸说，银象吧，我小舅子就抽银象。男人冷笑一声，你小舅子要么没出息要么太会过日子，说到底还是没出息。爸爸说，那就银象吧。男人也吐一口浓痰说，至少雄狮，我平时抽雄狮多，硬壳的。连古希腊人也无法想象的巨大悲剧似乎告一段落了，我留在原地目送两个失意的男人一前一后走向电话亭。我可不想满脸愧色地再次面对金阿姨，更不想看见爸爸对着金阿姨尴尬干笑，金阿姨势必会感到奇怪然后问东问西，电影不是开始了吗？我记得你爸抽烟，但你是不抽的啊？

　　致命毒气般的夜幕笼罩在电话亭和电影院上面。终于检票进场了，那道拱形的门让我觉得好像走进了一条鱼的嘴巴。我们坐在漆黑的鱼肚里，爸爸开口了，我主要是担心你，要是只有我一个人，这种小流氓我才不放在眼里，大不了打一架，我主要还是担心你的安全。我不说话，一方面生气错过了电影开场，另一方面我不想给爸爸找借口，爸爸明明胆小如鼠，明明是那种小流氓不把爸爸放在眼里。爸爸把头偏过来说，我在和你说话，用我给你的那双眼睛看着我。我目不斜视盯着大银幕，明亮的书店、干净的街区，一边提醒爸爸，外星人马上要出来了。爸爸只好和我一起安静等待，这期间我们忍受了男女主角的调情、试探、误解、冷战、和解，终于女主角穿上了宇航服，进入太空舱。正当我们以为要进入另一个时空了，镜头又回到了明亮的书店、干净的街区，还有气势汹汹的记者会，一切都乱套的感觉，一如这一个下午和晚上。我不得不求助于爸爸，外星人呢？宇宙飞船什么时候起飞？爸爸一言不发。我回头，后排三对年轻男女目不转睛，一脸沉浸其中的样子。整个电影院似乎只有我焦躁不安，外星人呢？宇宙飞船什么时候起飞？我惊讶地发现爸爸脸上的愠怒和不甘消失了，取而代之的是平静从容。我不得不接受这个悲哀的现实，这是一个我一知半解昏昏欲睡而爸爸可以乐在其中的成人童话。爸爸有喜欢的人吗？我的爱人又在哪里？外太空？

　　电影散场后，我在售票窗口旁的排片表上找到了问题所在，我和爸爸在慌乱中走错放映厅了。本该看《星球大战前传1：幽灵的威胁》的我们阴差阳错看了一场《诺丁山》。很多年后重温《诺丁山》，面对穿宇航服的朱莉娅·罗伯茨，我早已不再焦躁不安，也可以说陷入了另外一种愉悦的躁动中。

当我度过我最后一段童真时光，电影院外面传来好几声尖叫。爸爸拉上我迅速走下老电影院的水磨石台阶，随人流围向人群。我的脸被各种大腿挤压，在大腿和大腿之间隐约看见地上躺了一个人。我已经过了可以骑在爸爸脖子上的年纪，因此羡慕那个抱着爸爸或叔叔脖子高出人群的小女孩。在爸爸把我拉走前，我试图通过小女孩的表情猜测发生了什么。我们第三次光顾电话亭，金阿姨出乎意料地擅离职守了。爸爸用公用电话拨了一串号，我们看完电影了，马上回家。我听见电话那头的妈妈在抱怨，回来就回来，何必浪费电话费，电话费是五角吧？金阿姨回来了，脸上没有一贯的笑，也没和我们客气，收了爸爸五角硬币。据金阿姨描述，两个帮派在大桥底下碰上，没说几句就棍棒对棍棒。自《星球大战》上映以来这种情况在电影院一带见怪不怪了，人都以为自己拿的是光剑，原力无敌，归根到底和电影没关系，就是不好好读书，闲的。后来不知道谁动了刀子，一出事，人全跑光，自家兄弟还是对立面乱作一团一哄而散，中刀的人就躺在配电房后面，血流了一地，发现时已经不流了，不注意看不容易发现。归根到底他们都还是孩子啊。金阿姨说完看了我一眼。

我们告别金阿姨去车棚找自行车。爸爸刻意绕过电影院台阶，全程紧拉着我的手，尽量用身体挡住我的脑袋。我闻到爸爸身上一股铁锈味。我们顺利地在一百多辆自行车中找到了我们那辆掉漆的老凤凰，顺利开锁推出车棚，顺利上桥，不幸爆胎。自行车坏在引桥上，我们和其他桥上的看客获得了同等的俯视资格。警察已经赶到，人群退到警戒线以外，散成一个更大的圈。他还躺在那儿呢。爸爸嘀咕了一句，声音因恐惧而微颤，这回他不加克制地允许自己的身体也跟着颤动。我居高临下远眺死者，形单影只，没有裹尸布。那是我第一次见识死亡，两年后爷爷病逝，我没有大惊小怪，更没哭。棺材里的爷爷显得特别沉，僵硬的四肢陷进棺材软垫里，脑袋垫高，身体虽然暴瘦，但整张脸比生前好看，前额高高隆起，颧骨高高隆起，鼻子高高隆起，庄重安详，无声地表明，他已经尽了一生的责任，没有遗憾了。

那是谁家的孩子啊？妇女的声音在桥上轻飘飘地飘过。没人知道他是谁家的孩子，但我和爸爸知道他的左裤兜，也可能右边的，里面有一包硬壳的雄狮牌香烟，不久之前还簇新簇新的呢，现在却仿佛成了祭品，难怪金阿姨满脸不高兴。我知道我的右裤兜，也可能是左边的，里面有一把光滑的泥塑手枪，两个小时之前我曾妄想它是真的，现在我只想把它掏出来，丢进河里。历史会证明，死亡和暴力的阴影绵延不绝，不会终止，然而1999年的11月，我们都以为过完1999年就好了，大家都对那个2000年充满了期待，仿佛只要到了千禧年，进了新世纪，一切都会变得很好。

我和爸爸再次从人群中退出，桥上的人一点不比桥下少了。爸爸放心地在桥中央蹲下，转动由我抬着的车轮。他看得那么慢那么仔细，好像我们又有了大把时间，好像时间又慢下来了。他的面部肌肉微微上提，仿佛看到了某些期待或超出期待的瞬间，眼睛就像擦了链条润滑油，反射着湿润的彩色，也像一滴水，将桥上桥下人山人海全都容纳进去。爸爸缓慢地转完一圈车胎，找出故障点，直起身，深深呼出一口气说，我主要是担心你，要是只有我一个人，这种小流氓我才不放在眼里，大不了打一架，我主要还是担心你的安全。这回，我用力点点头，百分之一百相信他，因为我不过是个天真的十岁小孩。

漆马

两只氢气球飞走一只，剩下那只过了一分钟也可能十年后枯萎，又过了十年也可能一分钟，重新吹大，一只充满二氧化碳的气球沉沉坠地，不可能苏醒。她醒来，伸手可见五指，时间还很早，想回梦里，翻来覆去，不得要领，仰躺着盯阴暗的高高的天花板，直至意识到自己在模仿而非真心要赖床。狗叫了，那只瘦骨嶙峋的流浪狗，神出鬼没的，她总在包里备两根火腿肠，口红、眉笔、卫生巾因此沾上一股肉味。昨天早上喂完狗想到了外公，外公精瘦的身体挂着褴褛的单衣奔走于灾年的场景占满她的想象。司机最后一个来接她，另两名乘客昏昏欲睡，车子安安静静开进隔壁村庄，开到清溪河畔，开上摆渡船。受污染的河水绿油油明晃晃，让人想到草原和驰骋。过河就是进P城的高速口，虽然走水路多绕十几公里，但完美避开环绕P城的五十五个检查口和不计其数的交通高峰，毕竟每天至少有三十万人要从清溪河东岸到西岸谋生，陆路太挤了。包年拼车不是笔小开支，但每天可以比挤公交倒地铁多睡一小时，一寸光阴一寸金。通常二十五分钟后下高速，再开一刻钟，抵达商场，地下一层女更衣室的十五号储物柜是属于她的，锁着只在商场示人的套装、方巾、细高跟鞋。换装之后是上午最后一次如厕，除了六号储物柜的原主人做过胆结石手术改行了，她和姐妹们都成了久经考验的耐旱植物。专柜的摄像头直连经理办公室，她婉言请走那些占用沙发椅影响顾客正常试鞋的路人时，常招致白眼，休息一下了不起啊，神气什么，你我都是打工的，谁也不比谁高贵。一开始尝试避开摄像头气汹汹地轰人，转身再对着监控笑靥如花，久而久之感觉频繁的情绪转换是比憋尿更大的损耗，耐旱植物为数不多的针叶需要稳定的情绪维系，从早笑到晚固然面部肌肉酸疼，但麻木了，情绪也就少有波澜了，经得起日复一日的勒索了。上晚班的小姐妹总要迟到几分钟，她夜里不赶时间，老老实实挤地铁倒公交，过五十五个检查口。不乏利用通勤复习考上研究生的传说，她的包里也放过砖头大小的英语专业八级词汇手册，abandon（放弃），abandon，abandon，背了小半年依旧 abandon，只好 abandon 了。她不得不承认一上车就昏昏欲睡，感觉非常苍老和疲惫，传说只是传说，或者说与她无关，正如她们这行久盛不衰的一夜暴富说，大致模板是某大款对某销售一见钟情，豪掷千金穷追猛打，终获美人心……她是不信的，或者说不相信会发生在她身上，她的上进心朴素、传统，一心想练好英语有朝一日出国到总部深造。可时间长了，洗漱之前偶尔会多出一步：僵硬如墓碑的抚摸以及赤裸裸地审视赤裸裸的自己，纵然无望成为专柜最贵的商品，那么她的标价又是几何呢？回家要走一段夜路，路灯仿佛坏了一个世纪，再横穿明亮的小公园，公园里的老头老太多是这一带的房东，只打一毛两毛的牌局，警觉怀疑的目光总是毫无保留涂满她全身，目送她开门进屋。隔壁黑着，这个点肯定还在送外卖，她只见过两次，真是小哥，过分年轻，可能高中刚毕业，皮肤白嫩，不见毛孔，完全可以拉到护肤专柜做展示。她点了份鱼豆腐米线，微辣。矮墩墩的送餐大叔脸色黧黑，油烟味很重，憨笑的同时往屋里瞥了一眼。烧水的时候跳闸了，第一次跳闸正是隔壁外卖小哥帮她推上空气开关的，并叮嘱当心大功率电器，她从此养成吹头发前拔下热水器开关的习惯。可是已经一个多月了，烧水变成了一件要看运气的事，插上烧水壶之前默念几遍保佑保佑的习惯还在培养中，昨晚忘了保佑，于是烧水壶仿佛成了空气开关的死对头，一插就跳闸，再插再跳，干渴的光明烘着她，索性关灯，漆黑清凉。她不信神佛，可生活中多了许多需要祈祷的地方，保佑不堵车，保佑别迟到，保佑奇葩客人少一点最好别让她碰上，保佑一觉睡到天亮，保佑外婆手术顺利，保佑保佑……门响了，重新开灯，房东老太太皮笑肉不笑，年轻人比我睡得还早？目光迅速锁定床，然后莫名其妙夸了她的穿戴和妆容，话锋一转重申租约，不要在屋里瞎搞乱来哦。她点点头。老太太欲言又止还是说出了口，听说每天都有男人开车来接你？她点一下头，不解释。老太太离开前环伺房间，一看再看，仿佛错过了天大的好事，抑或想起了一生中最后悔的事，梅花落满南山北山东山西山。她用微波炉热脱脂奶期间在手机上读了一首诗：黑的白的红的黄的，紫的绿的蓝的灰的，你的我的他的她的，大的小的圆的扁的，好的坏的美的丑的，新的旧的各种款式各种花色任你选择……飞得高高越远越好，剪断了线它就死掉，寿命短短高兴就好，喜欢就好没大不了，越变越小越来越小……然后喝奶、洗杯子、定手机闹铃、关灯、睡觉，做了一个有气球的梦。前天呢，前天也是晴天，喂流浪狗、坐黑车、上摆渡船、去专柜、点外卖、烧水，一切顺利，在船上想了草原，在公交车上想了外婆。大前天也是晴天，和昨天、前天大同小异。对了，昨晚吃完米线到烧水这段时间，她接到外婆的电话，手术顺利，三个月后复查。外婆得知不能走医保的三万块机器人缝合费用是她出的，夸她有本事，嘱咐她按时吃饭早睡早起，然后声音低下去，有些哽咽，她隐约听见大慈大悲观世音菩萨保佑我外孙女健康平安，工作顺利，遇到的都是社会贤达……外婆的病痛是那只飞走的气球吗？还是她搁置的出国计划？至于大富大贵是醒不过来飞不起来的气球？她如常上车闭目养神，很快睡着梦见一片蓝海，原来是一排排立着的蓝色氧气瓶，也像一个个遭到砍伐的蓝色十字架，逃避的责任都汇聚于此，需要救济的对象全在远方……醒来眼眶酸胀，睫毛挂着晨露般的泪珠，她终于记起今天请假了，请假一天，去结婚。

她抱着塑料模特在商场一楼缓缓移动，走过一个个精光四射的柜台，如同在梦中行走。她曾多次梦见自己如此行走，最后在篝火旁找到了卢阿姨。旧模特像统一交给仓管员卢阿姨处理，修复或报废由卢阿姨视程度而定。她想从报废的模特像里带一个回家，卢阿姨帮她一块挑选，最后相中一个梳背头、高鼻深目、胸肌挺阔、小腹平坦的男模像，唯一的缺陷，右手掌削去大半。她质疑不修复是否太浪费啦。卢阿姨的理由相当私人，这模特的眉眼神态和卢阿姨非常讨厌的表弟有点像，必须报废。她在心里谢过卢阿姨英俊的表弟。

外婆说自己是一颗包心菜的那段日子正经受外公离世的巨大隐痛，半夜惊醒，益发感觉屋里太过空旷，当时的她不懂，外婆明明住又小又矮的平房。原来外婆家倒是深宅大院，有两进院落，后来充公，先是做大队粮仓，后来迁入五户人家，七八只煤球炉把寿桃和菩萨浮雕的影壁熏得黑不溜秋。菩萨蓬头垢面是要降灾的，年轻的外婆只敢关起家门吐露隐忧，一轮轮运动已经教会她什么思想是正确的、进步的。某夜宅院失火，烧到天明，到正午才扑熄，外婆经过改造有所保留的思想一夜之间回到了老路上，不再动摇，阿弥陀佛，菩萨保佑。祖宅化作灰烬的悲剧在找回信仰的喜悦面前就显得灰一样轻了……外婆找篾匠照着外公遗像扎了个纸人立在床尾，床成了有稻草人护卫的田畈菜畦，外婆感觉自己像一颗包心菜，有依靠，心笃定，梦里也是包心菜……外婆入院以来，她的心一直悬着，悬着悬着就不见了，也不知掉到她那空荡荡的身体里的什么地方去了，她找不到它。有天深夜母亲来电：我不敢想也没法想象在失去母亲之后自己怎么在这个空荡荡的世上生活，对于一个过早失去父亲的人来说，这个世界已经足够空旷了。她除了保佑保佑，说不出更具体的安慰。电话里呼吸声如狂风大作，宿命般的空旷似乎在迫近。她把男模像立在出租屋，面向门口，忠诚守卫。

卢阿姨每天带饭菜在仓库解决午饭。她买了些虾皮鱼干作为感谢。穿过人山人海的模特像，仓库往里还有一个存放办公用品的杂物间。暖气大开，一股樟脑气，出风口的衣架上挂满袜子，像一棵祈愿树砍得只剩一点树冠。打印纸堆成一堵高墙，墙后挑了两根细长的PVC管，阴着两排素色的内衣裤。电饭煲的插头拔下盘在地上，饮水机亮着绿色指示灯，旁边的桶装水上支了块三合板，摆着辣椒酱、醋大蒜、花生酱、醋泡花生、虾酱、蟹黄酱、牛肉酱。卢阿姨摆上虾皮鱼干，更显丰饶。她关切地指出，老吃这些，营养跟不上。卢阿姨说，吃饱就好。卢阿姨比她外婆年轻多了，思想境界却差不多。信佛？她冷不丁问。卢阿姨摇头又说，不怎么烧香拜佛，但人还是要信一点什么的，佛祖也好，菩萨也好，公司领导也好，自己也好，总归要信一样或者几样。她指了一圈杂物间说，幸亏有这个温暖又富足的地方，在这里关上十天半月，一点问题都没有。卢阿姨受到鼓舞说，顶灯加暖气等于太阳，你有要洗要晒的，可以带过来。她笑笑。卢阿姨用一种推心置腹的低声说，你以为那些保洁阿姨多清白？她们不坐班，比我们自由，每天在员工浴室洗了澡洗完衣服再下班，等我去，热水全用光啦。我可以打赌她们在家不到夜里十点钟保证不舍得开热水器，峰谷电啊。更不要说顺走卫生纸、洗手液这些小动作啦。这方面我是讲原则的，一是一，二是二，不怕任何人来查账的。她们退出杂物间，仿佛从衣柜里面钻出来，空气一新。

商场店庆大促，一直忙到凌晨两点，疲累至极是亢奋。五楼的海底捞还在营业，厕所洗手台上，牙膏、牙刷、洗手液、漱口水、梳子、润肤乳、洗发水、啫喱水、棉签、牙签、卫生巾、丝袜一应俱全，竟然还有一只钻石星空彩妆盒以及一台数码超声波清洗机，专业清洗戒指、手镯、手链等珠宝。难怪卢阿姨说五楼火锅店的厕所是免费化妆间。卢阿姨掌握了许多类似的生存智慧：商场一楼的星巴克，直接进去说"麻烦一杯热水"，然后到自助台加点白糖和奶精或者朱古力粉，一杯免费的自制奶茶就做好啦；真想喝咖啡到隔壁宜家办张免费会员卡，宜家的wifi信号比星巴克的强，早餐也便宜，豆浆一元一碗，春卷一元两个，稀饭两元一碗，小菜免费，晚上九点半关门，胆子大一点可以留下过夜，晚上九点二十左右找个样板间藏进衣柜，九点半到零点是工作人员整理商品以及保洁做卫生的时间，只要不发出声音，他们不会开柜门检查的，何况还有循环播放的音乐作掩护，早上五点半保洁进场，所以五点二十左右必须再躲回衣柜；沃尔玛的袜子一块九一双，女士裤衩三元一条，男款更便宜，反正穿在里面，舒服实惠就行……她拔了倒刺，洗了手，挤了点润肤乳在手背上抹开，一圈一圈，舒服实惠地鼓起了勇气，与此同时一个面孔惨白的长发女人打开隔间的门。她一惊，手里的卫生巾掉到地上。长发女人歪嘴一笑，你的量这么大？她捡起卫生巾摆回洗手台。都是女人，怕什么。长发女人一阵朗笑，也挤润肤乳抹手背，突发感慨，我好怀念小时候，一颗糖就能开心好几天。沉默片刻突然指着身后压低嗓音说，重大发现，这个商场的残疾人专用厕所，惊人地宽敞、干净，一点气味也没有，免洗洗手液可以临时充当润滑液。说完掏出一支口红说，放心吧，全新的，你的嘴唇有需要，我看得出来。她推辞。长发女人说，我羡慕你，还愿意占点小便宜，换来实打实的开心，不是吗？包里的两包卫生巾、三包丝袜突然显出了分量，紧拽她的右肩。长发女人在洗手台上挑了块干的地方，放下口红走了。

卢阿姨约她练琴。六点下班正是用餐高峰，两人在海底捞门口等了一小时，吃了不计其数的黄瓜、金橘、小西红柿、锅巴、虾片，到号早已半饱了。以卢阿姨的"生存智慧"，四个小锅全点开水，然后要一份面条、一份自助料，消费不超过三十元。她叫住服务员又加了半份捞派肥牛、半份火锅牛排以及整份蒿子秆，试图从服务员的微笑中找出一丝怨怼的破绽，却发现毫无破绽，比她功力深。卢阿姨抱怨铺张浪费，前面的虾片锅巴都白吃啦。她以肉代酒，感谢卢阿姨带她陶冶情操。商场六楼新开了一家琴行，三十五元即可上一节一对一入门课，还可以在三十天内免费练琴。卢阿姨练了一星期，勉勉强强能弹《小星星》了。她不到两天便赶上卢阿姨的进度。琴行老板和卢阿姨都鼓励她继续学习，不要浪费天赋。她露出没有一丝幽默感的微笑，三十岁的钢琴神童。后来搞清楚了，琴行规定老客带新客有奖励，一个奖三十五元，入门课结束正式报班的，再奖两百。她假装不知道这一切，甚至为了掩饰又请卢阿姨吃了顿海底捞。服务员竟认出了她们，阿姨好，女儿请客千万别客气，这是我们做女儿的共同心愿。说着冲她一笑。她只好也笑一下。四宫格锅底，西红柿、菌汤、三鲜、清油。卢阿姨坐到她对面说，我巴不得你是我女儿。两人吃到夜里九点，摇摇摆摆下一楼看见保安在贴告示，商场进了一个懂规避防盗警报器的高级惯偷，警方已经立案，文字下方是八张不同日期的监控截图，嫌疑人衣着各异，看不清五官。卢阿姨突然生气地说，我提过好几次意见，监控系统早该升级换代啦，吃亏在眼前吧。那头像素不高的长发突然让她想起了残疾人专用厕所，不对，那支口红，全新的迪奥999哑光经典正红。卢阿姨判断说，不是一般小偷，穿得都不便宜，我不追求穿衣打扮，但在商场这么多年，能看出一些门道。然后叹一口气总结道，有些有钱人太空虚，需要找刺激。她说，套用一句话，贫穷限制了我们的想象力。笑声飞入夜空，散成月光。这些都不重要，一笑而过，重要的是那句"我巴不得你是我女儿"，温暖人心，是异乡夜晚里的太阳。

　　她自觉进入女儿的角色，公共场合总是和卢阿姨手挽手，并且频繁梦见篝火和篝火旁的卢阿姨。卢阿姨感慨，很多年没有人做梦梦到过我啦。等她去P城城郊的卢阿姨家做客才发现卢阿姨并非独居，相反过着大团圆的生活。晚饭都是家常菜，但家庭成员全部出席，就显得隆重。

卢阿姨特别指出冬瓜汤里的虾皮是她送的，卢阿姨的亲生女儿冲她笑了一下，怎么看也不像不孝女。女婿夹了一只蛋饺给卢阿姨，一边亲切地叫了声妈。卢阿姨把蛋饺夹给她。晚饭后，女儿回房间再没出来过，丈夫和女婿坐在客厅下棋。卢阿姨把干果盘摆到她面前的茶几上，开始剥松子，攒了一把松子仁再递给她，说，不舒服？她看着卢阿姨，实在看不出卢阿姨缺乏亲情温暖需要另找寄托，于是模仿卢阿姨的口吻说，有些有钱人太空虚，需要找刺激。电视里一声爆破。卢阿姨提议出去走走。女婿立即起身，笑脸相送，目送她们走出几百米。她干笑着说，在我们老家，上门女婿做到这种程度的也少有。卢阿姨说，月亮真圆。她不依不饶，家好月圆，阿姨好福气。卢阿姨说，当心脚下。话音刚落，她的右脚就崴了。卢阿姨扶着她一瘸一拐地慢慢走，肢体语言代替口头交流，一切尽在不言中了。

　　村里有一处三进院落的福寿禅寺，外墙红漆基本脱落光了。几个同卢阿姨年纪相仿的妇女在弥勒佛的注视下，围坐一张折叠桌，将锡箔纸折成元宝和渡船。下个月就到观世音菩萨生日了。外婆每年也会早早准备，折元宝、渡船，还叠宝塔、莲花，晒在天井里，金光灼灼，银光闪闪，好像家里挖出了金山银山。一个穿蓝色冲锋衣的小伙走进寺庙，原地等了一会儿，被一个法师模样的男人引到观世音像前面。请学童肖肖接过高香。小伙子双手接了三炷香。法师继续道，此时此刻请学童肖肖心不动，手不动，带着虔诚之心来祈求仙师助力加持，护佑保佑学童在今后的软件学院研究生学习过程当中，得到仙师乾坤斡旋，创意不断，代码漂亮，产品爆款，恳请仙师日月照耀，护佑保佑学童一路连科，才高八斗，独占鳌头……她努力憋笑。卢阿姨说，舒服多啦？你如果有怨气可以对菩萨讲，闷在心里太辛苦，自己的身体自己照顾。她做出发脾气的样子说，该死的高跟鞋。卢阿姨说，下次来随意点，我看你平时一下班就换成旅游鞋的。她说，不敢高攀了。卢阿姨说，在这里一家人只要不吸毒、不赌博或陷入诈骗，有数百万存款很正常，是有人去澳门赌博赢了钱回来，请戏班做过五天戏，毕竟是少数，大多数赌鬼没有好下场。她悲哀的责备变成了一种试探性的蔑视，声音在困惑和嘲讽之间犹豫不定，百万存款还上班哦。卢阿姨笑笑说，有几千万存款也要做啊，人不能懒，当然我是贱骨头，一天不动，肩膀酸胀。她耸耸肩说，全国劳模非你莫属了。卢阿姨的声音陡然变得严肃，你们年轻人没饿过肚皮，只要饿过一回，你就笑不出来了。她保持微笑。五年前母亲从文具店离职进了老家一所中学做烧饭阿姨，每天克扣一点蔬菜、肉类带回家，得意扬扬地在电话里宣布，从今往后再也不用买菜啦。与此形成对比的是，饥荒年代，外公赶马车为"引洮工程"的民工拉粮，但外公连一粒麦子都没有带回家，外婆也没有因此抱怨外公。

肖肖满面潮红地完成了仪式，卢阿姨似乎受到感染，也跪在蒲团上说，菩萨保佑，保佑我家庭幸福美满，家人平安健康，大灾减，小灾免，天天顺，日日顺，一顺百顺事事顺！保佑我丈夫工作顺利，腰椎间盘不再突出，保佑我女儿天天开心，顺利离婚……比上门女婿还上门女婿是因为心中有鬼？卢阿姨点点头。她追问是赌博还是诈骗，不会吸毒吧？卢阿姨一律摇头说，和你的鞋一样，看着像那么回事，其实是 A 货。他们夜里一个睡床，一个打地铺，小半年了，前几天女儿同我讲男方竟然真想要跟她过日子。狼心狗肺的东西，我家这个前前后后已经给他十来万了，还不知足，别人家都没这些糟心事。她茫然地看着卢阿姨被愤怒煽动的胸脯起起伏伏。卢阿姨好不容易平复了，打量着她说，我丈夫还可以吧，你嫁他好不好？她原本手握冰锥一般的断鞋跟，一高一低站着，突然一个趔趄。

卢阿姨迎着太阳走在前面，她和卢阿姨的丈夫，不，卢阿姨的前夫，落在后面越走越慢。太阳吸干了土地的水分，又掀起一阵热风，村庄犹如雾气蒸腾的湖泊。透过雾气，隐约可见早年的回迁房小区洋红色的涂料已经暗淡，明显有别于不远的商品房，但至少路面是平整的，停车位一清二楚，小小的绿地中间散落着一些木头凉亭，现成的石桌石凳，纳凉、打牌、讲八卦的不二去处，除了人多时，后来者要自带小凳，没什么可挑剔的。更远处那点刺目的亮是财富金融中心球形外立面的反光。

风停了，尘埃落定，村庄的破和旧暴露无遗。这片土地多年来一直处于P城的城乡过渡地带，没有湖也没有山，天然适合城市扩张。从1999年撤村建居开始，已经有三十七个村被划归城市，如今终于轮到卢阿姨们了。经年累月的等待使他们学会了熟练运用自嘲，看啊，我们这儿的绿化比安置小区好多啦，春天有荠菜花、宝盖草、婆婆纳、蒲公英，夏天遍地一年蓬的小白花，秋天更别提啦，总之一年到头纯天然氧吧。

他们本来可以抄近路回家，那是一条铅垂线一样的土路，被人的脚踩得光溜溜的，太阳一烤，硬得像砖。两边早已腾空的破房子里，羊吃齐膝高的草，狗喝雨水然后交媾，有时钻出几只大白鹅，张开宽大的翅膀，嘎嘎叫着，飞不起来。他们今天必须走大路，不光是大喜日子风水上的讲究，也出于昭告天下的目的。她穿着紫色羊毛衫，一条黑色高腰裤，不停流汗。好在沿路的目光陌生归陌生，没有恶意，也没有恭喜的意思，好像见怪不怪。她深呼吸，两肩一沉，抬头做人，甚至用金戒指反射阳光捉弄了几个孩子，晃得他们闪开了。

回迁安置工作指挥部设在老酒厂职工宿舍，从二楼挂到一楼的红底标语写着"尽早完成回迁安置，加快提升生活品质""细心耐心诚心，服务好回迁群众"。告示栏上的白纸雪亮锋利，随风躁动，公示了回迁安置再婚人员，七日公示期内如果群众有异议可以举报，底下一行加粗黑体字：法律提醒"以虚假结（离）婚方式骗取国家财产"涉嫌诈骗罪。她知道她的名字很快也会上墙，和另一个缺乏想象力但颇具时代特色的名字并排摆在一起。她也知道公示期一过，她就帮卢阿姨多分了五十五平方米，卢阿姨将一次性付她十万元现金，还有那只周大福金戒指。卢阿姨忆苦说，年轻的时候赚钱少，钱都是硬存下来的，存够一点就去买金子，一钱一钱慢慢买，然后拿到金铺换成整条的，老金子很纯很软，遇到喜事就切一块打成手链或者戒指。她摩挲无名指，坚硬、冰凉。卢阿姨思甜说，以前觉得一万元是天文数字，不吃不喝做到死也不可能成为万元户。她说，恭喜卢阿姨至少又多了一百个一万元。

家里阴凉，有种微苦、冷清、恹恹的气息，仿佛被蒙尘的幕布捂了太久太久。女儿女婿还没下班，三人俨然三个临场怯场的演员，一下子不知道说什么好。最后还是她开了灯，有了当家的派头，卢阿姨则接过婚姻失败者的角色，声音继续露怯，把一间间房介绍给她。因为随时可能搬走，人都成了自家的临时租客，不敢买大件商品，不敢更新换代，旧货一修再修不舍得丢，总有机会修好或者变废为宝另作他用的，正如他们对拆迁的盼头。主卧的床尾摆着一台没有外罩的风扇，她蹙眉道，也不怕睡着了截肢啦。卢阿姨发现自己对这位狐假虎威的女主人的忍耐到了极限，冷哼一声，你睡哪头？她如梦初醒连忙摆手，那比截肢还吓人。卢阿姨继续恐吓，你不睡这里还能睡哪呢？群众的眼睛是雪亮的。她在床尾坐下，屁股只占一点点床板。假扮女儿容易，表演人妻真是没有经验，来之前做过一些心理建设，她和卢阿姨丈夫属于老夫少妻，她大可做一个任性的小娇妻，故意大讲特讲各种微博热搜段子然后嘲笑老夫的老朽，天天赖床，需要老夫一哄再哄……

卢阿姨父妇仍旧睡主卧。她和卢阿姨女儿同屋，女婿只好睡客厅的钢丝床了。每天早上，钢丝床收好藏在厨房，家门一开，表演开始。女儿女婿穿同款睡衣并排立在平房前面的明堂上刷牙。她给卢阿姨丈夫挤牙膏、揩面，再帮丈夫剥水煮蛋、煮杂粮粥，哪是小娇妻，活脱脱小保姆！餐桌上只有两对夫妻，卢阿姨独自在厨房用餐。外人看来，卢阿姨家和平演变，新旧交替，旧人赖着不走，承蒙宽厚的前夫收留，白吃白喝。事实上，新人没笑，旧人没哭，新旧并存，平平淡淡才是真。

卢阿姨的丈夫，原籍河北晋州，幼年丧母，三十五岁之前的谋生之路不算顺畅，十五岁对木工发生了兴趣，拜过师父，农闲时在家练手，学了一点木工本事，很快又荒废去福建当了三年工程兵，又在上海郊区养过鸭，没本钱，没人脉，都没干出名堂，后来迁居P城城郊和卢阿姨自由恋爱，虽招致以卢阿姨表弟为首的家人们的强烈反对，但两人还是自主完婚了。他目前在地铁某车辆段综合维修基地开工程车，负责在地铁检修或维修时运送零部件。如果不是拆迁，这就是个失败的老男人。她一边默记一边暗暗评价，不时看一眼卢阿姨画的家谱：大姐一家十年前为了更清洁的空气南下，一年最多回来一次，每回这里挑剔那里看不顺眼的，是无数口角纷争的发端，属于影响家族稳定和谐的危险分子；大哥一家三口住P城北边，从卢阿姨家过去要穿过大半个P城，基本只在春节、清明、中秋聚餐才见面；公婆去世多年，公公年轻的时候身体就不太好，在生产队挣不了几个工分，队里分的粮食总是不够一家五口人填饱肚子，平常就靠婆婆做点小生意贴补生计，婆婆劳作之余偷偷去附近的村里收一些粮票、布票、油票，一转手赚点差价。人都说这位小脚老太硬朗，在晋州走完了红军长征两万五千里，不承想却被芥末击倒了。婆婆以物易物收了一些芥末，对方声称此乃人间美味，于是她擅自大尝一口，当场又哭又笑又挠头的，醉酒一样，毒瘾发作一样，吐着舌头撞上电线杆。过了一星期，她鼻涕里依然有淤血，胸闷始终不见好转。婆婆弥留之际，一向吊儿郎当的公公坐在床头哭了一夜。有人说，古有孟姜女哭长城，今有烟鬼丈夫哭小脚妻子。也有人说，书上说人体内百分之七十都是水，看来不假。过了一些年，丧葬改革，倡导火葬，婆婆迁入公墓，又过了很多年，婆婆才等到合葬的公公……

家族历史要捋顺，当下的生活细节更要了然于心。卢阿姨给丈夫的所有衣物都拍了照，让她有空便一张一张滑过、辨认，说，形势所逼，辛苦你啦。又说回二十多年前，第一批搬迁的村子，也按人头补偿，人都老老实实，四是四，十是十。后来思想解放，未婚的、光棍的、守寡的都去结婚，已婚的都去离婚再婚，人们一夜之间都成双成对。最夸张的一例，八十多岁的梅老太被儿子儿媳冷落了几十年，一直独居村里，因为动迁，儿孙们忽然常回家看看了，还主动去给梅老太的老伴上香，目的只有一个，希望梅老太再婚。梅老太年轻丧偶时不是没想过再找一个，儿子不同意，大半辈子熬过来了，梅老太赌气也好，珍惜胜利果实也罢，宁死不从，最后被儿子背到民政局，一路哭诉，你们给我作证啊，我做人一向清白，抚养子女长大成人，送老头上山，不惹是非，没有哪件亏过良心……以前人们睁一只眼闭一只眼，不影响自家钻政策的空子就行，随着钻空子的人越来越多，政策一年一年收紧。从前年开始，拆迁办发动群众监督群众，谁家最近人员异常，拆迁办就上门对再婚人员进行"五方会审"，国土局、派出所、农居建设管理中心、街道和社区各派人来联合审问，后来五方还觉得不够，变成七方，增加民政局与回迁房建设单位。想想看，至少七个人突然闯进你家，分开夫妻两个，分别问些私密问题，比如丈夫屁股上的痣在左边还是右边，妻子妊娠纹的大小和位置，最后拿出一堆衣服，只有一件是配偶的，让你找出来，作孽！卢阿姨发现她的脸通红，手机相册正好滑到丈夫的三角内裤，于是换了个话题说，九十年代我们那片还有个热电厂，发生过一起抢枪案，歹徒用铁棍袭击值勤的武警战士，抢走"五六式"半自动空步枪一把，为了搞子弹，又先后突袭装甲兵司令部、射击场、公路巡逻警。疯狂吧？拍电影一样的。据说后来终于在外地搞到了子弹，回Ｐ城的一路上先后做下七条命案。最后大围捕也在我们那片，只听见屋外枪响和麻雀叫，等到没声音了，又过了很久，我们才出去，贴到警车车窗上看被铐在后座的歹徒，很瘦，猴子精一样的，眼睛瞪大，看着无辜，搞得好像我们才是凶手，但大家以讹传讹，偏说凶手人高马大，三角眼，满脸刀疤，好像这样大家躲在家里一下午就不丢人了。她总结道,疯狂又天真的年代。卢阿姨说,柯受良知道吧,香港回归前开车飞跃黄河,我们守着电视机看直播,节目标题是,万众一心,振奋国威。她摇头说,不知道。卢阿姨好像公布重大发现说,亚洲飞人先是柯受良,后来才是刘翔。她哦了一声回到正题,阿姨什么时候结婚?卢阿姨两道文眉顿时拧到一起,原计划让女儿的公婆离婚,过来和我们两两重组,但是女婿这个样子,不敢想了。以前都是私下签协议,行情价十万元,事成之后,拿钱走人,清清爽爽,现在没人敢写这种协议了,怕一不小心变成骗取国家财产的罪证,所以全靠君子协议,但君子难找。卢阿姨一声叹息。

  回家的大路上多了许多编织袋、木板箱和旧家具,好像战场临时工事。家里同样弥漫着战时的紧张气氛。卢阿姨丈夫梦话连篇,这是我老婆的,那也是,我们真心相爱,实意结合。卢阿姨听了心里不是滋味,夜夜失眠。卢阿姨女儿半夜把她摇醒,你是耗子精转世吧,磨牙没完没了。她坐起来,俯视同龄人,我还以为你当我是狐狸精呢。两人同床睡了一星期终于开始说话。女儿搓脸试图保持清醒,我们的头婚都一言难尽。她重新躺下轻轻呼出一口气。女儿凑近说,假如真给你五十五平方米外加补偿款,你愿意嫁给我爹吗?她假装思考了一下,三十岁就当后妈,好像也挺了不起的。女儿不示弱,有个同龄的后妈,好像也挺酷的。两个女人半夜疯笑,惊动了鸡开始打鸣,但天迟迟不亮。

  第二天一早,卢阿姨把丈夫的各项身体特征列成清单交给她记背,什么左边奶头有毛右边则没有,右边屁股有一块青胎记等等,就算没问,这些隐私中的隐私也为应付七方会审增添了筹码。下班后轮到她自曝其短,卢阿姨的目光穿过气味复杂的员工浴室里的水汽,照着她,从头到脚,从前胸到后背。她浑身不自在,余光无意触碰了卢阿姨的身体,水汽氤氲也难掩鸡皮一样的肤质以及褐黄的肤色,那两只严重下垂的旧乳房啊,像两只老得不能再老的丝瓜,没法入口,只配摘下来洗碗刷锅!

还有发霉似的三角地带，好一块干枯的苔藓！卢阿姨的视线掺进了杂质变得软弱。她辨出杂质有自惭形秽、羞愤、嫉妒，于是收回挑衅的目光，仰头闭眼对准喷头，热水像温柔的湿吻吞吐全身，她发出一声呻吟。

七方会审发生在一个凉爽的夜晚，一家人正在吃晚饭，检查人员就像一场灾难突然降临。一家人暗松一口气，仿佛做了太多逃生演习终于派上用场啦，等到通过检查才能真正大出一口气。她走进厨房，女儿跟过来小声说，一回生二回熟，我已经经历四回突袭啦。她面无表情地说，电影里面移民局审查非法移民也不过如此。边说边拿起丝瓜瓤准备洗碗，想到卢阿姨，想到卢阿姨丈夫屁股上的胎记，咻咻地笑了。第二天她自作主张买了一盒六条男士平角裤，叔叔，这是冰丝的，又轻又薄，比纯棉舒服。卢阿姨丈夫红着脸。卢阿姨接过，代丈夫谢了她。深夜卧谈，女儿告诉她，我老爹吃路边摊，工友朝他挤眉弄眼示意他看看路过的美女他都要脸红。她总结道，沉默的人一开口就等同于幽默，老实人一做坏事就上脸。

老实人买了件文胸放在她枕头底下，作为回礼也正常，可一想到成年男女互赠贴身衣物又有些脸红，一穿，正合适，更脸红。她没有把内衣裤全部带到卢阿姨家，更别提拍照展示了，她在卢阿姨家只穿背心。卢阿姨把她的身体信息交给丈夫之前先给她审核了一遍，保留身高体重，略去了三围，因此知道了他暗中打量过她，皮尺一般的目光一寸一寸比过她的身体，分毫不差的尺码得益于日积月累的测量工作。

星期天一早，她在卫生间洗衣服，卢阿姨丈夫穿着一条紧绷绷的旧棉毛裤闯进来，因为家门开着，两人都默契地没大呼小叫。他的目光不偏不倚贴着她的脸，然后是胸。她故作镇定地说，收到了，谢谢。他说，你一次也没穿过。然后盯着她和她的惊讶，像欣赏一朵花。她低头说，阿姨买菜快回来了。他突然说，你是不是还有副业？比如在屠宰场兼职，你身上总有一股肉味。以前老街上卖酱油的女人，她们的头发、手指和皮肤上都沾满酱油味，还有那个粮管所的女人，身上常年带面粉的清香，不用看，就能闻见她来了，真好闻。她茫然地重复，阿姨买菜快回来了。

入夏，卢阿姨不许丈夫在家赤膊，不到夜里十点不准开空调。女儿私下向她抱怨，我老娘是小事精明，大事糊涂，用了这么多年峰谷电，又怎样呢？还不是住这种垃圾地方，不然当年拿着我爹的抚恤金足够买个三环的小套，不知道涨成什么样了。我老娘呢，只知道存银行，守着那些钱，看它贬值，逼我赚钱，现在好了，别说房子，连厕所都买不起。她指指墙，隔壁那位不是你爹？女儿的表情闪过一丝痛苦又很快释然，他是我爹的工友，生产事故，我爹牺牲了，他活了下来，一直帮衬我们家，帮着帮着帮成了一家人。原来卢阿姨也是二婚。她若有所思又指墙，隔音吗？有没有小孔小洞什么的？女儿不耐烦地用手扇风，直喊热。卢阿姨掌管空调遥控器，规定夜间冷气不得低于二十六度，健康又省电。可怜卢阿姨丈夫陪卢阿姨睡在蒸笼一样的主卧，只有一台没有外罩的老电扇低速运转。卢阿姨丈夫逮住机会也抱怨，我睡不好就算了，关键夜夜梦到我的腿绞进电扇锯断了，吓醒一身汗，睁眼到天亮。她透过镜子瞥去同情的一眼。他挂着悲情的茶色眼袋继续诉苦，外头人看我拆迁户，风光吧，其实比养老院还不如。他停了一下说，外头人看我娶年轻娇妻，风光吧，其实比和尚还不如。他停了很久才开口，你和我，我们加在一起有一百一十个平方米，还有几十万补偿款，又有法律保护，别忘了，我们是受中华人民共和国婚姻法保护的合法夫妻。

她似乎真成了这个家的女主人，家人们私下都有心里话要说给她听，有一堆的计划需要她权衡定夺，就连卢阿姨也向她寻求安慰，这阵子我一点不开心，虽然是做戏给外人看的，但一个人在厨房吃饭的时候是真难过，万一哪天老伴先走了，不就是这种光景吗？太可怜太难受了。她语气坚定地说，阿姨不要多想。卢阿姨点点头。新增人口安置的时间窗口定于12月31日正式关闭,这意味着卢阿姨还有半年时间物色另一半,也意味着她还要在卢阿姨家住半年。她口气一软又说,生老病死聚散离合都是自然规律。卢阿姨点点头。

商场是一个大型冷库。她远远看见她的邻居年轻的外卖小哥跑进来,一边抹脸上的汗一边东张西望,小半年不见,晒黑了,更壮了,马一样地喷出热气。真巧。他送完餐发现了她。她说,巧什么,我早看见你了。他露出一个笨拙的笑,牙齿又齐又白,我也看见你了。她从饮水机接了杯水给他。他说了一串谢谢谢谢,然后问她是不是换地方了,喉结剧烈翻滚。她点头,再来一杯?谢谢谢谢,什么时候搬走的?你应该通知我一声,我请你吃饭,我做饭还可以的。她微微一笑,你给我等着,行李还没收完。他恍然大悟透着一丝欣喜,难怪隔壁一直黑着,还是有亮光好。说完猛打喷嚏,引起小范围的侧目,只好用玩笑掩饰局促,冷气真足啊,像批发猪肉的冷库。她收回杯子,谁说不是呢。一个不算职业性的微笑。

新到一批限量版,往常半小时就能完成布置调整,这天她用了一个下午还没搞定,心不在焉,一心两用,既在考量新品和同类竞品,也在评估她自己。中午她发现自己用卢阿姨丈夫看她的目光看着外卖小哥走出商场,他太年轻了,一出家庭戏里面,她只能演他的姐姐,不是二姐三姐,是大姐。她三十出头,在柜姐中已没有任何年龄优势,何况在她水灵的年纪,也算不上外貌出众,人们会用"漂亮""美丽"形容她的同事,但对她的评价是"态度好""心细""有耐心"。她在这方浮华之地唯一的竞争力即她的业务能力,不论以前、现在还是将来,业内流传的那些富贵传奇自然是落不到她头上的,现有一个比上不足,比下却大大有余的小奇遇搅扰着她,搅得她心猿意马。结婚证显示,卢阿姨丈夫比她大二十八年七个月零三天!

当晚她梦见残疾人专用厕所里站了一匹白马,她骑上去,双手颤抖着摩挲着,双腿紧紧夹着马腹,马鬃撩过她的脸。卢阿姨女儿推醒她,嗔怪她压到了她的头发,又睡着了。她独自醒着,想象她出生前的二十八年七个月零三天,难以展开想象,于是想象力向另外的地方滑去。早些年母亲总念叨,我二十六岁就当妈了,二十七岁终于从车间调进财务办公室,算是你回报我的第一份贡献。你很乖,进食规律,很少哭闹,我完全可以在午饭时间、下午点心时间喂奶的,但我偏要上班时间带上你,喂给整个车间看,这才摆脱了又闷又黑的球墨铸铁车间。母亲提及这段历史总是难掩骄傲,她毫无印象但完全能理解并共情,这是母亲一生中为数不多的胜利。她回忆拼凑母亲的零星描述,想象疯狂又天真的年代,球铁厂里寸草不生,积满煤灰铁屑,太阳升起,熠熠生辉,一个穿白衬衫、酒红色的确良长裙、细跟塑料凉鞋的年轻女人踏上了这片贫瘠的黑土地,这是年轻女人重获新生的第一天,以至于有工友讥笑她是一截水萝卜拼接一截酱萝卜,她也宽宏大量地假装没听见,反而同情地看了一眼车间和走向车间比车间更黑的工友们,然后比往常多走一百米,走进干净、明亮的行政办公楼,右手放下网兜,双手取出绿色保温杯,回顾刚才的动作,一切都是慢慢的,慢慢的就是优雅的,最后优雅地捏住鼻子,将鲫鱼汤一饮而尽……母亲养育她的百般艰辛绕不过奶水不足的历史问题,甚至暗示她,外婆对她的出生有所不满,你外婆说女孩子喂米汤也能长,不行就买奶粉,又去养羊人家打羊奶,我坚持母乳喂养不动摇,忍着腥喝了多少鲫鱼汤啊,还差点让赤脚医生把捣烂的蚯蚓涂在乳房上催奶。我很清楚,那些喝米汤、奶粉、羊奶长大的孩子,先天免疫力低下,你从小到大很少感冒。小时候听到这里,她就会恶作剧地咳嗽一通。随着她成长发育,母亲邀功之余多了指责,我的乳房就是被你吸瘪吮塌的,不到三十岁就老了,和你外婆一样,挂下来,再也挺不起来。也许是母亲添油加醋,但她更害怕比想象的更糟糕,积极主动地避免和母亲上浴室或泳池。假如母亲没有听到风声赶去灯光昏暗的大礼堂目睹父亲和同厂女工跳交谊舞，假如那名女工不是乳腺癌幸存者，母亲或许就不会对自己的乳房过分执着了。她记得礼堂归来的母亲笑得很开心，用一种异常明亮的语调说，馋奶馋到只有一个奶头的瘟鸡上去啦。1964年7月15日出生的母亲由此开启长达数十年的猜忌、争吵、冷战，婚姻没破裂，但也如母亲的双乳再难修复到最好程度了。直到最近五年，母亲仿佛终于结束了没完没了的更年期，不好奇，心平气和，看破了也不说破。前年春节她和母亲去看外婆，村委会组织七十岁以上老人免费体检的报告就放在饭桌上，母亲视而不见，她忍不住拆阅，整体情况还可以，只有两条建议，做动态心电图以及到心血管内科进一步检查。母亲没问，她也没说，直到她自己也忘了，直到外婆被推进手术室。1943年8月8日出生的外婆见证了年轻的共和国的诞生，"我见得多啦"是外婆的口头禅，手术之后连这句话都没有了。去年年夜饭，舅妈中途走人，元宵再聚才吐出怨气，舅妈切除肾上腺肿瘤半年来一直在家静养，虽说家族成员先后都上门探望过了，但舅妈不能忍受齐齐整整的场合，一句对她的慰问都没有，加上满桌佳肴，她除了喝水只能吃点山药，委屈就爆发了。众人只好二度表达关切之情，又加了一份清炒油麦菜、一盆茼蒿炖豆腐。散席后母亲和她抱怨，大过年非要提什么癌症肿瘤的，晦气。她什么也没说。不说不代表不知道，但不说就可以眼不见为净，就可以难得糊涂，就可以不知者不罪，就可以假装没那么重负担地说说笑笑吃下去。1989年8月23日是她的生日，她自觉继承前两代女性的生命经验，对于那段二十八年七个月零三天的空白没兴趣了，仿佛宇宙洪荒，从此刻开始才天造地设出一对持有中华人民共和国结婚证，年龄差二十八岁的新人。

拆迁政策一夕之间天翻地覆，不按人头，改按面积补偿！动作快的调整思路开始盖彩钢棚占面积。人口不断膨胀的拆迁村突然冻结了似的，临时丈夫、临时妻子们纷纷撤离，留下利益切实相关的正牌户主，以及个别想上位的男演员、女演员。

女婿交出银行卡，十五万劳务费如数奉还，我不图财，我爱萍萍。卢阿姨打断说，戏瘾还没过够？散戏啦，该你的辛苦费一分不少你。女婿徒劳地重复爱情宣言，我是真心爱萍萍的，妈。卢阿姨坐如钟，面部肌肉绷得像钟一样硬邦邦，声若洪钟，最多一年！坚毅的女婿困惑了。卢阿姨宣布，一方不同意离婚的，一般经过两次诉讼，第一次判决不离，判决书生效满六个月后可以提起第二次离婚，第二次法院基本都会判离婚，整个过程最多一年。女婿坐正说，不怕我检举揭发？卢阿姨面皮一松说，我们一块坐牢有伴了。女婿立即表现出纸老虎本色，没话说了。卢阿姨继续说，婚姻不是交易也是交易，强买强卖都没意思，你和萍萍本来算朋友，闹到最后朋友都没法做，有意思吗？人财两失，再搭上一笔诉讼费，一点意思也没有。卢阿姨丈夫最后一次和女婿碰杯说，原来是人多力量大，大家一起把蛋糕做大，现在是蛋糕只有这么大，多一个人多一份负担，识时务者为俊杰啊。家酿的枸杞酒鲜苦辛辣，醒脑更醒身，似乎很多问题都可以想通。女婿走到门口点了一支烟，耷拉着脑袋，背影看上去像一个孩子。卢阿姨对她轻松一笑说，你想来就来，随时欢迎。她抢白道，我是爱叔叔的，我们真心相爱。卢阿姨丈夫拔高嗓音进行了一番不必要的解释，我们原计划六口人，六个五十五平方米，以我们家的面积现在最多两个五十五平方米，我的工资卡一直交给你阿姨保管，攒到现在勉强再买半个五十五平方米，两个半五十五平方米，除以三都够呛，除以四就要过苦日子啦。她一边用力咀嚼蛋饺一边用力盯着她的丈夫，法令纹像两道防波堤拦阻了两颊横肉，凸显出肥大的鼻头，鼻毛该修剪了，鼻毛在颤抖。她大笑两声说，我开玩笑的。卢阿姨丈夫说，不好笑。她主动倒酒敬了一杯她的合法丈夫，丈夫呛着了，没放稳的酒盅倒在桌上，呈扇形滚动，白活了二十八年七个月零三天。卢阿姨给自己夹了一只蛋饺说，古话讲一日夫妻百日恩，古话又讲大难临头各自飞。喝酒的、喝茶的、抽烟的都默不作声。卢阿姨用力嚼蛋饺，嚼了一分钟才咽下说，邵老师今年八十二还是八十三了，老派知识分子，思想开明也不开明，保姆可以当着邵老师的面大谈特谈保姆谋杀老人的新闻，大言不惭地说给七十岁以上的老人做保姆是投资回报率最高的工作，邵老师一点不往心里去，照样和保姆嬉皮笑脸的。动迁以来保姆千方百计哄邵老师和她结婚，邵老师好不容易想通，保姆离婚第二天，政策突变，回去复婚，两个年近六十的老夫老妻被民政局的小同志教育，婚姻不是儿戏，民政局不是酒吧茶室，笑死人。现在想想，那保姆要么目光短浅，要么就是舍不得原配真心相爱，不然保姆扶正做师母，多好的事。说句实在话，邵老师还能有多少年活头，邵老师的美国儿子不回来了，除了打钱请保姆也没什么联系了，到头来房子钞票不都归做师母的。卢阿姨笑眯眯地看着她，她报以更灿烂的笑。卢阿姨接着说，邵老师觉得对不住保姆，除了工资，还送了几本旧书，我是不懂的，拆迁办那个书记翻了翻说有意思，我问他值多少钱，书记说，里面的故事有意思。喝酒的、喝茶的、抽烟的异口同声，什么故事？卢阿姨看看丈夫再看看她说，都是唐代故事，其中有这么个故事：哥哥把妹妹嫁给了甲，妹妹却和乙有私情，甲病了，妹妹和乙密谋要把甲毒死，丙、丁和乙是好哥们又和甲是老乡，于是有意无意透露给甲，晚上要是有人送粥，千万别喝。晚上果然有人送粥，甲就没喝，后来妹妹直接带乙来杀甲，丙主动要求背装了土的麻袋，把麻袋放在甲身上，但没压住甲的口鼻，黑灯瞎火的，又放了甲一马。乙和妹妹沦为全城笑柄，女人们开玩笑说，以后要是缝谋杀亲夫的袋子，要仔细一点，缝结实了，可不要让它露了馅。卢阿姨说完吃完，哈哈大笑。

　　沉重的云层石头般挤满了阴暗的天空。她蹦蹦跳跳绕过路面积水，回到出租屋。流浪狗不知受了谁的恩惠，胖得认不出来了，流浪狗也不认识她了，一个劲瞪她、吠她。她一惊，一退，一脚踩进泥水里。屋里更凉，有种微苦、冷清、恹恹的气息，仿佛被蒙尘的幕布捂了太久太久，掀开是一个荒废的舞台。她换下湿鞋袜，模仿公园老头老太绕着模特像跳了一圈鬼步舞，然后准备表演单人睡觉。醒来天还亮着，屋外有泼泼洒洒的动静，她以为又下大雨。外卖小哥正在清理电瓶车。她迷迷糊糊险些把"今天这么早回来"说成"早上好啊"。外卖小哥说，不干了。她伸出食指上下比画，那还穿工作服？外卖小哥嘿嘿一笑，习惯啦。你终于回来收行李啦？她倚着门框欣赏一身鲜黄的他精心擦洗电瓶车的坐垫杆、坐垫、电源箱、车架、后泥除，形同护理　具伤痕累累的病体。他没吹牛也没食言，烧了一桌好菜招待她。她不禁感慨，出租车上听广播说处女座这个月的幸运色是黄色。他自我介绍说，我是巨蟹座，在厨师学校学了两年，找不到厨师工作，只好先送外卖。她打了个酒精含量很高的哈欠，支使他先把那身黄衣服脱下来，不然总觉得我们在偷吃外卖。他一边脱一边追忆，一开始偷吃外卖稀松平常，商家包装也不复杂，这份吃一口那份挖一勺，一顿饭钱就省下来了。他脱掉黄色又脱里面的米色、黑色，最后半裸上身，像一块精心雕琢的汉白玉。她遮住眼睛。他接着说，没机会做厨师也就算了，还天天给那些三流厨师送垃圾食物，折磨死我了。实不相瞒，我偷吃过不少，怎么会有人做出那么糟糕的饭菜，关键还有人买单，折磨死我了。你为什么把眼睛蒙上又透过指缝偷偷看？折磨死我了。她放下手掌，光明正大地笑。他往握着的拳心哈了一口气说，你为什么笑得这么好听？折磨死我了。你怎么笑得这么好看？折磨死我了。她闭眼，眼前却出现一间宽敞、干净、无异味的残疾人专用厕所。脸上的绒毛感觉着越来越靠近的呼吸暖流，她闭紧双眼，抿紧双唇，张开的耳朵捕获了一句酒话也是心声，我明天终于要当上厨师了，折磨死我了。残疾人专用厕所灭灯了。

邵老师眼白黄斑密布居然不影响读书看报，早晚刷牙还是一口黄牙，每周擦身两到三次，一个月洗一次澡，肤色依旧蜡黄，只有站到太阳底下，蜡黄才浅显一点，像一座晒干的沙雕，鸡胸驼背，显得很孤单，又耐不住那孤单。她辞去专柜工作，退租回到拆迁村，毛遂自荐要做邵老师的保姆。远在美国的儿子效率奇高，已经请了一位新阿姨。好在邵老师对她有印象，你是卢芳家的，我有几次晒太阳看到你和卢芳一起出门一起回来。她笑着点头，以后我陪您晒太阳好不好？邵老师咧嘴一笑，你是萍萍，你是卢芳的女儿。她将错就错点了头。邵老师说，你给我当保姆，你妈要心疼的。她握住邵老师的手说，我妈没意见，我妈说邵老师是知识分子，可以信任。

邵老师的日常生活像时钟一样精准，也像时钟一样重复。新阿姨做什么，她跟着做且憋着劲一定要比新阿姨做得好。幸好卢阿姨一家三口领了租房补贴搬走了，否则真的萍萍将受流言困扰几天：我有手有脚凭本事吃饭，可再有本事也做不过什么卢阿姨的女儿上门倒贴……这个卢阿姨肯定有狐臭，所以生下一个狐狸精女儿……新阿姨做满一个月要求换东家，邵老师没挽留，更没送旧书画，为她也为自己抱不平，把你说成狐狸精，那我是什么？她握住邵老师的右手安慰道，清者自清，问心无愧。邵老师用左手拍拍她的手背说，我家换过十来个保姆了吧，像你这样年轻还是单身的，确实是第一次，如果不是卢芳的女儿，我还真不敢收。她把另一只手搭到邵老师的左手上，四手相叠，状如加油鼓劲，我吃定你了。邵老师露出孩子一般的笑，笑着笑着又严肃了，你每天睡在这里是因为卢芳租的房太远吗？她继续将错就错。邵老师叹一口气，我才不领租房补贴，哪天拆哪天搬，二十年前我儿子要接我去美国我都不去，十年前儿子想送我进养老院，被我骂了个狗血淋头。她说，养老院护工虐待老人都不算新闻了。邵老师说，我以前也在报纸上读到过，现在报道少了，可能情况好多了吧，那我也不去。我的好朋友何老师，三个女儿一个儿子，独宠儿子，包红包，孙子两千，外孙一百，结果第一个提出送他进养老院的就是儿子，三个女儿不表态等于投弃权票。何老师最后八年都关在养老院，坐牢一样，一辈子当牛做马，押错宝啊。她又拍拍邵老师的手说，何老师是何老师。邵老师苦笑道，我儿子每月按时打钱，确实不少，不过是给他自己买个良心好过。她顺水推舟问，不少是多少？邵老师自然而然地答，五千，美元。她故作震惊掩饰真的震惊，还没算上退休金，一个邵老师抵得过卢阿姨一家，还绰绰有余。

　　身家丰厚不代表出手阔绰，难怪之前的保姆阿姨都没有眷恋。她有点后悔摸清了邵老师的家底，她应该像在家里一样，从不过问家族成员的学习成绩、收入水平，不知道，不担责，没有期待，无所谓失望。外卖小哥现在应该正在某个餐厅后厨大展宏图吧，除非撞大运，不然问不问都一样，这辈子是看得见的，正如她进入瓶颈的专柜工作。她才三十出头，人生就向她亮出了谜底、答案，太早，太早了。在命运面前，她就像一个饱受情欲折磨的不安分的少妇。卢阿姨家中断的婚姻表演激发了她的胜负欲，眼看假戏就要成真，突然被打回原形，不舍也是不甘心做妻子做情人的经验技能就此荒废，更重要的是邵老师家比卢阿姨家还充满变数。她益发憧憬邵老师讲述的战争年代，英国仍然牢牢控制着制海权，大家都很紧张美国最终将发挥什么作用，又很开心，因为自己未来的命运暂不确定，仿佛一个奇迹就要诞生，任何一天不再变成同样的一天。另外星座大师说下个月处女座的幸运色由黄变蓝。

　　第一次给邵老师洗澡，她说，好像黄蜡石。玩笑缓解了僵硬的空气。邵老师赤条条坐进浴盆，闭目养神，任她的手游走在黄蜡石般的身体上。外公的守灵夜，她被母亲和外婆的争执吵醒，不敢翻身，母亲指责外婆死脑筋，将生产队其他人都不要的田地大包大揽接回来，逼着外公逼着母亲下地出苦力，结果生产队其他人都盖了砖房，只有外婆家还住土屋。外婆咬定劳动最光荣、勤劳致富的信念，强硬到底，说，我只是运气不好。母亲冷笑说，外头人看你一天到晚在田畈，比老黄牛还辛苦，关起门来还不是贪图享受。只听外婆大喘气。母亲乘胜追击，你把鸡蛋藏起来全给我爹进补，我从来没意见，现在看来，我爹要么虚不受补，要么就是一天一只鸡蛋还不够。长长的沉默过后，她听见外婆小声说，你放心好了，我下半生安心在家当尼姑了……她和邵老师问心无愧地没有更进一步的肌肤之亲，不惧怕任何会审，经得起任何突击检查，但消耗的能量不比做爱少，因为慢，因为细腻，一寸一寸都是悉心、耐心，好比激烈的舞曲很容易炒气氛，长线条的慢歌却极考验唱功。每次给邵老师洗完澡，她也像洗了个热水澡，前胸后背额头膝盖都汗湿。洗过澡的邵老师精神大振，喜欢读点东西，她一律耐心听着，把这些年假装不知道外婆过得不好，假装不知道母亲和外婆之间有嫌隙，假装自己不用操心的心挂在邵老师身旁，想象也是象征性地补偿一点是一点，白驹过隙，给自己求个良心好过。

两辆解放牌大货车一早开进拆迁村。第一辆移走了村中那棵千年老樟树，硕大的树冠一路拖地，卡车就像孔雀开了屏。第二辆搬空了最高的那幢楼。空楼门窗大开，像张嘴大笑，也像号啕大哭。她登上顶楼，拆迁村俨然大轰炸后的废墟，似乎只有她看见了，使她成了一个知情人，一个目击者。旧沙发是掩体，裸露的钢筋是各式冷兵器，蛇矛、方天画戟、双刃剑、三刃剑、四刃剑，扬尘勾勒出风的形状；邵老师家的平房，四四方方灰扑扑，她不愿想但还是觉得很像一口石棺；门前的铁树枯黄，黄成了香灰，她想起母亲曾天天从球铁厂带一勺铁粉回家喂养铁树借此转移工作生活上的不如意。

她回到地上，撞见另外一个幸存者，她离婚证上的男人，拎着一只热水瓶，穿着一条难看的军绿色毛哔叽裤子，像个拾荒老人。我路过回来转转，你来找阿姨？卢阿姨说你辞职啦。男人做贼心虚似的语速飞快。不找阿姨，找你。她用一种甜甜嗲嗲的声音说，你反悔，你抛下我，弃我而去，折磨死我啦。她突然意识到多年的专柜销售赋予她的女人味，只配在传奇里施展、运用的女人味。像拾荒老人又像小偷的男人放下热水瓶，似乎要过来拥抱她。她撒娇说，我们复婚吧。男人僵立成一只大号热水瓶，装满了恐惧和孤独，吞吞吐吐出一句意味深长的话，和你比起来，萍萍还是差一点。她露出职业性的微笑，我开玩笑的。

月亮公平地扫荡有人的、无人的门窗，月光普照。书房墙上"老骥伏枥，志在千里"的装裱画幽幽地反光。客厅灯泡的光打在邵老师脸上，更加突出了皱纹，加深了眼睛底下的青影，他显得很苍老，而且有些病恹恹的，一坐上靠背椅就打了个喷嚏。她立即为他加上一条毛毯，顺便擦去口涎。她可是商场连续十年的服务之星，第一年到第八年的奖品都是一张春运高铁票，第九年开始变成了往返机票。邵老师会给她什么奖励呢？一册古籍，一张旧画，还是把她的名字写进他的遗嘱里？邵老师吸吸鼻子开始朗读：人越来越少，路两旁烟尘弥漫，大乱里也有小静，既有轰炸一样的响声，也能听见野猫叫。草丛里的破沙发不知道什么时候突然就会钻出一窝新生的小猫，像牛奶一样白，像奶油一样心疼。我还在草丛里找到了一尊小小的大卫石膏像，米开朗琪罗的作品总是饱满得充满无限生命力，连受苦受难都是饱满的身体在那里受苦受难……她正了正滑到邵老师肚皮上的毯子，也说了一天的见闻，略去卢阿姨丈夫的部分，并表示受邵老师熏陶，她也要开始记日记啦，最后问石膏像在哪儿。邵老师鼻音很重地说，这是我妻子给我的信，在1967年还是1968年写的。

前方高能预警

叔叔像猫一样进来，一点脚步声都没有。我们点点头，微微一笑，意思是来啦，是的，我来啦，我不打扰你。叔叔走到书架前，背对我，应该站了很久。我不知道他拿了一本什么书，又是什么时候蹲坐在沙发和茶几之间的。当我意识到该吃午饭了，我发现叔叔猫似的伏在茶几上，腰抵住沙发，纹丝不动，似乎那个姿势已经保持了一上午。他明明十点半才来，比约定整整迟到了一小时。

叔叔耸耸肩膀，伸伸脖子，好像费了很大劲才把自己从沙发和茶几之间拔出来，打开冰箱，层层检阅，有花菜，有豆腐，有笋干，还有芫荽、辣椒酱，已经很好啦。他用那种夸张的腔调只不过是一种友善的表示，但过了一会儿，他双手捧出一块墨绿的冰，茫然地望着我。这个季节能吃到马兰头，已经很好啦。他惊叹着一边把冷冻马兰头塞回冰箱深处。我再次提议，点外卖吧。他仔细打量辣椒酱，似乎很担心过期。我说，前天点外卖送的。他终于放下瓶子，似乎突然看清了生产日期，好吧，你说得对。

支付环节，叔叔坚持他来，我说您是客人。我语气冷冰冰的，叔叔就没再坚持。等外卖期间，我们恢复上午的格局，我看电脑，他仍像只老猫一样在沙发茶几之间蜷着，好像那本书是多美味的猫粮一样。我以为打破这沉默的任务只能交给外卖小哥了，叔叔突然抬头，看着我，不好，忘记回电话啦。原来叔叔上午九点半已经到小区门口，问题是身份证和行李一起落在旅店了，叔叔被物业保安拦下来，一阵纠缠，最后保安同意先放行，让叔叔找到业主后回个电话。我说，是那个有络腮胡的瘦高个吗？叔叔点点头。我说，络腮胡一向铁面无私，不通融的，竟然会放你进来，络腮胡年年都是优质服务之星。叔叔挠挠头，有点腼腆。我说，给我打电话不就行了。叔叔挠挠头，头垂得更低了，我后来打了，你手机没电啦。我挠挠头，抱歉地朝叔叔笑笑，他低着头没看到。

　　我是在点外卖的时候才关闭手机飞行模式的。工作期间，我脆弱得容不下半点干扰，所以得知叔叔今早九点半要来，我特意推迟了工作时间，与其进行到一半中断，再费大劲找感觉续上，不如等到九点半以后再开始。十点了，叔叔还没来。我洗了把脸，焦躁、怨恨地看着脸上冰冷、淡漠、涣散的表情，就跟不得不长久等待火车开来的旅客一样。我怒气冲冲地坐到电脑前，打开手机飞行模式，键盘敲得格外响，上下楼路过的一定听得到，我只给叔叔留了门。

　　没联系上络腮胡，接电话的是小邓，年轻一些的保安，肤色黝黑，好像岗亭形同虚设，紫外线可以长驱直入似的。小邓好说话，偶尔代收个快递或者放快递员进小区都没问题，换作是优质服务之星，任凭你说破天，还是那句话，快递请放快递柜，我们有规定，不好意思。一点意思都没有。我再次向叔叔确认，上午真是络腮胡？不会物业公司又招了个络腮胡吧？叔叔想了想说，下巴上有黑痣。是他，没错了，真有意思。小邓问我是不是要签收快递。我说，打错了，不好意思。享受生活每一天。小邓说完等我先挂断。享受生活每一天？小邓从来不会这样讲话，这是物业公司新规定的结束语吗？我想象络腮胡说这话的样子和声调，想象一长排鹦鹉齐声说"享受生活每一天"，笑了。

　　我把每天两趟走楼梯取外卖视为难得的锻炼，尽管理智告诉我，这点脚程不值一提，但至少有个心理安慰，就像我那些一边熬夜一边吃进口保健品，涂抹"海蓝之谜"的朋友，心安理得才能睡好觉啊。叔叔连说了两遍"已经很好啦"才坐下来，捧起他那份菠萝炒饭，又揪了揪一头的菠萝叶，得出还很新鲜的结论之后，就愉快地把嘴埋进黄灿灿的米饭里了。我说，要不要看我的下饭视频？叔叔含着饭闷闷地嗯了一声，像个快乐又懵懂的孩子。我点开收藏夹里只有吃饭时才会看的综艺访谈，已经看到第687期了，这个节目坚挺了十二年，在我拿它当下饭视频每天看两集的前一年正式停播。可惜叔叔不知道，还抱着看新闻的态度挑剔了一番，哇，这么老的歌老早没人听啦，居然还有人跟着跳舞……嘉宾送CD给主持人？也对，送古董才特别才显得情深义重……北京奥运会加油？北京奥运会推广曲？叔叔终于反应过来，这是2007年的节目视频，脸上那种"比我还过时""比我还落伍"的优越感瞬间消散，眼神怔怔的。

  我打开弹幕，花花绿绿的评论瞬间挤满显示屏，也把叔叔从2007年拽了回来。叔叔研究了一会儿说，这些从右往左游的话不是2007年的，至少不全是，为什么有些游得那么快？好像子弹嗖一下就过去了。我说，你也可以发，就现在。叔叔像个懵懂的孩子，摇摇头。我说，想发什么都可以。叔叔不说话了，我们安安静静看着女主持人夸张的肢体语言，如果不是叔叔坐在边上，我肯定要放声大笑了。叔叔指着满屏的"hhhh"问我，这是女主持人的艺名吗？我终于笑了一下，这个代表"哈哈哈哈"，表示很好笑。叔叔坐直了问，直接打"哈哈哈哈"有什么问题吗？我发现叔叔比女主持人有意思多了。为什么不能正大光明地打"哈哈哈哈"？叔叔在这个问题上暴露出的不必要的执拗让我哭笑不得。这属于年轻人的亚文化？"年轻"两个字会不会刺痛他？字母简写比较快也比较酷？他会不会反驳说不伦不类？好在叔叔终于被女主持人逗乐了，尖细的笑声使他紧绷的脸放松下来，微微张开的双唇之间仿佛快速吐出一串透明的"hhhh"。

在我收拾茶几,将塑料饭盒以及那半面菠萝分类塞进纸袋的过程里,叔叔摸索出了更多弹幕规则:"红红火火恍恍惚惚"是"hhhh"的更高级,代表"哈哈哈哈哈哈哈哈";"5555"表示伤心难过,是哭声"呜呜呜呜"的谐音;"xswl"即"笑死我了"……他甚至学会了恶毒的辱骂,"nmsl"等于"你妈死了","cnm"就是……嗯,这没什么难的,结合前后游动的评论和视频内容,都能猜个大概,这没什么难的。叔叔脸上挂着谦虚的笑。我想他唯一还没适应的就是"弹幕"这个新词,而用"游动的评论"来指代。

午睡前我保存好文档,电脑就交给叔叔了。只见他点开一部香港电影,还特意开了弹幕——

"我承认我是看到名字好奇进来的……汕头午夜超人蔡培涛,前来问候……哇咔咔……来了,来了……为什么害怕啊……我是第一……还有没睡的吗……热点来的有多少,举个手……是在回复我吗……你是谁……都是夜猫啊……这么多人在看……好贵啊……找了这么久,终于有一部评分还可以而我正好没看过的了……1992年的……留言……"

电影没开始,弹幕已经过去一大片。叔叔几次把手放到键盘上,又收回来,似乎渴望加入弹幕大军,又有一些顾虑。他说要是在电影院,这么多人讲话,肯定不爽了。他拖长了"爽"的音,表明他的态度,但在电脑上看电影,这些人七嘴八舌的还挺热闹,有意思。我说,红红火火恍恍惚惚,然后面无表情回卧室,与此同时我听见键盘敲响了。

我睡醒时,叔叔戴着耳塞仍坐在电脑前,缩着肩膀,弓起背,脖子向前,脸像要贴到屏幕了。研究什么呢?叔叔扭头,嘴上、脸颊上泛着一层薄薄的油光,还有点不悦,好像我不应该用那种轻佻的语气打扰他。他只说了句"一样,不一样",像是结论又像进一步的追问,然后轻轻呼出一口气,就把电脑让给了我,你忙吧,我不打扰你。他又缩回沙发和茶几之间，捧起那本《麦田里的守望者》，施咸荣译，浙江文艺出版社1992年3月第1版第1次印刷。

他突然大叫一声，一拳砸在放在大腿上的另一只手掌里，随后放松下来，红着脸读出那个句子："我们把比赛用的剑、装备和一些别的东西一股脑儿落在他妈的地铁上了。"那无辜的神情就像一个独自面对猫打碎花瓶现场的孩子。叔叔看着我，目光闪烁，解释说，年轻的时候就听说这本书里有很多"他妈的"，有人做过统计，据说有两百多个"他妈的"，年轻的时候我对"他妈的"没兴趣，tmd。我说，tmd是真的过时了，2007年就没什么人用了。叔叔说，你今天提了五次还是六次"2007"，你很想知道2007年发生了什么。我别过头。叔叔说，你妈没告诉你？

2007年暑假，高考结束，我宅在家里吃吃睡睡打游戏，快乐赛神仙，而前一年，2006年的暑假缩水到只剩两个星期，即便如此我妈还是请了叔叔每晚过来给我辅导数学英语。我向叔叔私下抱怨，您就不能白天来吗？晚上我就可以休息啦。叔叔嘿嘿一笑，露出黄的牙和黑的牙根，白天我要上班呀。我当时已经会用市侩的腔调开玩笑了，兄弟在哪儿发财？叔叔嘿嘿一笑，和你妈一样。我记得我当时就拉下脸，我感觉自己无端受了打击和羞辱。我妈，一位初中文凭的锅炉厂仓管员，居然请她的同事来给重点高中的文科生补习数学和英语？！这不是谋财害命嘛！我亲爱的语文老师像涂唇膏一样，每天不离鲁迅先生的名言警句，有人做过统计，她每天至少要说十遍"浪费别人的时间等于谋财害命"，想想看，高中三年，我是在怎样肃杀的氛围中熬过一节节语文课的。

叔叔的教学氛围比较轻松，我拿了一堆最后大题存心刁难都被他一一化解，叔叔也没有表现出傲慢，他确实是有两把刷子的。这位锅炉厂的造型工兼焊工还精通地理，课间休息，他总把话题扯远了，你知道火瀑布吗？在加州约塞米蒂国家公园的马尾瀑布，夕阳西下，照得瀑布橘红橘红，就像火山熔岩。不过见一次不太容易，首先瀑布的形成靠的是山顶十二月到一月的融雪，所以水量不稳定，其次光是晴天还不够，太阳照的角度不对一样白搭。这怎么是骗人呢？好吧，我说一个真正有火的瀑布，就在纽约栗岭公园页岩溪保护区。听好了，那个瀑布下面有个小石窟，石窟里有从地下四百米深的页岩散发出来的天然气，据说每天的渗透量有一公斤，至于那火是自燃还是后天点燃，什么时候点的，没人知道。想象一下，他眯眼微笑。我只好给他面子，闭目养神。想象一下，水火都能和谐相容，世上还有什么解不开的矛盾，过不去的坎呢？他嘟嘟囔囔如得道高僧。我想的是每天白白泄露一公斤天然气，太浪费了，太可惜了。我觉得叔叔应该也擅长文综的历史、政治，可他的嘴唇抿得紧紧的，好像很谦虚，于是我们从十万八千里以外的火瀑布回来，抛物线、双曲线、共同焦点，How does the speaker feel about his teacher（发言者对他的老师感觉如何）……

很难说经过两周的夜间辅导，我有多大的提升，但必须承认那是充实而又愉快的十四个夜晚，我偶尔想到火瀑布，假如没有火瀑布的故事，叔叔所谓的"水火都能和谐相容，世上还有什么解不开的矛盾，过不去的坎呢"无异于一句干瘪的说教，我肯定不会放在心里，记这么久，尽管当时叔叔是轻轻说的，好像只是说给他自己听的。2008年1月，我寒假回家得知叔叔入狱的消息，我的震惊可想而知。水火都能和谐相容，世上还有什么解不开的矛盾，过不去的坎呢？妈妈语焉不详，只说捅伤了人，伤得不轻。我用市侩的腔调下结论，人不可貌相，同时暗自庆幸那句别人说容易沦为说教或鸡汤的话已经完成了它的使命。是的，我考上了一所还像样的大学，我已经是大学生了，说一套做一套的道理我懂。我打消了探视叔叔的念想，他不过是有点小聪明，有些好奇心，实际上他只是锅炉厂的造型工和焊工。我甚至把叔叔和我小时候在婺城见到的一些所谓民间科学家画上等号，那些头顶钢精锅声称能接收外星人讯号的奇人异人，事后证明都是骗子，而听信他们的我们全是傻帽。

十多年过去了，如果不是叔叔来省城医院看脚，如果不是我妈提到我在省城，如果不是叔叔主动提出要来看看我，我想再过几十年几百年，我和叔叔也不可能相见了。叔叔出狱后又回到了锅炉厂，从原来正式在编的造型工兼焊工变成了临时工。我妈可能认为我高考超常发挥有叔叔的一份功劳，因此不像大部分老员工那样冷落疏远他。你高二暑假来我们家帮你补习过的叔叔，对，就是他，明天上午九点半会来看你，我把你的电话地址发给他了，没事，他右脚断了三根脚趾，可以出院了，就是顺便来看看你，房间最好打扫一下，中午请人家吃顿饭，也不用很贵的。昨晚我在小区公园散步的时候接到我妈的电话，我们都没提叔叔捅人的事，但我们都知道我们在回避什么。

2007年……叔叔用一种温暾又神秘的腔调起了头，我像水兵看待舰长室里的海军上将一样盯着他。2007年中秋刚过，天还挺热，我骑摩托车送配件样品回厂里，半路捡到一只手机，诺基亚3110c，当年的新款。我等了一会儿没人来，又照着通讯录拨了几个电话，通讯录总共就两个联系人，都没通，我就推着摩托车慢慢走。后来遇到一个女的，慌里慌张过来，看样子很像失主，大中午路上没什么人，女人可能也觉得我应该见过手机，就直勾勾盯着我看。我们谁都没开口，我们好像都在等对方先说，就在我们擦肩而过的时候，偏偏手机响了，我放在夹克内兜的3110c像个定时炸弹一样响了，诺基亚的经典铃声，停了一会儿，又响。抓小偷！那女人也响了，当街叫起来，我就慌了。迎面骑来一辆摩托车，一个白白胖胖的男的，单手骑车，另一只手握住手机贴着耳朵。该死的诺基亚铃声一直响一直响。抓小偷啊！胖子一边嚷嚷一边握住我的摩托车刹车，还想拔钥匙。天热大家都比较冲动，反正根本没有解释的机会，我们就打了起来，越打越凶，你说我防卫过当也好，求胜心切也行，总之我用配件样品在那胖子身上砸了个窟窿……

我不知道说什么。叔叔说，有些事情很难讲清楚，勉强讲个大概，也还是有人怀疑，不过你妈妈是信我的。我说，你的脚还好吧？叔叔说，不大不小，一起生产安全事故。他笑出了声，好像我很需要一些安慰。据叔叔介绍，锅炉厂历史上最大的一起安全事故发生在1995年，他进厂刚好五年。职工浴室锅炉爆炸的时候，他正在宿舍睡觉，床板坍塌，他被掀到了地上。事后查明浴室锅炉没装高低水位报警器和低水位联锁保护装置，从而导致水位显示不准确，缺水干烧，从技术线上退下来刚接管浴室不久的杜大爷没经验，还盲目供水，结果产生大量蒸汽，锅炉压力暴增，杜大爷当场灰飞烟灭。叔叔又笑了一下，伸出左脚，蜷起脚趾挠了挠右脚脚后跟，我这不算什么。我觉得我该说点什么，于是给了点干巴巴的安慰，工作辛苦，多保重啊。叔叔却提高嗓门反驳我，不辛苦，一点不辛苦，我现在工资是不高，但工作是真轻松。我欠了欠身子，做出一副继续听下去的虔诚样。

　　叔叔出狱以后干过餐馆服务员、快递员、超市收银员，都做不长，每天和形形色色的人打交道对于叔叔是一项艰巨的挑战，用叔叔的话说，比独自研发一台新型节能锅炉还难。叔叔回锅炉厂的时间，正赶上厂子转型，大搞节能环保研发。可惜杜大爷看不到了，早在十几年前，杜大爷就以一级工程师的身份提过锅炉厂转型升级的设想，可惜直到退居二线，在他把浴室和他自己一块炸个稀巴烂之前，也没见到一点改革的迹象。杜大爷生前的宿舍被厂里闲置了多年，相当于半个杂物间，叔叔重回锅炉厂，无牵无挂，也乐得省一笔房租，毫无思想包袱就搬进去了。有人拿那间宿舍开恶毒的玩笑，这是光棍之家，谁要孤独终老就尽管住进去。尽管用工性质变了，但厂子不是不了解叔叔的底细，就让他以编外人员的身份共同参与研发，至于本职工作仪表维修，且放一边。叔叔从前积淀深、好钻研不假，但属于叔叔的时代似乎过去了。对此他早有心理准备，料到出狱后会面临许许多多的新词，就像从福利院领养的孩子，怎么养都隔一层。杜大爷就动过领养的念头。叔叔在宿舍角落，一个由字帖、旧报纸、废表格、砂纸、蚊香、杀虫剂、酒瓶组成的杂物堆里翻出一册杜大爷的日记。字迹潦草又俊逸，杜大爷写日记的时候应该比较潇洒。领养问题几乎贯穿了杜大爷整个八十年代的思考，进入九十年代，文风大变，孤独寂寞的杜大爷不仅下定决心不要孩子了，而且字里行间充满了怨气，好像一个酒鬼找不到酒瓶牢骚满腹。叔叔甚至一度怀疑浴室爆炸是杜大爷蓄谋已久精心策划的一次破坏，现在叔叔则认为这未尝不是最好的归宿，人和浴室一块炸得粉碎，等于免费火化了，反正也没人收尸，杜大爷没有孩子，也没有家人来吊唁，就像一阵风，在厂里滞留多年，终于散走了。叔叔说到这里搓了搓脸，他的脸融化在颤抖的笑容里，看上去很无助。

我以为我会听到一个鬼故事，杜大爷还魂托梦什么的。我故作轻松地说。叔叔说，杜大爷的日记应该有许多册，我找到的那册页码不是从1起算的，而是2000多了。我不知道像他那么技术过硬的一个人，为什么没有家人，我只了解杜大爷八十年代到1995年的生活，当然不全都是怨恨，也有快乐的时候，比方买了新彩电，新打了书桌书架，想看什么书就看什么书，恨不得把图书馆搬回宿舍，还有第一次用电饭煲，按了按键却忘了插上插头，煮了一小时还是生米和生水，只好饿着肚皮去上班。叔叔说到这里觉得应该笑一下，于是我们都勉强咧了咧嘴。叔叔咳嗽几声，换上一种低沉的嗓音说，还在里边的时候我就想清楚了，困难一定有，挑战不会少，但我必须调整好自己的状态，体面地重新融入社会，放轻松，不乱发脾气，我才不会挑衅说出类似"我两只脚挺正常，没他妈一丁点儿值得别人盯着看的"这样的蠢话。《九故事》，天知道监狱图书馆为什么会有这种书，你那本塞林格的后半本就是，上午我重温了几页，我在监狱里看的是单行本，几乎全是战后的故事，战争根本没结束，战争的阴影、战争的创伤阴魂不散，那个可怜鬼成天紧张兮兮，就因为坐电梯的时候有人看了他的脚，其实那人看的是地板，可怜鬼却不依不饶，各种阴阳怪气。"要是你想看我的脚，就直说好了，别他妈的这么鬼鬼祟祟的。""我两只脚挺正常，没他妈一丁点儿值得别人盯着看的。"整本书我印象最深的就是这两句话，我告诫自己万万不能成为这种可怜鬼，万万不能说出这样的话。叔叔的声音更低了，我应该早点读这本小说的，参加工作之前就该读了。

  我拾起茶几上的《麦田里的守望者》，翻到 199 页，《九故事》的第一个故事是"香蕉鱼的好日子"，聂建军译。我不记得我有没有读过，完全没印象，幸好叔叔不知道我神经兮兮的工作状态，丝毫不逊于他口中、塞林格笔下的可怜鬼。叔叔以为我在找那两个句子，巴巴地望着我，就像等待宣布探监名单的犯人。我合上书，放回茶几，我知道我扫了叔叔的兴，出于补偿，也是调节气氛，我随口说了句，我想看看你的脚。谁知叔叔脸上的表情仿佛从监狱获释归来，他把右脚慢慢从拖鞋里抽出来，像要隆重展示一件珍品似的，小心翼翼脱下袜子，慷慨地伸过来，尽管看个够好了。黄蜡石一样的脚面，两根残存的脚趾又皱又黄，像两枚蛏子，或蛏子的标本。我用调侃掩饰震惊，您经历了怎样的战争啊？可一点不比塞林格逊色啊！叔叔说，那个下巴有痣的络腮胡也这么认为，我和他在保安室聊了一会儿，我夸他正气凛然，有军人气质，其实就随口一说，没想到被我蒙对了，络腮胡在新疆当过五年兵，说夜晚站哨再厚的棉大衣也顶不住，骨头冻得透透的。我就把右脚给他看，我告诉他这就是冻掉的。他一开始不信，我说我确实没去过新疆，这是在老家抗冰雪救灾冻坏的，他就信了，看我像看到老战友一样。随着叔叔越说越多，他越来越放松，他似乎很满足用那只伤脚搞些无害的恶作剧，赢回一些莫名其妙的尊敬。难怪你能从优质服务之星眼皮底下大摇大摆地进来。叔叔很有些小聪明，这点我十几年前就知道了。真实情况是怎样的？我让他得意了一会儿才追问。叔叔答非所问，我的知识都旧了，用不上了，我心虚，但没显露出来，在研发部，不懂装懂一点不难，只要点头同意就行了，这些年我最擅长的就是"对""好的""已经很好啦"。

我起来倒了两杯水，给他一杯。叔叔咬着纸杯沿，似乎在组织体面的语言准备描述事故经过了。直到我喝完水，叔叔才开口说，机器倒下，砸的。我等着更多的细节，叔叔又咬住了纸杯，慢吞吞喝了口水，黏糊糊地说，第一时间去了人民医院，没接回来，切口截面也没现在这么齐整，本来以为没事了，我也想得开，脚指头不比手指头，谁知过了四五个月，发烧不退，经常干呕，伤口感染了，这才来省城重新处理。他用轻描淡写，也可能是故作轻描淡写的口吻说，省城的医师告诉我，像我这种情况在他手里百分之百能保住脚趾。我不愿想象那个场景，但五枚长短不一的蛆子附在黄蜡石上的画面还是从我脑中浮出来。最后叔叔以切肤之痛得出一个显而易见的结论：婺城人民医院不行，省城医院才是医院。

叔叔喝完水，纸杯一捏，走到阳台，熏得黄黄的拇指和食指捏着香烟，慢吞吞地抽着。我的工作思路早已七零八落，索性也出去透透气。等一下会有免费的钢琴演奏。我指着对面单元楼的一格窗子预告。叔叔合上眼，用熏得黄黄的拇指和食指摩挲着鼻梁说，那些窗户像眼睛似的盯着我，好像对我知根知底。我说，放轻松，随便听听。叔叔说，我从研发部退伍了。你说的，毕竟我经历了一场不亚于塞林格的战事，右脚光荣负伤，仪表维修也干不了了，反正在那里也是一种慢性折磨，等着领导发现原来我对自己干的活一无所知，我想奋起直追虚心求教都太晚了。可笑吧？我现在退到了一个采光不怎么样的小房间，白天都在里面。这就是你说的不辛苦、很轻松的工作？我盯着楼下公园里一个老人慢悠悠地倒退着走。叔叔说，他们全在我的眼皮底下，锅炉厂从车间到仓库，从食堂到停车场，都有监控，我是盯监控的人。车间是重头戏，我就是从那里来的嘛，我很清楚他们抬着头手却伸到工作台下面是在搞什么鬼。厂里有规定，除了营销部门，上班时间一律禁用智能手机，否则罚款五十到五百元不等。还有那些始终低着脑袋的人，你以为他们在埋头苦干吗？算了吧，我就是从那里出来的，我还不知道他们的鬼把戏吗？叔叔偏过头，面朝我，嘴巴微张，目光呆滞，含含糊糊说了句"我还不知道他们的鬼把戏吗"，张嘴幅度丝毫未变，面部神经好像完全坏死了一样。我被逗笑了。叔叔说，九十年代锅炉厂常常失窃，后来破案了，果然是自己人监守自盗，灯下黑，原来他们有一套黑话暗语，正话反说，声东击西，难怪盘查全厂职工，问了那么多轮，也没什么线索。我说，买卖野味，穿山甲不叫穿山甲，叫"地龙"，眼镜王蛇叫"过山峰"或"饭铲头"，直接叫眼镜王蛇，你看有没有人搭理你。叔叔说，电影里特务接头都这样。我盯着楼下公园，那个倒退着走的老人停下来了。叔叔说，我怀疑车间那些人也搞了一套暗语，比如乏气锅炉指"老婆"，燃气锅炉指"情人"，露天锅炉指"儿子"。我只是打个比方，但有一点我很肯定，他们背地里没少笑话我。我知道他们不喜欢我，我完全可以理解，有谁会喜欢监工、告密者呢？好几次他们当我面提到"废热锅炉"的时候突然哈哈大笑，简直莫名其妙，我后来意识到我就是废热锅炉。我再次被叔叔逗笑了。叔叔说，职工大会，锅炉厂的领导们公开抱怨事情越来越糟，但实际上我能监视的范围越来越广了。叔叔转身蹲下，两肘支在膝盖上，两手撑住两颊说，我现在一看见屏幕就恶心，包括像屏幕的窗、镜子什么的，当然看电影除外。我挨着这位锅炉厂的守望者也蹲了下来，然后告诉他，疫情隔离在家的时候，根本没心思干别的，我天天上网打游戏，认识了个武汉玩家，后来我们每次组队开黑，开黑就是边打游戏边语音聊天，你可以这么理解，他都会向我汇报前一天的情况，吃什么外卖啦，又没买到什么啦，等等。游戏终于通关了，他问我能不能监督他做作业，我这才知道他是个高三学生，父母是医院的双职工。叔叔终于笑了，那你具体是怎么为抗疫事业做贡献的呢？我说，在B站开直播啊，B站就是，别管了，反正就是一个有意思的网站，我们每天在直播间碰头，他坐在电脑前做作业，我呢，每天花三四个小时看一部高三小屁孩做作业的电影，或者说纪录片，看了一个多星期，后来他们学校开网课了，我才解放。

  我觉得我已经让叔叔完全放松，就像抚摸一只猫。我伸伸懒腰说，什么时候我拖稿了，也可以试试这个办法，云监工。叔叔这才问起我的工作。我想了想说，锅炉清洗工。叔叔歪过头，锅炉清洗工？这又是什么暗语吗？我笑笑说，通常情况是大量的文字材料传给我，我负责挑拣、清洗，最后整理出一篇符合他们要求的文章，再传回去。叔叔说，更像来料加工。我点点下巴说，人物传记、报告文学、婚礼流程、剧本、文案、广告软文，我整天就加工这些东西。我倒希望我可以像锅炉清洗工一样强悍一点粗糙一些，我有许多同行朋友可以边聊天边加工，一心两用甚至三用也不耽误出活，我完全不行，即使明知道我写的是一个很烂很垃圾的洁厕灵广告，我也必须调整好自己的状态，放轻松，全力以赴，稍有一点点干扰，我就要发脾气。小时候学习华罗庚那些科学家废寝忘食的精神，觉得真伟大啊，可实际上就是有人会对学习着迷上瘾的，就像有人爱喝酒，有人嗜赌成性。我从没想过长大后会搞文字，可事实上我只能干这个，我不知道这是不是比天生的酒鬼、滥赌鬼更好的结果，我不抽烟不酗酒，平时屋里就只有一盆仙人掌忍受我不太稳定的情绪。叔叔嘴角一撇。我说，我写过一个广告，准备投放微信公众号的，新媒体广告的套路就是标题一定往死里惊人，然后讲一个或几个故事，最后才引出要推销的产品。对。叔叔点点头，也不知道是真理解了，还是装懂。那是个牙刷广告，我收集了许多女明星的八卦消息，她们都有一个共同点。叔叔抢答说，牙齿很黄。我假装没看到叔叔的黄牙和黑牙根，再次强调新媒体思维。叔叔不说话了。我说，她们都是易胖体质，而且一胖先胖脸，所以告别电动牙刷，回到手动时代，充分运动脸部肌肉，同时让腕部活动起来，预防缓解腱鞘炎，和鼠标手说拜拜。叔叔瞪大眼，那表情就像看到有人拿他的牙刷刷了马桶一样，随后他耐心地笑笑，眉毛高高扬起。我说，结果我搞错了，我把牙刷广告误发给了剧组，当时我还接了个写喜剧的活，六个人分工，上面还有个总编剧，我负责的部分是女主角为了理想要和家里摊牌然后和全家决裂，莫名其妙插进牙刷的故事，总编剧的反馈意见是，挺好的，继续加油。叔叔站起来，把重心转移到左脚，右腿屈着。我说，内部试映的时候，是的，牙刷广告真的被拍进了那个喜剧电影里，六个不同女明星的山寨模仿者化了水肿妆对着镜头搓脸，搓啊搓，大家就笑了，我只好跟着笑。到了公映，观众不买账，按照节奏，那地方确实应该有个笑点，爆发个小高潮，这没问题，关键你不能放一坨屎在那里，逼人尬笑，这是一位怒打一星的观众留的言。叔叔瞪大眼盯着我，好像是我拿他的牙刷刷了马桶。所以是编剧的问题，不是我的问题。我也瞪大眼，眉毛上挑。叔叔说，中午看电影，我觉得有意思的地方，就暂停打"hhhh"，经常是就只有我一个孤零零的"hhhh"，好像一辆坦克开到空荡荡的大街上，等到大面积的"hhhh"密集袭来，我又不觉得有什么可笑的，反正我笑不出来。对了，往往是跟在什么"高能预警""前方核能预警"的后面，密密麻麻各种颜色的"hhhh"，好像人山人海，真吓人。我说，真吓人。这是编剧的问题吧？叔叔嘟嘟囔囔。我点点头。时代的夕阳引燃了半边天，好像白的肚皮上砸出一个血窟窿，大片火光后面又是一片深蓝的暗。火光淋了一些到阳台上，我这边的比叔叔那边的多。

对面的钢琴响了，今天弹的是李健的《风吹麦浪》，轻柔、悠扬，仿佛样样东西，地板啦，天花板啦，包括楼下公园的老人，都变得可爱美好。叔叔却绷着一张脸，心不在焉的。演奏卡在了副歌上，似乎被难住了，尝试了几次都没弹过去，我仿佛看见一个衣衫褴褛的老人推着三轮车气喘吁吁地爬坡，走一步，退两步。这期间叔叔打了个电话，对方没接。他解释说，一个里面认识的朋友今天从外地回来，约我吃个饭，不然我昨天就回婺城了。他又打了几遍，还是不通。我说，你发个微信定位给他，就约在"仙霞人家"附近，这样你们都比较从容。叔叔摇着头，一边把手机塞回裤兜。竟然不是智能手机！竟然妄想用那部银光闪闪的老人机和我抢单支付外卖费？我还是建议叔叔把"仙霞人家"的地址发短信告诉朋友，可叔叔坚持回旅店的路上再打电话试试，你忙吧，我打扰一天了。

我送叔叔下楼，公园里的老人正好往回走，甩开双臂，迈着大步，秃的脑门上冒着热气。年轻人！领到养老金是多大的福气啊！老人笑眯眯地向我们宣布，然后唱起歌来，青春的岁月像条河，岁月的河啊汇成歌……含混的歌词以极高的分贝回荡在楼道里，地板啦，天花板啦，还有楼梯拐角的破沙发，都发出轰隆隆的响声。

我们穿过公园来到小区门口。小邓冲我微微一笑，有些不耐烦，就低头继续看手机了。网约车似乎堵在了路上，从我的手机上看，一动不动。我和叔叔没说什么时候再见，也没说回婺城的时候去看他，等以后再说吧，以后什么时候呢？我们想我们可能就这样一直等下去了，一直等到络腮胡来和小邓交班。络腮胡见到叔叔，显得很兴奋，你还没走啊，我等你的电话等了一个早上呢，别走啦，晚上一块吃夜宵。我忍不住笑了，叔叔真有魅力，连络腮胡都收得服服帖帖的，晚饭、夜宵全有着落。络腮胡一边翻手机通讯录一边说，我有个战友，也参加过2008年的冰灾抢险，晚饭我吃过了，要值班了，吃夜宵时我们一块喝一杯，我敢打赌，你们肯定聊得来。通讯录的查找被物业公司的来电打断了，络腮胡又换上那种冷冷的公事公办的语调，好像初春冻在冰箱里的马兰头，好的，明天早上之前挂好，好的，两边侧门也都要，好的，要检查两个星期，好的……络腮胡用左肩和左脸夹住手机，一会儿蹲下一会儿起立，不知道在找什么，嘴里依旧"好的"没完。络腮胡突然冲叔叔努努嘴，把一张广告纸的背面和一支铅笔推给叔叔，然后移开手机用唇语说，帮我记一下。说完又去翻岗亭另一角的杂物。说实话我从没见过这样手忙脚乱的络腮胡，好像一只在垃圾堆扒食的流浪猫。络腮胡手脚不停，嘴巴也不停：……仙霞人家宏福物业宣。叔叔伏在窄小油腻的折叠桌上认真记着。络腮胡终于找到了一罐糨糊、一沓红纸，罕见地对我笑了笑，明天早上你就会看到新的标语了，文化人。络腮胡居然称我为"文化人"，看来他对我买书的那些包裹以及收到的各种杂志很有印象。络腮胡拿起叔叔的听写结果，默念起来，很快眉头高高拧起，拧成"川"字。这几个字都不会写吗？络腮胡的眉头很快松开，笑得露出了黄的牙和黑的牙根，让了一根烟给叔叔，你也是小学文凭吗？那今晚更要吃夜宵啦，必须吃夜宵！我敢打赌，我们三个社会大学的毕业生百分之百聊得来，保证不无聊。说完瞥了我一眼，目光中有一丝寒意，就像冷冻的马兰头刚从冰箱里取出来。

心经

  手环是在王阿婆死后第三天戴上萃梅右腕的。原以为碎了祖传的和田玉镯以及取出节育环，身体就自由了，对于这种新鲜的束缚，萃梅还需要时间适应，好在她有的是时间。

  王阿婆死后的第四天是王阿婆的出殡日。四天前小保姆回来讨工钱，进门就见王阿婆身体拦腰折了一折，硬邦邦地搭住床沿，王阿婆就这样报废于人世了。邻居作证肯定王阿婆的死期不会超过三天，因为一点腐臭都没有。也有质疑声说王阿婆这个年纪，一年不洗澡都没关系的，新陈代谢又弱又慢，发腐发臭也要慢慢来的。王阿婆的大儿子就以小保姆发现之日起算，拍板敲定了死期。于是距离小保姆撞见王阿婆遗容已经过去四天了，不腐不臭的王阿婆被孝子贤孙们拿出去，终于要入土为安了。本地风俗，"出殡"晦称"拿出去"，听上去从容家常，有老庄遗风，落到实处也是真从容真家常，除去王阿婆的大儿子抽了抽嘴角，谁都没有掉眼泪。

  王阿婆晚年一点不平静，最开始捡烟屁股抽，后来买回整条红塔山一天一包地抽。王阿婆牙齿快掉光了，就靠两颗镶金门牙以及坚硬的牙床咀嚼，瘪嘴巴漏风，很难吐出完整的烟圈。王阿婆还想要更刺激，一副要在有生之年五毒俱全的架势，活到这把年纪，要是没味道，再往下也是白活，我不想白活，我想每天都有味。供销社售货员爱芬一开始还很有耐心和爱心地开导老人家，无非含饴弄孙天伦之乐一套，讲到后来也烦了，一咬牙，说，不想白活就去死啊。王阿婆说，你咒我死，你想贪我的金牙。爱芬说，谁稀罕你的烂牙，脏死了。王阿婆伸手一揿，像掰受潮的饼干一样，掰下金牙，放上柜台。爱芬彻底无语。王阿婆自此就有了念想，虽然红塔山照抽且越抽越多，但也越抽越没味了，慢慢地竟自断了瘾，戒了烟。在只有春节才回来一趟的子孙后代们眼里，王阿婆依旧是那个烟酒不沾规行矩步的王阿婆，平平安安，老无可老。

萃梅就想等到了头七，人少一点，她要单独和王阿婆的大儿子讲一讲他老娘的荒唐晚景。萃梅已经太久没有说破一件事了，昨天、今天、明天都没大差别，不那么容易觉察到时间的流逝。生活规律得仿佛生了锈。

头七当日，尽管老早就醒了，萃梅还是赖了一会儿床，好像有一桌宴席等着她，她不到就不开席，于是晚到一分钟就多快活一分钟。日上中天了，王阿婆家大门紧锁，仍不见有人来。萃梅搬出竹椅，一篮毛豆剥光洗净，好烧中午饭了，还是没有人来。萃梅就着青椒炒毛豆吃完午饭，小保姆来了。

小保姆过去在王阿婆家受了气，就会偷跑到萃梅这边避风诉苦，嘴巴不停，手脚也不停，一边数落东家，一边就把萃梅的米淘了，一顿午饭就做好了。萃梅担心王阿婆有意见，多番劝阻，小保姆就几番眼泪汪汪表心迹，我愿意的，王阿婆巴不得我出来的，王阿婆看不到我还开心一点。雇小保姆是王阿婆大儿子的意思，每天上午过来烧饭做清洁。不巧，小保姆来的第二天，王阿婆就跌了一跤，摔断了锁骨，王阿婆就张口闭口叫小保姆"白无常"了。小保姆自怜道，我是两头不落好要受两头气，王阿婆到死都不喜欢我的，我也老早不想在王阿婆家做了，可协议签了三个月，两个月零二十天王阿婆就要赶我走，我是讲职业道德的，余下十天要打要骂我也要做完的。三个月做满找她儿子，真是一家人一路货色，翻脸不认最后这月不说，居然还把王阿婆摔骨折的账赖到我头上，一点道理都不讲。讲回来，王阿婆也可怜，死了都没人知道。王阿婆讲得对的，我就是她儿子派来盯王阿婆死没死的白无常。今天好了，今天适合讨债。萃梅会心一笑。本地风俗，头七日家属忌动肝火，以免惊了亡灵回魂。小保姆居功自傲，说，要不是我回门讨债，王阿婆还要一个人死上好多天呢，讲起来真是晦气，除开最后一个月的工钱，照理还应该封我一只红包收惊的。

一老一少坐回门口守株待兔，该说的、能说的，都说得差不多了，时间就难挨了。空等到黄昏，就有了微词，自责看走眼，高估了王阿婆一家的孝心。失落的小保姆不讲职业道德，主动重提王阿婆的生前事，比萃梅预备要透露的秘密劲爆多了。

王阿婆生前最紧张的人是城北的老中医陈努明，前去寻医问药倒也不为头疼脑热什么的，主要是让自己美。以王阿婆的岁数，精神头足就是美了，隔三岔五带回一帖中药，清肠通便的、明目养发的、活血补阴的，王阿婆不遗余力把自己调理得精精神神是因为她在城北还有一个欢喜的人。食色性也，王阿婆有福就有福在，她欢喜的人厨艺也是真不错，供职于城北小学的食堂，每天要烧两顿大锅菜，代蒸六屉饭盒。传言许舒华的饭菜可口是因为偷用了罂粟壳，校方多次明察暗访都没找到证据，传言也就只是传言。王阿婆听信传言，上门讨要。许舒华说，罂粟没有，罂粟一样可口的饭菜有一份。从此王阿婆频频造访城北小学，更没小保姆什么事了。老人的放纵，徒有欲望和姗姗来迟的活力，王阿婆突然食欲大振，可是牙口脾胃跟不上，夜里牙疼胃痛，整宿打嗝。天一亮，找到陈努明，老中医将半个罂粟壳加水煎了给她喝下。王阿婆舔舔牙龈，胃里温暖，罂粟果然是好东西，只是疼与不疼，非黑即白，缺少回味。王阿婆了了一桩心愿，兴趣就全转到了许舒华身上。王阿婆感觉和许舒华在一起，浑身轻飘飘的像要飞起来，有时候心尖一阵疼，有时又不疼，大多时候则是又疼又不疼，比服食罂粟还过瘾，这是一个有味又有回味的老男人……

小保姆过了嘴瘾，心情愉悦，萃梅落空的心因为新秘密也感觉充实满足。这就是秘密的好，这就是说破的快感。萃梅给小保姆一只红包，说，收收惊。小保姆不接。萃梅说，就当过去给我烧午饭的工资吧。

萃梅的晚饭是一锅煮得很稠的粥，搭配腐乳，或鳗鱼鲞、白银鱼、小目鱼之类的咸货腌制品。月华每次来总要教训两句，老人家更要吃清淡一点，当心中风。事实证明，女儿的每一次提醒都是徒劳，萃梅嘴上答应，其实阳奉阴违，只有咸货才能激活老钝的舌头了。赶在天黑前，萃梅喝完两碗粥，洗好碗碟锅筷，换上船鞋出门了。自从安了峰谷电表，晚上九点以前的用电就审慎起来，原本下午五点半的晚饭提前一小时，以便采天光看清楚碗碟好下筷，就像当年为了节省天光，全国上下采用"夏令时"，人为地将钟表统统拨快一小时。"夏令"的早晨五点实际上是正常的六点钟。时针分针秒针都在争分夺秒，催人上进，萃梅不吃这套，钟表走钟表的，她走她的，甘愿落于人后，落后一小时。外孙出生在半夜，医师填在出生证上的时间是凌晨四点十五分。逢人打听，萃梅不顾权威，报出另一个时辰，早上五点十五分，顺产的。结果就闹乌龙，大家都以为月华是生了两个，直夸萃梅做外婆的好福气。外孙长到三岁，"夏令时"废止，五点十五分就是五点十五分，萃梅怅然若失，仿佛那个官方记录"凌晨四点十五分"降生的外孙被抹杀了。萃梅翻出首饰存折交给月华预备作超生罚款，叮嘱女儿养好身体，备战第二胎。月华只有苦笑，且不说超生罚款数额不小，还会累及公家上班的丈夫丢掉铁饭碗。萃梅转寄希望于小女儿月英。月英惯会挑剔，挑挑拣拣把自己拣成了老姑娘，仓促中嫁了个光棍多年的个体户。一对老新郎和老新娘，但好歹都是头婚。老新娘生头胎时已是高龄产妇，萃梅精心备置的超生罚金还是没用上。还好月英争气，也是男胎，萃梅膝下有了一双相差十岁的外孙。

　　萃梅散步回来，离九点还有半小时。萃梅默坐在不开灯的老屋里，通体漆黑，只有这些十几二十多年前的事亮着。几十年的老房子采光不佳，不开太阳不开灯，屋里就像积了一层灰蒙了一层垢，陈腐的空气里浮动着记忆的腐殖质，不可胜数的生命和事件的遗迹旧痕，空虚、无聊和怀旧的碎片。月华每次上门，首先一言不发收拾一通，该扔的扔，该砸的砸，动静不小。萃梅就逃到阁楼上，一样动静不小，一阵翻腾，怀抱一只土鸡或者土鸭稳稳当当攀下木梯，说："满月酒的回礼，养很久了，就等你来带走……我一个人吃不了。"前半句是假话，月华一向不喜欢老人动作太大，什么岁数做什么事，该享晚年的时候还东奔西跑的，简直不像话，萃梅自然也就不会道出买这只土鸡或者土鸭背后的艰辛：一个人坐车进山里养殖场，光是路上往返就花掉四个小时，幸好那天吃得少，晕起车来只有干呕。后面那半句才是真言，"我一个人吃不了"，年纪大了胃口益发差了，剩饭剩菜是常态，弄得整个屋子也酸酸馊馊。当然这是月华讲的，萃梅纳闷怎么自己闻不到，但也不争不辩，为了和气开心。沉默是金，是萃梅早年收藏的那些24K纯金，够她安身立命的。

　　往事暗下去，萃梅开口了。王阿婆今夜回魂，就在边上听着。你呀你，虽说你死了都没人知道，但用不着难过，到死你也是一个风流鬼。说回来这种好事还要等到你头七听你们家"白无常"嚼舌根才知道，你还是没把我当交心的朋友。差不多了，要好的几个朋友，你比我先一步都重逢会合了吧？你们在那头会开心一点吧，我还是和你讲讲这头的事情。上个月我七十大寿，本来想请你的，我嘴上说不要铺张大办，我的乖囡就真的只办了两桌，女儿女婿外孙还有几个远亲近亲挤挤凑凑就差不多了。他们都讲股票年终奖手机游戏什么的，我一句话也插不进，好不容易讲起一点从前的事，没有人听的，我就像庙里的活佛一样，和和气气供在上座，假装清心寡欲，假装对他们的谈话有兴趣。想起来，真要倒吸一口气，年轻的时候我想活到六十就算高寿了，那时候的人都活不长的，最长寿的也不过六十八，想不到我会活过当年的寿星。当然，你赚头更大，活一天像一天，一点儿不委屈自家，想到就去做，没有比做自己更快活的了，死了也是快活鬼。

半开着的玻璃窗反射着远处某个照明物的光亮，夜风一吹，咣当磕了一下。萃梅起身关上窗插好销，送走了王阿婆。开灯的同时响起一阵敲门声，去上夜班的贵州女人友情提醒，晚上要下雨，阿婆门窗关关好。萃梅说，这么早上班啊。贵州女人说，十点半啦，十一点不到厂里要扣奖金的。萃梅看了眼挂钟，才九点一刻，完全乱套。

贵州女人骑远了，王阿婆应该也走远了，萃梅又是一个人了。抬头即见七十大寿拍的全家福，悬在走不准的挂钟边上，挤挤挨挨，准点圆满。拍照前，大外孙森森看见酒楼门口的字幕牌：祝曾萃梅生日快乐，万事如意，席设三楼。森森好像有了重大发现一样地告诉小姨说，这个"曾萃梅"和外婆同一天生日啊。是啊，直呼其名叫萃梅"曾萃梅"的人，陆陆续续都走得差不多了，"萃梅"和"萃梅"的时代一起落后，渐渐无人知晓，无用了。余下的，萃梅成了他们的"姆妈""外婆""阿婆"。萃梅挺乐意参加别人的葬礼，老人在老人们中间就显得没那么老。萃梅有时会觉得自己是黑无常，往阴间送了一批一批熟悉的、不熟悉的百罹亡人，勤勤恳恳乐此不疲。

"姆妈——"月华叫了几声，没人应，就把双排木门向里推开一道缝，站到门槛上，伸进左手在门后摸到一串挂锁小钥匙。月华开门进屋，挨个房间看过，一路叫"姆妈"。碗橱里，清清白白的几个碗几只盘，那些咸货腌制品都藏到房间里了，碗橱就给人一种白森森的杳无人烟的恐怖感。

月华明知徒劳，还是喊了几声"姆妈"，带哭腔，像前不久王阿婆出殡前的喊魂。及至萃梅好端端回家，月华先是一惊，好像真是被她喊回来的魂。萃梅解释，上供销社买盐，有人下棋就看了一会儿。月华撸上萃梅的衣袖，手环呢？萃梅回忆了一下，昨晚睡前摘下，早上起来忘记戴回去了。月华就催她找出来戴上。萃梅在床头桌的抽屉里，一堆五号电池、风油精、银耳勺、小手电、红包袋、保健品宣传资料、圆镜、绒线团、藿香正气水中，揪出了那只鲜黄色的手环。月华重申，手环保平安的，睡觉也不许摘下。萃梅说，现在的平安符都换成橡胶做的了吗？月华面有愠色地说，反正是为你好。萃梅无话可说，几十年的晨起步骤——刷牙、洗脸、梳头、挽髻、吃早饭，现在忽然增加一项"戴手环"，难免不适，难免出错。萃梅在强硬的女儿面前，更像是受罚挨训的小女儿，是女儿的女儿，越老越小。

月华把话题转到王阿婆身上，说，拿出去了？萃梅紧了紧手环，说，你送来这只平安符的隔天中午拿出去的，三代同堂，风光大葬了。这时座机响了，月华心里一松，只听萃梅在里屋"喂喂"老半天，挂掉，电话又响。"喂？""你讲啊！""你讲什么？""喂？"月华接过听筒，哧啦哧啦的电流声直刺耳膜。月华直接挂断，说，抽空去电信公司报停，改用手机好了。萃梅忍不住替老座机辩解，也就是有时候听不清楚。月华说，今天下午打了你好几个电话都没人接，我才来的，换成手机找你也方便些。萃梅忙问什么事。月华盯着萃梅腕上的手环，停了一下，说，没事。萃梅就说，买手机又要花钱了，老人家用什么手机？萃梅对自己的期求总是迂回的，即便心里想的是"换就换吧"，真到了嘴边却要婉拒一番，做一做替对方着想的姿态，说，手机一个月下来要多花好多钱。月华不是不晓得母亲的机心，只是多数时候都不说破。前年本地电视台推出"数字电视换代升级"业务，月华认定母亲无法胜任机顶盒的操作，也图省事，就没"升级"。那台21英寸的老彩电就在数字电视革命中淘汰下来，只余五个频道，一个中央台，一个省卫视以及三个地方台。

大年初二，森森来拜年，来来回回换着五个频道，萃梅坐在外孙边上，说，你讲好笑不好笑，外婆就五个台看看。不咸不淡的一句陈述，森森也没往心里去，放下遥控器，还是手机里的朋友圈有看头。只有月华清楚母亲心里有怨，更清楚识时务的母亲将继续故作满足地对着仅存的五个频道，看下去。

省卫视正在直播台风的最新走向。母女两个盯着屏幕上那团缓慢上移的白色涡旋，不时评论几句，谈话似乎进入了一个平和状态，因为事不关己，直到陈努明女儿的出现才打破了这点风眼里的平静。

老中医家的土狗产了一窝崽，萃梅当场认领了一只，因着当时还要上供销社头盐，就商定让陈努明女儿下午有空了送到家里来。送来的这只显然不是上午相中的那一只，狗身上多处可疑的脱毛，像中过弹的疮口。陈努明女儿坦诚相告，这就是害他们家的老母狗意外怀孕的罪魁祸首，被老中医逮了关在柴房半个多月了。"我们要搬家了，本来预备搬家之前把母狗杀了吃肉的，没想到多出这些事来。新生的小狗粉扑扑，人见人爱，一个上午就领光了，供不应求，包括阿婆要的那一只，过后想起来，只有关在柴房的这只野狗了。本来应该先问问阿婆的意思，但打你电话接通了一直没声，我只好亲自来问了。阿婆要是不愿意养，杀了吃肉好了，或者我带回去，没关系的。"萃梅连忙表态，愿意，我愿意。

在陈努明一家面前，月华不自觉就气短，矮一截。父亲是在陈努明家的配药房过世的，走的时候白白胖胖又湿答答皱巴巴，好像一块解冻中的五花肉。生前和五花肉打了半辈子交道，死了也像五花肉，或许这就是宿命。在肉联厂上班的父亲，春夏秋冬军大衣不离身，主要负责把货车上的生猪卸下，搬进屠宰车间变五花肉，再把一扇扇冻猪肉抬出冷冻车间，搬上货车，运向远方。尽管一下班就上公共浴室泡澡，父亲身上还是常年一股生猪的臊气和熟肉的腥气。同桌吃饭，月华月英都坐得远远的。随着父亲花在泡澡上的时间越来越长，十二岁的月华担负起大部分家务，烧好晚饭，还要去一趟浴室叫回父亲。再长大一点，月华就有点抵触浴室，傍晚的男浴室门口，那些泡得白里透红宛如死猪肉的老男人，纷纷向她投以小剜刀般的目光，戳得青春期的肉体辣痛，一个孔一个孔地痛。

当父亲溺水浴室池子的意外发生，比悲伤先一步泛起的是一阵释然，从浴室转移到老中医家等救护车的过程中，月华是木然的，解脱后的虚空感笼住她，终于可以和那些老男人划清界限了。月华由衷而笑，被施救中的陈努明无意间撞见，老中医眼珠瞪大，吓得不轻，手里的心跳脉搏也不正常了，一不留神，一家之主就从老中医手底逃脱，县人民医院的救护车开足马力也追不上了。入殓前，父亲腹积水严重，隆起的肚子衬得周围一圈的器官都奇小无比。月华替父盖棺，最后看了一眼，眼生极了。

陈努明女儿一走，月华就回到眼前的生活里。萃梅抱起狗安置在门洞，月华蹲下来揪母亲身上的狗毛，说："自家门面搞搞清爽都谢天谢地了，还要去招惹这些别人不要的赔钱货。"萃梅摸摸狗头，水汪汪的狗眼里映出一张老皱的脸。月华继续发挥，陈家一向会做人，这种来路不明的野狗有啥好养的，更不要说吃了，好像给我们多大恩惠人情一样。萃梅很轻地讲了一句，他们一家还是好人。月华说，好人，只管他们自家心安理得的好人，那时候要是他们少讲几句，索性一句话没有，爸评个工伤鉴定，至少不算白死，我们的日子也会好过一点。

月华对着狗脸看了几分钟，突然说，也不知道这狗多少岁了。萃梅抚摸狗背，温温热，像快要冷掉的热水袋，估计说，还很精壮，十岁吧。月华说，狗的十岁相当于人的六十岁。萃梅说，也比我年轻。比萃梅年轻的狗耷拉着脑袋，在萃梅的抚摸中犹犹豫豫，被迫接受了这个陌生而灰暗的世界。狗鼻子挨着月华的膝盖磨蹭，发出嗷呜嗷呜的低吟，看上去很受用，一条公狗。月华脸一热，丑话说在前面，野狗要是发情了，你怎么办？萃梅也脸热，假装满不在乎，转移话题，森森什么时候放假回来，我来裹粽子吃。月华最恼母亲这样，看似不争不辩照单全收，实际上当她的话是耳边风。月华感觉自己一记重拳打在棉花上。

受台风影响，月华穿着短袖凉鞋等回家的公交车时，瑟瑟发抖。月华咬着牙细想，这趟回娘家来又没有好脸色好脾气，老娘心里一定也冷的吧。月华又想，假如父亲还在，情况肯定会好很多。月华身为长女，顺理成章接替父亲做了一家之主，一直做到出嫁，做到另一户人家里，婚后依旧不改年少当家的强硬脾性，夫妻间大小吵不断，吵不动了就冷战。月华回娘家来左不过是想找个亲近的人说说体己话，可一跨进家门，举目是凋败的老屋、迟暮的老母，而且还将无可回避地凋败迟暮下去，月华心头的那点软弱就不敢示人了，月华只好没有好脸色好脾气了。气就气在她是她的母亲，不是电视里的任何一场灾祸，没法袖手旁观，每一趟回来都是一场没有台风眼的台风，暴雨倾盆，无人幸免。

月华一路忏悔，到家就上网订购了一部老人手机。快递送到，第一时间就去办了手机卡，叫上月英一道回娘家。月英抱怨说，难怪前天我打了两个电话，明明接通的，就是没人出声，我还以为是妈闹脾气。月华说，闹什么脾气。月英说，妈有的时候会找我讲一讲你这个大女儿的厉害，我能说什么。说实话月华有点害怕独自面对母亲，这趟和月英一起，心里多少轻松一些。

母女三人在陈努明家门口先遇上了。陈家女儿女婿一件件地往金杯车里搬家当，陈努明是最后一件，自己爬进后排坐稳了。女儿女婿所在的社区卫生所欢迎中医坐诊的，这样陈努明就不会不适应省城的晚年生活了。陈努明烧了所有病历档案，小镇人们的身体秘密随之灰飞烟灭。也许是水土问题，本地妇女易患小叶增生，陈努明那双老手几乎摸遍本地所有成年异性的乳房，经他抚摸揉搓过的病乳最终都不治而愈。每年秋冬两季，小叶增生的高发期，陈努明的手就不得闲，用手过度直接导致五指始终保持抓握之势，好像冻僵坏死一样。老中医的专业和敬业使他有口皆碑，金杯车里厚厚一摞锦旗浓缩了陈努明的半生荣耀，即使那些没被他望闻问切过的健全人，那些还没发育到能够患小叶增生的少女，也都赶来为一代名医送行。一位还在哺乳期的面善女人，像摘吸盘一样把婴孩的小嘴轻巧地从自家奶头上摘下来，非要让陈努明最后抱一抱孩子。与陈努明同龄的萃梅站在送行队伍中，为自己的年老感到羞耻，许多人到死也未必能如此体面风光地拿出去……

　　送别德高望重如药师佛的老中医，如同承受一座丰碑倒塌的反冲，萃梅一路沉默着，和女儿们走回家。门洞里的狗仿佛也被压垮了，不吭一声。老人机的开机音很大声，三人没有心理准备，都吓了一跳。月英输入自己和月华的手机号，想了想又加上森森的。然后准备用阿拉伯数字代替通讯录的姓名：月华是1，月英是2。萃梅没上过学，出乎意料的是，文盲萃梅一个不落地念对了所有名字："应月华""应月英""森森"。这不能不说是个奇迹。往后月华每次回娘家，都会带一些报纸杂志。

　　萃梅刚展示完奇迹，老人手机屏幕一黑，显示电量不足，提示音一样大得吓人。月华找出充电器插上，三个名字又亮在屏幕上，一目了然，只有三个名字——说明书说明通讯录一共可以存储五百位联系人。贵州男人端了一碗饭过来串门，他和贵州女人上星期回了趟贵州的幺铺镇，把女儿也接过来了。萃梅偷瞥一眼月华，寒暄问怎么不见贵州女人。贵州男人挥舞那只拿筷子的手，在腹部比画了一道弧线，狡黠地笑笑。萃梅心领神会，跟着笑。贵州男人一走，萃梅就不笑了，说，穷成这样了还要生，越生越穷。

　　萃梅家附近差不多被外地人包围了，如今王阿婆的老屋也沦陷，沦为三个隔间，租给和本地人交流时讲一口普通话的外来务工者们。萃梅通过电视知道了"空巢老人""空心村"这些概念，并自我评估，王阿婆是空巢老人，她不是；贵州的幺铺镇是空心村，这里不是，只是越来越多的陌生口音陌生面孔，迫得她也成了自己故乡故土上的陌生人。月华经过外地人的门口一向目不斜视，从不搭讪，偏偏萃梅对他们满口褒奖："人都很热情，在街上碰到会主动打招呼，阿婆阿婆地叫。上个月你搬新家，我在你家住了一个星期，都是贵州女人，就是刚才那个男人的老婆帮我看家的，每晚抱一床被子过来睡在我房间。"月华心中鄙夷，不清不楚的人也敢往家里放，况且破老屋有什么值得看守的，话到嘴边还是咽下了。

月华和月英在县城安家多年，上个月拆迁安置房落成，月华终于结束了一年多的租房生活，搬进自家新房。萃梅在新房子的客房住了一个星期，也是本地风俗，家中长辈入住满七日，新居才算正式告成。当镇宅之宝的七天里，萃梅尽职尽责，基本足不出户，小区公园里的同龄老人都讲普通话，萃梅和他们的交流仅限于"来啦""好啊""吃过啦"，仿佛置身异域外邦。这样的小区，单靠月华夫妻的收入断然是买不起的，还得感谢县政府旧城改造项目的实施，拆掉了原来灰扑扑的二十世纪九十年代单位集资房。第一晚，夫妇俩躺在干净明亮的卧室里，都有点恍然，仿佛新婚初夜。镇宅期满，月华也没挽留，萃梅就逃回了老屋。萃梅在老屋住过了七十大寿，随着年月积累，这样的生活格局益发稳固。月华自我安慰，她和月英都是在这里出生、出阁的，母亲住着没什么不好。月英出嫁时，森森已经小学二年级了，老屋里外竟也摆得下七八桌酒席，萃梅坐上座吃婚宴蛋糕，吃相不雅，噘着嘴吮吸奶油，不时发出噗噗噗的声响，很难和她的年纪联想到一起。那是一种充满肉欲的、不由自主的享受。三杯敬酒下肚，萃梅就要回敬亲家："亲家公潇洒的啊。"月华月英尴尬赔笑。从小在吝于表露情感的家庭中长大，鲜有在私人生活里成为主角的机会，一家三口都欠缺一种轻盈的处事能力，缺乏幽默感，总透露出一种悲剧性的庄严，只有沉重只好尴尬。

父亲走后，姐妹两个不止一次讨论过，结论是，快五十岁的人再嫁，挑选余地不大。月英更决绝，找个不相干的糟老头回来分家产啊？一年又一年，萃梅从不提起，月华月英也就得过且过。回避不代表不存在，相反悉数转化成一个个心结，成为母女之间谈话的暗礁，需要打起精神戒备着，绕过去，莫谈家事，只讲旁人——陈努明在省城没有执照被剥夺了行医资格，今年最大的一次台风终于过去了，十四人死亡八人失踪，又或是"天气热吃不完的饭菜就倒掉喂狗"这一类硬邦邦的直言相告——再难交心了。

远亲不如近邻，还好还有这些外地人，月华面上冷冷的，心里是感激的。可惜他们像候鸟，流动性大，鸟来鸟往就良莠不齐。萃梅用新手机打的第一个电话就是向月华告状，抱怨新来的这批外地人只会直勾勾地盯着人看，从来不叫"阿婆"，而且爱喝酒，一喝酒就扯嗓门，三天两头嚷着要吃狗肉下酒，这让她感到不安。

萃梅挂了电话，换上一身簇新的竹布月白上衣，到贵州人家吃生日酒。贵州女人挺着大肚以茶代酒敬大家，边上站着前不久刚从贵州接到此地的小寿星，小脸蛋雪雪白，两只眼睛看地上。酒酣耳热，话多起来，议论焦点集中在贵州女人的肚子上："不管生男生女，小妹妹都要做老大了，难怪不开心。""那一肚子装的都是钞票啊！现在超生一个，罚款至少十万块起。""罚什么罚，做老大的其实是'黑户'，在老家也没怎么上学，来到这里整天都待在制门厂车间……"散席，依本地风俗照例有一只老母鸡作回礼，萃梅抓着鸡想，这家人入乡随俗表面功夫做足，看来是要在此落脚生根了。

萃梅一个人吃不完一只鸡，留着让月华下回来的时候带走。老母鸡瘟在笼子里，死期不明，惶惶不可终日。上营业厅缴过一次手机话费后，萃梅也惶惶不安起来。本来一切正常，窗口小姐笑容甜美，边核对身份证边喃喃自语："曾萃梅，手机号码1533690……"忽然，笑容枯萎，窗口小姐大惊小怪地叫了一声，萃梅跟着心里一紧。"阿婆，你上月套餐里的五百分钟通话时间，只用了二十分钟，好浪费啊。"萃梅虽然不明白，但本能地觉得自己做了什么错事。"阿婆这个月要注意，别浪费啦！我跟我男朋友包了一千分钟的通话包，还不够用呢。"萃梅听懂了，这有点类似峰谷电表，晚饭结束到夜里九点这段时间的用电比九点以后的金贵，这期间尽可能不用电的萃梅常常无所适从，就像凭空多出来这段时间，现在她又多出了五百分钟，前者她可以出门逛马路，在供销社看棋看电视，一个人不开灯干坐在屋里也能打发过去，后者就只能找两个女儿下手了。

"姆妈，上午不是讲过啦，我再跟你说一遍，森森要到国庆节放假才回得来。是啊，坐火车要二十多个钟头呢。好了，就先这样。"

"那些人不叫'阿婆'就不叫嘛，本来就来路不明，不打交道少点牵扯更好。你自己留点心，平平安安的……"

"他们吃他们的狗肉，你养你的狗，两码事，你自己不要瞎想瞎讲。"

"电视里讲的总归特别一点，要不然谁看啊？你又不是领低保的孤寡户，不要瞎想瞎讲。"

"喂，还有什么事？"

手机越来越像一枚手雷，月华的语气渐变，好像走针倒计时，萃梅隔着电话察言观色，总能在手雷引爆的前一秒，月华发作前，准确无误地挂断电话，再打给月英。月华吃不消三天两头的骚扰，向萃梅挑明："以后没什么要紧事不要再打来！"萃梅清楚自己又做了一件错事，耷下脸吐吐舌头，反正女儿也看不见。至于森森，秉着学业为重的观念，萃梅轻易不去打扰，所以严格说来，她的通讯录里只有两个女儿。

有了手机，挂钟就停用了，也是月华的意思，嫌老钟走不准耽误事："难怪你刚打完电话，过一下子又打过来。"老母鸡白天从鸡笼里放出来，咕咕隆隆啄着拆下的老钟钟面，一圈一圈，地老天荒的样子。萃梅默坐静看，也是一只停摆的老钟，回忆断断续续走着，这么多年真是毫无长进,朋友屈指可数,还是年轻时结识的那几个,和她一起活到了这把年纪,真的都是老朋友了;同女儿们的感情一直不浓不淡,"来啦——"每次见面,语调里确认多于欢迎,常常还因为手机通话之类的龃龉,双方要生一生闷气。萃梅觉得自己也是一只笼中鸡,简单的人际关系恰恰编织出密不透风的网笼,死命罩住她,有限的挣扎和无度的内耗,伤人伤己。

　　大腿根忽然震动,紧跟着是刺耳的"你是我天边最美的云彩……"萃梅挣脱层层口袋、绒布袋,哆哆嗦嗦掏出手机:"喂——"

　　"您好,欢迎致电永乐保健公司。"萃梅听着一声声糯糯的"您好",倒不晓得如何是好了。电话那头始终保持着让萃梅尴尬的礼貌客套,半分钟后转到人工,萃梅松一口气,原来方才是电子人声,难怪那么假。人工客服的普通话不算标准,声母的 n 和 l 不分,萃梅窃笑着,不再尴尬,耐心听接线小姐讲了十来分钟。最后对方稍稍提高音量问萃梅,您看,是先买一个疗程呢还是……萃梅掐了电话,握着温热的手机,暗下去的屏幕反照出一张老脸,顷刻间浮上脸颊的迷惘很快又将皱褶抚平,手机里有了第四个联系人。

　　只有和"第四个联系人"联系时才没有心理负担,不用提心吊胆字斟句酌,想听就听着,随时插话,听够讲够就收手挂断。几天下来,萃梅通过口音判断出接线小姐共有五个。这天中午照常打过去,接听的正是一开始的那位,一上来就开骂:"脑不死的东西,不买产品里就死远点。"萃梅一惊,面色煞白,再一想双方互相看不见,就大声回击:"你才脑不死,'脑'和'老'都分不清楚的便宜货,还有脸接电话,不要脸!对,你不要'碾',你最不要'碾'!"萃梅专注骂战,完全没察觉女儿和外孙站在门口,还在全情投入地骂那个 n、l 不分的接线小姐。

　　月华干咳一声,萃梅顿时瘪了。月华清空通话记录,说,现在诈骗电话多得吓死人,陌生号码接都不要接。萃梅连连点头。森森发现了萃梅枕边的旧报纸，说，外婆怎么还在看去年的新闻呀？萃梅说，外婆看得慢，慢慢看。森森说，照这个速度，你要到明年才知道关之琳离婚啦。萃梅眉头一蹙，谁离婚啦？森森云淡风轻地回答，我女神，关之琳。萃梅就问关之琳是谁。森森笑而不答。萃梅也就笑笑，年轻人的世界哪还有她置喙的余地，就连月华这一辈都越来越看不明白了。只有回忆是安全的。

最近，萃梅老是取下七十大寿拍的全家福，背面的汉字烂熟胸中："胡登国""胡轩森""应月华""应月英"……萃梅对号入座，逐一识记，终于在应月华、应月英面前一鸣惊人："不用存1、2、3，这些字我都认识的。"睡前不忘翻一翻月华带来的报纸，只看大标题，辅以新闻配图半看半猜，都是失掉了时效性的旧闻，权当故事读：哪里发生森林大火了，哪个国家又登上月球啦。月亮上还挺热闹，萃梅嘀咕着翻到下一个版面，抚平，看个热闹。

月华打算重修父亲的老坟，专程来问问母亲的意思。这一向月华都睡不深，常常乱梦到天亮，父亲满脸油光频频托梦向女儿诉苦，大夏天的，冷啊，躺在棺材里，屁股和后背都要冻坏了。月华刚要进入正题，狗突然骚动起来，对着门洞外另一只外形相似的同类狂吠。两狗相争，自然热闹，家狗越战越勇，半个身子死死攀住对方，尾巴猛烈摇晃。三人都无意调停这场战事，津津有味地近距离观战，越看越不对，外来狗几乎放弃了抵抗，家狗几乎整个霸占了它，战旗一样的尾巴却偃下来，牢牢夹紧。三人坐在它们边上，仿佛处在它们命运的边缘，它们如此毫无戒备地暴露自己，使三代人颇为尴尬。

萃梅大喝一声，受降的母狗一惊，慌忙立起来，连累家狗也被拖着跟跟跄跄，越慌越乱，难舍难分。一公一母两条尾巴像是先天地连在一起，好一对连体狗，心连心，跑远了。月华灰着脸也准备走了，刚刚目睹完一对狗的交配，实在不宜对一个寡妇提起有关她亡夫的话题。

夜里狗回来了，后面跟了母狗，低眉顺眼，嫁狗随狗，都脏兮兮的，一时难分公母。萃梅蹲在门洞边一番研究，把手环套到了公狗脖子上，有了这个"项圈"，就能很快分出家狗野狗，区别对待了。忙完这一切，萃梅难得做了一个梦，梦见这只不请自来的母狗怀了一肚子野种，肚子像氢气球一样越来越大，与此同时肚皮就像气球的乳胶，越胀越薄越透亮，能看见里头装的白森森湿漉漉的小脑袋，在肚皮像气球一样胀破前，公社大队的广播响了……随即惊醒过来，天还没亮，萃梅怅怅地遥想洞房夜，没有花烛，新郎新娘坐在帐中，新郎讲了一句，革命不是请客吃饭，但结婚就是请客吃饭……那时候多开心，尽管总是要饿肚皮，也是那时候饿怕了，饿得印象深，以至于新郎一门心思进了肉联厂后拼命解馋过嘴瘾，把自己吃成了一块稀里糊涂的五花肉，七肥三瘦，泡死在洗澡水里。要知道，新郎进肉联厂之前可是身家清白的"节育模范"，他们是镇上第一个拿到《二女户结扎光荣证》的模范家庭，这也是新郎能进肉联厂的重要资本。福兮祸兮……

往事不堪回首是因为往事有太多不堪，大腿根的震动仿佛一个及时预警，刹住了不堪的回忆之旅。月华难得主动来电："你今天上哪去啦？怎么跑这么远？"萃梅说，我就在家里，就在镇里，哪里有很远的地方。月华急了，去没去你自己最清楚，我再讲一遍，这个岁数了就安分一点，不要到处乱跑，万一出个什么事体……萃梅一声不吭，纳闷女儿是从何处知道了她之前晕车四小时进山买土鸡的"劣迹"，暗下决心，以后要更加小心了，饥馑年代偷藏粮食的那种审慎，和平年代区分峰谷电的那种精心，她都依然需要。

两只狗又在外头野了一天才回来。公狗吠叫的音调发生了细微变化，变成了对自己叫声的模仿。和狗一起回来的还有小保姆，上身酒红色灯芯绒衬衫，下身黑裤黑鞋。小保姆一改往日灰头土脸的苦命相，好像一道晚霞照亮了萃梅的愁容。小保姆指着公狗，说，阿婆好潮啊，给狗狗戴手环。说着抬起右臂，露出腕上的一只紫色手环。萃梅说，紫色好看，我年纪大了，鲜黄色太亮，戴不出手了，还不让我摘下来，所以我就偷偷摘下来。小保姆说，我这个是朋友送的，戴在手上，每天走了多少步多少公里，手环都有记录。萃梅说，如果一天都放在抽屉里呢？小保姆说，那就一步也没有，死了一样。萃梅豁然开朗，像死了一样地懂了，相反如果在狗身上套一天，是不是就活过来啦？回光返照一样地活过来。好一道先进的平安符。

小保姆说，我现在不做保姆了。萃梅说，我第一眼就看出来了，你有好事了。小保姆说，不做保姆也没有很开心，天天闷在家里，今天出来快步走散散心，路过就弯进来看看阿婆。难得家里来女儿之外的客人，萃梅顾不上峰谷电差价，开了灯，开了电视。小保姆按了一遍遥控器，五个频道，四个都在放新闻联播，剩下一个本地信息台，专播招工启事、租赁信息、长途车车次什么的。今天的征婚启事好像特别多，两人干坐着，一条条听过去，不带照片的男女信息，男的无非是"成熟稳重事业有成"，女的不离"贤惠能干温柔大方"，两人都很怀疑这样千篇一律的履历能成就多少姻缘，美满的又能有多少。小保姆忍不住问萃梅："阿婆当年是怎么认识阿公的啊？"萃梅说，就是一起劳动，流血流汗什么丑样都见过了，还顺眼，就认识了。小保姆说，马克思讲劳动是人类的本质活动，我最近在学校里听来的。

空洞的征婚启事过后，画风突变，一张黑白照占去半个屏幕。县公安局搞逃犯清理，发布了"清网"行动二号通缉令，一桩桩悬案，一个个要犯，在逃时间有长有短，犯罪情节轻重不一，涉嫌赌博案、诈骗案、寻衅滋事案、故意伤害案、爆炸案、故意杀人案，对举报有功者的奖励也从一百元到五千元不等，比征婚启事有意思多了。

掌握了手环奥秘，萃梅俨然一位反侦察意识强大的老犯人，假如手环上午在狗身上，下午在抽屉里，那么月华中午就会打电话来警告，这样一来，就像是萃梅听了女儿的话，老老实实在家反省了一下午；假如整个白天都不戴手环，有意捉弄吓一吓女儿，直到暮色四合，萃梅戴上手环，在屋里来回走一走，月华就会心平气和地在电话里叫她一声"姆妈"，你是不是睡了一天啊？好的好的，多睡好的。

小镇一觉醒来就出了大新闻。谁也想不到年年小升初成绩排第一的城北小学会出杀人犯。据说警察收到线索突袭城北小学食堂的时候，许舒华正在烧全校的中午饭，米刚下锅，卷心菜和红菜头在沥干。许舒华表现出一名资深逃犯应有的冷静，说，政府等一下好吧，我先烧完这一锅，要不然饭要烧煳，锅要烧穿的。大队长回答说，熄火吧，今天没人吃饭了，学校放假一天，集中到大会堂听侦破通气会，现成的法制教育。萃梅记得森森小时候不肯写作业，月华就会搬出"徐顺华"来吓唬他，那时候徐顺华年富力强刚做下命案，满街都是他的通缉令，家喻户晓，人人闻风丧胆。从"徐顺华"到"许舒华"又回到"徐顺华"的徐顺华，已经老成了一个体面的老头，登上大会堂讲台，平静地接受曾经爱戴敬重过他的师生们的唾弃。

徐顺华被压着头，从萃梅身边经过，押进警车里。与此同时手机震动，来电显示陌生号码，萃梅吸取教训，不接。陌生号码很固执，连打了五遍才作罢。萃梅在大会堂门口的拱柱上看到了一份和当年差不多的通缉令，照片上的通缉犯那么年轻，就像死了一样年轻，难怪逍遥法外这么多年——

婺公缉〔2015〕29号犯罪嫌疑人：徐顺华，男，1964年6月5日出生，身份证号码：330723640605301，婺城泉溪镇下宅口村。1996年，犯罪嫌疑人因涉嫌故意杀人案被婺城公安局上网追逃。对发现线索的举报人，缉捕有功的单位或个人，将给予人民币五千元的奖励。联系人：李警官（8762270110）。

小保姆姗姗来迟，脸色和新贴的通缉令一样白，说，结束啦？萃梅点一下头。小保姆说,我是不敢来。萃梅说,政府在,怕什么。小保姆突然问萃梅想不想要五千块。萃梅说,干什么?小保姆把她拉到拱柱后面,不放心,又绕到花坛边,两棵桂花树的阴面。小保姆说,电话是我打的。萃梅掏出手机递给小保姆,说,你把号码存一下通讯录吧,不要输你的名字,输个数字"1"好了,以后你再打来,我看到"1"就知道是你了,我女儿不让我接不认识的号码,刚才不好意思啊。小保姆没有接手机,说,阿婆不用存我的手机号了,我很快要换号了。小保姆压低嗓音,长话短说,阿婆想要五千块吧?举报徐顺华的电话是我打的。萃梅一惊,小保姆继续说,王阿婆过世以后,我们就在一起了,他给我钱让我当他女儿,陪陪他,还说等他死了,银行卡存折统统留给我,我想了想就答应了,比起做保姆我情愿做人家女儿的。他虽然改了名字,但生日没变,6月5号嘛,他当大生日来过,其他每个月的5号就当小生日,所以一年他要过十二次生日,好像他的一年抵得上人家的十二年,有意思吧?每次过生日他都要重复好几遍他的生日,讲完一遍就问我记清楚了没有,因为他的生日就是密码,196465。问多了我也烦,我就发脾气讲,记住了记住了,你死了也忘不了了,他就开心了。那天在阿婆家看电视,看到"徐顺华"的出生年月,身份证号,我就留神了,我对这组数字太敏感了,再看照片,虽然和现在千差万别,仔细看还是像的,而且他的小腹那里有一个横向的刀疤,讲准确一点是小腹还要再往下的地方。小保姆讲到这里,脸红了。萃梅说,厨师一般也就是手上有刀伤,那种地方砍一刀稀奇的。小保姆脸上的红晕散开了,说,做女儿的就问了一句,干爹就说是年轻的时候不懂事留下的。做女儿的其实也苦命,说是做女儿,和做保姆比起来,不过是换个名头,比保姆还不如,大夏天屁股上的痔疮痒起来,脱光衣服让女儿扇扇子吹气,现在想起来还腻心。萃梅说,所以女儿大义灭亲。小保姆说,举报违法犯罪是公民的权利义务,学校每周的广播大会都要讲一遍。阿婆,我要坐晚上的汽车去杭州了，五千块举报奖金不要白不要，阿婆可以到公安局领，反正我是用公用电话打的，我没讲自家名字，只说了是和徐顺华关系不一般的人。公安局要是问起来，阿婆可以讲一讲徐顺华的刀疤和屁股上的痔疮，我敢保证除了你和我，没别人知道了。萃梅说，五千块不少了，你自家怎么不要？小保姆说，父女一场，我定规不是一个好女儿了，干爹知道定规要难过的，再说我有存折银行卡了，马克思讲劳动者为了维持生活所必需付出的那一部分劳动叫必要劳动，这是我应得的，我知足了。

萃梅回家发现鸡笼空了，里外找遍，没有一根鸡毛，两只狗都在门洞里睡大觉。萃梅戳在家门口冲外地人租的房子开骂："偷鸡摸狗的外来鬼不得好死哇！"几名外地小伙闻声走出来，朝萃梅这边张了张，睡眼惺忪满脸困惑，然后挑衅地笑笑。萃梅不久前在月华和森森面前咒骂接线小姐，已然晚节不保，如今干脆破罐子破摔，凶相毕露，一点也不害怕再被撞见。萃梅一边骂一边想起自己老年之前的中年，那段新寡的日子，本本分分，生怕落人口实，唯一一点非分之想就是希望自己患上小叶增生，好从陈努明那里领受一点全镇唯一公开合法的爱抚，可惜她一直无病无痛，健健康康活过了七十大寿。中年的萃梅有自己的心思，不求德高望重，但也不能落下为老不尊的话柄，即使在后辈那里人微言轻也没有关系，就这样进入了一段至少看上去平心静气的"老年"。

萃梅骂够了刚收场，月华挂着两个大眼袋，头发油腻地杀到。萃梅猜想八成又是夫妻吵架，回娘家来撒气了。月华气鼓鼓地质问，早上打了五个电话，你为什么不接？萃梅理直气壮地说，陌生电话一律不接，堵得月华满脸通红。萃梅出了气，就发善心给女儿台阶下，问月华是不是遇到难处了："钞票我有的。"

丈夫半夜胃出血，连夜送医，月华请假陪护，等情况稳定了就想到娘家的老母鸡，之前萃梅多次打电话催促月华来取走，月华就想让萃梅送到医院来煲鸡汤，不巧手机落在家里了，就用医院小卖部的公用电话，前后打了五遍。小卖部老板不耐烦了："打这么多遍，死人都打通了。"医院里的人见惯了生死，都没什么避忌的。月华憋着火，坐305路车赶来，那会儿萃梅正在去大会堂的路上，遇见小保姆是一个多小时以后的事，在此之前月华气汹汹地抓上鸡，搭上305路车就回医院了。

晚些时候，萃梅见到了女婿，拉着白惨惨的一张脸，却温柔多了。医师讲，全因应酬无度，幸好改一改饮食习惯慢慢调理就不会有大问题。月英也来了，月华乐意多一个人分担她的惊恐，又向妹妹详细讲了一遍。"起夜的时候一脚踩下去，软塌塌的，一个大活人躺在地上，我当场魂吓掉一半，跪下来掐了半天人中，他一点反应都没有。"月华在描述中自觉带上了一点哭腔，"我慌死了，还以为……还以为就挺不过来了……想想以后，真不晓得怎么过下去……"月英口快，安慰说，你看妈，还不是照样熬过来了。萃梅岔开说，要不要我再去买只老母鸡来？劫后余生的月华恢复了正常语调："医师讲现在饮食要以清淡为主，我从妈那里回来就被医师叫到办公室训话了，那只老母鸡现在还在门诊室。"萃梅感慨，这只鸡真是好命长寿，又逃过了一劫。

萃梅在医院门口坐305路末班车回家。出了城区，开上城郊公路，路两旁黑漆漆的，间隔很远才有一盏路灯。萃梅心里有数，月华逃过了这一劫，往后的日子会好过一点了，至少不用像从前那样巴巴地熬夜守门等着丈夫归家了。五十岁对于女人真是一道坎，五十岁的年纪坐公交车，有人给让座了，也有的时候还不够格，不论坐或站，都有点心虚，怕自己被让座让老了，怕自己劳碌半生还换不来一席之地歇口气，再站下去，静脉曲张腰椎间盘突出就要加重了……对过的车辆驶近了，没有变换近光灯，刺目的远光直捣公交车车厢，刺得人眼泪都出来了。萃梅抹抹眼角，还好女儿比她运气，省得她去当小女儿口中"照样熬过来了"的模范寡妇。

萃梅一进家门就闻到一股酸酸馊馊的味道，停了一会儿辨出是人发酵以后的气味，来自她的身体。萃梅像被一束追光钉死在了舞台上，抬头看看房梁上悬下的灯泡，忽然觉得这个时间开灯有点早，灯光怪刺眼的，眼泪又要流出来了。

真正落泪是在四天后的傍晚，两只狗迟迟未归，萃梅走街串巷汪汪汪地唤，唤到天黑，嗓子干了，眼睛湿了，偷鸡摸狗的外来鬼不得好死！狗的失踪又殃及萃梅当了一回冤大头。月华的来电使她意识到一并失踪的还有狗脖子上的手环。月华开门见山问她是不是又忘记戴手环了，是不是三天没戴了："万一哪天你死了我们都不知道！"萃梅打了一个哈欠，接近于肉欲快感的哈欠引起下颌一阵痛苦的收缩，同时带出一股眼泪："你放心，我现在有手机了，我死之前一定会打电话通知你的。"

公判大会向全镇宣布了徐顺华的死期。大会堂前面的空地上还有其他几名犯人，排成一排，徐顺华最老，资历最深，是焦点所在。这天阳光明媚，他们扭曲的影子投射在墙上主席台上，仿佛游走在琴键上一般，到处是调试喇叭的沙沙声和闪烁的光亮，好像一个灿烂又虚情假意的春天。人群中有人散布小道消息，听说徐顺华搞姘头，最后反被姘头举报了，婊子无情啊。另一个人说，婊子无情但有义啊，为民除害，而且做好事不留名，没去领举报奖金。萃梅被流言包裹着，清醒地微微笑，可以预见的是，台上的徐顺华不论多么衰朽，站在主席台前的两条腿不管晃得多么厉害，他都将永远活在小镇人的记忆里，口口相传。徐顺华是全场唯一一个身价五千元的通缉犯，和德高望重的老中医一样，通缉犯也是越老越值钱，延宕多年的大快人心是真开心。

月华找到萃梅的时候，徐顺华的判决书刚好念完。月华也不禁感慨："我以为他早死了呢。"萃梅说，马上就死了。月华说，一条腿都踏进棺材里了还搞姘头，真是找死，幸亏他没有子女，要不然也要跟着害臊死。月华边说边挽萃梅的衣袖，给她戴上一只崭新的银色手环："睡觉也不许摘下来，人在手环在。"萃梅顿感腕部一沉，好像一副锃亮的手铐，于是理解了王阿婆对小保姆的憎恶。萃梅告诉月华，我快要有五千块钱了，到时候你帮我存到卡里。月华不解，萃梅凑近，发出一种令人敬畏的耳语，还双保险地拢起右手罩住月华的耳朵："徐顺华小腹下面有一道横的刀疤的，是年轻的时候打群架给人砍的。还有，他屁股上有很多痔疮，天一热奇痒难忍，就要人扇扇子吹吹风，扇子还不能是塑料扇，只有蒲扇扇出来的风才解毒，有意思吧？别以为杀人犯多威风，一到夏天就成了阉鸡哼哼唧唧，一到晚上就变瘟鸡。"

月华嘴巴张着，露出一条干涩的舌头。小时候过年，没有萃梅许可，月华断不敢去碰饭桌上的猪头肉、鸡蛋、香肠，父亲为了巴结她，偷夹一片猪耳朵给她，月华偷瞄母亲，又敬又怕，趁其不注意才敢偷偷咬上一口，又不能大声咀嚼，结果囫囵生吞，呛出眼泪来……审判通过两只喇叭热热闹闹地持续着，月华瞄到母亲脸上浮现出痛苦或许是快乐被压抑的表情，脸部的张力逐步凝聚，模糊的笑容已成形。月华没有像她自己说的那样害臊死，而是又敬又怕，就要呛出眼泪来了。

萃梅赶在天黑前回家吃了晚饭，换上一身只在七十大寿穿过一次的唐装，一点也不嫌颜色鲜亮穿不出去了。调整袖口，摸到崭新的银色手环，萃梅摘了，随手搁在饭桌上。夜幕降临，大会堂对过的超市门口摆了一台液晶电视放 DVD，武打片、枪战片还有恐怖片，时不时来一阵爆破或是一阵尖叫。萃梅和那些干了一天活的外地人不计前嫌地挤在一起，不求甚解地看个热闹。外地人也都挂着夜色一样温柔的微笑，觉得这个本地老太太有大将之风，不嫌弃他们腌臜，满身汗酸味。放映进行到晚上十点，超市打烊，正好回家大大方方用谷电。

空鸡笼里的异响把刚刚看完一部恐怖片的萃梅吓了一大跳，萃梅阿弥陀佛阿弥陀佛念起往生咒，生怕是那只屡次逃过劫数的老母鸡心有不甘，还魂来。其实只是一只小老鼠，不知怎么钻进鸡笼，出不来了。萃梅想起床底下闲置着一只小铁笼，森森小时候关过小白兔的。那只兔子，仿佛是为了让人类看清自身而被创造出来的小动物，在森森的童年占有很重的分量，纤小的心脏有节奏地跳着，毫无条理的举止，非理性的忧愁，在森森的好奇心上呈现出生命的诸多可能，未来正在打开，新奇的经历、体验与发现都在向森森招手，这个小生灵渐渐成为森森生命中的一部分，等到它死去时，森森命里相应地也死去小小的一部分。

萃梅把火钳伸进鸡笼钳出老鼠，转移进小铁笼，合上一侧的活动闸门，封死。阿弥陀佛阿弥陀佛，萃梅双手握住摇泵手柄一上一下上上下下，地下水不紧不慢地流出来，寒气逼人。笼中鼠在源源不绝的浇灌下，无路可逃，叫声锐响。萃梅中场休息。水池里的水刚过笼子三分之二，小老鼠紧紧攀住铁笼露出水面的部分，大口喘息。萃梅再接再厉，地下水终于注满水池，笼子沉到水底，小老鼠迅速游了几个来回，急不可耐地想要退化成一尾鱼。

萃梅甩开最高级哺乳动物的两条胳膊，迈开最高级哺乳动物的两条腿，回到灰扑扑的卧房。她像一个小偷一样拿起自己的枕头，枕头下压着一个绒布包，除了一张银行卡，里面还有24K的一对金耳环、一根金项链、一条金如意，以及一只和田玉镯的残片。这一切原本都打算传给森森做超生罚款的，现在用不上了，电视上讲国家已经全面放开二孩了……贵州女人真有运气，又让她逃过了一劫……

天亮得一天比一天晚了，月亮挂在天边，牙白色的一弯。萃梅不确定自己有没有做梦，起床打水洗脸，昨夜处决掉的老鼠还在水池里。溺毙的鼠尸翻上来，煞风景！手机屏幕准确显示了这个倒人胃口的时刻：11月01日 06：02。毫无悬念，新的一个月，手机里又将有完完整整的五百分钟等待她去充分使用，费尽心思地杀时间。萃梅轻轻呼出一口气，准备再等一分钟，一分钟后，她就用火钳连笼带鼠一并捞起，丢到那些外地人住的房子后面去。

寸光乍泄

不开灯,很容易想起死亡降临过这套房子的一角。房间早已打扫干净,还有点阴湿的石灰味,只要有亮光照进来,就一定是透过树叶照进来的。

灯从早亮到晚。

电视上,一只熊猫倒挂于两棵树之间的爬梯,衔着竹叶,摇摇欲坠。儿子不自觉地张大嘴。熊猫落地,儿子的嘴仍大张着。

"午睡没睡,一直看电视。"厨房里,妻子抿着唇,不时看一眼客厅。

"没关系。"丈夫动动嘴唇,同时也在努力使自己相信这一点。手起刀落,砧板上的土豆一分为二,很快,又借着油煎土豆的香复活。

儿子躺在沙发上,盯着天花板,双眼呆滞,失明了一样,鼻子似乎也失去了嗅觉。妻子也抬头看了看,仿佛那是他们的世界的天空,一小块受潮墙皮摇摇欲坠。

"窗外那些树真密啊。"吃晚饭时,一家三口坐在饭桌的两边,妻子和儿子一边,妻子打破了蚕食般的静。

"什么树?"丈夫夹土豆,怎么也夹不起来。

"女贞。"妻子含着饭吐出两个音节,清晰、准确。儿子迅速瞥了她一眼。妻子等着儿子再次抬头,准备完成一次充分的眼神交流。

"重建孩子的信心、安全感,父母要给予孩子充分的陪伴,但不要打着

'我爱你''我为你好'的幌子进行爱的绑架……孩子的成长空间既要充分也要自由，就像树和树，挨得过紧过密，谁都长不高。"妻子和洪医生进行过几次眼神交流训练，洪医生的眼睛不好看，小，单眼皮，倒三角。她喜欢洪医生谈话中那些信手拈来的比喻和例子，有助于她迅速理解谈话的精髓。"梦是一种比现实更现实的现实……""时间会抚平一切，凭什么？就凭我们日复一日地消化，把事件变成故事，事件是不可承受的，充满侵略性，故事是可理解、可接受的，彗星撞火星就是故事，彗星撞地球就是事件，彗星撞地球但人类众志成城度过了浩劫就是故事……""想象一下，在你身体里有一片沙漠，好，深呼吸，再呼吸，一线细细的水流马上穿破地表了，现在你每做个深呼吸，就多一股水流。想象一下，在荒芜不育的沙漠上，突然怒开了硕大瑰丽的花朵，想象一下，沙漠在你的滋养下变成汪洋大海……"她紧闭双眼追随洪医生的引导，一呼一吸，胸口微微发烫，一股暖流在心头涌起，向她的肩膀和大腿蔓延，在她的四肢里轻轻搏动……桑田沧海……

丈夫意识到处境不妙，心里暗叫一声"完了"，出口只有一声短促的"啊！"浴缸配合地晃颤两下。闻声而来的妻子发现浴缸周围的橡胶填料都褪色了，最浅的那部分已经开裂，扶起滑倒的丈夫出浴缸，进卧室，坐上床头，被子拉到下巴，都倦怠，又觉得应该说点什么。丈夫提议买块防滑垫。"买什么颜色好？"边说边拿胳膊肘碰了妻子一下。妻子本能地一缩，像被不合格的针灸师错扎了一针，然后假装无意碰到了丈夫的肚皮，同样冰冷："橘红色，温暖。"

鼾声如蛙鸣阵阵。不管喝了酒、饮了浓茶，还是有过争执，都不足以成为丈夫的睡眠障碍。很多时候，妻子一边忍受鼾声一边清醒地嫉恨丈夫，那个勇敢、果断、开朗、风趣、想象力丰富的丈夫死了十万八千年了，高质量的睡眠成为仅余的闪光点。一对睡眠质量悬殊的夫妻，比同床异梦更可悲，阴阳两界，天人永隔，人格分裂……洪医生说，不同人格之间的记忆并不相连,一个道德模范和一个杀人犯完全可以自如切换,共存于一人身上。妻子拍拍丈夫的脸,鼾声骤停,空气在他嘴里带着哨音呼进呼出,在他喉咙深处喀喀作响。像以往无数个围捕之夜,妻子强迫自己闭上眼,一动不动,困意是只老狐狸,丁点动静就会吓跑它。儿子小时候睡前必哭必闹,她总要花很长时间哄,年幼的生命尚不知困意为何物,只是被它搅扰,困得哭了起来,又摆不脱,和她年轻的性欲一样。要是她当年知道是什么东西在内心折磨她,使她辗转反侧,夜不能眠,好像要撕裂她,那该多好啊!年轻的她含胸驼背,眼睛只盯脚下,俨然心怀鬼胎的女犯,每一天都是潜逃,惶惶然,空落落,只等着什么把她摁倒、拿下,她就平静,不躁动,像水倒进水里。

　　水声从卫生间溢进卧室,困意受惊又受潮,遁走了。妻子起身,席梦思弹簧短促地叫了一声。儿子跺着松动的浴缸,形同踏浪。"安静!"妻子蹲到浴缸边,水花拍脸。要沟通,更要倾听,和孩子平等对话。妻子扒住浴缸,再搭上左手,稳住浴缸的同时迅速默念一遍洪医生的嘱咐。儿子像孤傲的船长俯视她,一边吮吸着嘴角附近的一颗牙齿,发出类似亲吻的声音。妻子徒有倾听的样子,但没想好沟通的内容,只好重复一遍"安静"。"安静"被安静的卫生间放大,嗡嗡响。儿子迈出浴缸,一步一个湿脚印回到小房间,安静地关上了门。放水的时候才注意到地砖被浴缸磕出了砖红色的一小块缺口,但愿房东不会发现。回到床上,祈祷内容变成了:睡吧,睡吧——自己唱给自己的摇篮曲。困意如夜露,慢慢凝结,轻轻覆盖,妻子终于感到平静和轻盈,像水消失在水里……猛地一蹬,困意又从身上抖落,速干、速朽。今年蚊子出动这么早?妻子蜷起一只脚的脚趾挠着另一只脚的脚后跟,然后侧身前倾,打开床头灯,席梦思叫了一声。丈夫蜡黄蜡黄地仰躺着,除了眼睛,其他一切器官似乎都张开着。虚伪的微笑、社交式的干笑都要等到天亮以后才会栖回那张冒出新胡茬的黄脸上。她背靠床头缓慢屈腿一边祈祷,安静,蚊子乖,乖乖别动……移到近前一看,居然是只蚂蚁!

维修师傅上门搞定了浴缸,把透明胶状的填料注入各种裂隙,顺便排查了蚂蚁可能出没的死角。儿子像个小监工,睁大眼睛紧跟其后。"今年冬天不像话,"师傅割掉多余的填料,"冬天不像冬天,就要出问题。"妻子抱胸,轻轻点头。"温度下不去,该死的不死,要冬眠的睡不着。"

没有水声,没有蚂蚁,只有打鼾是永恒的。妻子终于承认,说睡就睡的能力远比勇敢、果断、开朗、风趣、想象力丰富重要,生而为人,重中之重便是能睡安稳,一个睁眼度过白天、黑夜、黑夜、白天的人是不配讨论正直、善良的。

妻子早起炖了一锅杂粮粥。"你的眼睛有点红。"妻子用一种漫不经心的口吻说,但视线没有移开丈夫的眼。丈夫用右手食指搓了搓下巴,又短又硬的胡楂。儿子也起了个大早,拿着牙杯、毛巾走进厨房,拖鞋发出的声音听上去就像"呱呱呱"。浴缸底座填料干透前,卫生间洗手池暂停使用。

"早饭吃完,去荡秋千。"妻子注视儿子的背影一边祈祷,乖,回头,看看我。

"昨天不去,今天也不去。"儿子赌气似的含着水不吐。

"我昨天忙了一天。"

"鬼知道忙什么。"儿子坐上饭桌,嗓音像彻彻底底清洗了一遍。妻子看一眼丈夫,丈夫也看了她一眼,然后摸摸儿子的后脑勺说:"妈妈很辛苦的,你不知道妈妈有多辛苦。"夫妻俩你看看我,我看看你,那平和的样子就像出于夫妻情深似的。她在等他展开"辛苦"清单,罗列"辛苦"明细,但他似乎也不知道她到底"有多辛苦"。妻子埋头喝粥以免怨恨从眼里泄露。丈夫转换话题:"燕麦还可以多放一点,更有嚼劲。"进了她耳里就成了:妈妈确实无所事事,但你不能说出来。妻子嚼着红枣，不吐核，留恋地用舌尖反复摩擦，能孕化成珍珠吗？母子俩玩过一种识字游戏，一套卡片写上二十种水果，每人抽十张，一字排开，按喜好程度依次丢开，最后只留一张，不光识字，还能帮助孩子认识自己：最喜欢的水果，最喜欢的颜色，最喜欢的动物……直到写上家庭成员：爷爷、奶奶、外公、外婆、爸爸、妈妈，包括小黑，他们养过一只纯黑的泰迪。她和"小黑"被儿子留到了最后一轮，尽管最终选了"妈妈"，但那番迟疑的比较还是伤害了她。轮到她选择，在"儿子"和"小黑"之间毫不犹豫选了前者。她故作镇静地完成这一套把戏，暗中观察儿子的反应，儿子眼中毫无波澜。真镇静，她不无遗憾地想。识字游戏的各种取舍也让她体会到了一种深刻的流失，像一棵树眼睁睁看着自己落叶："头发""耐心""平和""宽容""微笑""小腹""青春"……于是掩耳盗铃地终止了游戏，正如她禁止洪医生再提"无条件"："你别再搬出什么脱敏疗法理论，好像我不回避，听上成百上千遍就真的可以无条件接受了。他妈的，我又说了这三个字，无条件！无条件！我做不到！我不行！我一听或只要想到这三个字，整个人就像掉进无底洞！"洪医生等待她平复，然后给她一杯水，看着她慢慢喝完，说："深呼吸，闭上眼，好……"

  丈夫吃了两碗粥和一只水煮蛋，加班去了。儿子不情不愿地穿上球鞋，像一团影子蹲在玄关的鞋垫上等待洗碗的妻子。秋千上的女孩见有人来，兴致高涨，催促助推的妈妈："用力，高一点，再高一点……"母与子坐在花坛边等了一会儿就轮到了他们。"准备，开始。"秋千不断攀高，儿子一声不吭，像在忍耐。妻子向女孩妈妈咧嘴露出几颗牙，固定出一丝微笑。周一到周五的白天，无论儿子如何请求，妻子总有借口拒绝出门。像她这样一位女性带着一个这样大的孩子出现在工作日的小区公园，混在听广播、打牌、倒走散步的退休老人里，可疑如一大一小两条金鱼掉进阴沟里。她当然可以准备一套说辞应付有可能的提问：

孩子怎么不上学呀？全职太太不好当吧，没有退休一说……但觉得麻烦，不如在家清静。接触洪医生之前她就需要很多很多的安静，现在依然如此，然而也没得到多少，况且她不想在儿子面前撒谎。

"几年级啦？"女孩妈妈帮女儿拧开水壶一边打招呼。

"十三岁。"妻子胳膊发酸，还在忍耐。

"比小咻大六岁。叫哥哥。"女孩一通牛饮，大大方方喊了一声"兄弟"。

秋千仓促停摆，妻子领着沉默的儿子上楼，像极了和丈夫逃离碰碰车场地的样子。当时儿子还在寄宿学校，她在另一所学校，学校放了她一个很长的假，丈夫也请了年休假回家陪她。沉默就像一尊巍然膨胀的铜像，洋溢着生活，不断挤占原来那套三居室。丈夫提议去游乐园散心。引导员怂恿他们试试过山车、跳楼机："闭上眼，大脑一片空白。"大脑一片空白。妻子重复一遍。引导员奇怪地看她一眼，丈夫也满怀期待地望着她。大脑不停运转已经一个多月了，越描越黑，妻子试过像丈夫那样喝酒，没用，还失眠、头痛。他们最终选了碰碰车。顶棚覆盖的场地相比之下安静不少，偶尔撞上其他碰碰车，眼神尴尬相接，迅速转动方向盘逃走。都是怪胎，星期一的大中午跑来操弄这些掉漆的老旧设备。"我们像不像在停车场找了一中午的停车位？"妻子半是调侃半是抱怨了一句，但说完就后悔了，于是立马补救，"我们去买点喝的吧。"丈夫面无表情，但声音难掩失望："高中的时候，七八个同学商量好，一起围攻某个陌生人，要是撞得人发火了，那才尽兴，很多外校的朋友就是这样认识的……"夫妻俩走到一片铁丝网跟前，网后面堆着旧演出服、旧摇摇车，旧灯箱上的字缺了许多笔画。妻子找到漏洞，探了探身子，刚刚好，逃课似的猫腰穿了进去。私闯禁区的兴奋感只持续了片刻，太阳毒辣，没有遮阴的地方，无聊炙烤着他们……假如不考虑妻子，丈夫一定会挑战跳楼机和过山车。假如所有游乐项目，只留一项，其他统统报废锁进铁丝网里，丈夫会怎么选？妻子觉得这是个不错的话题，足以驱散一阵晚饭的沉默。

丈夫比往常早了半小时回家。毕竟是周末，她想。与此同时看见丈夫铁青着脸，锈迹斑斑的上下唇，焊死。

"第三级分离！主发动机减速！"他身穿宇航服，一顶覆有防辐射金属涂料层的头盔罩着那双冷酷的红眼睛，声音像被火烤的玻璃。"长官，我们还在过渡轨道！预计一天后接近月球！""打起精神来！"作为指挥员的他说，"我们已经比计划晚了十二天！"他检查一遍仪表盘，"全速前进！""全速前进！"操作员重复了一遍，然后和另一名宇航员嘀咕，"但愿不要出什么乱子。"飞船明显提速了，他又喊了一遍："全速前进！"试图掩盖质疑声，"但愿不要出什么乱子！"……

"别犹豫了，"王主任说，"高还是低？"

"嗯？"丈夫拿起办公桌上两份报价表，吃了一惊，仿佛第一次见到，但上面分明写满他的笔迹。

"不等了，"王主任说，"我们已经比计划晚了十二天啦。"

本地广告公司，报价低，出活快，成片质量一般；要价高的上海团队，活干得漂亮，工时相应长许多。新来的王主任对宣传工作没经验又谨慎，事无巨细都找他商量。有同事私下戏称他副主任。"月球。"他说完才意识到自己说了什么。"日新月异！锐意进取！"王主任的舌头刮着两排牙，用低声营造出推心置腹的氛围，"找谁拍？月底必须出片，我们已经晚了十二天啦，但愿不要出什么乱子。"他递上报价低的。王主任点头表示和他想的一样："本地团队，沟通方便。"又问，"你没事吧？"他一愣，不是不知道主任擅用嘘寒问暖的话术营造另一种推心置腹的氛围，这似乎是主任们共有的一种能力。"没事。"王主任没有马上走开，似乎在心算总价，最后报出结果："你的眼睛有点红。"早上出门前妻子似乎有过同样的提醒，直到主任提起前，并未觉得不妥，可主任一走，眼睛就急剧地干涩起来了。他上厕所照了镜子，上下眼睑血红，忍不住握拳狠搓了一把，然后烧着两眼坐回工位。保温杯干了，两颗前天的枸杞，一颗在杯底，一颗在杯壁，都猩红又惺忪地瞪着他。"你不是年轻人了。"妻子制定了各种健康食谱，一日三餐怎么吃，在办公室喝什么水……他抵抗过，妻子坚持把一大罐枸杞塞进他的公文包，"你已经不是年轻人了。"他伸长舌头，勉强够到杯壁上的枸杞，绵软、酸涩，隔夜的味道，陈腐的生活。"健康无价，保重身体就是为全家省钱、省心。"妻子的忠告回荡在杯子里，绵软、酸涩，回音不绝。他回厕所，关上隔间门，蹲下，享受了一支烟。单位的新风系统值得大大肯定，厕所常年无异味，在里面抽掉整包烟，也不会在身上留下罪证，分花拂柳，片叶不沾，不像在家，废物一个。他曾半夜惊醒，前胸后背湿透，却想不起梦的内容，只是被一种恐慌的情绪揪起来。他没惊动妻子，没穿拖鞋，溜进厨房，从油烟机背后掏出私藏的烟，打开煤气灶点了一支，对着油烟机风口迅速抽完。第二天妻子找出烟盒并将它踩扁。妻子就像一只猫。这个念头在他心里盘桓了一下，随即涌上对油烟机的失望之情。"你别管人家，你先申请人才补贴，他们爱买股票尽管去买，你不要动，明天我们一起去看机场路的房子。"人资部的小项进了隔壁间。小项前年结婚，答谢父母泪洒婚礼现场的画面让他印象深刻，他随了八百元礼金。

……"OK，十分钟以后上来。"他坐在乱中有序的银行经理办公室放下电话，对着藏在文件堆后边的小圆镜笑了笑。过收费站时见过窗口工作人员对着小镜子调整微笑表情，觉得很可爱，他试了几种微笑，都不自然，决定面无表情，以不变应万变，也符合这家大银行以及他这位年轻有为的银行经理的气质。第一位客人进来，他把小圆镜轻轻反扣在桌上。"您先生签的账已经超过信用额了，两套豪宅二次按揭有五期没还贷，基金有四期没还贷，三份迷你债券到期，根据条款，我们需要取消您先生的信用卡账户。至于您的理财资金还不到赎回时间,我查过了,最近一笔,七十六天后到期。"他一口气说完,坐直了。她也调整坐姿,转椅发出轻轻的像嘲弄的声音,接着把他早已听腻了的理由又说了一遍,丈夫失业,孩子还在重症监护病房,一连串的厄运打击让她怀疑人生,这家银行或者说他是她最后的希望。他递上一张湿巾,建议她利用这七十六天找一找亲戚朋友,或者上网众筹,或者把房子抵押给银行。她说她会考虑,然后谈话又回到了原点,她恳请他让她提早拿回理财资金。对牛弹琴。下一位也是老主顾,老麻烦。"我又收到了一些消费记录,您好像买了辆二手车。"他进入状态了,可以把语气平稳地维持在淡漠而不失礼的水平上。女士点点头。"问题是我们还没有收到您的还款。"女士点点头。他身体后仰,把转椅的椅背压得很低,再弹回来,双手交握。"有一点,我希望您能明白,"他见她依然只是点点头便加重语气,"我不是整天都有空的,时间对于您和我来说,都很宝贵。那辆车,对于您可能数目不大,但对我们来说数目不小。"他有点意外自己竟然能说出这样的漂亮话。"我们会放贷,但这是最后一次。"他淡漠而不失礼地送客,别着手回到办公桌后边的落地窗前,远眺公园。晨雾若隐若现穿过绿树、广场、跑道、人工湖,多美妙的早晨啊,为什么要和没完没了的麻烦纠缠不休呢?于是吩咐秘书取消剩下的预约。雾气变浓了,在绿树、广场、跑道、人工湖之间显出重量……

  他抽完两支烟,打开隔间的门,撞见王主任。"又吞云吐雾啦。"王主任私下也会开开玩笑,但都很老套,大家只好笑得格外大声。本来主任一级有独立厕所,但新政策一出,办公面积严重超标,套间办公室一律腾空,大家只好挤在一块如厕。"我联系了广告公司,"王主任进隔间前下达最新指示,"周一一早你盯紧点。"眼睛又灼痛了,烟草带来的愉悦如晨雾消散,吸到肺里的空气让他感觉迟钝、沉重。

  碎纸机运作起来简直和妻子那台豆浆机一模一样!很长一段时间他

都被豆浆机轰炸惊醒,红枣黄豆浆、大米核桃露、黑芝麻豆浆等等。"健康无价,保重身体就是为全家省钱、省心……"他喜欢打印机的声音,特别是连续打印十张以上的时候,有起有伏,如浪如潮,很容易让人联想到远方,阳光椰林、黄金海滩什么的。"你们主任有痔疮吧?"小项不知道什么时候过来的,从头到脚打量了他一番,一脸同谋者的笑,"王主任日理万机,上大号也电话不断,电话一断就嗯嗯啊啊、哎哟哎哟叫个不停,搞得我压力巨大。"他在淘汰的报价表上挑衅似的画了个大大的叉,碎纸机又启动了,引爆黄豆、核桃、芝麻的轰炸声不绝于耳。

……"看看这个吧,想起什么了吗?"检察官突然向证人席展示一袋纯白晶体,"你见过吗?"他接过,内行地看了看。"这是纯度99%以上的甲基苯丙胺,也就是冰毒。"他镇静地说。法庭一阵骚乱。"我相信你是这方面的专家吧?"检察官暗示说。"抗议!"他的律师跳出来,"我们已经证明被告不可能接触毒品,更不要说藏毒,医院就诊记录也可以证明,被告近一年来饱受痔疮之苦,被告的身体状况不允许他完成上述罪行。"陪审席一阵骚乱。"狡辩!放狗屁!""不要脸!良心被狗吃啦!"……

小狗牌吸尘器!他赶紧在"枸杞""棉签""酸奶"后面加上"吸尘器售后",又想了想妻子还有什么吩咐。他和杯底的枸杞对视一眼,下班以后回家之前,切记买枸杞、棉签还有酸奶,再去小狗吸尘器售后点咨询一下电机运转异响问题。没遗漏了吧?没有了。他自问自答,拈起便笺纸,吹干墨迹,一折、两折,叠成一个紧致的正方形,装进口袋。眼睛又灼痛了,像进了一大把沙子。

……"小弟晕过去了,老大。"保镖的声音难得地有些不安。他从副驾驶座回头看了看,说:"给他灌点水,给我也来点儿。"说完摘下面罩,灰白的嘴唇包住水壶嘴,喉结剧烈滚动。"还要开多久?"司机偏了偏脑袋说:"傍晚能到。"他拍了一把仪表台,弹出一堆CD。"选这种鬼地方交易，这鬼地方真有黄金钻石？"他举起水壶猛晃，一滴水也没有了，这才松开一直紧抱在怀里的手提箱，装着他从银行金库盗取的部分公款，其余的藏在一个绝对隐秘安全的地方。一旦这次交易成功，他就会把所有资产转移过来。一个月前，他像过去那样别着手站在办公室落地窗前，突然就厌倦了那片风景，突然就想看更多的树，要大海，不要人工湖。他意识到自己不过是个囚徒，被关在一个漂亮的牢房里，仅此而已。十几年的工作经验使他熟练地避开安保系统，人脉搭人脉地找到了最稳妥的洗钱对象——一个沙漠深处的毒枭……

"我又仔细看了一遍，脱水的创意不错，不知道实际呈现效果怎么样，我认为沙漠的故事还可以丰富。"王主任把水杯和脚本一并放在他桌上。他这才发现搞错了，这是上海的脚本，而本地广告公司的脚本连同上海公司的报价表早已被他碎成渣渣。王主任兴致勃勃地畅想各种沙漠状况，他负责记录编纂沙漠求生指南："仙人球仙人掌最好用真的，不要怕麻烦，去花鸟市场看看，可能比假道具还便宜，关键质感完全不一样……四个专业演员差不多了，最好安排一个我们自己的员工……踏实肯干，日新月异……"无论如何，周一务必上广告公司推翻原构想，宣传片背景非设在沙漠不可了。"好了，辛苦了。"王主任挤压嗓音，显得磁性而有安抚效果。"主任更辛苦。"他起立，冲王主任一笑，笑得像一颗仙人球。

"笑死我了。"小项用发布责任报告的腔调复述了一则母女被困电梯四天三夜互喝对方尿液维生的奇闻，"八十二岁的老人和她六十四岁的女儿不幸被困在自家别墅电梯内，家人出差在外，两人都没带手机，最后老人徒手砸开灯罩取出铁条，用铁条撬开电梯缝隙，互喝对方尿液，坚持了四天三夜，终于撬开了更大的缝隙，这才脱身。更有意思的是评论，一楼说，为什么不喝自己的尿？二楼说，没有容器嘛，只能喝对方的。三楼说，画面太美。"王主任被吸引回来："什么高兴事，让我也开心一下。"他忙摇头摆手。"你的眼睛红了一天了，要不要去药店或者医院看看？"王主任提醒完就回到了斜对面的办公室，为防超标，那里多摆了两张办公桌，多堆了好几套办公设备。主任办公室窗外能看到一片公园，公园以北就是人民医院。

……"是那个行长。"年轻漂亮的女护士报告说。他推了推眼镜："谁在主治？"护士翻了翻记录："赵医生和俞医生，还有上海来的一位专家，白医生。"走廊尽头麻醉室的门开了，赵医生一副心神不宁和憔悴的样子，对他点点头："情况不太好。"又转向护士，"家属们都在吧？"护士回答："行长的夫人以及两个孩子都在负一楼的等候区。行长夫人哭了很久，情绪刚刚稳定。"赵医生转回他这边："这位大银行家，膀胱癌晚期，我希望你去看一看。""好吧。"他在手术室碰到了白医生，用很低的音量寒暄一番："白专家，我读过你关于肺癌的专著，《肺癌诊断与治疗》第二版。"白医生同他握手："我不知道你就在这个医院，有你在，把我叫来不是浪费时间吗？"他松手说："您真客气。"麻醉器突然锐响。"糟糕！出故障了！"护士大呼小叫，"这台进口仪器刚投入使用，没人会修。""别紧张，小可爱！"他从裤袋里掏出厚厚一本手写的指南，走向仪器，"给我仙人球！没错，仙人球！快！"护士从楼下院子里搬来一盆。他折下一根刺，从机器里挑出一个坏了的活塞，然后把仙人球填进去。"放心，能顶七八个小时，继续手术吧。"他们把一件白色手术衣披到他身上，为他戴上口罩和一双薄薄的手套，邀请他一同会诊……

"下班，下班。"王主任用右手在他办公室的门上叩了叩。"主任再会。"他依然笑得像一颗仙人球。王主任指指眼睛说："本来你应该休息两天，不过，你知道这段日子忙得很，宣传工作又没人接得了，所以希望你再坚持一下，忙过这段，我补你一星期的假。""谢谢主任。"他耳送王主任进电梯，电梯下行，他终于可以走了。对他的工作评价大致不离"责任心强""兢兢业业""谦逊踏实",只有他自己知道,表演辛苦一点不比真辛苦轻松,很多时候他需要耐着性子掩饰无所事事地等待主任下班。"谢谢主任。"小项像只鹦鹉一样飞回来,模仿他刚才的腔调,然后关上门,脸和声音一沉,"老妖婆发了一天神经了,月度报告不满意呗,大周末把我们叫回来,她说一句,我们写一句,折磨我们也折磨她自己。我真怀念杨主任。"

他和杨主任同年入职,也不是一开始就是一颗稳妥的螺丝钉的,招标议价、职能培训、内务后勤,他样样拿得下,不怯场,锋芒毕露如一把崭新的螺丝刀,可杨主任堪比电钻,从总经理助理做到部门副主任再到主任只用了五年。尽管从未在一个部门共事,杨主任也没有领导过他,他心里还是落了根刺,加之小道消息称杨主任年纪轻轻平步青云是因为其远方亲戚隔三岔五从总部打电话给他们单位一把手,名义上调研工作,实则暗中施压,他心中的刺便长成了树。但凡有杨主任的场合,他能避则避,躲不过,便挂一张不咸不淡的脸。他有生以来唯一一次举报便是针对杨主任的,当时盛传杨主任要调到他的部门,他便匿名揭发杨主任利用职务之便收取厂家回扣,还投资了一家与单位业务往来密切的广告公司。无凭无据,只是重组包装了一些流言,单位最不缺八卦新闻小道消息了。杨主任虽然没被他扳倒,但为期五天的秘密审计调查足以恶心当事人了,何况传闻中的岗位调动也没有下文了,一直到杨主任确诊膀胱癌晚期,他心里的刺才彻底拔去。他随工会主席去病房慰问,握着杨主任的手说了些心里话:"你是一个阳光乐天的人,凡事都朝好的积极面看,我很荣幸和你一块参加工作,在单位成长了这么多年,你就是那种站在门口不会从房间里听到自己坏话的大好人。"杨主任脸上没有欣慰之情,相反满眼惊恐。举报败露了?不会的,单位调查过,试图找出举报人,结果不了了之,只是从那以后匿名举报一律不受理,以个人名义反映问题的要求署报本人真实姓名。杨主任住院半年后病逝,他恍悟半年前那番慰问无异于盖棺论定！用力过猛，因为心怀愧疚。他在杨主任眼里无异于死神来了！一个同龄的死神。

……"我们已经证明被告不可能开这一枪。"他的律师在雄辩，"我们已经证明他在7月22日晚上，一直在家，给他过生日的宾客都可以作证。"他挥挥手，律师便不作声了。"我只要上厕所的一会儿工夫就能把对楼六七十米外那个姓杨的家伙打死，当然枪事先包好了藏在厕所水箱里。"他平静地说。法庭又一阵混乱。突然有个年轻人挤到他身边，冲着他的耳朵大喊"老妖婆"……

"托老妖婆的福，明天还能睡一天懒觉。"小项重新打开办公室的门。他不是没想过自己当上主任会有怎样一番"领导的艺术"，首先决不拿下属当枪使，牺牲他们垫成自己晋升的阶梯，有活一块干，工作时间之外不谈工作，周末就有周末的样子，然后一如既往保持微笑，决不为了所谓的威信一天到晚绷着脸，却躲在厕所和电话那头的什么人嘻嘻哈哈讲过时的笑话和荤段子，又虚弱又虚伪。总之他保证厕所内外一个样，总之他希望部门高效运作靠的是专业能力和先进的管理制度，当然包括一点点他的人格魅力，他希望他所领导的部门像一个温暖的大家庭……

……"1165家属在吗？病人即将送回病房，请家属做好准备。"采光不佳的负一楼等候区，只有墙上的显示屏亮得刺眼。他紧盯"手术患者信息变动通知屏"，眼看那个名字从"术前准备名单"跳到"手术中名单"，现在已经在"手术后复苏名单"，一小时后，他就能回病房团圆了，上海的专家将亲自向他说明手术情况。入院以来，他只是追随病人名字从挂号窗口、普通病房、重症监护病房到手术等候区，现代化的医疗体系和流程让他无用武之地，似乎健康是一种流水线产品，就像死亡也可以有规律地制造。据说"二战"期间，集中营的刽子手和汽车工厂工人差不多，每天按时上班，分批次按下毒气室的开关，兢兢业业做好分内事，很少聊天，到点下班……

小项一吐为快，恢复了精气神。他说了一句："周末愉快。"小项咧嘴露出门牙："周末愉快，副主任。"说完像一只欢乐的鹦鹉飞进了电梯。他忘了或者说来不及谦逊地笑，突然感到惊慌、生疏，甚至于愤怒了。电脑屏保切换到一张仙鹤松林图，右书八个欧体大字："平安喜乐，万事胜意。"他钻进办公桌底，直接拔了主机电源。

……"本庭宣布，被告罪名成立，判处死刑，缓期十九年执行，即被告年满六十周岁当天执行枪决。"法庭爆发更大的骚乱，有鼓掌叫好的，有大声抗议准备上诉的，还有一浪浪哀号，俨然手术失败家属们的反应。他被法警押着穿过这片喧嚣林，迈入阴凉，赤条条接受一束手电光的审查，连肛门也不放过。于是他提出每月一支痔疮膏的请求，无人响应。囚服出乎意料地挺括，他被带进一间五人牢房，和室友们点头示意，目光相碰，突然冒出犀利的敌意。进门靠左是他的位置，放了一张写字桌，出乎意料地摆着电脑、手机以及鲜花水果。斜对面的单人牢房空着，不知从哪儿传来阵阵呻吟，类似深夜病房无人陪护的重症患者，也像婚姻不幸的中年自渎者……

丈夫知道妻子分明已经看见了他因惊慌、生疏和愤怒而扭曲的脸，但她没有任何表示。丈夫影子似的落到沙发上，平平展展。儿子房间的门关着，油烟机开着，嗡嗡响，像是他的另一个脑袋。

晚饭有火腿冬瓜汤、白豆腐炒菊花菜、苦瓜炒鸡蛋、清炒秋葵。妻子哧溜一下把秋葵吸进嘴里，咀嚼一番吐出渣："有点老。"丈夫取了碟子，倒了酱油、芥末、辣酱，挑了根秋葵蘸了蘸，夹给妻子："这根嫩。"妻子用筷子挡了一下："吃清淡点，健康。"他知道下一句就是那个无可辩驳的理由了：你不是年轻人了。有时像是照顾他的情绪，她会补充一句：我也是。为免这可以预见的不快，他把秋葵晾在一边，夹了一点苦瓜炒鸡蛋里的火腿丁。"为什么苦瓜鸡蛋里会有火腿？"他只是想换个话题，但说出口就觉得像质问。"我没控好量，火腿切多了。"她语气平静有些严肃。"我还以为锅没洗干净呢。"他只是想活跃气氛，但说出口就觉得像嘲讽。

儿子走出房间，打开电视，不停换台。她听到自己和丈夫同时松了一口气。"……这个世界上怎么会有这样一个你呢？这个世界上有这样一个我是为了这个世界上有这样一个你。你无情你残酷你无理取闹……""……两克拉八心八箭都要20多万，而我们的八心八箭只需要998，998元人民币！只有39颗哎，只要998，破盘价998，你去到全世界任何一个地方的伯芬专卖店都不会有低于1000元的产品，破盘价998！表面有金哦！有没有！有没有……""……超大内存功能，可以看电影、玩游戏、看比赛直播，只要轻轻摇晃，就能换音乐、换背景，全景触摸屏，支持蓝牙、红外、GPS定位、大功率音乐播放、超长镜头拍照……""……索马里的严峻局势，引起国际社会的严重关注。联合国、阿拉伯国家联盟、非洲统一组织等，纷纷采取措施促使索马里交战各派停战和谈，使众多的索马里难民得到解救。1992年1月5日，由二十一个成员国组成的阿拉伯国家联盟在埃及首都开罗召开紧急会议……""……为了孩子们的健康，别让二手烟污染下一代，买给长辈，是送孝心，买给丈夫，是送关爱，去除烟毒，让您抽得放心，你还等什么，你还犹豫什么，赶快拿起电话订购吧……""……负责与索马里两个主要交战派别——法拉赫派和马赫迪派接触，并安排一次旨在结束战乱的和平会议。"

"快来吃饭，"妻子顿了一下，"先洗手，"又顿了一下，"电视开着吧。"厨房水声淙淙，好像一只小熊在溪边喝水。"明天还加班？"妻子的声音里掺进了柔情蜜意。丈夫摇头。"几年了？""什么几年了？""从我们认识起，你就在那里上班了，我们认识之前，你就在那里很多年了。"丈夫像老黄牛或者一匹老马那样低头嚼苦瓜。妻子夹起蘸过料的秋葵放回丈夫碗里，算是一种和解的表示。儿子突然开口："吃清淡点，健康。"丈夫惊恐地盯着儿子，小一号的妻子的翻版。在此之前，父子眼皮低垂，视线下沉，紧盯饭菜，连那移动碗筷的手指都不去望一眼。他们装出美食家品鉴时的聚精会神的样子，好像除了进食之外，什么都忘记了似的。他曾经无数次抱起他，充满灼人的父爱，对此他毫无保留，也无需事前酝酿。现在他又一次体会并预见儿子未来也将遭遇的惊慌、生疏和愤怒：谦逊又谨慎地在监狱一样的单位和狱友一样的同事耗过一年又一年，不必等未来，生活本身就是坐牢……

"你后头，"妻子盛饭回来，右手拇指和食指揪起丈夫后背的阴影捻了捻，"一块油渍。"中午食堂蹭的？妻子落座，给儿子捞了一勺冬瓜汤，也给了他一勺。午饭吃了什么？他想了想，想不起来，唯一确定的是没有冬瓜。"今天累了吧？"他连忙摇头。妻子握住他的右手。他不得不开口了："你要我办的事，一件没做。"他看见妻子脸上一闪而过的愠怒。有些正常下班却谎称加班的日子，他独自躲到智觉寺，城郊的一座千年古刹。没有总经理，没有主任，没有层层考验，没有总经理对主任的考验，没有主任对他的考验，没有对主任位置的贪婪，生活会多么不同啊。这是他沉思冥想的主题，始终入世，不得解脱，却又一次次在离开寺庙之际故作平静和新生，一如在单位表演谦逊、敬业和稳重，虽然无数次感到了厌倦，既看不上同事中的大多数，也看不上这样表演了十几年的自己，想到谢幕时分，脱下戏装，露出真身，又动摇了。小项给他看了一个热门视频，盗窃电瓶车被捕的年轻人面对记者采访不仅毫无悔意，还对监狱生活充满向往："进看守所感觉像回家一样，里面个个都是人才，说话又好听，我超喜欢里面，在家一个人无聊，都没有朋友玩，在看守所里的感觉比家里感觉好多了……"小项乐不可支。"我有罪。"他模仿犯人的广西口音说，但那声音却出奇地微弱，除了他本人，没有人听见他说了什么。他被自己怯弱的声音深深地刺伤，并且激怒了，然后笑得比小项更大声。一直以来他自以为在外打拼，劳心劳力，其实是偷懒逃避，监狱，不，单位成了智觉寺之外另一处庇护所，他鄙夷的同事，有的甚至被他腹诽为"人形哈巴狗"，说到底都是苦人，都把最好的能量——细心、耐心、幽默等等耗在了这个比家更像家的监狱……这些联想再次指向"我有罪"的结论并再次触怒了他，以至于他下班路过售后点也佯装忘记了。"枸杞、棉签、酸奶，还有小狗吸尘器，这些我统统忘了，我不说是怕你……"他们有意在儿子面前避开"生气"之类的敏感词，不然凌晨卧室里压着嗓子争执的努力就白费啦。"我不是故意的，但今天实在太忙了。"他有把握此话一出，妻子就百分之百理解了他的郁郁寡欢，不会再作他想了。妻子握过他的右手，捏了捏。

"维和行动必须征得冲突各方政府以及直接有关各方的同意……维和部队的军事人员由会员国自愿提供，军事观察员不携带武器，维和部队携带轻型防御武器……维和部队除自卫外，不得使用武力……严守中立，不能支持一方反对另一方，不得干涉驻在国内部事务，不能介入内部冲突……"

晚饭后，儿子回到沙发上看电视，丈夫也盯着电视，眼睛不适有所缓解，但难以集中注意力，显得心不在焉，进一步坐实了"忙得晕头转向"的借口。"我想了很久，还是想做这个。"妻子洗了碗，涂了护手霜，垂着双手晾了一会儿，然后从写字台抽屉取出一张卷着的打印纸，徐徐展开，图穷匕见。丈夫如梦初醒地盯着招生海报，惊觉自己掉进了妻子的圈套。丈夫曾出差青海，在赞普林卡饱览了壁画、唐卡和佛像，它们共同组成一个庄严肃穆的气场，推着他和其他游客一字排开接受喇嘛诵经祈福并热泪盈眶。"九九归一，终成正果，家人平安，随喜一百……"他还没反应过来，一百元已经交到对方手里。只怪那个气场，层层铺垫，最后容不下半点质疑、讥嘲和否定，只怪当时自我感动驱使下的虔诚表演刹不住。等到去点酥油灯的散客回来一聊，事情更不对，同样一盏酥油灯，湖南人一百元，北京人三百元，深圳人九百元。他因为损失最小，倒有了随喜自在的模样……刚刚的晚饭，夫妻俩经历了一轮和平会议，彼此似乎能感觉到对方的心，容不下半点质疑、讥嘲和否定。丈夫卷起海报还给妻子，上课地点就在他们此刻的客厅，丈夫握过妻子的手，捏了捏虎口，说："好。"

有孩子在小区里奔跑，边跑边哈哈大笑。窗外的女贞挤压这些笑声，使它们又尖又响，像声声呼救。妻子愉快地拉开窗帘，对面阳台亮着灯。"那女孩七岁，"妻子指给丈夫看，"今天荡秋千认识的。"女孩妈妈穿着粉条纹家居服，手里剥着什么，分给女儿。母女俩嚼着、咽着，齐刷刷抬起脑袋。

"看，月牙儿。"丈夫也望天。

"你记不记得游乐园铁丝网围起来的那块地？那些报废道具里就有一个木头的月亮，满月，日晒雨淋，黄漆脱落光了。"

"白白的月牙儿，好像剪下的指甲。"

补习班最终有了这样的规模：两个三年级男孩，一个四年级男孩，一个四年级女孩，还有一个六年级女孩。六年级女孩身高接近一米七，胸脯高耸，走路虎虎生风，红扑扑的宽脸上没有一丝羞怯。

饭桌上多了许多谈资。"两个三年级男孩是同班同学，霸占了班级前两名，其他人只能竞争第三名。""四年级男孩家里是开手机店的，昨晚早到，从书包里拿出一只闪闪发亮的手机壳送我，可惜机型不符，又背回去啦。""四年级女孩的妈妈不知道怎么搞的，老拖到九点以后才来接。"丈夫说："好像还有个女生？"儿子抢答："蜂王。"夫妻俩异口同声："蜂王？""她说你是园丁。"儿子的健谈让妻子欣慰无比，办补习班除了找点事做，最主要的是希望儿子可以重新融入集体。孩子和孩子在一起是最好的成长环境，这是她和洪医生长谈后达成的共识。儿子又指向自己："我们有些是花朵，祖国的花朵，有些是工蜂，她让我们都叫她蜂王。"

四年级女孩的妈妈破天荒准时了一回，说："老师好，佳佳能不能寄宿半年？佳佳要当姐姐啦。"原来女孩的妈妈一直在调理身子备孕，打了不计其数的排卵针，试管移植终于成功啦。"我不同意。"妻子意识到失言，马上圆回来，"我不同意佳佳住在我们家。"佳佳妈妈不依不饶："我们佳佳说在老师家最开心了，小哥哥对佳佳也很好，还给她画像呢。""过夜真的不方便。"对方满脸失望，仿佛又一次遭遇受精卵着床失败的打击。

儿子不仅画了佳佳，给佳佳画上公主裙和皇冠，还丑化了另外三个男孩，要么头大身子小，要么四肢出奇地长，或者莫名其妙驮着巨大的花萼。妻子在画册最后一页发现了儿子的自画像，不对称的左右脸，左腮帮发炎似的肿胀着，只有"蜂王"是写实风格，精准还原了六年级女孩的领导者气质，包括两颊的红晕和额上的痣。"为什么区别对待？"儿子挠头。"她给了你什么？"妻子忽然用忍住责难强作关怀的口吻问到关键所在。"每个人出生都是一半……所以要去找另一半……"

佳佳正是男孩们的"另一半"。每天，六年级女孩擦掉一名男孩腕上的叶片，然后给下一名男孩在相同位置画上新的，再用圆珠笔为佳佳加粗描深，叶片和叶片才能配对。妻子检讨了自己的失察，但仍觉得这不失为少年儿童性教育的有益尝试，从前在小学教语文，捎带上一点常识课，涉及生命的孕育、诞生，只到植物为止，仿佛动物们也是经由光合作用而来。

傲慢的六年级女孩，其实只是个命运的初学者，她坐在她的创造物之间指点江山，建立秩序，一天又一天挑动着他们的渴望和仇恨，让他们煎熬，也奖赏甜蜜，然后沾沾自喜，背上书包放学回家的时候才感到一阵惆怅。同时大家脸上的表情重新分配：那失去叶片的，眼里的光黯淡了；那即将领受叶片的，憧憬擦亮他的眼。轮到叶片的儿子没有表现出明显的快乐，但眼睛还是泄露了他的秘密。这一天不仅可以牵佳佳的手，还可以拉扯她的头花、小辫，其他男孩只能睁一只眼闭一只眼，等到他们得到叶片时变本加厉，更用力地牵手、拉扯，佳佳抱头嗷嗷叫，六年级女孩置身事外。

妻子分开男孩女孩，把六年级女孩叫到阳台谈心。"这里除了我，你最大。"女孩迅速眨眨眼，偏过头笑了一下。"什么事情该做，什么事情不该做，应该懂事了，你的人生马上要进入新阶段啦。""我马上就是初中生了。"女孩轻蔑地说完，便又把自己关进那示威似的沉默里。"不仅如此……"妻子斟酌怎么开口最合适，"喜欢花吗？喜欢什么花？许多花之所以能开放是因为花粉管，借助花粉管，它们的……种子配对不再依赖水的条件。"女孩很用力地打哈欠，面部狰狞如恶棍，还轻轻弯了一下腰，显然她认为这样有气势。妻子却认为女孩的动作是她从某部电影中学来的，电影里有需要拯救的苦难民众、不可一世的智者以及恢宏的神坛。

"老师，你有没有发现童童注意力越来越不集中……""老师好，我们家舟舟掉出前两名啦，真是破天荒史无前例！我暗中观察很久了，确定他没藏手机，也没染上打游戏的毛病，但有心事，不能全身心投入学习。我听说童童更夸张，上周考试，我们舟舟第四，童童第十……"妻子边吃早饭边还原前一晚两位三年级家长的问询。丈夫由此想到正副总经理以及正副主任之间的暗战，各自为政，他不站队，反而最早受冲击，不然杨主任怎么可能一枝独秀？至少不会那样顺利……说出口的却是："他们谁给的钱多？"妻子心算一番说："目前舟舟家多一点，但童童妈妈知道了肯定会加码。""冷战的本质就是全面性的消耗战，耗到要么一方受不了，要么双方都受不了。"妻子低头剥蛋，蛋壳一点一点剥离隐忍的蛋白。丈夫话锋一转："单位要拍宣传片，需要几个孩子出镜表演诗朗诵。"

摄制组要求纯白背景,夫妻一左一右站上沙发,微笑着摘掉客厅墙上"家和万事兴"的十字绣,留下一块长方形的惨白。六个洗过头洗过脸的小学生——本来三个就够了,公平起见,妻子争取到了全员上镜的机会——背靠白墙立正,分角色朗诵了一首妻子选的有关爱与和平的诗。过去的三个夜晚,妻子一句一句排练,现在退到阳台看着孩子们,谢天谢地,一切顺利,一切都沐浴在爱与和平里。

孩子们都对成片充满期待,连六年级女孩也不例外,直到配对游戏恢复才转移了注意力。六年级女孩接受妻子的批评,颁布新规,禁止暴力攻击,得到叶片的"一半"要和"另一半"交换一个秘密,专属于彼此的秘密。守秘天然地增进双方感情,六年级女孩让一切重新沐浴在爱与和平里。

"老师,童童有点厌学,不想去学校,只想到你这边来。老师,我不是抱怨,你肯定有你的教学方法,我只希望你能引导童童分清主次,学校和补习班是两回事。不好意思啊,我没有说老师不好的意思。"

"老师好,舟舟最近的日记里老出现三天倒计时,真到了那天,又没什么特别的,然后又开始三天倒计时,这是随堂考试的日子吗?我没有质疑老师的意思,完全没有。我听说童童的情况更糟……"

"舟舟知道你偷看日记吗?"妻子头一回打断家长的话。

"我暂时还是安全的,但舟舟肯定有秘密,"舟舟妈妈从坤包里取出一张超市卡,"所以麻烦老师多加留意,有情况随时通知我。"妻子没接卡也没接话。"老师,一点心意,不要嫌少。"妻子推回超市卡:"不必紧张,两小无猜而已。"舟舟妈妈傻眼,手上泄了劲,超市卡顺顺利利掉回包里。"老师的意思是……舟舟早恋啦?"妻子不置可否。"老师,你说清楚!和谁?哪家的坏孩子?"舟舟上完厕所出来,舟舟妈妈不得不压低嗓音,"老师,求求你,告诉我。"妻子说:"没什么大不了的,放轻松。"舟舟妈妈当着孩子的面开始细数她为孩子教育所做的牺牲，结论是："孩子太不懂事，不知感恩，所有苦都白吃啦……"妻子再次打断说："我不认为孩子非要感恩家长，孩子自己开心最重要……"然后也被毫不客气地打断了："你认为学校对孩子的感恩教育毫无意义？"被舟舟妈妈收回了"老师"称号的妻子点点头："毫无意义。"

　　舟舟的退出直接影响了配对游戏，佳佳对剩下三位"另一半"似乎都提不起兴致了。"和不同的人过同一种生活一点都不容易，我的秘密早就说完了，我告诉每个人的秘密都是一样的，其实我只想告诉一个人。""舟舟？"妻子和六年级女孩默契地相视一笑又忍住了笑。"这是我最后一个秘密。"佳佳的声音带着哭腔颤抖，"这种四分之一的生活，我一天也过不下去了。"六年级女孩开始说道："人生在世，快乐也好，痛苦也好，得到也好，失去也好，完整也好，四分之一也好，都是宝贵财富，只管接受。"血色回到佳佳发抖的唇上，佳佳低下头，搓着手腕上圆珠笔画的叶片。妻子拍拍佳佳的肩说："去给大家都倒杯水吧。"然后独自面对六年级女孩。妻子没见过六年级女孩的家长，补习费都是六年级女孩带来的。妻子除了吃惊不知如何是好。六年级女孩把她的惊讶当作礼物似的接受着。

　　少了恶作剧、肢体冲突、秘密交换的配对游戏越来越像过家家。男孩女孩假装一起买菜、做饭，然后模仿大人的口吻谈论工作、生活、社会。童童家一定有金融人士，"杠杆""平仓""熊市"这些词从一个三年级小男生口里蹦出来，突兀又可爱。

　　"不要丢人现眼了！回家再说！凭什么要我宽容？微笑服务是本分，行就干，不行就滚蛋！我理解他们？那谁来理解我……我明明问得清清楚楚了，等了一个小时，轮到我又说取不了，我凭什么不生气？工号多少？我问你，你工号多少？叫你们领导出来……这些该死的小鲜肉、娘炮，凭什么出现在开学节目上，学校就鼓励我们的孩子看这些垃圾？

还要家长陪着一起恶心……什么狗屁晚宴，打扮成妖魔鬼怪，在高级山庄端着酒杯，眨眨眼，笑一笑，笑话……你没在听我的话。你在听我的话吗？我在谈很严肃的事。我也是……"儿子在游戏中跳跃式地引用妻子和丈夫的日常对话，那些让人难堪、崩溃、心碎到不愿重提的瞬间，都记住了，分毫不差！血涌到妻子的心脏，她感到心脏怦怦直跳；血撞得耳膜轰轰直响，她感到声带刺破了，口腔鼻腔一股血腥味。"够了！"

"我们的宣传片不是服务于小众精英，而要面向广大观众，所以与其等着被指出问题，我们要主动发现、解决问题。就拿最后一个镜头来说，国际友人走出沙漠一齐喊口号没问题，但为什么没有黑人？"王主任看完粗剪样片，提了一堆整改意见，最大的问题出在孩子们朗诵的诗上。"干吗选一首这么消沉的诗？重拍来不及了，重新配音吧，记住，把'伤心'改成'开心'，'孤独'改成'热闹'，'无情'改成'多情'，'颓废'改成'欢愉'。"

妻子不接受篡改。丈夫耐心做思想工作："孩子们的心血不应该白费，我们应该让它播出来。我们不可能把孩子们都叫回来重拍一遍了，认清这一点，你就没什么可犹豫的了。"补习班解散半个多月了，"家和万事兴"的十字绣早已重新上墙。"用'伤心'才能反衬最后的'开心'，而不是直接改成'开心'，天哪，全毁了！"妻子恨不得捏碎玻璃杯，发泄一下才好。"省省吧，你已经不再是老师！"丈夫重重地搁下杯子，仿佛忍耐到了极限。"你喜欢你的工作吗？"妻子双臂抱胸，目光挑衅。"这就是生活！""你没在听我的话。""你在听我的话吗？""我在谈很严肃的事。""我也是！"玻璃杯碎了。

从妻子的呼吸中，丈夫听得出这沉默快使她窒息了，主动终止了长达一小时的冷战："宣传片会覆盖全市公交系统，电视台下个月开始在晚间新闻中间插播，播一个月，你不想看我们的孩子上电视吗？""另一个孩子呢?"妻子的声音比玻璃划过玻璃还刺耳。

　　医院、殡仪馆及园丁小区里的那一幕幕总是挥之不去,像是皮疹,或是某种烈药的副作用。无可否认,遗体告别那天是女儿短暂一生中最美丽的时刻。长睫毛覆盖着薄眼皮,仿佛下一秒就会像睡美人一样坐起来,叹一口气,伸伸五指,然后随着一个哈欠睁开眼,眨动睫毛,吃惊地低头看看自己,再看看周围黑衣黑裤的人群。丈夫对着来吊唁的人们一再忏悔:"那天早上本来应该是我带晓颖去水库度假,假如我没有赶那份该死的会议材料,至少我可以第一时间阻止悲剧发生。我爱人不会游泳,这不是她的错……"妻子耷拉着脸,抿着嘴。领取骨灰回家,更多的安慰送上门:"想开点。""会好起来的。""天气不错,多出去晒晒太阳……"夫妻如坐针毡,却一言不发,最后安慰的与被安慰的都有点精疲力竭,都有点听天由命的样子。"你有必要把女儿的照片摆上茶几吗?"工会主席一走,丈夫忍不住抱怨。"人人都说'会好起来的',我们真的变好了吗?"妻子突然昂首挺胸,嘴角上扬,"你没注意到你们那位黄主席一直在瞄手机偷看时间吗?我理解,这是他的工作,但我不需要,他为什么不干脆直接告诉我,他很忙,他不想来,这种诚实也许倒能让我开心一下,他们不是千方百计希望我们开心一点吗?我拿出遗照无非是想提醒他们,他们的怜悯是多么缺乏真情实感,他们的同情要多肤浅有多肤浅。从现在开始,我不准任何人为我牺牲,我拒绝任何人对我的容忍和同情。"同情的空气没有随时间推移转淡,丈夫提议搬家:"这里还有谁不知道我们家的事吗?人人都是相同的眼神。"妻子皮笑肉不笑地建议:"低头做人就好。"丈夫撇撇嘴。等到妻子终于同意搬家,丈夫也撇撇嘴,幸灾乐祸的样子。"新来的女门卫,见过吧?"妻子气鼓鼓地问丈夫。"脸黑黑的?""就连她都知道了,她竟然拉住我对我说我是一个多么可怜的女人,叫我保重身体,别太辛苦了。呵呵,她一个门卫,瘦得皮包骨一样,晒得比狗黑,竟然还来可怜我!"

"现在的世道都是多一事不如少一事,这里的人都不爱管闲事,所以遇到问题,记住不要喊救命,没人会理你的,要喊救火才管用。"他们用最快速度从园丁小区搬到了冷漠的新小区,房东一定以为是略带幽默的坦诚而不是租金打动了夫妻俩,"一楼太阳短命,加上树木遮挡,采光差,易受潮,还有,以前有很多老鼠,我是说以前。我买过三只捕鼠的铁笼子放在不同房间,每天检查一遍,每天都是空的,诱饵都长毛了,后来就懒得管了。有一天家里突然一股恶臭,冰箱、橱柜清理一遍后,还是臭,那是一种臭袜子和公共厕所混合的气味。说真的,我早忘了捕鼠笼了,再后来变卖废品,从纸板箱、废报纸底下突然翻出来,妈呀,笼中一只死老鼠!小小的,不知死了多久,尸体一块一块粉红色斑秃,脱落的毛铺了笼子厚厚一层。真没想到一只小老鼠有那么多的毛!尸体被鼠毛垫着、盖着,安详得很。拎起笼子,尖尖的短黑毛和一些小黑虫直往下掉,原来放笼子的地方有一团一团肥肥白白的蛆!就像,就像冬眠得好好的,突然被吵醒了。那个臭,几个月才散掉。不过从那以后,再没听到老鼠窸窸窣窣,天下太平啦。"夫妻俩都很感激房东的坦诚,但最最关键的是那只死老鼠的"死"。"我想是那股死老鼠的臭味,我们人类闻不到了,但它的同类肯定还可以,老鼠们嗅到了危险的信号,为免重蹈覆辙,不敢贸然进犯。"房东总结说,"只有极其嚣张极其自恋的犯罪分子才会不怕死地重回作案现场。"他们太久没有听过"死"了,更别提谈论它,怜悯和同情不允许如此尖锐的字眼刺入他们破碎过的生活,尽管他们不止一次地表示已经准备好开始新生活了。妻子有一次和洪医生开玩笑才意识到问题所在,然后举一反三提出一个有意思的假设:精神病人说"我没病",肯定还得继续关着继续吃药;假如换种方式,说"我知道我还没有痊愈,但我感觉好多了",医生会百分之百认定病人在康复。

妻子买了百合、橡皮树、金鱼,还有一套全新的沙发垫,那股热情不亚于当初装修园丁小区的新房。丈夫擦洗了橱柜、油烟机，在油烟机机罩连接通风管的地方找到一包过期的女士烟。趁妻子下楼给橡皮树换土，丈夫点燃一支，清淡极了，秘密之味，蓝色烟雾在一道斜光中盘旋着上升。妻子还想买两个中国结挂在客厅，但房东也可能是前房客留在那里的"家和万事兴"的十字绣实在太大了，大到像一块不能忘却的纪念碑。事实上，他们早已受"家和万事兴"监督很多年，说话语气稍重一些，儿子就会背过身，挑起冷战，用一天的沉默惩罚他们，有时还伴随着摔打、撕扯。他们小心再小心，轻手轻脚，轻言轻语，争吵只能延到午夜，儿子熟睡以后，夫妻俩的嗓音一压再压，倒像枕边情话，不伦不类，不了了之，气没消，天却亮了。之后是又一轮无条件的"家和万事兴"：丈夫兢兢业业上班，无怨无悔加班；妻子呢，不惜牺牲事业，全职在家陪伴有自闭症早期症状的儿子，还不忘将爱与和平的信念传递给其他孩子；晚饭到上床睡觉这段一家三口齐聚的时间，丈夫会聊聊单位，同事友好，领导体恤下属，偶尔抱怨一下单位的厕所，大冬天也吹冷空调，摆明了是要禁绝"带薪拉屎"，妻子配合地大笑，抑或不知疲倦地挂着浅笑，就像那些荣誉等身的老教师，即便学生一再算错最简单的加减乘除也不恼不躁，依旧笑眯眯乐呵呵，忍功一流。妻子离职后就很少谈论学校了，金鱼死了，也没声张，隔天一早买回相似的两条，这一切都表达了一种安全感，而这种安全感归功于女主人的精心打理，妻子洒扫庭除，搭配健康饮食，散步，像犯人在放风时间放风散步一样。这个园丁小区之外的出租屋是一个新的开始，容不下半点质疑、讥嘲和否定，家和万事兴。丈夫想过趁机重提养狗的事，不会像在园丁小区的时候毫无商量余地，妻子曾形容送走的那只黑色泰迪难闻得就像樟脑丸放多了的旧毛衣。不料妻子先下手了，在家开补习班正是一次不得已的让步，叽叽喳喳，下班回家了也不得清静……

"我完全理解你搬家的动机。我讲个故事：有个山区老头有一个非常美丽的女儿，可是住在山里经常会遇到山崩、冰雹、迷路、埋在雪里等等各种危险。有个年轻人救了老头一命，心想，好了，老头肯定会把宝贝女儿许配给他了；另一个年轻人比较狡猾，假装自己掉到陷阱里，让老头救了他一命。老头一看自己救过的年轻人就高兴，因为这个年轻人的存在就提醒大家，老头是怎样的一个英雄；相反，看到那个有恩于自己的年轻人，老头就像见了上帝，觉得自己低人一等。"洪医生做了个向下滑翔的手势，"老头把女儿嫁给谁不用我说了吧？"妻子追问："狡猾的年轻人也会欺骗妻子吧？"洪医生一愣说："至少老头是开心的，摆脱了信奉上帝的负担。"妻子叹一口气说："那个卖家一定也想摆脱'顾客就是上帝'之类的负担。"妻子坐直了深吸一口气，"我从网上买了个电子阅读器，放了一星期后发现屏幕左下角有个气泡，卖家各种扯皮，最后直接进行人身攻击，骂得可难听啦，还狡猾，聊天记录显示'已读'就被卖家撤回了，我只截图到一句'垃圾'。对，卖家骂我'垃圾'。我向网站发起'只退款不退货'的申请，当是精神损失费，并投诉要求卖家道歉。网站也扯皮，声称自己不是司法部门，无权要求卖家道歉，只是一个劲地催我抓紧退货。我不同意，坚持只退款不退货，卖家有四天时间处理，若不处理，四天后网站就会自动退钱给我。卖家当然驳回了我的诉求，我又有六天时间处理，继续申请'只退款不退货'，钱就在'四天''六天'之间踢来踢去，谁也拿不到。"洪医生的嘴微微张着。"已经七个月了吧，这变成我生活的一部分了，就像每周做一次瑜伽，允许自己每周日上午吃一块黑森林蛋糕。"洪医生察觉张嘴幅度过大了，于是轻轻合上。"可惜他道歉了，说是因为什么'夏季情感障碍综合征'。"洪医生脱口而出："夏季情感障碍综合征是由于人体对环境的适应性差，加上生活琐事、环境影响，导致大脑内掌管情绪变化、兴奋的受体分泌不稳定。简单地说，天气热，出汗多，人容易脱水，电解质紊乱就容易引起情绪问题。"她点点头："卖家就是这个意思，但我不接受,僵了几天,对方又开骂,我赶紧截图,这回证据充分,他休想拿到钱。""激怒一个夏季情感障碍综合征患者很解气吧?""说实话,我早就不生卖家的气了,可还是有很多怒气。比如我看不顺眼许多人许多事,也可能是因为无法理解他们;比如在楼道里碰到邻居或同事,对方没有回应我的目光和微笑,我会觉得自尊受到了践踏;比如丈夫总认为我话中有话,但究竟有什么,其实我自己都不清楚;比如以前开教职工大会,有同事戏称为鼓掌大会,你好我好大家好,都谈些皮毛问题,根本不深入,永远回避根本需要,不知道现在怎么样了。但小区里也一样,我们都知道是谁偷走了花坛里的盆栽,我和丈夫分别告诉了一些人,希望有人能站出来,但一个也没有!比如我根本不想要第二个孩子!"洪医生静坐着,等待她平复。"怀二胎的时候,天知道我有多害怕,连睡觉也不能放松,或许这就是我儿子一直郁郁寡欢不合群的先天原因。我辞职在家好像做出了天大的牺牲,我也愿意人们这么看我,实际上,我早就厌倦了工作,没完没了的耐心和微笑快要把我榨干啦。所有这些,这一切,我都不能发作,相反,要平和,要宽容,我好像丢了我自己。我丈夫也是,有时候他强压着嗓音,竭力对我、对儿子表现出耐心,我看得一清二楚,就像看见一只苍蝇落进牛奶里。"她绷直的身体微微前倾,脑袋转向地面,"没人知道我有一场僵持了七个多月的维权。""妮妮妈妈。""谁的妈妈?""蜡笔小新里的一个人物。""没看过。""没关系。"洪医生弓着的背挺直了,每当做出这个姿势也就意味着他要下结论了,"你试着抛开那些包袱,包容啦,平和啦,微笑啦,都不管,重要的是体会自己真实的感受,然后把感受告诉对方,正面也好,负面也好,甚至极其阴暗可怕的想法,都说出来,总之,别压抑。实不相瞒,我也有许多怒火。当然啦,医生也是人啊,和你一样,我每周做一次瑜伽,允许自己周末晚上喝点酒。心里藏刀的人,白酒下肚,怒发冲冠。"洪医生拉开抽屉,"生活就是耗人,心态不好,撑不下来。你嗑瓜子吗？"

丈夫和妻子坐在黑暗中嗑瓜子，似乎他们本就属于那里，就像阴影一样。小区停电了。

"儿子睡了？"

"睡得死死的。"

"这一年来真的好多了，至少不再突然捶脑袋抓头发。"

"死不了。"

"到底什么时候来电啊？"

"生活就是耗人，心态不好，撑不下来。"

"辛苦你了。"

"好死不如赖活着。"

"你能别一直死死死的吗？"

"你要学着习惯。"

"你吓到我了。"

"现在你知道我的感受了。"

"你怕什么？"

"你又怕什么？"

"你好像变了个人。"

"那里有个人！"妻子突然大叫。阳台玻璃门边一个笔挺挺的黑影，吓了丈夫一跳。灯亮了，原来是他的风衣。"天气预报说冷空气又要来了，再穿几天吧。"妻子的声音见光死似的暗哑了。对面也亮起灯，阳台上的母女没看月亮。"那女孩的妈妈昨天拉住我，"妻子用嘴努了努对面，"她看到宣传片，认出了我们的儿子。"丈夫故意做出惊讶的表情。"如果再有上电视的机会，问我能不能带上她女儿。"丈夫做出苦笑的表情："领导很不满意这个片子。""她竟然很喜欢那首改得面目全非的诗,还背了几句。你真该叫上你们领导亲眼瞧瞧她那副开心、热闹、多情、欢愉的样子。""你知道领导怎么评价吗?价值十万块的一坨屎!我真是带薪拉屎啦。"丈夫笑了一阵发现妻子没笑,就不再坚持。"她真白,假白,鬼知道抹了多少粉。"妻子始终关注对面的女人,"你觉不觉得她长得像老鼠?小眼睛,淡眉毛,人中那儿还长胡子。你肯定没发现,走近就一清二楚了。然后生了一只小老鼠,那个女儿畏畏缩缩的,脸颊圆鼓鼓的,一双小眼睛藏在棕色镜框的眼镜后面,也是一脸鼠相。"妻子这才笑了一下。丈夫声援似的说:"难怪她们不来做客,我们屋里还有人类闻不到的死老鼠味。"对面手机响了。"没问题,我们马上回家。"妻子和丈夫对视一眼,确信他们刚刚目睹了一场不大不小的谎言。对面女人口中"不知道买芭比娃娃还是小猪佩奇"的女儿此刻蹲在一边,贼眉鼠眼地盯着地面。"她为什么不站起来戳穿谎言?难道她们家也进蚂蚁啦?"妻子略显亢奋,丈夫一言不发,突然想到那些谎称加班实际逗留智觉寺的傍晚。"不知道她丈夫是做什么的,从没见过,不会也在造人吧?精子质量太差,失败一次又一次,不成功不回家,就像佳佳妈妈,排除万难生二胎,拼男胎。"他们的儿子从受孕到产下都平安顺利,他们的喜悦充满了分寸感,十分至多表露五分,一点没有得意忘形,可厄运的阴影还是罩住了他们。儿子五岁才开口说话,含含糊糊的,对任何人的反应都一样。妻子满腹委屈:"在儿子眼里,我和路边乞丐没两样!"丈夫故作坚强地自嘲:"都怪我,不该取那么一个名字,他真是世界上最公平正直的人啦,简直一视同仁过了头……"等到"爸爸""妈妈"终于出现在儿子口中,已经是在特殊教育学校的第二年,三年后儿子转入普通小学。如果不是姐姐的意外,儿子应该能稳稳当当地从小学毕业,以十六岁的高龄。那段艰难的日子,每天都能在儿子房间地板上找到许多头发,乌黑油亮的十二岁的头发。筹备丧事以后,儿子才情绪稳定,除去上厕所,能在床上坐一天,为姐姐折的纸花铺满地板、床单。

丈夫不得不安慰妻子："他将来兴许可以开一家寿衣店。"……"谁叫我们附近没有大一点的超市。好啦，我这就回家。"对面女人还在睁着眼说瞎话。妻子收回目光说："这一带餐饮店都开不长，好像大家都喜欢在家吃饭。"丈夫开始怀念智觉寺的斋饭，青椒炒土豆、青椒炒茄子、青椒炒卷心菜、青椒炒蛋。住持不定期收到老家四川阿坝州小金县寄来的牦牛肉，会叫上他一块打牙祭。"兰州拉面店下星期也要关门大吉啦，不知道会开一家什么新店。"丈夫试探着说，"川菜馆不错。"妻子突然用对面女人的腔调抱怨说："我们附近没有大一点的超市。"丈夫说："前两天回家我听到年轻保安和另外那个年纪大的说，再做几年就回老家开超市。"妻子的声音突然变得尖利："开寿衣店还差不多！"丈夫又想到了儿子，然后是女儿光彩夺目的遗容。"你再打听一下，年轻保安什么时候回老家，告诉我一声，我送个花圈给他。"丈夫掩饰震惊，做出倾听的样子。"年轻保安一根筋，死活不让外卖小哥进来，我要走得开我还点外卖吗？"丈夫疑惑地看着妻子。"你还记不记得我有一次打电话给你，你关机了，后来你说在医院探望病人。你不知道当时儿子一觉睡醒突然用头撞墙，那是儿子第一次这么干，把我吓坏了，没办法，我紧紧抱住儿子抱了一下午，浑身湿透，全身都是汗水、眼泪、鼻涕，你想想看，我怎么可能走到小区门口？"丈夫点点头说："我问过你，你只说是误拨了。"妻子点点头说，"你不知道，我后来买了三米攀岩绳，附近小店都没卖的，我去家乐福买的，万一儿子再发病，我就把他捆起来，就捆我取外卖这点时间。"对面的女人关掉阳台的灯，牵起女儿回屋了。"家乐福的攀岩绳质量过硬，不会把人勒疼的。"丈夫听出了一丝怨怼，也可能是错觉。"那是一个……同事，膀胱癌晚期，我探望完不到半年他就去世了。说起来还是同辈，和你我一样，都属龙。"妻子顿了一下，继续控诉年轻保安："还有一次，那家伙不打招呼就把我放在楼下花坛的两个花盆两只泡沫箱端走，理由是影响小区环境。要是现在我铁定发飙，当时也生气但忍住了，只是反问他，大货车进出小区把路面压得坑坑洼洼，甚至撞歪了一楼窗框这样的大事不管不问，良好市民自己动手丰衣足食，种几棵葱和辣椒就破坏环境啦？"丈夫勉强一笑："良好市民。"妻子说："我在这里早就不是良好市民了，前两天又和物业吵了一架。"丈夫咧咧嘴，确保自己倾听的样子足够真诚、包容。小项说过一个段子，不明白任何情况就劝你一定要大度的人，你要离他远一点，因为雷劈他的时候会连累到你。"你呢，你是单位的良好市民吗？"妻子意识到自己说话的语气近似洪医生，"别急着回答，闭上眼，深呼吸。"丈夫闭上眼，深呼吸。夫妻站进同一块阳台地砖，靠得很近，他们之间的静，像一片羽毛飘远了。远处高层某户人家阳台上挂了两只大红灯笼，像一双红眼，眼红他们此刻的亲近和静谧。"有没有感觉胸口有点烫？那就是你的心里话、真心话。"妻子在丈夫肋骨中间探寻心脏，摸到了它的位置。心脏像一只要抱回家的小狗，活蹦乱跳又瑟瑟发抖。"单位一定有你想送花圈的对象吧？""王主任做事刻板，审美老掉牙，除了三天两头提醒你办公桌太乱了该收拾了，没看出其他过人之处。王主任的座右铭是，当领导就不能发财，要发财就不要当领导，当了领导就要付出就要牺牲就要接受更严格的约束。还请书法家协会主席把座右铭写成隶书挂在办公室和会议室，生怕我们看不见。比王主任更讨厌的是隔壁姓黄的，没有一天按时下班，但总有办法让人知道他又加班了，搞得大家都不好意思早走。这比你那两个冷战的三年级家长讨厌多啦！家长们至少是化焦虑为动力，鞭策孩子上进！上进！我们呢，一天天表演敬业，空对空，并不产生效益，何况表演辛苦一点不比真辛苦轻松！不送黄某某一对纸扎的牛头马面简直对不起他那感天动地的老黄牛精神。还有姓方的，靠关系上位，狐假虎威，官腔十足，其实干啥啥不行，全丢给底下人干，出了问题又捣糨糊，真是害群之马！当然靠关系上的也有能力素质不错的，只是走了捷径，我也恨，破坏公平,破坏政治生态嘛。我更恨自己,能让我走捷径的家世、背景、人脉,我一样都没有!"丈夫深呼一口气,睁开眼,只见两轮红日高悬前方,过一会儿才看清是两只灯笼,害红眼病似的,畏葸地盯着他和她。他们虽然不再说话,却似乎能感觉到对方的内心,他们都变得透明了。

"幸福远航"取代"兰州拉面"之后,小区门口变得拥堵起来,尤其是下班时间,各种汽车、电瓶车、共享单车汇聚于此,年轻保安不得不承担指挥交通的额外任务,更没好脸色。丈夫的表情和年轻保安如出一辙:"影响居民正常出行应该打哪个投诉电话?进出小区跟打仗一样,这群蝗虫!"妻子笑着说:"治理蝗灾请找农业部。"丈夫口气软了一点:"现在的小孩读书辛苦,肯定连蝗虫都没见过,哪像我们,至少还有个愉快的童年,放了学就疯跑疯玩,在希望的田野上,孩子开心,家长轻松。"丈夫的怒火又蹿高了,"学校之前要求统一看历史节目,十分钟正片,剩下半小时都是明星嬉皮笑脸唱唱跳跳,乱七八糟!明星就应该和我们一样,打卡上下班,按月领工资,加班没有加班费,只谈奉献,然后分特级明星、高级明星、专家明星、普通明星、实习明星,行就干,不行就滚蛋!"妻子点点头。"不如先从身边小事做起。前天上银行汇款,柜员态度冷淡,我记下工号就投诉了。再也不能像年轻的时候那样脸皮薄,以和为贵忍耐为主。"妻子舔了一圈牙龈说,"发现火锅店把泔水倒在窨井里,打什么举报电话?12345!最好罚到他倾家荡产!"妻子没说完便意识到自己这种想法不折不扣正是丈夫会发表的议论,丈夫在为什么事而愤怒时最有活力,当他拉着脸坐上饭桌,每一个不管是针对什么的贬义词似乎都符合他的心意。"环保局就该强硬,抓到一家拉黑一家,办不好,一块下课!"妻子第一次觉得丈夫的牢骚没那么刺耳,以往也许会说,"你以为你是市委书记,你连主任都不是",现在却用一种义愤填膺的口吻说:"兰州拉面店歇业前,我带儿子去吃了一次，好吃，付完钱要发票，他们像看外星人一样看着我，老板眼睛瞪大，翘舌音很重地告诉我，兰州拉面自古没有发票。后面税务和工商都来了，谈不拢，最后我说打官司好了，面店、税务、工商全是被告。一个穿制服的中年男人把我拉到角落，问我是不是遇到困难啦，家里是不是要拆迁。"丈夫弯腰狂笑，嘴巴好像碰到了胸口，然后拍案而起："园丁小区早就该拆啦！那里都是些人模狗样的货色！"

女儿出事前，他们一家承受的目光就比左邻右舍多得多。夫妻俩被钉死在不幸的命运轮盘上，第二个孩子是翻盘的希望，他们成了末路赌徒，一切都因紧张而显得笨拙，好像他第一次拥抱她、亲吻她，她也一样，甚至忘了拥抱和亲吻，只是机械地配合他的动作。儿子顺利出生似乎证明他们可以开启正常生活了，园丁小区代代相传的健康有序的生活，反过来似乎又证明了女儿是个错误，好在女儿的智力水平把她永远地关在了四五岁的天真烂漫中，"屈辱""厌恶""忍耐"这些词都太深奥了。妻子第一次对洪医生落泪正是谈及女儿之时。"她就像裹了好几层保鲜膜，外面再套一个玻璃罩，我们只是互相看见，没有眼神交流，更别指望对话。洪医生，我情愿她是哑巴，偏偏嗓门出奇地大，不分时间场合，突然就会大喊大叫，喂——嗷——啊——你真该听听她的喊声，就像大雁被猎枪打中的惨叫，一定是什么地方不舒服在发出警报，可惜我听不懂，她也没有同类，我们就这样耗过一天又一天，免费给大家看笑话。"妻子接受洪医生的餐巾纸，慢慢擦去眼泪，似乎很享受这个过程，出了诊室，她就不得不重新强硬，也给自己裹上保鲜膜，再套上玻璃罩，"儿子不肯午睡也让我头痛，我每天早起，做早饭、洗衣服，到中午真要散架了，儿子却蹦蹦跳跳没完没了。洪医生，你怕不怕年轻人？怕孩子吗？那种可怕的旺盛精力无时无刻不在提醒我衰老、死亡，一切都是徒劳……"洪医生也会开些在她看来不那么正经的玩笑："夜夜做新娘，你受得了受不了？就算你受得了，新郎也受不了。平淡是常态，不是病态，花开花落，日升月沉，尊重生命规律，无畏无惧。"洪医生还把许多故事当病例讲给她听："我认识一个家长，小孩读到三年级跳楼了，家长不愿意接受真正的感情，真正的感情就是孩子死了，你要敢于接受死亡给你带来的创痛，可家长不要这创痛，他要让自己永远停留在一种平静的感情里面，就是狂热的爱。没有比狂热的爱更能掩饰这个世界的无情，一个充满感情的无情者……""我有个朋友，结婚第二年就和丈夫分床睡，睡了二十年了……""我的一位忘年交，家族遗传心脏病，祖孙几代，无一幸免，但他心态好，积极乐观，什么事也没有……"妻子知道有一天她也会成为洪医生故事里的主角："我的一个女性朋友，常年精神紧张，不安、焦虑、失眠。她有一双不幸的儿女，以及糟糕的社区环境。年轻的时候她见过真正的疯子，攻击性很强，会突然冒出来咬人，大白天不穿裤子满大街跑，别人都怕都躲，她却看得入迷兴奋，当然也得假装和别人一样又怕又躲。她从没想过自己会孕育出一个疯子，尽管理智告诉她不该如此定义她那不幸的儿女，可理智总有崩塌的时候。后来她终于逃离了惺惺作态的邻居同事，搬到一个完全陌生的环境，用她自己的话说，简直像从舞台躲进了后台。但她的睡眠质量没有大的改善，哪怕新环境足够安静，半夜突然会大喊大叫的女儿已经不在了，她仍旧睡得很浅，每天都很累，需要靠意志坚持。更大的问题是夫妻为了强调新生活的新，刻意做了许多改变：戒烟，减少饮酒，尽量每天回家一起吃晚饭，克制焦虑愤怒，学着耐心平和，不说脏话，不在背后议论别人，谈到别人时只说好话……家里前所未有地充满爱与和平的空气。实际上糟透了，用她自己的话说，后台也沦陷了，简直就像在后台演公益广告，家和万事兴之类的主题宣传片，观众是儿子，也是他们自己。她的丈夫有点愤世嫉俗，但从前谈话还算丰富有趣，如今只和她聊公积金、体检报告、健康饮食，去海边疗休养遇到好玩的事都打电话告诉别的人，那是谁？她不知道，也没兴趣追究。她自己也有秘密，她没有看上去那样平静，那样无欲无求，那些压制隐藏的怒火烧到了无辜的人身上，对待小区保安、外卖快递小哥，她总是很不耐烦，另外还有欲望……波及身边帮她的人……"她最关心洪医生将如何美化她鲁莽的告白。在洪医生的诊室，坦诚是必须的，软弱是受保护的，她一次比一次大胆，直到表露心迹："洪医生，我常幻想你，你的谈吐修养还有嗓音加在一起简直无敌，身材也一级棒。洪医生，说实话，我梦见过你，你和我在一片蓝蓝的湖边，身体完全被太阳照亮，没有一寸肌肤在阴影里。梦醒来才知道是梦，梦里你没有脸，整个脑袋都在一片白光里。洪医生，说实话，你的眼睛和嘴巴真是败笔，我可以用美中不足形容吧，也幸亏如此，我们才能一直医生是医生，病人是病人。"她直视洪医生的三角眼，觉得自己是诱捕唐僧的女妖精，本意是要打击一下他的优越感，尽管洪医生并没有表露出来，但一想到自己付费对一个成年异性讲了这么多心里话，就觉得有些落下风。她不想让他太得意，她不希望自己成为他众多故事中面目模糊的一个。"欲望"而非"情欲"，"波及"而非"殃及"，洪医生会谨慎措辞来讲述她的结局："她终于不再藏着掖着，不再压抑，学会了接受自己的怒火和欲望，生气就正儿八经生气，有欲望就想办法满足。"洪医生的故事总有光明的尾巴，再升华到理论高度，"每个人都是一个能量泡，这个能量泡在成长中必然要伸展自己，就像章鱼伸展触角。伸展就是攻击性，攻击性是人最原始的能量，能量泡伸展出的每一份能量，如果被看到，就变成了光明，变成了生的能量，比如热情，比如创造力，相反就变成了黑暗，黑色的、死的能量，比如怨恨与破坏力。当一个人整个的能量都被看到，生命就完满了。"最后理论联系实际，"作为一个能量泡感受一下自己，你的自我是伸展的、饱满的、鲜亮的、富有弹性的吗？还是萎缩的、暗淡的、僵硬的？你的家庭呢？鲜亮还是暗淡……"

"人模狗样的货色！"妻子重复了一遍丈夫的结论并为之贡献新的

论据，"我一直纳闷朱老师那种母猪也能当新娘，新郎勇气可嘉。有一次教育局来参观调研，座谈会上，局长秘书坐在我和朱老师中间，带着故作轻松的戒备和我们闲谈了一会儿，最后问朱老师怀孕几个月啦，朱老师当场呆掉，真是笑死人。朱老师一米五几的个头，一百五十斤的体重，还有口臭，新郎勇气可嘉。还有杨老师，一年到头染发烫发，金黄大波浪，坐台小姐一样……"阳台玻璃门映出两道人影，凶神恶煞，戾气冲天，夫妻同心。

妻子闭着眼，两只手腕一紧，接着腹部一阵摩擦，她知道那儿多了一个玫瑰花一样的活结，最后脚腕也一紧，她动弹不得了。夫妻间多了一段攀岩绳，竟有些陌生而新鲜起来。丈夫眼里的兴奋开始熊熊燃烧，妻子却联想到绑架抛尸的电影画面。"你好冰。"丈夫笑着摸了摸妻子被宽胶带封住的嘴。挣扎助长火焰。很快，疑问和恐惧都挥发殆尽，他们什么都不想了，飞向一片饱满的、鲜亮的、富有弹性的新天地……再见到丈夫，一颗汗珠挂在蜡黄下巴上。他们都一样瘦，妻子不由得想起那紧抓着桌沿的两手是多么纤细，不带任何欲念地想了一会儿洪医生，然后抓过床头柜上的手机，点开阅读器的订单，确认收货，五星好评，顺便念了一条推送新闻：女生跳楼父亲欲接住双双身亡，知情人称孩子抵触补习。丈夫重重吐出一口气，喉结滚了一下，声音黏黏腻腻："我今天看到佳佳了。"

第二天，妻子打开电视，意外地发现屏幕变成了九个分屏，无论怎么换台都是九宫格的小区监控视频。丈夫表示愿意陪妻子一同前往物业维权，妻子却很满意这个变化："你不觉得比那些色彩饱和度超标的节目舒服多啦？没有无聊的广告，没有弱智的台词，那些愚蠢的电视剧几乎每一集都会有眼泪，眼泪解决不了什么。"丈夫说："不知道别人家是不是同等VIP待遇。"妻子微微一笑："我刚听到《新闻联播》开始啦。"丈夫说："有个新闻，马路上的红绿灯错接到私人电表上，每月多交几千块电费。""放心吧，我们义务帮忙盯监控，不向物业讨要物业费都不错啦。"妻子指着右上角监控小公园的那格说，"轮椅上的老头每天被老太太推出来，在花坛边停一两个小时再推回去。老头是肾癌晚期，放弃化疗，从医院回家等死。"丈夫看了妻子一眼。"只要你表现出一点兴趣，老太太就会把来龙去脉告诉你，我才没兴趣。老太太跟居委会阿姨诉苦的时候我听来一点，哪年开始不舒服的，哪年确诊的，前年春节睡医院走廊陪床，各种照顾病人的辛酸不易，归根结底一个意思，她尽心尽力仁至义尽了，眼下这种局面不好责怪家属了。其实没人怪她，是她想多了。"丈夫指着另一格监控，地下车库入口旁的紫藤花架下面坐了年轻的一男一女，手牵着手，不时亲吻一下。"爱情最宝贵的地方就是相互信任，但愿我们的友谊天长地久。"丈夫一字不差地背出了当年谈恋爱第一次收到妻子的明信片上的赠言。监控里的男孩又凑近准备亲吻女孩了。妻子感到火辣辣的羞涩，惶惶然，空落落。"如果世间真有一见钟情，我想我碰到了……无论我变得如何强大，你仍然会是我的弱点。"丈夫说完，比监控里的男孩更用力地亲吻妻子，吻了很久。妻子中途睁过眼，看到丈夫眼睛闭得紧紧的，像是沉浸在想象中，在想象的记忆中力争上游。

"我知道你家里人不同意，我回去大哭了一场，你告诉我要勇敢，不要被困难吓倒。"

"我愿在你的天涯里，守护桑田，散播思念的果实。"

"用一刹那交换一个天长地久，用现在交换你的从此以后……"

"愿我们的爱情幸福远航……"

春天迟迟不来，但夫妻俩都春风满面。湿寒的四月里，他们把儿子送进一所精心挑选的寄宿学校，儿子顺利通过了入学考试。妻子买了瓶红酒，丈夫满屋子找开瓶器，找不到。"喝茶吧。"妻子新开了一罐红茶，洗了两只配套的白瓷盖碗，烧水、注水、坐杯，时间变慢了。"颜色真漂亮，一层金圈。"丈夫满足地咂咂嘴。"以前舟舟妈妈送的。"妻子一边续水一边叮嘱丈夫记得买个开瓶器。丈夫说："你随时可以自己去买一个。"碗盏相碰，"你自由了。"

　　电视屏幕右上角的黑白公园里，黑白老头坐在银灰轮椅上，盖着一条白毛毯，灰脑袋歪向一边，睡着了。妻子诗兴大发，为看似静止的画面配上旁白："做了一个黑色的梦，无人理解，无处躲藏，欲喊无声。惊醒，却并无区别。"丈夫关心起老头的家庭情况。"老头还有一个儿子，一个儿媳妇，但基本都是老伴在料理。最难的是上厕所，虽说老头轻得只剩骨头了，可老太太年纪也大了，把他从轮椅抱上坐便器再抱回轮椅，膝盖吃不消。而且老头老便秘，老太太只好拿手指伸进老头肛门里，把羊粪蛋一样的大便抠出来。你记不记得儿子六岁那年，一晚上吃了两盒巧克力，第二天肚子痛又拉不出来，也是我用手抠出来的，也是一粒一粒的。"丈夫面朝屏幕轻轻地摇了摇脑袋。"夜里才恐怖，老太太一睡着，老头就开始闹，肚子饿啦，尿床啦，有时单纯发出怪叫，像大雁被猎人打中一样。"丈夫不说话，妻子接着说，"老头闹得过火了，老太太就跪在床头向前趴着告诉老头，你闹吧，把我闹成神经衰弱、老年痴呆，我也解脱了。"丈夫蹙眉道："这种私房话也拿出来讲。"妻子说："这是我主动打听来的。我们坐在小公园里，轮椅停在一边，老太太一点不回避老头，哈欠连天还和我大讲特讲。我有一种感觉，老太太是在刺激老头的羞耻心，希望老头收敛一点，少点无理取闹。一个长期受人照顾的人，很容易把照顾当成怜悯，那只会使他更加受到伤害。我除了安慰老太太也做不了别的，我不停地说'会好的''想开些'之类我自己都不相信的废话，我有一种感觉，同情一个陌生人的感觉真的太好啦。"一只鸟落到膝头啄了啄，老头没醒。"在鸟的眼里，那是不是一座假山？""鸟来人不惊。"他们目送小鸟飞走，毛毯从老头身上慢慢滑落，目睹整个过程就像目击一瓶红酒从倾斜到摔碎一样煎熬，尽管如此，老头还是没醒。同情心促使妻子准备关电视。"那是老太太吗？"丈夫手指绿化带外一个缓慢移动的黑影。等了两分钟，老太太磨蹭到了老头身边，老头被推醒了，夫妻俩松了一口气。老太太没有捡毛毯，而是继续推搡老头。"这是特殊理疗吗？"丈夫的疑惑很快得到了解答，老太太环顾四周，抬起右手给了老头一耳光。"这算虐待吧？"丈夫的疑惑很快得到了解答，老太太捡起毛毯拍掉灰尘，双手在老头两颊抹了抹。从邻居家传来《新闻联播》开场的声音，妻子转换话题："单位有什么新闻？"丈夫掏出手机给妻子看一张照片，拉上窗帘的昏黑的办公室，资料柜后面直直伸出一双腿。妻子认出是丈夫的黑西裤和卡其色浅口皮鞋。"像不像尸体？"丈夫边说边笑。妻子没笑，丈夫仍笑个不停。"在那里等升职，等加薪，到点吃饭，加班加点，每天中午支开行军床睡半小时，睡了十八年了，真有一天变成尸体也不奇怪。这是前两天午睡时小项偷拍的。小项离婚了，婚礼你去过的。"妻子做出回忆的样子。"小项对外宣称性格不合，好聚好散，其实是小项老婆和一个健身教练搞到一起去了。这是一个秘密，而秘密总是不胫而走的，单位上下无人不知。"妻子担心自己梦见洪医生的时候露出了马脚，疑心这是丈夫的委婉警告，便认真回忆起小项来："我想起来了。"夫妻默默注视另一对夫妻退出监控范围。

　　妻子真正想起小项是在两周后，王主任的葬礼上。小项一身黑西装，和当年婚礼上的模样没什么变化。王主任是上午七点在单位坠亡的。监控显示六点四十，王主任从主楼走向副楼，六点五十，从副楼六楼上天台，那里没有监控，楼下大堂监控远远拍到了王主任的谢幕，好像从高处跳下一只黑猫，也像从高空抛下一袋垃圾。排在吊唁队伍最后面的单位领导、同事都绷着脸，有的开始落泪，有的蓄势待发，只有夫妻俩好像两个走错灵堂的外人。丈夫第一次见到主任夫人，圆脸，法令纹很深，玳瑁眼镜后面眼神平静，不动嘴唇地说着"谢谢"。他们领到一把阳伞、一盒毛巾作为谢礼，穿过哀乐、悲伤以及眼泪，走到灵堂外，回到单位工会包的大巴车。丈夫回忆女儿的葬礼，有没有像他们这样格格不入的吊唁者？好像没有，大家都哀思饱满，哭声嘹亮，包括丈夫和妻子，至少在那天出殡的六个家庭里可以称冠了。不对，假如儿子在场，一定是面无表情的，就像王主任的遗孀，有一种被悲伤磨损后的平静，更高级更合乎实际的悲伤。对了，幸亏儿子不在，不然会反衬得他和妻子用力过猛，可疑。儿子给姐姐折了五天五夜纸花，累倒了，在社区诊所输液，缺席了葬礼。妻子掏出阳伞，摸了摸面料，发现是双层的，突然想到洪医生说过，亲人去世的痛苦无以复加，大操大办追悼会正是逃避这种痛苦的有效手段，那样才能倒头就睡。"主任夫人好有气质的。"妻子接着打开毛巾盒，清点一番。丈夫点点头，妻子没看见。丈夫看到一伙穿着殡仪馆工作服的人从车头匆匆而过，那位发掘出女儿最美一面的化妆师傅是否在其中？接着对于先天性脑瘫的女儿才十五岁的生涯感到了迷惑，女儿这一生有什么目的有什么意义？丈夫好像看一部残缺不全但应该很有意思的片子一样，觉得迷惘而不满足。"王建群。"妻子收好毛巾，瞥了丈夫一眼。"王建群、王建群、王建群……"这名字是多么新鲜，在他口中的使用频率是那么低，更别说当着领导同事的面提起了。丈夫连名带姓直呼王主任的那股津津乐道的劲头，俨然一个禁欲者允许自己看一张春宫图。

"洪医生，我丈夫这一向不对劲，体检报告没问题，可就是不行，哪怕我脱光了五花大绑，还是不行。我原本还以为我们都不再压抑，那个什么能量泡尽量伸展，让对方看到，真要开始新生活了呢。"洪医生开始翻手机通讯录："我师兄，男科专家，要不要我打个招呼？"妻子笑笑："我说了，体检报告没问题。洪医生，我看过一个故事，长老给女人治病，一只手放在女人身上，另一只手放在火盆上，把手指烧伤，以此抵抗女人的诱惑。"洪医生照例给她一杯水。"有酒吗？"洪医生的诊室已是妻子的法外之地，想和说完全统一，百无禁忌，有一种做女妖精的自由，"洪医生，每回来，我就像一个原始女人赤身裸体跑进原始森林里。洪医生，假如你是长老，你有什么抵抗诱惑的办法？""不抵抗，顺其自然。"妻子拍手叫好然后叹一口气："看来要么洪医生是正人君子，要么就是我魅力不够。"洪医生把她的杯子向她推了推："你记不记得我讲过三年级小孩跳楼的故事？孩子的家长就是我。"妻子本能地拿过杯子挡住脸。"我最早是整形医生，小孩出事后才改行，整心，听各种各样的秘密、心事，给予一些安慰，也得到一些安慰。我是看惯了赤裸裸的肉体和崩溃的精神的人，什么都不会在意，顺其自然。"

妻子在小区门口遇见佳佳的同时，一辆空的运猪车缓缓停到了斜对面。运猪车的气味使她们都捂住了鼻子。"你自己来的，妈妈没送你？"妻子瓮声瓮气地问。佳佳点点头。妻子指指"幸福远航"的招牌："幸福吗？"佳佳慌忙点头，显得妻子的玩笑很生硬。"还玩那个游戏吗？"佳佳一脸茫然，妻子只好开门见山："我一直想问问你，我儿子和你交换了什么秘密？"佳佳眉头紧锁，双眼斜视，想了好一会儿才说："不算秘密，都是当天计划。比如第一，做两页口算题；第二，吃一只苹果；第三，不要让妈妈难过。""不要让妈妈难过？""每天计划的最后一项都是，不要让妈妈难过。""谢谢佳佳。佳佳再见。"

运猪车的驾驶室和车斗都空着，车斗铁栏杆上残留了一些猪毛，妻子绕了一圈，好像欣赏一件工艺品，闻不到闷臭了。小区里住着一个养猪大户或者屠夫。妻子带着新发现回小区，老太太推着轮椅慢慢走来，身后是一对中年夫妻，应该就是老太太的儿子和儿媳，见老太太打招呼，他们也局促地对她笑了一下。妻子慷慨地把目光涂满这一家四口，恨不得把所有能想到的鼓舞人心的话都在这一刻送给他们。老头醒了，微张着嘴，瞪了她一会儿，突然高喊。妻子蹲下，视线与老头双眼持平，说：

"现代医学发达,许多癌症都不是不治之症了,只要按时复查,可以像健康人一样享受生命。"老头突然用力扯胸前围兜一样的布袋。老太太连忙解下打开,里面是身份证、户口本、房本、存折、银行卡、电卡、固话缴费单,然后把妻子拉到一边说悄悄话:"趁现在脑子还清楚,已经有点不清楚了,该过户过户,该转账转账。"老头耷拉着脑袋继续对着肚脐眼唱。一辆跑车从小区门口的马路上飞驰而过,轰出枪击般的发动机声。

妻子梦醒,半张床空着,坐起来,箍紧膝盖,左耳贴在上面,止住颤抖。血漫过屠宰场一样的战场,橡皮水管冲掉一层血,又来一层,好不容易冲洗干净,填平弹坑,再种上柠檬树,孩子们来了,花裙子、蓝短裤、藕一样的小胳膊、小腿,看不清脸……梦里应该还有快乐、温馨的部分,但想不起来了。丈夫连续几晚都睡在单位,行军床支在工位上,脑袋挨着电脑主机,膝盖以下伸到资料柜外面,僵硬、冰冷,百分之百配合上级审计组对王主任的任期终结审计。儿子要到周五下午才从寄宿学校回来。妻子掀开被子、床单,床垫弹簧坏掉的地方就像一个弹坑。拉开窗帘,钢化玻璃的气泡也像弹坑,窗外的风景被打出了一个疤。妻子在窗台下面看见了那张"幸福远航"免费试听的广告纸。

原来面店的堂食空间如今改造成了教室,墙上挂满了宣传牌,满墙的问题少年:学习没动力、厌学逃学、磨蹭拖拉、沉迷网络、早恋、社交障碍、对抗父母……妻子在角落坐下,以免被佳佳发现。佳佳有什么问题?主讲老师是个光头的中年男,为了活跃气氛,也为了说明他胸怀宽广,右手时不时在头上摩挲一下,拿自己的谢顶开玩笑。孩子们的眼睛都笑出泪水了,但嘴巴看起来还很忧郁。"没有规矩不成方圆。"话音刚落,一屋孩子迅速分成两拨,一拨坐成圆,另一拨是方阵。"谁又不守规矩啦?谁通宵打游戏?和父母顶嘴的又是谁?"光头绕着圈,好像牧羊人打量圈里的羊，心虚的孩子犹犹豫豫起立，歪歪扭扭走出人群。光头首先给"通宵打游戏"的孩子家长拨了一个视频电话，没有寒暄，视频中的家长冷冷地说了句"老师，请开始吧"。光头便脱掉孩子的裤子，送上一顿"竹片噼啪汤"——戒尺是竹片做的，打在身上噼里啪啦响，"汤"是指受惩罚人悔过的泪——光头边打边解说，最后问全程观看的家长："打满十五下为一个疗程，再加一个疗程吗？""可以了。""没有规矩不成方圆！"光头挂了电话。"没有规矩不成方圆。"妻子听见一个孩子安慰同桌。"没有规矩不成方圆。"妻子自己对自己说。"通宵打游戏"的孩子拉上裤子回到方阵，坐不了，蹲着。下一个是"和父母顶嘴"的孩子，也是一个疗程的"竹片噼啪汤"。"还有谁在家挂着脸，不孝敬父母，不感恩父母，成天关在房间里一句话不说？"无人响应。"谁！"光头大喝一声，戒尺"啪"抽在讲台上。妻子惊讶地看着佳佳冒出来。"警告一次，啪——"佳佳瘫软在座位上，其他孩子站起来，拍手、喊口号，激动得脸色发红，指关节因为握拳惨白惨白，那股劲头好像要把自己吃掉，再重新吐出来。一股强风把光头的思想吹上天花板，妻子听见了过去围绕在她身边的各种声音，渴望放手，渴望逃离……

"这怎么叫体罚？要改掉恶习，建立规矩，老祖宗传下来的家法惩戒就很有必要。"面对妻子的质疑，光头侃侃而谈，"别说孩子了，我连家长一块打。开头总有家长迟到，送孩子迟了，接孩子晚了，坏了规矩，家长也明白道理，当着孩子的面自愿挨打。不瞒你说，我是1974年的，那家长是1971年还是1972年的，趴在我跟前，屁股撅着，耽误大家的时间，惩戒十五下起步。"妻子努力想象那个场景，嘴唇不自觉抿紧了。"家长认为连自己都能甘愿被打，等于给孩子做了表率，另外也给家长一个解脱的借口，他们可以不再顾及孩子的想法，可以彻底放下对孩子的歉疚。你以为家长不知道吗？孩子出问题与家庭环境有很大关系。"光头摸摸光头说，"家长的耐心往往在半年后耗尽，最长不超过一年，但凡还有办法也不会送到我这里来，我是最后的希望，他们就希望无可救药的孩子在我这里赶快变好，不惜代价。"

丈夫回家的时候，显而易见的疲倦中藏着一些亢奋，说："当领导就不能发财，要发财就不要当领导，当了领导就要付出就要牺牲就要接受更严格的约束，这是一条铁律。"妻子用新开瓶器打开红酒，说："这套高脚杯好久没用了，沾你的光，薛主任。"丈夫小酌一口，突然问妻子："你去过门口那家'幸福远航'吗？""没有。"丈夫说："也不知道培训什么的，那些等在外面的家长一个比一个有意思，有自称教授的大谈特谈，有当律师的吹嘘自己的关系网，最夸张的是居然有冒充我们单位领导的！我就是被他吸引，站那里听了老半天。"妻子的脸艳红了，声音娇嫩了："李逵遇李鬼。""审计结束，很多岗位要调整，我接替王主任是可靠内部消息，就是不知道什么时候正式下文。"丈夫壮胆似的猛喝一口红酒。"可靠内部消息。"妻子也喝了一大口。微醺的丈夫自鸣得意起来，絮絮叨叨扯个没完。丈夫用右手中指上的茧摩擦着开瓶器的齿，左手从裤袋掏出"幸福远航"的广告纸，说："那个李鬼给的，第一节课免费，反正你也没去过。"

谢天谢地，没碰上该死的体罚场面。孩子们三三两两，或坐或站，一个比一个沉默，还是佳佳告诉他们，光头在楼上会客。丈夫就让佳佳带着随便参观一下。相比室内墙上各种"改邪归正"的案例，后门出去的小庭院显然更让人放松。丈夫立在鱼池边指指点点。"鹦鹉鱼。""好丑。""很难捕获，一旦上钩，鹦鹉鱼的同伴就会赶来帮忙咬断钓鱼线。如果是被鱼筐围住，同伴就用牙咬住尾巴拼命从筐缝中拉出来。"丈夫发表新主任就职宣言般字正腔圆地介绍，"鹦鹉鱼会自己给自己织睡衣，嘴里吐出一种白色的丝，在腹鳍和尾鳍的帮助下，经过一两个小时就能从头到尾织出一个壳，晚上睡在壳里，安安静静，还能防御敌人。只不过这个壳比较坚固，第二天早晨要费很大力气才能钻破壳出来。就怕生病,早上想出来却没力气钻出来,困在壳里时间一长,必死无疑,而鹦鹉鱼从不救助困在壳里的同伴,它们会认为同伴还在睡觉,不便打扰。"鱼池边放了一个半人大的椭圆塑料盆,围着几个低年级的孩子,水不断溅出来,一只塑胶小黄鸭在孩子们手下浮浮沉沉。等到孩子们都去鱼池里舀水,留守的孩子拔开小黄鸭的充气气嘴,再虚掩上。丈夫感觉喉结滚烫,发出一声巨大的吞咽声,不确定妻子有没有听见。塑料盆又满了,孩子把做过手脚的鸭交给回来的孩子们,小黄鸭下沉,下沉。妻子感觉胸口冰凉,发出一声巨大的喘息,不确定丈夫有没有听见。

一声不响的家里忽然嗡嗡嗡嗡。循声,开灯,只见许多苍蝇集聚在卫生间的方形顶灯上。夫妻俩配合默契,一个关灯,另一个打开手机手电筒,照亮白墙,嗡嗡声趋光而来。负责关灯的取来花露水对墙一通喷洒。苍蝇们吧嗒吧嗒,像饱满的雨水滴落。手电光在墙上缓缓移动,苍蝇大军前赴后继投入墙上的陷阱,花露水寡不敌众,改用物理办法,卷起一本杂志奋力叩击,咚咚咚,中招的苍蝇如败叶飘落,还有一些干脆死在白墙上,示众。开灯,灯罩边缘重新聚拢蝇群,再关灯,点亮手电,白的墙,亮的陷阱,咚咚咚,白墙上斑斑点点,形同杰出猎人的满墙鹿首。丈夫突然做了个嘘的手势。窸窸窣窣。他们同时看见了那只苍蝇,掉进装厕纸的塑料袋里,挣扎着飞不出来,两个前脚在头上不停搓着,触及塑料袋,窸窸窣窣。"不知道有没有人养苍蝇当宠物的?"妻子有段时间很喜欢逛宠物店,那些小香猪、小蓝猫、小柴犬,可爱懵懂,生命才刚刚开始,好像一切都来得及。"唯一的幸存者,"丈夫清清喉咙说,"眼睁睁看着同伴全军覆没,生不如死。"妻子再次关灯,用手机照亮塑料袋,苍蝇挣扎得更厉害了,或许它能感觉到空气中的愤怒,来自他们关于园丁小区的回忆,或是他们获得自由,逃离了园丁小区的一切却仍然活在园丁小区记忆的统治下。苍蝇隔着塑料袋爬上手机摄像头,用身体遮住了那点光亮,室内彻底黑了。后半夜,月亮几乎是满的,袋子里的苍蝇停止挣扎。丈夫翻身背对妻子，苍蝇让他想到尸体，但他极力摆脱这个想法，于是更睡不着，鼾声越响。

　　从学校回来的儿子似乎没睡好，眼睛红红的，坐姿僵硬，做客似的需要重新适应家里的一切。妻子求助似的看向丈夫，发现丈夫立即低下头假装研究开瓶器。吃过晚饭，丈夫和儿子被赶回各自房间，在妻子打扫干净客厅、餐厅、厨房之前不准出来。一小时后，妻子擦净丈夫和儿子的拖鞋鞋底，又将他们驱逐到客厅，开始打扫两个卧室，地板上的皮屑、指甲只能用手掌归拢。妻子隐约听见丈夫对儿子说："你看妈妈多么辛苦。"妻子暂停擦地，双膝跪在地板上，向前趴着身子，水从粉红塑胶手套的指缝间滴下来，仿佛整个人在解冻、腐烂，等了很久也没听到儿子的回应。欣慰的是当晚难得睡了个好觉，劳动真伟大。醒来时间还很早，空气有点凉，外面在下雨，淅淅沥沥，让人感到闷。妻子没有惊动丈夫，走出卧室，却发现干透的地板上脚印凌乱，仿佛在她沉睡期间，家里发生了一场战争。紧接着妻子绝望地看见昨晚用小苏打擦得白亮白亮的洗脸池里居然有蛛网！又在卫生间门后，靠近浴缸底座的地方找出一支圆珠笔、一副墨镜，还有一个白色保温杯。

　　丈夫被粗暴地摇醒了，说："干吗？"妻子知道丈夫分明已经看清了她因为羞耻、愤怒和挫伤而扭曲的脸，这若无其事的问话，使她仅剩的抑制力在刹那间绷断了，与此同时儿子揉着眼走过来，立即被妻子吼回了房间。丈夫也怒了："你能不能向对面的妈妈学习学习，耐心、温柔、每天都有微笑，榜样就在身边！"妻子咧咧嘴："我终于知道你为什么不碰我了，原来你也是一个自己动手丰衣足食的良好市民嘛。"丈夫本能地低下头，又迅速抬起来，他承认靠着香烟和自渎挨过了那些艰难的夜晚，但那已经是很久很久以前的事了，而且香烟不是早就败露了？至于另一项，他自信没留下罪证，每次都清理得比干净还干净……

　　沉默犹如叫人坐立不安的节日气氛，持续压迫一家三口。

周日下午，儿子要返校了。妻子准备了一箱牛奶、一盒饼干，遭到儿子拒绝。"对不起，妈妈不该对你发脾气。"儿子还是摇头，领着妻子进了卫生间，直指铝扣板吊顶。原来儿子的寝室谁要带回一点好吃的好喝的，其他人便一哄而上，有个睡上铺的孩子无意中发现了铝扣板吊顶的秘密，移动正对他枕头的那块板子，把零食、漫画藏进去，但还是暴露了。"你检查了这里？"妻子指指浴缸里的圆珠笔、墨镜，至于那个在某些方面某些时候可以替代她的酷似白色保温杯的硅胶制品已经被她藏起来，"这些都是你的战利品？"儿子点点头。

曾住过这套出租屋的房客们就像航船遇难后漂落到岛上的旅客，当他们有幸被其他船所救而能去另一个港口时，便扔下随身所带的东西不管了。他们并没有使这套房蓬荜生辉，也没有扫除冷冰冰的气息，但显然有个好事的房客有心保存房子的历史，收集、藏匿了各种历史碎片。这个隐秘的真相自然只有孩子才能发现。妻子一边扶着铝合金人字梯，一边想象儿子半夜赤脚溜过客厅，小老鼠似的趴在上面翻腾。丈夫举着手机手电筒，深入儿子探寻过的路线，不时落下一串历史的尘埃，毛巾（破了两个大洞）、吃到一半的罐头（罐子里的绿毛密密匝匝）、一支牙刷（还有全新没使用过的替换刷头两只）、竹制的空笔筒……源源不断的新发现使他们重温了围剿苍蝇时的默契与活力，最后是一团天蓝色和一团橘红色，展开分别是一只帆布袋和一件救生衣。他们都对帆布袋没兴趣，只关心救生衣的吹气嘴，完好无损，闭合严实，又立即推开，仿佛那是一只橘红色大老鼠。

"你哭得很伤心。"屋里大约过了一个世纪，妻子说了第一句话。

"大家都是真心实意为我们感到难过。"丈夫用似乎发自气管的声音告诉妻子。

"我说的是我们的同龄人，你那个膀胱癌晚期的同事。"妻子亲切地笑了，好像是冲着某个记忆而笑，"看着即将死去的人，你一定感到自己很年轻吧。"

"膀胱癌。年轻。"丈夫听到自己在说，刹那间又不知道在跟谁说。

"你一定哭得很伤心，关机好，免得被我干扰了。"妻子开始用一种通情达理的温柔态度自言自语，而这是大人对待小孩的态度，她毫不难为情，最后带着走向刑场的人才有的那种苦涩的自豪，走出卫生间，走到家门外，在楼梯口碰到对面的女人。"女儿呢？"妻子条件反射般迅速展露温柔的微笑，结果对方既不温柔也不笑，只是叹气："我不敢说，我不敢打，摆脸色吧，生怕别人就说我这个后妈虐待孩子。我帮她圆了多少谎，她爸打电话查岗，我每次都照她的意思回答。扪心自问，我做得够可以啦，可她还是把我当仇人一样。"妻子笑得松弛而自然了一些，这是她最近得到的最好的答案。"我没想到结婚这么难，和二婚男人结婚难上加难，真想离婚算啦。""想好了，叫上我。"妻子神经质地哈哈大笑，声音里重新恢复了耐性，重新出现了无穷的善意。不用刻意回避那些悬疑电视剧、电影、小说了，不再担心那些把案发现场设置在水边的创作者有可能发现了什么了，发现了也没什么，妻子急促得甚至奔跑起来，留下年轻后妈站在摄像头下面独自承受自我感动退去后的酸楚与迷惘。

一声不响的家里，能听见树木的呼吸，微风的掠过，从窗外飘进阵阵甜美的花香。丈夫深深地吸了口气，听到自己呼吸的刮擦声，感觉到甜丝丝的味道聚集在肺里，打开电视，监控消失了，一切恢复正常。科教频道正在播放一种不知名的鸟类孵化出了子嗣，小鸟探出顶在细脖子上的脑袋，双眼白内障似的，什么也看不见，鸟妈妈哄着这些状如小脓包却充满无限生命力的雏鸟，不停地进食，喂多少就吃多少，那是它们与外界交流的唯一方式。镜头一转，两片荷叶上的青蛙紧紧地抱在一起。丈夫这才想起妻子，追出去，碰到原来的年轻保安，一身鲜黄。丈夫挤出笑打招呼："做外卖小哥啦。"年轻保安突然变得非常公事公办的样子:"请叫我网约配送员。"说完驾着电瓶车一骑绝尘。丈夫退到路肩上,故作镇定地看手机假装回信息,手机正好推送了一条新闻:青海省赞普林卡旅游景区存在超范围经营、强迫游客消费问题,被旅游局严肃查处,即日整改。

　　古树、碑林、佛塔依旧,新种的玫瑰花散发出草莓酱的香味。这是他最近得到的少有的安慰。住持在智觉寺大殿前的空地上铺了一个蛇皮袋子,倒了大半袋米在上面,然后双膝跪地,双手将大米抹平。他定睛一看,成百上千的黑色米虫爬在成千上万的米粒中间。鸟叫了一声。在鸟的眼里,这像不像一层孤孤单单的灰雪?他呢,在鸟的眼里又算什么?走进大殿,拣一只蒲团盘腿坐下,面佛祖,玄思极游,不知今夕何夕。他的想象力一直都在,从未萎缩,只不过像章鱼,只有在海水里才舒展,才如鱼得水。右手在风衣口袋里摸到了一枚护身符一样的东西,那形状,那厚度,手指捏啊搓啊,却不急着掏出来,温暖、祥和之类的东西包裹着他。终于拿出来了,眼睛依然闭着,他只允许自己一次睁开一点点。鸟叫了一声。一张折得小小的便笺纸,展开:枸杞、棉签、酸奶、吸尘器售后。

肉林执

【士志于道，而耻恶衣恶食者，未足与议也】

如果不是鲁贝贝，邮递员大可不必来城北，读书看报的城南才是婺城的文化中心，才是邮递员的工作重心。鲁贝贝今天一张汇款单，过两天是一本杂志或一份报纸，每月还会有一封手写的挂号信，盖着北方某座小城的戳子，凭借四块八毛邮票，一路南下，绕过绕不过的恶臭，抵达城北琉璃路20号的牛奶箱，鲁贝贝收。

邮递员踮脚避开污水、长头发、不明动物的不明器官，晃晃悠悠骑上自行车，眼看骑出城北地带了，一个大意，前轮没绕过一摊污水，人车俱臭。

盖邮戳的胖阿姨隔着柜台就闻到了邮递员带回的不良空气，说，化粪池又爆啦？邮递员抬起两袖嗅了嗅，说，我怎么闻不到？胖阿姨喝一口茶，吐出两片茶叶，说，狐臭的人也闻不到自己狐臭的。邮递员声明说，我这个纯属意外，是天然臭。胖阿姨的胖鼻子不再挑刺，五个肉指头几乎握没了整个邮戳章。肥胖使胖阿姨获得了不用出外勤的特权，夏天就坐在邮局柜台后边吹电扇，打毛线的间隙盖几个章。胖阿姨盖完章，把自己从座椅上拔出，提早十五分钟下班，奔赴地毯厂。

地毯厂仓库坐满了人，没开灯，胖阿姨一开始把他们当成了废弃的塑料模特，直到发现其中一座很眼熟，像儿子，再仔细看，眼珠是会动的。胖阿姨就被儿子吓了一跳，说，你干吗？德明想站起来但是站不起来了，说，你终于来了，我腿麻了。胖阿姨想蹲下去但是蹲不下去，直接一屁股"噔"到地上。德明捶打着膝盖，缓缓起立，说，你坐着别动，在我回来之前千万别动，能做到吗？胖阿姨龇牙咧嘴呼呼出气，屁股上的剧痛让她不敢轻举妄动了。

德明开叉车回来，胖阿姨不为所动，背倚着地毯屈起一条腿，藏青粗布裤子短上去一截，露出胖嘟嘟的脚踝和灰乎乎的大号毛袜子，从容依旧。德明探出头呼号，是我！你可以动啦！你不动，我没法叉啊。胖阿姨不动。德明只好跳下叉车，拉一把，总算分开了胖阿姨的屁股和地表。

胖阿姨不停地拍胸脯，说，我还以为你要把我也叉了。德明熟练驾驶叉车把一摞摞地毯吊上货叉，码齐，说，逼急了也只能这么办了。胖阿姨说，你去开叉车的时候，人人都盯牢我，怪吓人。德明说，抢红了眼就这样，老板跑路了，还欠四个月的工资呢。胖阿姨更快速地拍胸脯，说，你四个月的工钱全叉在这里啦？德明说，你要是不来守着，那真是血本无归啦。

天色已晚，仓库漆黑，局面僵持着，谁也不愿站起来走到门口合闸开灯，谁也不敢保证离开以后自己的战利品会不会被哄抢一空，一如谁也不敢保证对方离开以后自己会不会上去哄抢一通。

地毯厂暴动的消息很快像化粪池倒灌出的各种秽物一样，流遍城北。兰兰的爸妈是地毯厂的双职工，兰兰妈把兰兰寄存在阿达家后，回到自家关起门来哭。兰兰爸从走廊这头走到那头，差一点就从那头跳下去。站上水泥栏杆往下看，两层楼高，只能摔成残废，兰兰爸从栏杆上下来，往三楼走，就在二楼和三楼的拐角遇见了小光爸，一问，小光爸投在地毯厂的钱比他还多，就动摇了死的决心。小光爸也不想死，小光爸只想捅死地毯厂老板。兰兰爸就给他指明方向，说，听说人到越南了。

小光爸开始琢磨从婺城到越南的距离。兰兰爸估摸着兰兰妈哭得差不多了，就到阿达家接回女儿。阿达和鲁贝贝住在筒子楼的同一层，两家中间隔着兰兰家。兰兰爸从阿达家出来，故意提高音量说，兰兰在阿达哥哥家开心吗？兰兰妈听到动静，就抹掉脸上的泪痕，眼泪往肚子里咽了。

同一时间，阿达和鲁贝贝在县后巷逗留。十月的傍晚，司马玲仍是一身白色连衣裙，一双白球鞋，坐在美发屋门口。地上半融化着一块话梅糖，糖浆流成一眼褐色湖泊，湖泊外围是一列蚁路，蚂蚁们前赴后继坠入甜蜜陷阱。司马玲拈一根牙签，把那些逃出陷阱或者尚未中招的蚂蚁，一视同仁地挑进湖心。

屠戮完蚂蚁，司马玲站起来投入阿达的甜蜜怀抱。鲁贝贝蹲下替蚂蚁们收尸。话梅糖坚固地咬住地面，糖浆冷却凝固成了一块褐色墓碑。阿达绊了一下，两只手本能地张开，模仿鸟类扑扇，稳住身体的同时，也放出了司马玲。阿达用脚尖铲掉话梅糖，一脚踢到对门窗户上，一个中年男人开门出来，狐疑地看了阿达一会儿。

小光爸拎着小光来理发，嫌厌地抓了抓儿子的自然卷，说，这一头乱毛你看着剪。司马玲说，羊毛出在羊身上。小光爸挠挠自己乱蓬蓬的后脑勺，说，那等一下你也帮我弄一弄。

司马玲发现小光头上有血，干掉的血将一撮头发板结成股，就问怎么回事。小光马上回答，他们抢我的钱。小光爸刚要点烟，只好把烟先移开，腾出嘴说，现在的小流氓真是越来越小了，小学二年级就出来要流氓了。司马玲剪掉小光的两个鬓角，说，小学生精力旺盛，最适合当流氓，我上小学那会儿，午睡不睡一点问题没有。小光爸点上烟，说，反正我们家也没有钱给别人抢了。

司马玲和阿达在镜中对视了一眼，低头对小光说，等你有了喜欢的人就安静啦。小光头顶忽然一阵辣痛，板结的头发卡住了电推剪，小光仰头大骂。小光爸走到儿子身后，当头一个"爆栗子"，说，有本事就到越南去。大家这才知道小光爸以民间借贷名义放在地毯厂吃利息的十几万存款也跑到越南去了。按照小光爸的计划，小光将被送往河南少林武校，自力更生，小光爸只身前往越南，不找到债主不回头。在此之前，小光爸还要带小光给他妈上个坟，那是一个安静的女人，在去城南礼堂看话剧的路上被一辆大卡车轧死了，换回十万块赔偿金。

司马玲送走这对悲情父子，提议晚饭吃馄饨。她和阿达都要了鲜肉馄饨，鲁贝贝点了马兰头馅的。鲁贝贝吸了吸鼻子，突然说，有人壮阳。一圈食客都看过来，鲁贝贝也看过去，试图揪出韭菜馅馄饨。鲁贝贝就问阿达，要不要把鲜肉馄饨换成韭菜馄饨？阿达朝司马玲飞了个眼色，说，我不吃韭菜也能表现很好的。鲁贝贝长叹一口气。司马玲关心鲁贝贝，说，你好像总是不那么开心的，我有很多好哥们，回头介绍给你开心开心。阿达解释，我们和地毯厂一样，四个月没发工资啦。鲁贝贝也紧张了，说，我们老板会跑吗？年中还赌咒发誓，说年底发不出工资，全家拉到火葬场。阿达喝了一口汤，说，空头支票谁都会开，这年头拼的就是谁比谁更舍得自己。司马玲握住鲁贝贝的手，说，倒闭就倒闭，你在里面也是人才浪费。话说回来，你怎么会去那种地方上班？鲁贝贝说，我不排斥每天机械重复劳动，机械重复能让我静下来，想许多事。司马玲阴阳怪气地说，怪不得你和北山上那群成天敲木鱼的尼姑一样，苦相。

第二天，阿达和司马玲照常上班，遇到的每一张脸都是阴沉沉的，沉住气。谁都没有爱芬潇洒。爱芬没有被四个月的欠薪拖住，毅然决然离开工场，并准备离开婺城。爱芬特地回来收拾东西，其实没什么可收拾的，四个月工资都不要了，一个保温杯、一个铝饭盒又哪里值得特地跑一趟呢？爱芬抱起保温杯和铝饭盒，又放下来，捏住鼻子，蹙眉道，这股甜腥气，真的是永远都闻不惯啊。说着心满意足地抱走杯子饭盒，我会怀念大家的。

工场大部分人的午饭都是前一天晚上做好，一早从家带来的。工场中午供应免费汤，排在最前面的工友磨磨蹭蹭反复打捞，每次都颠匀漏出汤水，留下银耳，旁若无人地捞了满满一大碗银耳。下一位也不示弱，一个人打了四碗银耳汤。

阿达和鲁贝贝坐在远离他们的巷子口包子店里，一人一屉小笼包。阿达算了一笔账，一个包子五毛钱，工场老板欠他两万八千个包子。包子店老板守着门口的煤炉，夹一双长筷，拨弄着锅里的茶叶蛋。褐色的蛋在褐色的卤水里载沉载浮，好像一个个濒临溺亡的脑袋，鲁贝贝静静地看得出神，忽然炉边蹿出一只小老鼠。

下过雨的小巷常有老鼠出没，美丽的爱芬就在上班路上遭遇过突袭。老鼠居然爬上了爱芬光洁的脚背，甚至还有顺着小腿继续往上的趋势。可怜爱芬尖叫着蹬腿，也没摆脱纠缠。爱芬举起自己的中午饭砸去，老鼠轻松躲过，可怜爱芬光洁的脚背上洒满炒胡萝卜和炒山药，温温热黏腻腻，好像被老鼠舔过一样……

包子店老板的右脚不停地向前踩踏，整个身体前倾一铲一铲的，像个瘸子，终于踩中了老鼠尾巴。老鼠在以包子店老板右脚为圆心的扇形范围内，抱头鼠窜，像一只没有重心的蹩脚陀螺。阿达重申他的绝望发现，工场老板整整欠了他两万八千个包子，他很快就要吃不起包子啦。"就算吃不起包子，我也绝对绝对不要和他们一样，带饭来吃。每天斤斤计较谁的菜比较好，趁人不备夹一筷，占点小便宜就乐老半天，聊来聊去都是菜场行情，猪肉涨几块啦，豆芽菜比上星期便宜多少啦，哪儿的仔排搞促销啊……我不要这样，人为什么这么糟糕地活着？"老鼠停止了旋转，包子店老板温柔地踩扁了鼠头，鲁贝贝强忍恶心，淡淡地说，为什么这么糟糕地死去？

就在大家都以为行将过去的这一天会和过去的任何一天都一样的时候，工场全员却被告知他们将和爱芬一样，再也不用待在这里呼吸吐纳橡胶塑料的甜腥气了。老板完全能感受到大家注视的热度与锐度。老板左边的头发往右梳，盖住裸露的天灵盖，衬衫领口下方有明显的抓痕，右边袖口的扣子不知去向，右手臂从崩开的袖口露出来。等他像老绅士那样将右手别到背后，他的声音也充满了落魄老绅士般的假装镇定故作得体。"大家都知道这两年我和地毯厂、皮革厂、家具城的老板合资去鄂尔多斯投资房地产了。"老绅士停顿了一下，"你们肯定也都知道了，地毯厂老板逃到越南了。说实话，我也想逃，来不及了。实话实说，钱，我是一分也没有了，吃完饭我就去自首，现在是蹲大牢最安全了。这里的东西你们随便拿，趁法院上门前，能拿多少拿多少，就当工资啦。"

几乎所有人都在号啕，白干啦，饭碗没啦。阿达尽量回避其他人的目光，严防对视，生怕自己的无动于衷伤害了他们的痛彻心扉。鲁贝贝更决绝，露出牙齿笑了笑。阿达小声说，千不该万不该笑的时候你偏偏笑得最开心，真有你的。鲁贝贝第一个行动起来。大家唯恐失去最后的机会，顾不上悲痛，都像发死人财的扒尸工，一头扎进塑料橡胶的海洋，悲壮地扒啊扒。

鲁贝贝扒走三条大长腿，彻底与义肢工场交割清楚，和其他工友划清界限了。阿达虽然只抢到了一条胳膊一条腿，也不难过。就在几天前，阿达还悲观地思考过，他的余生毫无悬念将葬送在这堆人造器官上了。每天早晨八点坐进工位，鲁贝贝坐在他左手边，十名工人五五开，分坐工作台两边，每个人都用自己的双手机械地拼装出许许多多的手和腿，空气里永远弥漫着橡胶的甜腥气，划根火柴就能引爆义肢工场。

和地毯厂一样，大家化悲愤为动力掏空了义肢工场。一名工友把盛免费汤的不锈钢桶据为己有，桶里插满义肢，第一个走出去。前地毯厂工人德明骑着电瓶车赶到，拦住排头的不锈钢桶就问，还有吗？还有吗？不锈钢桶说，干什么？干什么？德明摸了摸桶里珊瑚丛般的义肢，说，收到情报，我来浑水摸个鱼。不锈钢桶放下桶，说，你们家谁缺胳膊少腿啦？德明回敬道，你们全家都缺胳膊少腿。不锈钢桶抽出两条义肢向德明身上抡去。德明顺手夺过另一名工友怀里的义肢，自卫反击。被抢了战利品的工友又从不锈钢桶里抽出一条义肢，对德明实施报复性进攻。其他工友也纷纷加入巷战，只有鲁贝贝平静地绕过人群，阿达就把已经撸上去的衣袖又放下来。鲁贝贝和阿达作为中立派，走到巷口时，一条义肢从巷战现场飞过来，砸到阿达怀里，仿佛是对他崇尚和平杜绝暴力的嘉奖，于是阿达就有三条义肢了。

阿达妈捧着儿子带回家的两条胳膊一条腿，手足无措。之前两口子没少努力，才让义肢工场收下儿子。至于为什么是义肢工场，不是地毯厂、乳制品加工厂、皮革厂、家具城，阿达爸自有权衡，你分得清人造PVC皮革和人造真皮革吗？知道黑白花奶牛和荷斯坦牛谁的奶头大、产奶量多吗？阿达妈私下告诉儿子，事实是义肢工场的活计相对轻松，同时很隐晦地表达了另一层用意，希望借此锻造儿子的同情心，防止阿达长成啃老的白眼狼。义肢工场，人均日产义肢三十件，如果不是资金链断了，按照义肢工场的五年计划，就在今年，他们的义肢将会打入北美市场。不断产出的义肢让阿达有种助纣为虐的隐忧，原来在他不知道的地方还在源源不断发生新的不幸，而在义肢工场待久了，会觉得断手断脚也没什么大不了的，反正有这么多检验合格的替代品。假如有人告诉阿达，这辈子将以组装义肢告终，他也会无可辩驳地苟同的。

义肢工场的变故复活了阿达的同情心。阿达折弯一条义肢，圈住自己的腰背，同情自己拥抱自己，为自己在义肢工场过了整整三年的事实感到愤怒，差一点啊，差一点我就要烂死在那里啦。阿达又掰直自我拥抱的义肢，像耍五叉戟一样，在空气中挥了挥，狠狠戳向看不见的命运，没想到哇，万万没想到我还有的选。

阿达妈别出心裁地把三条义肢挂到客厅墙上。电视上那些富贵人家，墙上挂帆船啦，中国结啦，猫头鹰标本啦，至于挂义肢的，阿达妈自诩是开天辟地第一人。父子俩抗议，断手断脚的，吓人又不吉利。只有鲁贝贝大加肯定，断臂的维纳斯不稀奇，维纳斯的断臂就少见了。阿达妈眉开眼笑，艺术家就是艺术家，就是识货。

鲁贝贝陪阿达在司马玲生日当天用报纸包了一条特别改装过的义肢，作为生日礼物送到美发屋。司马玲手握一大股油腻腻的长发，正给邮局胖阿姨焗油。胖阿姨闭着眼睛长吁短叹，女人啊，一过了五十，时间就像头发大把大把往下掉，看我，一个月还不到，又变成白头翁啦。鲁贝贝目睹胖阿姨头顶上长出的新发，白森森的发根，未及染黑，像黑土地上的一点积雪，于是说，白头翁总比秃头鸟好看吧。阿达撕开报纸，把橡胶手掌贴到司马玲的臀部，生日快乐。义肢震动起来，司马玲的屁股就像坐到了电门上，猛地弹开去，司马玲手上还握着一把头发，扯得胖阿姨嗷嗷乱叫。

胖阿姨心疼地照镜子发嗲，我的发际线又要后退了，我要变秃头鸟了。她一边说一边用肉鼓鼓的五指按压头皮，感慨年轻真好，你们的头发还很靠前。鲁贝贝想象同样是这些发嗲感慨，兰兰妈说出来的感觉肯定好很多，毕竟兰兰妈有一条很细的腰肢。兰兰妈是文化宫的兼职舞蹈老师，擅长民族舞，也会一点爵士舞，四肢舞动，腰肢扭动，风情无限。美人发嗲赏心悦目，胖阿姨娇滴滴地梳抓额发企图抓出空气刘海就是丑人多作怪了。鲁贝贝不无悲凉地想，这就是美和美人的特权，现实就是这么残酷。胖阿姨弄完头发，眨了眨被肥肉挤没了的小眼睛，冲鲁贝贝憨憨一笑，鲁贝贝也心软地回以一笑。

胖阿姨见阿达拿着义肢，就问，你们是义肢工场的吧？我儿子是地毯厂的，你们认识吧？德明，在地毯厂做保全工人的。鲁贝贝和阿达交换了个眼色，异口同声地说，不认识。

邮递员的自行车铃声响过来。美发屋对面的中年男人拒收邮递员的投递，争执起来。邮递员核对了一遍门牌号，说，见鬼啦。中年男人说，你说谁是鬼？邮递员说，就是你这里，你自己看。中年男人说，我叫顾建国，不叫什么徐爱芬，也不认识什么徐爱芬。司马玲摊着两只湿手走出去解围，说，爱芬和家具城老板下南洋过好日子去啦。邮递员走进美发屋，对同事胖阿姨点点头，看见鲁贝贝也在，立即从邮包里翻出一张汇款单，说，省得我跑啦。阿达赶紧凑上去看汇款金额，说，义肢工场倒闭得好，你在里面真的是人才浪费。

邮递员前脚刚走，养蜂人的三轮车就到了。车龙头上绑了一块牌子：正宗野蜂蜜，危险甜，甜过初恋。车斗里放了三个密封塑料桶。桶上的电喇叭欢快地唱着："一闪一闪亮晶晶，满天都是小星星，挂在天上放光明，好像许多小眼睛……"黄昏时分，美发屋这一面背光，众人坐在沉寂的阴影里，有种敌明我暗的优越感。当然了，养蜂人绝不是人民公敌，相反还是众人喜闻乐见的明星人物。胖阿姨就很怀念养蜂人，感慨好久不见。司马玲压低声音说，听说前段时间在北山上和那群尼姑打得火热，现在天冷不养蜂了才舍得下山，回到尘世。阿达说，他不是最疼宝贝老婆的，结婚那么大排场。胖阿姨叹一口气，说，他的宝贝老婆以前在城西女子监狱关过的，你以为平白无故会有人愿意嫁给他呀。

暮色中的养蜂人丝毫没觉察暗地里的评头论足。对门再次被敲开，顾建国还来不及摆臭脸，就被养蜂人擂了一拳，可找到你啦。顾建国回了一拳，奶奶个嘴，你终于来啦。养蜂人关掉电喇叭，说，还是原来的地方好哇。顾建国说，反正我走到哪里哪里就是家。

胖阿姨向后辈们发问，那个顾建国，认识吧？司马玲说，刚搬来不久，不怎么出来，老宅男一个，老光棍一条。胖阿姨做完头，自我感觉良好，声音也年轻了七八岁，脆生生地细说历史，养蜂人和顾建国都是上海人，当年一个下乡到东干村，另一个下乡到隔壁王宅村。下乡你们晓得吧？你们这些小年轻晓得个屁。想当年上山下乡，婺城包括下面各个村都来了许多生面孔，他们的方言我们一句听不懂，我们讲的话他们是必须搞懂学会的。司马玲卖弄说，上海话骂人都讲十三点，不说奶奶个嘴的。司马玲转过头向阿达表白，侬好，我老欢喜侬个。阿达骂了一句，十三点。胖阿姨接着说历史，上山下乡到后来，大部分人回了原来的城市，剩下的因为各种原因就原地剩下了。八十年代搞严打，东干村的养蜂人，那时候还没养蜂呢，和王宅村的顾建国，这对上海来的难兄难弟就摊上了。严打你们晓得吧？你们这些小年轻晓得个屁。阿达抢白道，依法严厉打击刑事犯罪分子活动嘛。胖阿姨说，反正他们两个在城西监狱关了几个月，上海是回不去的，村子嘛，也没脸再回去，就滞留在了县里。顾建国以前住在城西白龙桥那片。阿达放下二郎腿，说，白龙桥一到夏天就有各种小龙虾大排档，很有滋味的。胖阿姨说，现在都拆光了，旧城改造就从那里开始。阿达忙问，我们筒子楼会拆吗？我们的化粪池一到夏天就坏，也很有滋味的。

　　胖阿姨站起来就填满了整面镜子，像照哈哈镜一样地依次展示了正面、背面、侧面，面面俱佳。胖阿姨流连忘返，没顾脚下，结果一滑，扑倒一只水桶，不光她自己像一块注水猪肉一样摊在地上，还殃及鲁贝贝也湿了身。胖阿姨用完好的右胳膊托住肿大的左胳膊时，惊呼，我的手臂怎么这么胖啦？祸不单行，胖阿姨的新发型毁于一旦，新染的头发掉色、撞色，斑斑驳驳五彩缤纷，整个人俨然一只待宰的芦花鸡。

　　阿达脱下棉格子衬衫，给鲁贝贝披上。司马玲点评道，你穿着比阿达帅多了。阿达就用那条会震动的义肢又贴了一下司马玲的屁股，生日快乐，司马玲尖叫着又快乐地弹开了去。鲁贝贝不想做电灯泡，提前回城北，屏息走进昏黄的空气里，憋不住了，臭气深入五脏六腑，鲁贝贝又是干呕又是喷嚏，动静不小地回到筒子楼，看了看奶箱，里面躺着一封信。

鲁贝贝坐在抽水马桶上撕开信封。激动或焦虑的时刻，有些人喜欢大吃大喝，有些人蒙头大睡，鲁贝贝选择光着屁股坐抽水马桶，全身松弛下来，激动或焦虑统统被排泄的快感淹没，从而平心静气地切换到一个作家在阅读或写作时应有的专注模式。

亲爱的，写这封信的时候，还没下雪。今年的雪晚了，可还是有很多人和事冻住了我的身体，我困在这里的这一切里，无法伸展我的手、我的脚。眼睛成了唯一能够自如活动的幸存物，自如地穿越我身边这些易碎品，看向远方。

我相信远方依旧温暖，树叶正绿，你那里一定都是凉爽的秋意，我应当是快乐的，愿你也快乐。对了，有一个有意思的发现，在日本话里，天才和天灾是同一个发音。

秋的季节／你可以在我身上看到／当黄叶或落尽／或三三两两挂在瑟缩的枝头／索索颤抖／不久前它们还承载着百鸟的鸣唱／在我身上你能看到沉沉的暮霭／就在西边的日落之后／渐渐由黑夜占据主动／死亡的安息／笼住纷纭万类……

鲁贝贝像便秘患者终于排出宿便那样，酣畅淋漓地读完了全信，一字一句都掉进心坎里，砸出一棱一棱柔软的褶皱，围堵住涓涓暖流。鲁贝贝感到身体在发热，不是生理期的那种热，是太阳光区别于白炽灯光，是海洛因区别于罂粟花，是书房书桌区别于棋牌室棋牌桌，是书面语区别于口语，是爱区别于性的那种热。

热乎乎的鲁贝贝提起裤子，发觉阿达的棉格子衬衫还在身上，就脱下展平盖到脸上，严严实实罩住眼口耳鼻，深吸一口气，再提起来，展平，分别握住两只袖管——鲁贝贝和一件展开的衬衫在卫生间里踱步、旋转，翩翩起舞。

【众生造众业,各有一机抽】

邮递员遥想老邮递员时代的婺城,闭塞、百废待兴,一点点改革变迁就足以伤筋动骨。老邮递员曾是老县城的一扇窗,窗户不开,外面的风就进不来。收到邮件的人就如沐春风,每个人对老邮递员都客客气气的,天热就请他喝口水,天凉就请他喝口热茶。那时的邮递员等同于希望,甚至比希望更有希望,人人看得见,老邮递员毫无阻力娶到了本城最漂亮的姑娘,顺利产下新希望。

等年轻邮递员子承父业,接过老邮递员的班,县城其实已经不那么需要邮递员了。邮递员恍悟,是特定的历史年代迫使人们暂时将希望寄托在他父亲老邮递员身上,历史翻篇了,希望之光自然就投向了别处,老邮递员不过是希望的傀儡而已。再想到又要骑自行车穿越大半个城北,穿破重重臭气,穿过破化粪池溢出的污物,只为去给鲁贝贝送一封北方来的挂号信,邮递员就感到出离愤怒。网吧都不景气的年代,居然还有人在信纸上写信,邮递员默念那个他已经像老朋友一样熟悉的寄出地址以及收件地址,自我开解,毕竟是作家,到底两样一点。

胖阿姨打饭回来,邮递员忙藏起信。胖阿姨不动声色地坐好,忽然一个回身,五个肉指头牢牢揪住邮递员的私藏。邮递员担心撕扯坏了,主动放手。胖阿姨舔舔嘴角,眯起快被肥肉挤没了的小眼睛,朗诵道:"亲爱的……"邮递员恨不得一口气吃光胖阿姨饭盒里的红烧肉,腻死算了。胖阿姨也觉得腻,读不下去,文绉绉的肉麻死了,不过这有什么好瞒我的,你老爹当年比你潇洒多了,进露天舞场,从来不缺舞伴的。胖阿姨抖抖信纸,还给邮递员说,你这些都是你老爹玩剩下的。

胖阿姨左胳膊已经消肿,没事就捏一捏然后娇滴滴地自怜,原本这块比馒头还大的。这一摔像是胖阿姨命中一劫,和被揍成猪头的儿子德明一起,劫过了,命就顺了。

德明没从义肢工场捞到便宜,还得不偿失地卷入一场巷战,被各种真手假手真腿假腿又揍又踹，但就在养伤期间，德明想清楚了未来的路。脸一消肿，德明就搬出地毯，在城南文化宫一带摆地摊。先前义肢工场、地毯厂、皮革厂、家具城几位大佬强强联手投资的绿园房地产的巨型广告牌还立在这里，德明就坐在广告牌底下，野餐似的铺开一块一块地毯，再拉起一条白色横幅："非法集资害死人！欠债还钱讲良心！原地毯厂真丝地毯！！大甩卖！！"义肢工场的工人们后悔当初没有进地毯厂。

阿达盯着墙上的义肢，羡慕德明的同时，恶毒地想象这些义肢有朝一日统统安到他的仇家敌人身上，比如打过司马玲主意的德明，比如总是驱赶他的养蜂人，再比如义肢工场老板。阿达妈贱价买回一只半死不活的甲鱼，趁着一息尚存，麻利地剪断了甲鱼四肢，甲鱼头缩在壳里，任凭摔打，死活不肯出来了。阿达就把一根筷子探进壳里，等了一会儿抽出，四肢尽断的甲鱼像抓住救命稻草一样，死咬住筷子头，愿者上钩。阿达缓缓向外拉，甲鱼头越伸越长，阿达妈看准时机，手起刀落，身首异处。甲鱼头失血萎缩，看上去就像甲鱼的第五条断肢。甲鱼混着猪肚、墨鱼、党参、当归、茯苓、熟地黄、肉桂、生姜炖好上桌，甲鱼头做了阿达爸的盘中餐。

阿达妈出门倒甲鱼残骨，在垃圾池边遇见兰兰妈丢了一袋牡蛎壳。两个女人相视一笑。说起来，阿达妈还得感激兰兰妈，在兰兰妈介绍她加入养蜂人的圈子前，阿达妈的认知世界狭隘且日趋狭隘，葡萄是葡萄，蜡烛是蜡烛，绳索就是绳索，是养蜂人复活了这些日常物件。

养蜂人绝非简单地养蜂贩蜜，而是以土蜂蜜为核心发展出了一条完备的产业链。养蜂人不屑做那种死乞白赖的小商小贩，婺城的蜂蜜市场早已饱和。怎么办呢？蜂蜜还是那些蜂蜜，卖法要变一变，求变就需要先教育市场，开发潜在需求。对养蜂人来说，这个需求是现成的：没有男人不希望自己更强，没有女人不希望自家男人更强。养蜂人号称他的蜂蜜就能做到这一点，让大家的夫妻生活都像蜜一样甜，甜出新花样，花样翻新地甜。兰兰妈买过一回蜂蜜就终身享有了售后服务。兰兰妈之前质疑养蜂人的光屁股锻炼法收效甚微。养蜂人反驳说，什么光屁股锻炼法？不要说得这么难听，早晨五六点正是天地阳气最盛的时候，最适合解放身心采收日月精华，当然要日积月累才能水滴石穿，持之以恒最重要，你们中断过吗？兰兰妈点点头。养蜂人说，人和电池差不多，电量耗光了这辈子也就完了，想要回到电量满格的巅峰状态，就要多充电、不断充电，充充停停的怎么行？还会损伤电池。兰兰妈不敢再质疑大师的权威，说，还有没有别的充电方法？养蜂人说，那就食补吧。兰兰妈遵照养蜂人以形补形的理论指导，搜罗各种柱状食材，从西北荒漠中的苁蓉、中原地区的铁棍山药、山林蘑菇中的松茸菌，到南方溶洞里的钟乳石，兰兰妈一度还想漂洋过海去加拿大猎杀海豹，鲜活的小海豹一棍打死，直接剥皮开膛，剁下雄性海豹的生殖器。当然了，不论日月精华还是以形补形，都必须服食养蜂人的秘方蜂蜜方能发挥最大效力。

　　如果说兰兰妈的重点在固本培元，阿达妈的诉求就要超前一步，固本培元以后呢？这同样难不倒养蜂人，这部分传授往往也最吸引人。每次开讲前，养蜂人都要先甄别受众，驱赶那些嘴上没毛的未成年人，以及像阿达这类从没买过他蜂蜜的成年人，好像录像厅夜场门口的小黑板："未成年人禁止入内，逃票者一经发现罚款一百元。"留下的人们将从养蜂人这里见识到，葡萄可以是蜡烛，蜡烛可以捆绑人，而绳索也可以变成葡萄，甜入心间……

　　部分同行感慨，有色心，还有头脑，这样的人不成精也只能成大师了。也有不买账的同行，揭养蜂人的老底，我要是也打几十年的光棍我也老早成仙啦，得不到所以只能靠想嘛，所以才想得这么厉害，我敢打赌娶老婆前他肯定日思夜想光琢磨这档事啦。另一个同行酸溜溜地说，你以为娶了老婆就太平啦？你不知道他那个老婆是个性冷淡，以前在监狱里关傻掉了。同行呵呵一笑，光说不练，难怪口才了得，空头支票谁都会开，这和监狱里的"请客吃饭"差不多，同一屋关着，今天我请你吃家乡菜，明天你回请我土特产，全靠一张嘴巴讲，越讲越馋，越馋越讲，过过嘴瘾解解干瘾。另一个同行说，归根结底讲的比做的好听好看，这种想象力和口才就像童子功，一旦破身，就说不好了，至少不会像现在这样有滋有味，别以为是多么了不起的本事，说穿了都是压抑、发酸的性欲。

养蜂人总是深夜收摊，受众们听完露天讲座和回家上床睡觉无缝衔接。阿达妈施施然走进卧室，坐在床头的阿达爸顿时皱起眉头，说，你脸上是什么东西？酸不拉唧的。阿达妈傲慢地仰起下巴，防止酸奶流下来，往梳妆台前一坐，又多加了几层过期变质的酸奶。

阿达妈的脸蛋光滑是光滑了，可惜味太大，被窝里一晚上酸臭，让人联想到白腐乳。阿达爸探出头深呼吸，阿达妈磨磨蹭蹭也从被窝里钻出来，脸已经从白腐乳变成红腐乳。阿达妈低着头，下巴包进胸口，老夫老妻的居然不敢对视了，仿佛新婚初夜。阿达爸也意识到了尴尬，想着说点什么，就说，高兴吧？阿达妈娇羞地转移话题，说，听说养蜂人年轻的时候祸从口出，讲黄色笑话，结果赶上严打，这么多年过去了，不知悔改。阿达爸闭上眼，回味了几秒钟，说，这种鬼点子亏他想得出，不过要是没有这些下流想法，你让他一个人那么多年怎么熬过来？阿达妈娇滴滴地说，下流归下流，他讲的还是蛮管用的。阿达爸说，高兴吧？阿达妈说，高兴死了，就是不能叫出来，憋屈死了。阿达爸坐起来，说，听说旧城改造的拆迁安置房建在熟溪河边，原来老酒厂那块地，独门独户的单元河景房，就是不晓得我们这里拆不拆。

一旦激情过去理智恢复，生活的烦恼便接踵而至。阿达妈也坐起来，说，义肢工场没了，给儿子想想办法吧。阿达爸一听就恼了，说，当初我说送去读职校，好歹有门手艺，你们非要去读那个贵死人的三本学院，还读个韩语专业，有什么用？屁用没有。我们这种小地方，要能遇上一个活的朝鲜人，那才是活见鬼了。阿达妈后悔此等良辰美景不该翻旧账，赶紧补救说，不想了，想点高兴的事。阿达爸盯着阿达妈回退成白腐乳的脸，冷笑一声，说，还想高兴一下吗？阿达妈眨了眨会说话的小眼睛，不说话了。

阿达不止一次向司马玲表白，他的宇宙里只有司马玲一颗星球，整个宇宙都是属于司马玲星的。去年情人节阿达买了一堆荔枝和玫瑰在美发屋门前摆出两个大大的爱心，结果半道跑来一条土狗，践踏了阿达的一片用心，更心寒的是司马玲的反应，说有这闲钱还不如去吃火锅呢。没剩多少闲钱的阿达就和司马玲在沙县小吃享用了情人节晚餐。可怜双亲还蒙在鼓里，阿达妈怕儿子赋闲在家，心玩野了，未雨绸缪替阿达说了一门亲。阿达和盘托出。阿达妈急得跳脚，说，你怎么不早说？人家都上路了，造孽啊。阿达爸只关心司马玲的眼睛是不是双眼皮。阿达点点头。阿达爸说，还不保险，可惜你是单眼皮，只有男女双方都是双眼皮，才能保证生下双眼皮的孩子。阿达爸一直为阿达没能继承他的高鼻深目痛心遗憾，只好寄希望于孙辈再接再厉，接续他的剑眉星目。

阿达上汽车站去接远房大伯，鲁贝贝随行，在联系上司马玲之前，鲁贝贝都不能离开阿达的视线。"我妈就爱瞎操心，说真的，我就这么没市场？"一辆轿车横在车站出口，阿达照着车门玻璃挤弄他的小眼睛塌鼻子。"今天麻烦你了，司马玲也不知道跑哪去了，关键时刻掉链子，人家上门一看，还是光棍一个嘛，还以为是我撒谎敷衍人家，看不上人家，远房亲戚就更远啦。"车门玻璃摇下来，一位妙龄少女摆臭脸给阿达，说，看什么看。阿达就收回小眼睛，擤了擤塌鼻子。

有人拍拍阿达的肩，说，阿达？远房大伯从另一个口出站了，身后跟着大伯女儿，双眼皮的大眼睛白了阿达一眼，随即发现鲁贝贝始终贴着阿达站，疑为扒手，大喝道，干什么！鲁贝贝戳了戳阿达胳膊，说，我是他马子。大伯这才发现鲁贝贝，就问，马子是什么？大伯女儿翻了一个白眼说，就是女朋友，就是可以天天睡在一起的女朋友。阿达握住鲁贝贝的手，一副受伤的表情，说，我一直瞒着家里，我妈呢，也一直自作主张，我一直到今早上叫我来接大伯您才知道有这么回事，大伯难得来一趟，我们两个带大伯和小妹转转吧。大伯翻遍上衣口袋，不知要找什么，看得出很生气，但强压住怒气。大伯问鲁贝贝，阿达女朋友，你白天不上班的吗？鲁贝贝顺势挽住阿达，偎在阿达肩头，说，我和阿达是同事，之前在义肢工场是同桌，工场倒了，所以我和阿达都闲在家里啦。大伯派女儿先进站买返程票，阿达故作挽留了一番，大伯执意抬头挺胸拎着旅游包要走，走出一段路忽又折了回来。阿达吓得不轻，以为大伯回心转意坚持要两家联姻。只见大伯拉开旅游包拉链，拿出一盒芙蓉糕、一罐祁门红茶塞给阿达，说，年轻人不能游手好闲，世上无难事，只要肯登攀。

　　阿达把土特产作为报酬全给了鲁贝贝，说，想不到你扮得还挺真，枉我紧张半天。鲁贝贝说，我写过那么多人，中年鳏夫、年轻寡妇、阳痿男、女流氓……良家小女友是最最简单的小角色。出口处的轿车接到了人，从他俩身边开走。鲁贝贝问阿达，你喜欢司马玲，有多喜欢？轿车前轮碾过一只塑料瓶，爆响一声。阿达斩钉截铁地说，是那种我会因为自己和她是同一类物种而庆幸的喜欢。轿车后轮再次碾过塑料瓶，阿达说，我的宇宙里只有司马玲这颗星，大爆炸也灭绝不了。

　　司马玲星脱离既定轨道快一天了，歇斯底里、疯狂、自卑、神经质、敏感各种元素在无垠的宇宙里冲突、中和，中和、冲突。要不是司马玲黄昏前出现在家门口，阿达真的要大爆炸啦。司马玲拉直了头发，右手拎着一只兔子交给阿达妈，说，叔叔阿姨好，初次见面不好空手的，我在花鸟市场逛了一天，最后买了这只兔子，给阿姨做个伴，也可以杀来给叔叔做下酒菜。阿达妈连连说着"做伴好""做伴好"，和阿达爸小声交换第一印象，脑袋蛮灵光，讲礼数也讲实惠。阿达爸点点头，长得也灵，双眼皮。

阿达爸招呼司马玲坐下，一边在心里打分，毫无疑问眼睛得分最高，说出口的却是，你的头发真直，像是拿尺画出来的一样。司马玲笑出笑纹，说，叔叔喜欢，我也给你做个离子烫。阿达爸惊讶地发现，司马玲的笑纹比她的大眼睛还好看，说，我年轻的时候也留长头发，那时候在电影放映队，海报上的男主角什么样，我就有样学样。司马玲捧场说，叔叔一定迷死人不偿命。阿达爸说，那种三七分的长发，差点就出大乱子，我差一点就被当做流氓混子抓去劳教，幸好有人比我先进去，我才逃过一劫。不骗你，我有照片为证，等等啊，我找给你看。

阿达借机带司马玲溜进小房间，坐到床上。司马玲下意识地拍着胸口。阿达说，不要怕，我爸妈不凶的。司马玲转而赞叹窗外的树干又粗又壮。窗外的广玉兰早已长成筒子楼一带的地标，浓密的枝叶、饱满的汁液，精力旺盛地拼命进行光合作用，持续膨胀持续扩张，一笔苍翠直插天穹，房间阴森森地沉到树荫底下。阿达妈洗了一盆葡萄送进来，说，你们说话，我不打扰你们。阿达妈放下葡萄就走，同时把意欲闯进来展示照片的阿达爸挡了回去。阿达跳下床，插好插销，跳回床上，两人似乎在留神听着情欲从他的膝盖移动到她的膝盖，接着又移动回来。

司马玲剥开一颗葡萄放进阿达嘴里，警告说，别吞下去。也给自己剥了一颗，含住。光滑的葡萄在光滑的口腔溜溜转，随时有滑下食道噎死的风险。阿达和司马玲不得不随时中断，尽管身体还荡漾着战栗的涟漪，惯性地滑翔在柔软和坚挺的两极，充满歧义的又柔软又坚挺。两人稍作调整，重新开始，缓慢逼近坚挺的一极，步步为营，眼看要攀上高峰，终因司马玲的误吞葡萄，功亏一篑。司马玲擦去因噎呛出来的眼泪和口水，沮丧地吃着剩下的葡萄，吃光了所有葡萄，水汪汪的眼睛瞪着阿达，你还可以吗？阿达沮丧地发现自己只剩下柔软了。

司马玲直着脖子走出小房间，坐回客厅。客厅斜对过的厨房里杀气腾腾，笼中的兔子目击了阿达妈斩鸡头的全过程。无头的鸡脖子像一条软皮管源源不断流出鸡血，注入地上的空碗。司马玲一阵反胃，抑制不住地猛烈咳嗽打嗝，泛上来的葡萄卡在喉咙里。

阿达爸搬出一张矮脚凳，领司马玲到走廊上。司马玲仰头张嘴坐下，阿达爸借着天光，看清司马玲有两颗虎牙，以及猩红的小舌，说，跟着我数数，深呼吸。司马玲胸口剧烈起伏，喷出一股一股热流，直扑阿达爸脸上。阿达爸突然在她后背猛击一掌，司马玲尖叫，应声吐出一颗完完整整的葡萄，吐在了阿达爸的掌心，温温热热，好像是司马玲的心。

晚饭阿达妈做了全鸡宴，司马玲只是戳了戳鸡头。阿达爸没有像阿达妈那样一个劲地劝客人多吃一点再吃一点，聒噪地反复标榜这是一只正宗的深山土鸡，来之不易。阿达爸给司马玲夹了一些清淡的苋菜，司马玲这才动了筷。下楼回家，司马玲牢骚满腹，嗔怪阿达让她出丑，丢死人，你爸肯定很不喜欢我了。阿达自我反省，我们还是太缺乏实践经验了。司马玲总结说，葡萄也算不上多好的消声器。阿达叹气道，想叫却不能叫，真是憋屈死了，我们为什么这样糟糕地活着？

鲁贝贝立在窗前，看见司马玲捏着钥匙在广玉兰树干上刻着什么，阿达从后面抱住司马玲，两人像一对青蛙。鲁贝贝回到书桌前，又读了一遍最新的一封北方来信。

亲爱的，终于下雪了。我是喜欢雪天的，美的、丑的、好的、歹的，统统抵不过寒冷。跑得动的就藏起来冬眠，不会跑的就盖在雪下，兆丰年了。走在街上，仿佛我是唯一一个跑得动但没有冬眠，不跑了也不会被雪盖住的游魂。说真的，每年下雪，我就好像活过来了一样，看得见的看不见的条条框框都不见了。望不到边的雪地让我变得很勇敢，快让我在这雪地上撒点野。希望你那边也下雪，希望你还是很勇敢。

村庄，在五谷丰盛的村庄，我安顿下来／我顺手摸到的东西越少越好／珍惜黄昏的村庄，珍惜雨水的村庄／万里无云如同我永恒的悲伤。

远方在窗外，远方在下雪，鲁贝贝记得像远方一样遥远的从前看过的一部电影，有个情节是死刑犯的妻子紧紧抱住一名刑满释放的女囚，反复抚摸揉搓女囚的衣服，把脸埋进去深呼吸，以此获得被行刑了的丈夫的气味……阿达的棉格子衬衫还挂在床头，阿达没问她要，鲁贝贝也就一直没还。鲁贝贝和电影中的死刑犯妻子一样，用力把衬衫抱在怀里，贪婪地一呼一吸。

阿达在寒风中温存够了，告别司马玲上楼回家。爸妈的卧室关着门，传出电视声。阿达等不及电热毯焐热，也早早钻进被窝。晚间新闻结束了，阿达妈钻出被窝娇嗔，你今天还没吃蜂蜜呢，怎么就超常发挥啦？阿达爸闷在被窝里，声音闷闷的，兴奋中透着疲软的倦意，高兴吗？阿达妈哈出一口热气，说，冬天来了，春天还会远吗？

冬天真的来了吗？圣诞节前一周，鲁贝贝夹在德明和胖阿姨的中间，简直怀疑正值溽暑。德明的狐臭熏得鲁贝贝头晕目眩，胖阿姨溢出来的肉贴了鲁贝贝一身汗。德明烫了飞机头，视觉上长高了不少，更让他挺直腰杆的是他身后新开张的德明影楼。礼仪小姐一字排开，鲁贝贝拿起剪刀，和德明、胖阿姨、车床厂主任、供电所所长、文联秘书、小学特级教师一起，剪断了红绸。飞机头德明飞到话筒架前，宣布礼成，说："接下来让我们以热烈的掌声，欢迎著名作家讲话。"鲁贝贝脱口而出四个字——恭喜发财，祝德明影楼财源滚滚，祝大家新的一年都发财发财。虽然有点出乎意料，本以为作家会掉书袋不至于说这么简单粗暴的大白话，可是也没有人不欢迎发财的，于是掌声雷动，人人叫好。

鲁贝贝一下场就碰见阿达。阿达满脸崇拜地说，大作家真有派头。

鲁贝贝打了个哈欠，说，闲着也是闲着。尽管现场已经淹没在乐队的演奏声中，阿达还是谨慎地压低了嗓音，你方便了帮我问问德明，影楼还缺不缺人。鲁贝贝微微颔首。阿达也笑眯眯的，庆幸自己当初没有参与围殴德明。

邮递员没穿工作服，塞给鲁贝贝一只大号信封。鲁贝贝正要撕开，被制止了，邮递员怯怯地说，回去再看吧。鲁贝贝发现信封正面一个字也没有，说，该不会是给我的情书吧？还是红包？邮递员连连摆手，不是的，都不是。

老板德明伙同几个大汉搬礼花上马路牙子，蹲下点燃，砰砰啪啪，燃放持续了五六分钟。这边刚炸完，另一头马上接上，又一阵砰砰啪啪。阿达听出声源在义肢工场附近，就恐吓鲁贝贝说，该不会义肢工场也要重新开张了吧？

来自北山上的尼姑们围成圈，端坐于义肢工场，埋首诵经。工作台搬走了，代之以一张八仙桌，桌上供奉黑白像一张。生前早秃的像中人顶着一头浓发，笑对身后是与非。从影楼赶来的围观群众见缝插针，几乎堵死了半条小巷，大家都堵住一边耳朵，在锣、鼓、铜镲、唢呐、木鱼的交响声浪中，费力地交谈。兰兰妈每天骑电瓶车穿过小巷去菜市场，这天骑到三分之一就过不去了，后路又被新来的人占满，只好下车加入围观。兰兰妈站到早来一步的阿达妈身旁听阿达妈介绍，听说这里要搞水陆道场，大搞七天七夜，这几天就别从这条道上走了。兰兰妈嗤之以鼻，又不是什么好人，死了还要占道，还要风光大葬？阿达妈说，声势搞起来就是为了告诉那些上门讨债的人，冤有头债有主，债主的归债主，现在债主死了，也该一笔勾销了，这就是死人的特权。兰兰妈冷冷地说，谁知道真死假死，欠债还钱天经地义。阿达妈说，换了是你，背个几千万的债，想得开想不开？光是每天的利息就吓死人不偿命的，这么大一个烂摊子也只有拿命偿了，无论对谁都是一种解脱，你说呢？

兰兰妈不说话，阿达妈继续道，我早就说三分利的借息太高啦，高得不靠谱了，早晚要出事的，要不然今天我也没有心情站在这里看热闹了。兰兰妈的思绪回到地毯厂老板携款潜逃、兰兰爸消沉酗酒、自己以泪洗面的那段黑暗日子，就真没什么心情再看下去了。平常三分钟走到头的巷子，今时今日兰兰妈挤了近一刻钟才脱身。水陆道场的锣声鼓声传得远，咚咚锵锵阴魂不散，一直把兰兰妈送到了家。

咚咚锵锵，万里无云如同永恒的悲伤。

【如来原是幻，何以度苍生】

邮递员在白龙桥上找到父亲时，老邮递员正在桥上冲桥下嚷，不许动！不许动！桥底的工人们置若罔闻，该干啥干啥。老邮递员继续嚷嚷，停下来！不许动！人人都在动。身价大不如前的老邮递员转向儿子求助，尽管面对面，还是用嚷的，快！不要让他们埋邮筒！他们为什么要埋邮筒啊！邮递员眺望桥底，工人们正往土坑里填埋一节节墨绿色的筒状物。

邮递员只好领了老父亲下去交涉。老邮递员亲自上阵质问，你们怎么能拿邮筒建化粪池！你们要拿大粪塞邮筒啊！你们是要造反搞武斗吗？工人哭笑不得，哪是什么邮筒，这是最新的波纹玻璃钢化粪池，旧城改造过来的新城区统一采用这种新型化粪池，可以有效解决化粪池泄露的老大难问题。老邮递员还在抗议，你们有什么问题应该写信向上面反映，而不是把邮筒推倒埋掉，你们还要往邮筒里塞大粪，谁准许你们这么干的！你们这是要反天啦！

邮递员拦下张牙舞爪的老父，抱歉地对工人笑了笑，说，见笑了。然后把父亲领到另一边，桥下一大片黄泥洼地，老邮递员如数家珍，一一指出原先桥边茶馆、第三中学、中医院、百货商店、老剧院的位置。邮递员有感而发，背了一句诗："我回到我的城市，熟悉如眼泪，如静脉，如童年的腮腺炎。"老邮递员皱起眉头，谁得腮腺炎啦？我的耳朵还很好的。

　　许多时候，阿达恶毒地希望包括双亲在内的所有筒子楼住户都暂时失聪，等他和司马玲完事了再恢复听力。寒风穿过枝繁叶茂的广玉兰吹进房间，树叶随风变化的呻吟，使心怀叵念的阿达找到了比葡萄更好的消声办法。不借助任何外物，阿达和司马玲全程噘嘴，呼气吸气都被滤成清亮的哨音，仿佛房间里有一林子的鸟，啁啾复啁啾。两人有恃无恐，松开控制欲望的绳缆，尽可能延长身体坚挺的时间，企图让那一瞬的兴奋、晕眩、战栗，凝结成一枚永恒的琥珀。与此同时口哨声越来越短、越来越密，像是有人在林中放了一枪，中枪的鸟一路啼鸣着从天跌到地，短促、密集的绝响。窗外有人喊数，一、二、三，一、二、三，窗内的口哨频率持续升高，阿达和司马玲正准备相信他们会在伪装呻吟方面有所作为，广玉兰的推倒终结了他们的骄傲。

　　窗外陡然空了，窗户突然变成了一盏强力探照灯。阿达和司马玲心虚地草草收场，即使穿回衣服，仍感觉瑟瑟发抖的身体是暴露的。连根拔起的广玉兰横卧在地，被吊车缓缓吊上皮卡，人们聚集在筒子楼走廊上，静静地让这一切发生，只有阿达和司马玲在咬耳朵：

　　"你刻的爱心也要运走了。"

　　"没有什么是永远不变的。"

　　人们目送皮卡、吊车，好像默哀送别遗体。

　　邮递员骑车来城北，和皮卡交会的时候，被一根旁逸的广玉兰树枝绊倒，连人带车翻在地上。邮递员四下看看，没有人，就朝车屁股骂了一句。还算运气，只是车龙头上蹭了一点土，幸好这一向城北的化粪池没有再崩溃。

　　邮递员没有把信投进牛奶箱，而是直接送到了鲁贝贝家门口。邮递员做贼似的说，鲁老师，上次……那个……小说……看了吗？鲁贝贝打了个哈欠，说，快看完了。邮递员不自觉地绞起衣摆，说，您受累多批评指教，我很喜欢鲁老师的小说的，鲁老师写的大部分人物都有一股没法伸张的冲动和欲望，蠢蠢欲动，只到蠢蠢欲动为止。

绝大多数婺城人民只知鲁贝贝的文名，真要让他们具体谈一谈鲁贝贝的小说，那就是为难人家了。鲁贝贝难得和正儿八经看过她作品的读者面对面，激动又羞耻，睡意全无。邮递员受到鼓励侃侃而谈，其实这是我第一次写小说，我以前写诗，我也很喜欢海子的诗，珍惜黄昏的村庄，珍惜雨水的村庄……隔壁门忽然打开，兰兰妈出来倒痰盂，邮递员立即噤声，等兰兰妈走远了，才小心翼翼续上最后一句：万里无云如同我永恒的悲伤。

邮递员羞红脸，连手臂都发红了，说，我害怕别人知道我写东西，我总觉得这是难以启齿的事，特别是在婺城这种小地方，我只希望别人知道我是送信送报纸的，知道我和他们一样爱喝酒爱打牌就够了。鲁贝贝说，沈从文、福克纳还不都是小地方出来的大作家。邮递员说，我不是沈从文也不是福克纳，至少也要到鲁老师的水平，我才敢公开自己的作家身份。鲁贝贝说，你的意思是我很高调？邮递员的脸更红了。鲁贝贝就很满意地笑了，说，我一点也不担心别人知道我是个作家，我巴不得人人都知道我在写小说写散文，写一切作家应该写的。对了，你谈过恋爱吗？邮递员迟疑了一下才回答，谈过。鲁贝贝就恶意揣测邮递员的爱情一定不怎么刻骨铭心，深刻的爱情故事，和深刻的爱情一样，一定会让人有想谈恋爱的冲动的，至少会有一些生理反应。邮递员接回自己写的俗套爱情故事的手稿，又诧异又虔诚地聆听教诲。鲁贝贝怕打击过头，又善意地肯定了邮递员的小说语言，叙述没问题，语言很优美，有诗意。邮递员趁机说，我也很喜欢莎士比亚的十四行诗的。秋的季节／你可以在我身上看到／当黄叶或落尽／或三三两两挂在瑟缩的枝头／索索颤抖／不久前它们还承载着百鸟的鸣唱／在我身上你能看到沉沉的暮霭／就在西边的日落之后／渐渐由黑夜占据主动／死亡的安息／

笼住纷纭万类……邮递员忽然提出要看一看鲁贝贝的右手，鲁贝贝大方地伸出手，手心手背各展示了五秒钟。邮递员得寸进尺，我能摸一摸吗？鲁贝贝很勇敢地把手伸过去，邮递员即时评价，骨节粗大，指头有力，真好，是写字的手。其实我特别喜欢庄重，喜欢书面表达，喜欢读严肃厚重的东西，但大部分人好像都更喜欢插科打诨，讲讲段子抖抖包袱，不自嘲一番都不好意思自我介绍，好像那才是真性情。我不喜欢这样，我不想假装自己不孤僻。我有个同事，胖得真是像头母猪，而且还有口臭，原谅我一时半会找不到文雅的比喻，但是她能坦然正视自己无与伦比的肥胖，她说，没什么，只不过她没生活在一个以胖为美的时代而已。我也相信庄重的时代还会回来，人人都是诗都是诗人的时代，各种才能各种不同的人都将被善待。

　　鲁贝贝觉得自己应该说点什么，就说，你那个像母猪一样的同事是不是就是德明他妈？邮递员不好意思地点点头，说，即使在庄重的时代，在人人都是诗都是诗人的时代，她也依然是一头母猪，她真的太胖啦。

　　胖阿姨假公济私，霸占了德明影楼大半块展览墙。阿达逐个欣赏各种姿势的胖阿姨，暗自心惊，想不到胖子还有这么丰富的肢体语言。更没想到的是，胖阿姨和胖阿姨中间居然有一张黑白照，阿达不期然地撞见了义肢工场老板，又一阵心惊肉跳。德明解释说，这张遗照是影楼的第一单生意，很有纪念意义。

　　展览墙左侧是朝南安置的龛，供着财神爷和关公像。德明吩咐阿达逢一三五就要把这两座神擦一遍，我还以为要待在地毯厂修一辈子针枪了，想不到老子也有翻身当家作主的一天。这样的骂娘似曾相识，阿达不禁想起义肢工场倒闭的时候，自己意气风发地以为会去更广阔的天地大有作为，如今寄人篱下的现实抽了他一耳光。阿达溜须拍马说，明老板苦尽甘来，命中注定大富大贵。德明拂去财神爷元宝上的薄灰，说，屁个命中注定，要不是我及时脱手那批地毯，加上家里给的本钱，你以为我能有今天还真是吃斋念佛积的功德？我听养蜂人讲，北山上那群尼姑，没有外人的时候，也讨论男人。养蜂人还放狠话打赌她们做早课的时候一定也在想男人。我说这有什么好赌的，都是肉眼凡胎，又不是神。再说了，神仙里还有出双入对的呢。阿达说，玉帝王母。德明说，嫦娥后羿。

德明带阿达熟悉了环境，说，影楼现在除了摄影师，就你和我两个，你先练习一下怎么开票，怎么裁边。德明交代完，两手一别，吹着口哨出门左拐，不知道又去和哪位神仙眷侣出双入对了。墙上的故人，黑白分明的头发和正脸，精神头十足，黑白分明的眼神，持续不断地流向阿达。

鲁贝贝目送邮递员离开就放下邮递员的小说稿，放下马桶圈坐上去，屁股被冰了一下，全身直哆嗦，信纸在手里打战。鲁贝贝想，老年痴呆大概就是现在这副鬼样子吧。算一算，她还有好几十年清醒安稳的日子，也有可能几十年过去了，一点事情都没有，说不定到时候老年痴呆就像天花一样，被伟大的人类消灭了。

鲁贝贝的手终于稳住了信纸。

亲爱的，每年的这个时候，我的心就七上八下。年节的氛围越来越浓，心就越是不定。如果热闹是一只西瓜，那么充其量我只能啃到一点西瓜皮。除我之外的每个人都啃到了瓜瓤，人人都有滋有味，只有我，嚼着西瓜皮，味同嚼蜡，应该吐出来的，可我还是选择不惊动别人，学着他们的样子咽下去，假装很有味。算起来，都算不清多少年了，我一直这样装作有滋有味地把瓜皮当瓜瓤，外人也总以为我在咀嚼的是瓤，而不是皮，或者连"以为"都不会有，因为对于大部分人来说，这是常识，没有人会无聊到怀疑你在吞咽消化西瓜皮，就像没有人舍弃瓜瓤而去啃皮。可是偏偏，我就是这样一个人。

我已经大半年没写作了，我想开心一点，我只有害怕、难过、纠结、患得患失的时候才想写作。可是不写作的话，这么多夜晚要怎么打发？我感到害怕，你就像一头看似庞大的抹香鲸，孤独地死在我记忆的脑海里，不腐不坏。我和你一样，害怕和别人不一样，也害怕和别人一样，只好写作。我是多么怀念从前坐在河堤上读诗写诗的日子，和你一起。

我想我们在一起的日子不会遥远了，我不想再过假装有滋有味的日子了。相信我，我很快就可以变回原来的那一个人了，一个人，没有尿布没有厨房没有二手烟没有腥气的平角内裤和呕吐物也没有滴着黄色尿渍的马桶圈，只有像雪一样纯洁的诗歌和写诗读诗的人。我静静地做着准备，就像迎接一场雪一样祈祷这一切的到来，等这一切像雪花一样落进我的生活，我一定会涂上最鲜艳的口红，庆贺自己重新松软重新濡湿庆祝自己的洁白如初。

没有人能躲开伤心／除非你已经心死／没有人能避免流泪／除非你已经泪干／没有人能不憎恶爱情／除非你也爱着我／忘了这是在雨里／我可以不擦拭地流着泪，走向你。

那几乎是痛苦的宁静，卫生间里只有水箱在嗡嗡轰鸣，仿佛见证了一次罕见的月食或是彗星的来访。鲁贝贝想打电话给对方，之前写了那么多信，仿佛就是为了这一刻的通话，延宕的快感比快感更像快感。鲁贝贝犹豫着，继续延宕。

邮递员再次登门参加文学庭审，听候鲁贝贝对他小说处女作的最后发落。鲁贝贝有褒有贬，邮递员照单全收，只在最后提了一个不相干的问题。有首诗写得很好，但就是查不到出处，诗是这样的：没有人能躲开伤心／除非你已经心死／没有人能避免流泪／除非你已经泪干／没有人能不憎恶爱情／除非你也爱着我／忘了这是在雨里／我可以不擦拭地流着泪，走向你……鲁贝贝又让邮递员连着背了两遍。听完三遍后，鲁贝贝点点头，说，我也不知道。邮递员谢过文学法官，安心回去改造了。鲁贝贝翻箱倒柜，找齐一摞信，码在桌上。每只信封的顶边都有切口黏合的痕迹，摞在一起，清清楚楚，触目惊心。鲁贝贝当机立断打电话给通信对象，你还好吗？其实……我不应该打来的，如果不是要紧的话……电话那头沉默着。鲁贝贝清清嗓子直奔主题，信被人偷看了。别紧张，我知道是谁干的，那人还挺喜欢你信尾的诗。是啊，八九年前的诗了，我们认识都快十年了……那个菠菜配豆腐结石了吗？我最近听说感冒药混着吃可以导致肾衰竭，消炎药也一样，头孢类抗生素和阿莫西林就不能一起吃，你可以试试……

阿达的手荒废多时，再次触及司马玲的小腹，如隔十载。告别筒子楼的单人床，阿达和司马玲在德明影楼觅得新据点。德明不在的下午，阿达就和司马玲反锁了摄影棚，在棚内地板上练习双人瑜伽，两个人的声音和身体一样尽情延展，直到欢叫着盘绕成为一个人。大和谐。背后的幕布上是随投影自动切换的场景：塞纳河、圣母院、比萨斜塔、凯旋门、神庙、黑天鹅堡、金门桥……阿达和司马玲的欢爱也仿佛环游了一圈世界那样绵长、丰盛。投影最后定格在金字塔，这使他们每次抵达欢爱的终点后，又迅速回想起刚刚领受过的耀眼的晕眩、辉煌的战栗。阿达和司马玲仰躺在金字塔下的撒哈拉，摄影灯暖洋洋地烤着淋漓的五脏六腑，理智还在身体下游。

司马玲说，我喜欢这里，敞亮。阿达双手赞成，去他的葡萄、口哨，有了快感就要喊。司马玲就在他耳边大喊了一声。阿达掏掏耳朵，说，我爸和我妈要离婚啦。司马玲一下子坐起来。阿达说，他们明天就去民政局，假离婚。筒子楼一带终于要旧城改造全部拆掉了，广玉兰因此被提前移植到城南去。拆迁将按户补偿，阿达爸妈离婚就可以多得一套房，等房子到手，再复婚就可以了。司马玲预言近期民政局肯定像过节一样热闹。

为欢庆离婚，阿达妈亲手宰了司马玲送的兔子，兔笼现在关着一只猫。一家三口加上司马玲，围着桌子吃红烧兔肉。阿达爸从裤兜里摸出两本离婚证，很潇洒地拍到桌上，可喜可贺。阿达妈以茶代酒敬大家，也是可喜可贺。阿达爸抱怨司马玲最近怎么不来家里玩。司马玲开玩笑说，因为我没兔子啦。阿达爸就夹起兔头，送到司马玲碗里，说，那要好好守株待兔啦。

住新房的美丽前景，让一家人提前感受到了春意。夜里兔笼里的猫开始叫春，阿达爸从阿达妈身上翻下来，阿达妈都快哭了，持续捶打丈夫的腰，像固执的小鸟要给巢装上翅膀，你别停啊，你为什么要停下来？阿达爸嘴巴都冒烟了，说，谁让你捡只野猫回来添乱，猫叫得比你还好，我没办法集中注意力啦。阿达妈侧过身子，说，我看笼子空着，心里空落落的。

隔天早上，兰兰妈肿着眼睛，右手提着菜篮子，皮笑肉不笑地说，阿达妈真是模范妻子，老夫老妻了还如胶似漆。阿达妈也不脸红，从对方菜篮里拈出一根葱，说，比不上你们家老夫少妻，平平淡淡才是真。兰兰妈的脸色就像小葱一样绿了。

鲁贝贝早上起来就感觉半边身体木木的，比不得年少时，有充沛的倾诉欲和精力，写一个通宵都没问题，写作的时候是光芒万丈的时候，有种高潮的幻觉。现在呢，基本不在夜间写作了，怕类似高潮的兴奋感干扰越来越差的睡眠，下笔也越来越谨慎，越谨慎就越焦虑。在家的大部分时间都坐在抽水马桶上度过，排泄的快感让她静下心来，专注地阅读一二思考片刻，也是越来越忌讳写作过程被打断，除了吃饭是真的没有办法，鲁贝贝几乎把卫生间当书房，写作和如厕同步进行，思维不受打断地排泄。

鲁贝贝找阿达妈商量，能不能把猫送走，干脆丢进熟溪河吧。阿达妈惊叫起来，怎么你的心这么硬这么狠？作家不是应该很有同情心的吗？鲁贝贝歪嘴说，我一整晚都没睡，猫叫得我快崩溃啦。阿达妈避重就轻开导她，知道猫为什么叫吗？因为它有需要，得不到满足。三十二岁应该谈男朋友啦，到时候想睡不着都难喽。女人嘛，怎么能老一个人过，就算你是作家，和别人两样点，也是肉做的，是肉就需要体贴。

鲁贝贝行尸走肉般飘到美发屋。司马玲正在橡胶模特头上练习编发，看见鲁贝贝就迎出来，盘了一半的模特头从工具台落到地上，披头散发着一路滚到鲁贝贝脚边。司马玲用刽子手般的目光审视鲁贝贝，说，你干吗歪嘴巴，假扮女流氓吗？鲁贝贝扭扭脖子，很僵硬，说，我没有歪嘴巴呀，我要做头。司马玲就问要做什么发式。鲁贝贝答，最美的。

鲁贝贝让司马玲慢一点，再用力一点，司马玲一一照做，鲁贝贝发出阵阵又舒服又痛苦的呻吟。洗手槽似喇叭，放大了她的舒服和痛苦。难怪洗头也能洗成一条街，光是十指这么点幅面的肌肤之亲，也足以让人极乐了。城南这条东升路，从前都是洗头房美发屋，优胜劣汰，现在只剩司马玲在内不多的几家老字号了。鲁贝贝肯定司马玲手艺一流，你的手真舒服，真想在你手里好好睡一觉。司马玲的十个手指就像十条壮硕的小蛇，游走于穴位之上、毛发之间，鲁贝贝感到头上有一颗太阳直直晒着，耀眼的晕眩，辉煌的战栗，昏昏欲睡之际，司马玲说，难得阿达不在，好像我们两个从来没有单独相处过，你有秘密吗？每个人都有秘密，我先讲一个阿达的秘密，抛砖引玉。阿达每次撒尿都有两路，一路是弯的抛物线，还有一路是垂直的，像沙漏一样，一滴一滴直往下掉，常常尿到鞋子上，恶心死了。司马玲说完就大笑，鲁贝贝尴尬地赔笑，说，会不会太劲爆啦？司马玲让鲁贝贝低头冲掉肥皂沫，说，要不怎么能叫秘密呢？主要是我也不想要阿达了，我需要的是一个男人，真正的男子汉，不是一个尿裤子的小男孩。这是我的秘密，只告诉你一个人。司马玲透露完两个秘密就开始催鲁贝贝，后者低着头，洗手槽放大了她对着下水口说出的秘密：其实我不喜欢写东西，我一点也不想当作家。我喜欢的是画画。我曾经很喜欢画画，也短暂地学习过一段时间，后来没有坚持下去，有经济方面的考虑。许多技能都是要花钱才能学到的，学电脑，至少也要有台电脑，学音乐，要请得起老师，学做生意，至少要拿得出本钱，只有写东西不需要，至少当作家写作不需要多大的金钱投入。加上以前升学率很低，艺考升学率就更低，完全看不到前景，没有前景的事就是最昂贵的。鲁贝贝擦干头，坐回镜子前，嘴歪着，努力了几把，还是没有正回来，仿佛是某种背叛文学的神秘惩戒，又横遭泄露天机的天谴。

阿达妈买了一圈菜回来，世界就颠覆失衡了。兰兰妈不计前嫌，第一个跑来向她传达最新的拆迁安置办法。阿达妈一听不按户补偿了，激动地握住兰兰妈的手，说，按照房屋面积补偿的话，那我们一点意思都没有了嘛。阿达一家从暖春跌回冰天雪地，阿达妈眼看灰扑扑的旧家当，忽然就无法忍受这间住了几十年的老房子了。然而饥饿感迫使阿达妈向现实低头，走进灰扑扑的厨房。兔笼里的猫喵呜了一声。阿达妈一下找到了愤怒的出口，猛踹笼子，猫叫变本加厉，好像把春天都叫破了。

晚饭没开火，只有几个糖蒜和一碟卤味。阿达爸换了个新发型，很像八十年代的刘文正，而且鬓角和脑后的白发都染黑了，至少年轻了五岁，只比八十年代的刘文正老那么一点点。可惜没有人有心情欣赏他了，就像现在的人也不怎么知道刘文正了。

这种春去冬来的落差，邮递员深有体会，要是没有老邮递员时代的辉煌，兴许邮递员就能比较容易地忍受现状，无奈历史的魅影挥之不去，今不如昔的阴影常常让邮递员感受到压迫、委屈，不甘心了，加上文学梦熊熊燃烧，邮递员的工作态度越发懈怠，经常发生错投、漏投的工作失误。

邮递员举起最新一封从北方寄给鲁贝贝的挂号信，对着阳光，信封里有一个长方形阴影。邮递员用裁纸刀在信封顶边上划出一道精细的切口，再用长镊子娴熟地夹出信纸。不知是不是职业习惯，邮递员热爱的那些诗人、小说家，比起他们的诗歌、小说，邮递员对他们的书信集更感兴趣，包括鲁贝贝的。

邮递员展开信纸，只有一行钢笔字：私拆信件偷看者，必将死无葬身之地！！！邮递员一把推开信，像挡开一个倒数两秒的定时炸弹。砰——心脏骤停，五脏六腑连番引爆，被诅咒的灵魂轻盈出窍，悬停在头和天花板中间，俯瞰他颀长的肉身。十指不安地躁动，邮递员掰出一连串关节响，终于抓到了一支笔、一张纸，灵魂回到笔尖，跃上纸面。邮递员安静下来，奋笔疾书一个以鲁贝贝为原型有关"两地书"的爱情故事，连同邮递员自己的非法行径以及猥琐、震惊的感受都一并写进去，一直写到天黑天冷，胖阿姨下班回家也没察觉。只有愠怒和害怕，才是最真实的，才能体味最深刻，邮递员似乎抓住了写作的核心秘密。故事一气呵成，邮递员倒在座位上，耀眼的晕眩，辉煌的战栗，如同抵达欢爱的终点。

第二天派完城南的邮件，邮包里只剩下那封重新黏合复原的诅咒信。那个神秘的北方人是如何洞察真相的，心虚的邮递员百思不解，愠怒和害怕又回来了，邮递员真想当场坐下来，继续写一写他的愠怒和害怕，只有写的时候才不会想到愠怒害怕。邮递员心事重重地骑往城北，义肢工场那条巷子已经拆得差不多了，一间间房子像被野蜂抛弃的蜂巢，废墟里经常会冒出一截半成品义肢，推土机师傅一开始吓得半死，吓得多了也就麻木了，还常常捡起来去恐吓开轧路机的兄弟。邮递员骑到这里，还在愠怒和害怕，突然一只野猫扑上来，邮递员避让不及，侧翻倒地，跌进滚烫的柏油里，轧路机滚滚轧过。

邮递员的意外使城北的人们联想到另一宗久远的事故，也是这一带，年轻的小光妈妈走路去城南看话剧，结果被一辆大卡车卷入车底，花朵般的身体，碎成了一瓣一瓣……邮递员双臂坏死，有内毒素危害肌体，并发休克、急性肾功能衰竭等隐患，截肢手术是当务之急。主刀医生拿小光妈的事故开导鼓励邮递员，至少你还活着，活着即希望，活着比什么都重要。

手术非常成功，邮递员很顺利地失去了两条胳膊，两肩以下各有一个杯口大的粉红色肉瘤。护士贴心地藏起病房内所有可能照出人影的物件。后半夜，一阵持续性疼痛袭击了邮递员，邮递员嗷嗷乱叫，把同病房的病友全都吵醒了。邮递员试图捶胸缓解疼痛，却只有两个肉瘤笨拙地蠕动。护士安抚他，这是截肢以后的正常现象，每个截肢的人都会经历这个阶段，这是由于大脑皮质功能正在重组。想象一下，你的女朋友和你分手了，离开了你的家，可是房间里还飘着她的香水味，枕头上还有她的头发丝，你就会有一种她只是出去散个步很快就会回来的错觉，这也是人之常情，过一段时间就适应了。打完这个残酷的比喻，护士用一个很有诗意的成语替这一症状总结道：怅然若失。结果邮递员哭得更厉害了，我还没谈过女朋友啊，我还是处男啊。原本因睡眠中断而怒火中烧的病友们立刻原谅了邮递员。

邮递员的工伤牵动了婺城人民的心。居委会率先选在出事地点组织募捐，胖阿姨作为代表发表募捐演说：

"他朴实得像一块石头，一个人，一个邮包，一辆老凤凰，一段邮政史上的传奇。他过河穿桥，走过土路、石板路、柏油路、水泥路，用一个人的长征传邮万里，三百六十五天风雨无阻，三百六十五天没有延误，投递准确率百分之百！近邻尚得百里远啊，他就是我们最亲的邮递员！然而就在前不久的工作当中，年仅三十岁的邮递员不幸受伤，幸好已经脱离了生命危险，可是正值如花年纪的他，在手术中失去了一双手臂，我想，此时此刻正是他最需要我们大家的时候。"

胖阿姨吞了口唾沫，继续说：

"我们亲爱的邮递员从小学开始年年被评为三好学生,连续三年赢得中学撑竿跳冠军,假如他不做邮递员,他也会成为一名非常优秀的跳高运动员,杀进奥运会,为祖国争光的!"

有人提醒胖阿姨,是不是跑题啦,胖阿姨中气十足地回应,就得这么说。原本胖阿姨还计划在城南礼堂排一出"人民的好邮差"这样的主旋律舞台剧,以艺术感染力代替干巴巴的动员,没想到她的演说已然感染了一批婺城人,胖阿姨只好暂时搁置自己当女主角的梦想,代表大家送募款到医院。

病房里的邮递员果真如胖阿姨动员演说的一样,正阳光开朗积极向上地和其他病人有说有笑,相处融洽。胖阿姨问他接下去想做什么,邮递员说,我现在做什么都是合法的了,我有把握我有这样的特权。胖阿姨瞥见床头柜上放了一本花花绿绿的杂志,大呼阿弥陀佛,声称要洗眼睛。邮递员哈哈大笑,大声和邻床病友继续男人间的私密话题。

人民医院收了两位明星病人,鲁贝贝所受的慰问规格比邮递员的还高,甚至惊动了电视台。筒子楼的住户们通过本地新闻,了解了已经一个多星期没回城北的邻居的近况。电视上的鲁贝贝对着镜头笑得很安详,屏幕右上角有一只鲜红的募捐箱,屏幕下方有一行标题:底层的艺术家,文学的殉道者。电视旁白的普通话不太标准,平翘舌音不分,还带着浓郁的地方口音:"本台消息,我县前义肢工场工人,本地著名的打工诗人打工小说家鲁贝贝,多年来在工作之余坚持写作,笔耕不辍,先后在市、县各级文联刊物上发表文学作品十多万字,创作成果丰硕。三十出头的她就在前不久刚刚经历了一场与病魔的殊死搏斗,在接受本台记者采访时,鲁贝贝表示将继续把有限的生命投入无限的文学创作中。"鲁贝贝配合镜头做了一个加油的手势,电视就转到了下一条新闻:本地王大伯家的田里长出了一只比货车轮胎还大的南瓜。

鲁贝贝住单人病房,无聊得要死,等于焖南瓜,见到阿达,忙问,我的嘴还歪吗？之前鲁贝贝每天都要问一遍护士，护士看在鲁贝贝是作家还上过电视的分上，只好每天重复一遍，嘴歪是脑出血的前兆之一，等鲁老师静养好了自然就不歪了。阿达很严肃地看了看鲁贝贝的嘴巴，说，比歪瓜裂枣好一点。鲁贝贝就哈哈大笑，笑到中途又刹住，挠挠头，说，我觉得我的脑袋木木的，不像是自己的了。阿达说，难得糊涂。

　　医师循着笑声进来，叮嘱鲁贝贝切忌情绪激动，鲁老师要保重身体啊，再深刻的思想没有身体这个容器兜着，一样白搭。同时警告阿达不要交谈太久，脑出血的病人需要静养。鲁贝贝向阿达撒娇，我觉得我需要的是头痛药，或是一把枪，还有，我已经好几天没刷牙了。阿达安慰说，你的脸这么黑，即使一年不刷牙，牙齿照样很白的。鲁贝贝平躺下去，说，我希望我临终之际，我的主刀医师可以告诉别人，他从未见过任何大脑构造像我的一样复杂精致。阿达附和说，你是作家，肯定复杂精致的。鲁贝贝笑了一下，说，我擅长的事不是买菜做饭、带小孩、打扫卫生、帮婆婆洗衣服、给公公换尿不湿，我只是会写点东西。很少有人关心我写了什么为什么写，我早就不想写了，只是困在婺城，只有写，写啊写，才能让我暂时忘记婺城，好像去了别的地方，去了很远很远飞机也飞不到的地方。阿达连忙代表婺城人民致以安抚，我们，婺城的子民，都是爱你的啊。鲁贝贝轻轻呼出一口气，说，《欲望号街车》里的主人公抓住医师讲了一句话，我总是指望陌生人的慈悲。没错，我总是指望陌生人的慈悲，我从别人那儿得到的大部分帮助几乎都是因为我写作上的成绩，因为我是一个作家，单靠性格啊个人魅力啊什么的很少，也就你和司马玲了。我的意思是，就算我不是作家，我也会和你、和司马玲交朋友，但其他人爱我爱的是作家这个光环，和我无关。相信我，假如这个光环套到你们身上，你们一样会受到他们的爱戴。不过我还是要感谢大家，可以让我支离破碎地躺在这里，没有后顾之忧，我深深感到大家巨大的潮水般的善意和慷慨的善举。阿达说，支离破碎地躺在这里，作家到底是作家。鲁贝贝说，人们喜欢一个艺术家贫穷、落魄、堕落、早夭，这是他们心目中理想的艺术家，艺术家就得为艺术牺牲生活、煎熬灵魂，也因此大家特别包容、迁就我，鲁老师长鲁老师短的，不管我做什么怎么做为什么做，他们都能表现出异常博大的，和这个闭塞小城不对等的包容心，我做什么好像都是合情合理合法的。阿达说，谁让你是婺城的文化名人，你不特立独行，我们还不习惯呢。鲁贝贝说，比起当官、当巨富、当模范典型，当作家的代价相对没那么大，至少对我来说是这样的。以前在义肢工场，早上不想去上班，只要和老板讲一声，我要出门采风半天，老板也不会不同意，其实我只是在家里面睡大觉。当然，有些人睡一觉做个梦也能写一篇小说，我不行，我不是好作家。阿达瞪大眼说，我的好作家，你这是滥用特权。上次我送我妈去做小叶增生手术，才请了两个钟头的假，就扣了我一天的工资啊。碰上这种黑心又偏心的老板算我倒霉，谁叫我不是作家呢？随即便问鲁贝贝当下想要行使什么特权。鲁贝贝就说想打一个电话，我要静养，我的手机被医师收走了。阿达掏出手机。鲁贝贝摆摆手。阿达说，你要打给谁？我帮你，保证完成任务。鲁贝贝舔了舔上牙龈，给阿达写了一个座机号，北方的区号，又写下一个人名，说，别在这儿打，告诉对方，我脑袋里的血管刚爆过，通信暂时停止，有时间的话就来看看我，句号。阿达说，就这些？鲁贝贝说，这件事要绝对保密，对谁都别说，包括司马玲。对了，你和司马玲怎么样啦？阿达收好联系方式又复述了一遍口信内容，说，我和司马玲还是老样子。对了，邮递员的病房就在你楼下，他是因公负伤。鲁贝贝黝黑的脸上绽放出一个安详的笑容，连笑也是黑的，好像她躺的那块地方臭氧层特别稀薄一样。

陆续有城南小学的班级前来看望邮递员，一张张年轻面孔呼吸着双氧水的清香，簇拥在邋里邋遢的病床前，为邮递员献上他们亲手写的慰问信、亲手画的贺卡小报。这种时候，邮递员就光明磊落地行使他的特权，吧嗒吧嗒每张脸都亲过去——谁都没有拒绝他的眷顾，而夜深人静之际，同病房病友都尊奉邮递员为养蜂人的接班人。邮递员没头没脑地起了个话头，说，我告诉你们，鲁贝贝为什么能一直单身过到现在。邻床病友说，你变性啦？邮递员说，写作就是一次释放。对床病友说，真有你的。邮递员没有居功，说，我从书上看来的，语言的根在精神世界，是综合素质和能力，是痛与乐碰撞的产物，有路而不能走，能量就回到了心里面，你心灵堵满了自然会释放。这点我完全同意也深有体会，写东西的时候脑袋是发热的，我能感到脑浆在沸腾，肩胛骨之间脊椎和脊椎很兴奋，每次写完都空虚得不得了，就像纵欲过度再也提不起一点劲。隔上一阵子，感觉回来了，力气也回来了，又好开始写了。蓄积、掏空，蓄积、掏空，直到再也掏不出什么来，就那么一回事。邻床病友说，我虽然没写过东西，可是听你这么一讲，好像能明白。邮递员冲他一笑，说，祝你身体健康。对床病友肯定了邮递员的才华，说，你比养蜂人段位高。邻床病友接过话说，听说他老婆跑啦。对床病友说，这有什么好稀奇的，还好只是破财，没下毒谋杀亲夫已经万幸啦。邻床病友总结说，说来说去，还是怪养蜂人自己耐不住寂寞，饥不择食才引狼入室。

阿达在回影楼的路上就完成了鲁贝贝托付的秘密任务，沟通很顺畅，对话很平常，实在想不通保密的必要，可能作家就是比较神经质吧。到了影楼门口，阿达撞见养蜂人。养蜂人看上去憔悴了不少，鬓角多了好些白发，从钱夹里掏出一张单人照，向阿达咨询放大照片的费用。阿达反问，放多大？养蜂人伸长双臂，比画了长和宽。阿达说，没做过这么大的。养蜂人留下照片，说，那就做做看。阿达接过照片一看，一个妇人一脸严肃地站在两棵桃树下。

天渐渐暖和了，街上的人也比过去一个月多了一些，都是小县城里的熟人熟面，走几步就要停下来打个招呼，寒暄两句，好像结束冬眠的青蛙，在暖春时分亲昵抱对。德明一进影楼就和阿达重温早上的艳遇，难得在小县城见到美丽的生面孔，德明讲话都语无伦次了，很美的，我在桥上遇见的，问我医院怎么走，真的很美，就是穿衣打扮土了一点，被她的口红一衬就俗气了，两个眼睛都有很明显的蒙古褶，加上她的烈焰红唇，拍照的话绝对上相。阿达封德明为资深女人家，精通女人的专家。德明换上西装说，差点玩物丧志，今天邮递员出院，我打算搞一回真正的慈善，记者我都联系好了，之前居委会搞的那一套动员募捐，太老土了，电视台都不稀罕报道，等一下你陪我一起去医院。

阿达回家取下墙上的义肢。义肢工场生产的义肢，只能替代真手真脚完成简单的弯曲和伸直两个动作，无法精细到握一握、捏一捏、揉一揉、弹一弹。阿达使出了在义肢工场的全部所学，对义肢进行了个性化改造，原本鸭蹼似的手面，现如今有了十个可以活动的橡胶指头。阿达右手握住义肢，左手别在腰后，假装自己是个截肢的残疾人。义肢缓慢屈伸，五个橡胶指头克制地掠过胸膛、肋骨，一路滑到肚脐，再往下……

阿达和德明在去医院的路上目击了养蜂人和他身后的一张巨大的脸。由老照片放大成的海报固定在三轮车车斗里，很不清晰，近看马赛克感很重。养蜂人骑远了，才大致看出人脸轮廓，模模糊糊地冷眼斜睨众生，一张受过改造，而今下落不明的脸。德明吐出一口痰，说，也不知道哪家照相馆做的，这么次的放大技术。养蜂人俨然一只驮碑龟，苍老了，孤单单，仿佛重回年轻时代，失去种种社会身份的附丽，他只是自己，只有自己。

阿达私下把精心改良过的义肢向邮递员演示了一遍。邮递员对自己的新手，爱不释手。稍后在记者的见证下，德明把象征终身免费拍照的VIP卡片塞到邮递员"手"里，两只手面对镜头，牢牢地握在了一起。邮递员乐观地表示，一出院他就要上德明影楼拍十张大照片，挂在家里，和乔丹、Beyond乐队的海报并排。阿达站在一边看着这一幕，德明永远不会知道，和他五指紧扣的那五个橡胶手指，不久之前刚刚自上而下滑过阿达的身体。

记者还在采访邮递员，德明退出来，和阿达立在走廊尽头的阳台上，点了两支烟。在此期间，阿达妈打来了一个电话。阿达挂了电话问德明，你见我爸了吗？德明猛抽一口烟，过了一遍肺，说，我忙得连我爸都好几天没见了。阿达说，我爸和我妈离婚了。德明抖下一截烟灰，说，不是早离了吗？好多拆迁户都离啦。阿达被烟呛了一口，眼泪在眼眶里转，说，我妈早上在民政局等我爸去复婚，我爸没去，回家一看，房产证也不见了。

远方传来一声沉闷的爆破。这些年，相邻几个县的发展势头都很猛，只有婺城还插着扶贫碑。德明朝天空吐出一个梨形烟圈，指点江山说，老火车站很快就要搬到郊区去了，新火车站每天会有两趟去上海的高铁，一趟去北京的动车。德明早上邂逅的红唇美女就是坐了二十四个小时的慢车，在老火车站下车的。那时天刚亮，司马玲从出租车上下来，司机师傅帮忙从后备厢拎下两只行李箱。付车费的时候，老司机瞄到了司马玲钱夹里的照片，一个留着三七分长发的年轻男人。发黄的旧照片勾起了老司机的回忆，我年轻的时候也剪过和你爸一式一样的头发，不瞒你说，就因为这个发型，我倒了血霉，被判了刑，你爸应该没我这么惨吧？司马玲慌忙收起钱夹，拖上行李走人，刚踏上候车室的台阶，一位红唇美女拦住司马玲，请问去婺城第一人民医院怎么走？

德明又吐出一个双层烟圈，说，你不知道我刚刚握着邮递员的假肢，就像握着鲁贝贝的手一样，一点感觉也没有。告诉你吧，著名作家做过我三天的女朋友，是她主动的，她新做了一个发型之后，就跑来要同我交朋友，有意思吧？她抱怨你家的猫叫吵得她睡不好，她只想好好睡上一觉，可是我又不是安眠药，有意思吧？鲁贝贝的乳房、小腹、肚脐、胯部，摸起来都像是假的，我就像是抱着一个假人在睡觉，真抱个假人可能还有点感觉，反正搞得我也睡不好啦。我还专门问来她的八字请北山上的尼姑算过，结果说她是专折男子阳寿的那类妖女，有意思吧？我当然不信，可是睡在一起也没什么意思，一个女人连睡在一起都没意思了，那就真没意思了，所以我们就好聚好散啦。这事我没告诉过别人，除了你，你千万不要告诉别人。

砰——看不见的远方，又有一幢楼倒下了。

阿达每走一步都再三确认，生怕踩空倒下去。阿达轻飘飘地上楼，来到鲁贝贝病房，意外地发现病床已经易主，一位满脸老年斑的阿伯取代了鲁贝贝躺在上面睡大觉。他鼻孔里塞着棉花球，没塞紧，随呼吸一跳一跳，像个老迈的小丑。"你找谁？"护士经过发现了阿达。阿达发现了配药台上的病号服，左胸口还贴着"龚丽娟"的名牌。阿达指着病号服，说，我找龚丽娟，笔名鲁贝贝。护士就向阿达宣布了鲁贝贝的准确死亡时间：下午两点二十四分去世的。

为了不影响阿伯睡觉，护士把阿达引到外面走廊，同时带走了那件曾经裹过一个名为"鲁贝贝"的灵魂的病号服。护士说，本来一切都很稳定了，电视也上了，走得真是突然。鲁老师的左边嘴角有口红印，像是没擦干净留下的。没发现鲁老师生前有化妆的习惯，病房遗物里也没有口红，要不是轮到我值班送太平间，鲁老师皮肤那么黑，我也不会发现的。

第四十三遍落木

　　胡子的生长速度似乎远远落后于指甲了。他摩挲着篱笆上心形的木纹，无心划出三道痕，宛如三支箭穿心。原本滑溜溜的触感于是有了些坎坷，仿佛下巴，毛毛刺刺。他已经等了她一个小时，昨天也没出现。在这座修葺一新的别墅对面是另一座别墅的车库，他就在车库门口的雨棚下，等了她一晚上。

　　今天，太阳落山前，他就来了。站在雨棚里，一股比昨天更强烈的铁锈味很快被烧排骨的浓香取代。他吸了吸鼻子，走出雨棚，暴露在别墅门前，似乎这样能加快他等待对象的到来。他把手搭到门前的实木篱笆上，紧握着，似乎这样能表明他等待的决心和诚心。不得不承认，刚刚过去的这一小时实在太缓太慢啦，甚至慢过生锈的速度。假如他是排骨的香气就好了，自由散漫，无孔不入。他想象她正在厨房，煤气灶的火苗将高压锅包裹成蓝色。这么说她至少还要一个小时才能脱身。他松开了篱笆，拖着脚步来回走，接着用脚跟跺着地面，仿佛鞋子不怎么合脚。

　　他今天特意穿了一双新鞋。上一次她问他，你是不是腰椎也不好？当时他茫然地隔着篱笆望着她。她说，你走路歪着身子，和我一样。他连忙点头，比起身体缺陷，他更羞于承认那是一双大了两码的劳保鞋。她打开篱笆门，两人都没动。她歪着身子走出来，围着他绕了一圈说，现在不注意，老了要吃苦头的。他连忙点点头，觉得她的语气很像他母亲。她又问他，你不住这里吧，眼生。他迟疑了一下，点点头。她说，来找朋友？这里面太大了，布局也怪，就算知道门牌号，第一次来也休想轻易找对门。他连忙点点头，迟疑了一下说，来去都不容易，我现在在找出路。她关好篱笆门说，我带你走吧。

　　她歪着身子在前面开路，不时回头看他的走姿。无奈脚掌一直在鞋肚里打滑，他只好歪着身子行动迟缓，像个腰椎间盘突出且冥顽不灵的年轻人。他注意到她的眼神里有了责备的意味，他得赶紧再找个借口。他清晰地记得他曾经找了个毛发过敏的借口拒绝亲近老板的那只金毛，父亲把他带到老板办公室就走了，他一个人面对一个陌生男人和一只油光发亮的狗。老板每周都要给金毛服用一次卵磷脂，确保毛色光泽，相比之下，父亲养的土狗就没这么好命了。生前看家护院，身后献祭做狗肉煲，是那只土狗短暂一生的写照。狗肉煲端上桌，他吃得比谁都多，像要把之前他单独告诉它的那些秘密都吞回肚子里去，吃完立马跑出去找了个角落狂吐不止，难过极了。再比如，因为无从下手只好借口不爱吃海鲜，他全程没碰那些张牙舞爪的蟹及贝类，老板一再劝他尝尝看都被他驳回，杀人偿命欠债还钱，其他的没必要浪费了。他曾经琢磨他也许患上了很严重的自卑症，而用各种生理的不适抑或道德的义愤来掩饰这种病症。

　　她停下来等他。他赶上她，迎面跑来一只拉布拉多犬。她往边上让了让，说，我喜欢猫狗，可惜我对动物毛发过敏。他说，二选一呢，猫还是狗？她说，像这种黑色的大狗就挺好。接着用一种忧伤的语气强调说，可惜我对动物毛发过敏。他忧伤地表示赞同，我也是。她再次停下来，眼神里有一种热切，语气也变得天真，这可怎么办？他笑笑。她解释说，别墅区正门斜对面开了一家有许多不同品种猫的咖啡馆，每次路过她都要在落地窗前停一下。她又说，那种黑色的大猫也挺好。他点点头。她说,这可怎么办?他说,一点办法也没有。她说,我太想养一只猫啦,做梦都想。他说,你得全副武装,穿成宇航员那样。她说,你让我把猫和狗都带到月亮上去?他点点头。她说,那月亮上的兔子就遭殃啦,我也喜欢兔子。他说,我有个同学家里就养兔子,小学三年级全班去参观养兔场,回来一人交一篇作文。她说,你肯定没去。他摇摇头,当时没问题,我也不清楚是从什么时候开始过敏的。她突然说,你的胡子该剃啦,我敢打赌,剃掉胡子,你会比现在精神一百倍,就算还是歪着头走路。

  他当时记不清多少天没剃须了,任由它们在下巴疯长,就像水池里的衣裤鞋袜,就像父亲留下的那盆月季。与其说是月季,称之为一盆长势喜人的杂草更符合实际。洗脸的时候,他不回避镜子,毫无悬念的颓废、沮丧,符合他的处境,好像清清爽爽才是某种冒犯。父亲去世以后,他蓄意让自己陷溺在悲伤里,就像从新居阳台可以望见的那面没有边的大湖,无边无际的悲伤。他并不想这么快搬新家,一套位置相当不错的一手湖景房,他想让它空置、荒芜,一年又一年。可母亲每天都在他耳边重复,人死不能复生,生活还得继续,活着的人要朝前看。从他们的老房子朝前可以看见一个很小的日杂用品商店,多少年了,一直在那里。小的时候他以为店里什么都卖,什么都能买到,到他长大上了职校仍然觉得开一爿这样的小店挺好。他是一个毫无前途的棚户区男孩,对艰苦生活安之若素,长大面对的依旧是苦工与穷困。父亲之死终于让他直面了一些小店里没有的东西,比如劳动合同,比如意外保险,比如募捐款项,再比如悲伤。母亲劝他早日搬家的理由之一即她希望尽快开始新生活,她不想留在这个伤心地。他在心里反驳,这哪里是伤心地,套用刑侦话语,至少这里不是第一伤心地,真正的伤心地离这里根本十万八千里,都是借口。没什么人知道他在棚户区有一小块"秘密基地",在那间早已无人问津的危房里,他用锯子、凿子、榔头围了一圈篱笆,关着他收集的流浪猫。一夜风雪，危房坍塌，事后他在清理废墟现场认出他的猫们，有些干燥脱水如肉干，有些因为沾了水而发霉，有些面目全非，像一小块平整的灰毛毯沾了一点污渍，他想入非非，尽管看上去无动于衷。假如一个人生活在棚户区，他就会有一些自己的秘密，他就会自己找点乐子。

母亲有意淡化父亲在新居的痕迹，遗照藏进衣柜里，仿佛由始至终就只有他和母亲相依为命。那些相熟的邻里已经被他们甩到十万八千里之外，不仅仅是地理距离，他很清楚那些人穷其一生也不可能再做他和母亲的邻居了，除非也摊上一起意外伤亡事故。不对，伤是远远不够的，非付出生命的代价不可。父亲出事的第二天，老板就送来两百万现金，把母与子接到酒店边吃海鲜大餐边商讨补偿方案。老板开出一堆赔偿条件后，又补充了一条，他可以到他父亲的施工队做个管理中层。他的母亲全程不置一词，眼泪是最好的语言，克制而不呼天抢地的眼泪是最强有力的控诉。

新邻居们说话都细声细气的，仿佛耳语，仿佛说秘密，谁也不了解谁。母亲如愿开始了新生活，打算用那一百万赔偿款买个小一点偏一点的门脸房，开一家小小的日杂用品商店。知子莫若母？他每天只是坐在阳台上望着那面大湖。母亲这边进展很顺利，相中了一处性价比超高的商铺，区位、价钱都远超预期，母亲的得意和快乐再也藏不住了。

母亲去签合同这天，他也出了一趟门。如后来遇到的她所言，他在别墅与别墅之间好像转迷宫，好不容易才找到她的家。她绕了一点路，原来也不怎么熟悉环境，总算是把他带到了别墅区门口。他们都看见马路对面灯火通明的咖啡馆，白的猫，黑的猫。她提出一个请求，迅速地看了他一眼就别过头，好像一个羞涩的女孩，你方便什么时候带我去看看兔子吗？你同学的养兔场，我站远一点看，就像这样，应该不会有问题，应该不用全副武装穿成宇航员。她居然羞涩地笑了一下。他想让她的希望多保留一会儿，他想多一点时间体会这种自己被需要的感觉。他们静静地站在暮色里，空气中有一股烧落叶的味道，晚霞就像烧落叶的火焰。他仿佛是经过一番深思熟虑才开口，不好意思，养兔场好多年前就倒闭了。他在她的脸上看到确凿无疑的失落，如夕阳西下，如无边落木。他们静静地站在暮色里。她惊讶地叫了一声，你怎么哭啦？

他不虚此行地目睹了一位孤独寂寞的老人，并受了一些孤独寂寞的感染。当他踩着那双父亲的遗物走上回家的路——棚户区的风俗之一，穿上逝者的鞋回到逝者生前常在的地方，能招魂能通灵——他仿佛感觉肩头沉了一些，像驮着人，他日益干涸的悲伤即将迎回丰水期。三年了，他根据施工图纸找到了父亲出事的准确位置，当年还是一片工地，没错，她的家正是他的父亲被变压器砸死的第一事故现场。他和母亲不该忘了悲伤的第一伤心地，即使没了从前棚户区那群相互知根知底的邻居的监督，即使他们活得远比从前好一百倍好十万八千里。

当悲伤的湖泊再次濒临枯竭，他重返故地。眼前是比他家那套作为赔偿的湖景房更豪华气派的大房子，院子里的柚子、石榴、橘子都挂满枝头，丰收的喜悦冲淡了他触景生出的那一点点哀愁。他寄希望于孤独寂寞的她当面分给他一些孤独和寂寞。第一天，她没出现。第二天，他提早一个小时来守着。两个小时过去了，她终于出现了。她说，又会朋友啊？他点点头。突然在她身后，客厅里爆发了激烈的争吵，从虚掩的房门传出来，穿过柚子树、石榴树、橘子树，准确无误地送达他们的耳边。她不好意思地向他解释，上周我们全家去旅游，昨天夜里才到家，出门在外大家都没少吃，儿子儿媳回来就吵着要减肥都不肯吃晚饭，结果饿得眼睛发绿，心浮气躁的，一点就着，其实只要吃块糖就没事了。她说完笑了一下，笑得比石榴花好看。果树后面好像还有孩子的召唤，外婆快来。

他意识到他该走了，他突然意识到真正孤独寂寞的人其实是他自己，于是他哭了。他想起从前还在棚户区，有个外来户口音特别重，一次，外来户给他的孩子讲故事，讲到有一个星球一天可以看四十三次落日，结果外来户发音成"落木"，孩子一遍遍纠正，外来户仍像一只顽固的鹦鹉一样重复着"落木""落木"，每错一回就引起左邻右舍的一阵哄笑。往后，外来户便一次又一次地重复这把戏。直到外来户举家搬走，父亲才向他抱怨，真叫人恶心，那货老是出洋相给大家逗乐，可咱们都知道他一点也不快活。想到这里，他也快活地笑了，笑得比橘子花好看。

红墙绿水黄琉璃

离开婺城，武昌常想婺城，就像婺城的外婆心心念念老家的红木八仙桌："要是能把那件传家宝找回来，我就一点心事也没有啦。"武昌小的时候不懂，自告奋勇要帮外婆达成心愿。外婆说，红木八仙桌沉到水底啦，要是找得回来，我就能开开心心地走啦。武昌小的时候不懂，问外婆要走去哪里。外婆说，回老家，老家一切都很湿润，从早到晚都有雾。外婆后来确诊患了眼翳，看什么都是雾蒙蒙的；再后来，外婆疑似得了老年痴呆症，武昌这才有点理解了外婆的那些胡话并原谅了外婆。

从婺城到杭州，没有想象中那么想家。姐姐武阳到杭州东站接武昌，把她安顿在自己宿舍。武昌开头两个星期四处玩，把杭城大小景点逛遍，正儿八经求职了却一再碰壁。白天武阳起床去车间，武昌也和姐姐一同出宿舍，再出工厂来到西湖边。西湖不收门票，符合武昌"坐吃山空"的实际；其次，西湖总不缺人气，武昌混在晨练消闲的本地人和走马观花的外地游客当中，都不显得可疑。

武昌第一次闯入庄臣的镜头时，庄臣正在拍苏堤，第二次是在庄臣拍保俶塔的远景里，第三次是岳王庙，第四次是楼外楼，庄臣觉得眼熟，到了第五次，庄臣心里就有数了，这个女人和他一样，寂寞。庄臣做的就是寂寞人的生意，形单影只，连个拍照的同行人都没有，庄臣就派上用场了。

"美女，十元一套，拍一套吧，我今天还没开张呢。"武昌含笑不语，只顾脚下。庄臣追上去，五元一套，五元一套，免费可以吧。武昌说，你的意思，让我做你的模特？庄臣点头。武昌扑哧笑了，我很贵的。话一出口，武昌就脸红，这话有歧义，尤其不该对一个陌生男人讲。亡羊补牢的武昌慌不择言，随便拍。

武昌跟庄臣从六和塔、宝石山拍到灵隐寺、梅家坞，拍摄整整持续了一周，西湖十景都拍齐了。在这期间，庄臣利用假学生证逃了不少全价票。武昌感慨，要是早点遇上你就好了。话一出口，武昌就脸红，这话有歧义，尤其不该对一个认识不久的男人讲。庄臣扬扬自得，二十块钱外加一张一寸照轻松搞定，当然，最好有一张像我这样的娃娃脸。武昌说，杭州说大不大，该逛的我都逛过了，都是全价票。

"你见过长江吗？"二人行至断桥，庄臣突然发问。

武昌家住长江尾，婺城的母亲河是一条长江支流的支流：熟溪河。

"我明天回武昌。"庄臣掏出一张硬座票，杭州到武昌，"你知道武昌吗？有黄鹤楼。"

"昔人已乘黄鹤去。"

"昔人已乘黄鹤去，此地空余黄鹤楼。黄鹤一去不复返，白云千载空悠悠。晴川历历汉阳树，芳草萋萋鹦鹉洲。日暮乡关何处是，烟波江上使人愁。"庄臣满含深情地为故乡代言。

武昌忍不住拍手叫好。

"你见过长江吗？现在淡季，车票好买。"庄臣满含深情地怂恿。

武昌没有告诉武阳要去看长江，只说想到武汉碰碰运气。武阳嗤之以鼻，武汉？湖北？能有啥发展前途。武昌闷头收拾行李，包括杭州各大景点的门票。武阳一张张翻看，这些地方我都没去过，我只去过西湖，我不喜欢西湖，虽然不要门票。武昌有点看不起武阳，太现实，缺少情趣，但换个角度，也佩服姐姐目标明确，执行力强，能吃苦——武阳不甘心只在杭州当个游客，她就像美国畅销小说中的新移民一样努力想发财，武昌则是中国旧小说里不承担劝喻警世的那部分，及时行乐，得过且过。

在宿舍的最后一夜，武昌终于生出一点闲情，细细打量宿舍的阴暗与潮湿。武阳和同事们充分利用空间，连三叶吊扇上都晾满了丝袜、胸罩，四张高低铺睡七个人，空出的那张原本是堆放杂物的，武昌来了，只好搬开杂物腾出空间，室友们对武昌就没好脸色了。武昌发现姐姐和同事关系冷淡，另外六个人之间也好不到哪去，疲乏沉默是宿舍里的常态，各自玩手机或者睡大觉，人际关系就像晾在室内的丝袜胸罩，阴阴的。

两姐妹一块到杭州站，进站前，武阳让武昌等一下，武昌不相信姐姐会和她拥抱然后说些肉麻兮兮的临别赠言。果然，武阳向她讨要房租，不是给我的，当初你要和我住，这是那六个人同意的条件。武昌松一口气。

武昌的火车票上有两个"武昌"，检票员一怔。庄臣问武昌，你去过武昌？那你们家是不是有人在武昌？武昌摇头。全家上一次出远门已经是十多年前了，母女三人在婺城旅行社报了北京团。第一次坐飞机，耳鸣得厉害。傍晚抵京，三人在旅店放下行李直奔天安门。虽然错过了降旗仪式，却意外地赶上城楼更换毛主席像。仪仗队威武开路，运载新主席像的货车从天安门城楼中间门洞缓缓驶出。这成为母亲日后的炫耀资本，天安门国旗天天升天天降，主席像一年才换一次。不与外人道的是，母女三人见证完更换主席像就迷失在了长安街，一直绕着城楼兜圈子。母亲自责没有记下旅店名字和前台电话，这中间因为武阳馋路边的烤羊肉串以及躲避一群文身大汉又多走了一些冤枉路，摸回胡同旅店已是后半夜。老板娘骂骂咧咧起来应门。次日出发去故宫，母亲全程紧跟大部队，三宫六院都是走马观花，不敢多作停留。回旅店的路上，武阳不知好歹居然流起鼻血，同车游客纷纷假寐或者逃到后排，母女三人又像迷失在长安街上，孤立无援。当晚母亲洗漱又不对劲，牙龈大出血。肿大的牙龈严重挫伤食欲和玩兴，直到最后一天才放松下来，象征性地生出一点"到此一游"的空欢喜。母亲愉快地表示牙龈终于消肿了，回家真是一剂良药。亲朋同事受邀来家里，听母亲笑谈北京风物，一边讲一边吃着北京果脯，仿佛眷恋首都很深。只有武昌和武阳知道北京之行带给她的创伤后遗症，母亲常常梦回天安门广场，与此同时，牙齿松脱了，用手一抠，一颗一颗脱出牙龈，一颗牙齿一个坑。母亲常以一种紧皱眉头紧捂腮帮的姿势惊醒，然后利用早餐时间向两个女儿复述她虚虚实实的惊魂记，最后罕有地以京骂收尾，花钱跑那么远买罪受，傻瓜一样……

"老实说，跟我跑这么远，你就不怕我是坏人，把你拐卖到深山老林？"庄臣采购了一批西湖龙井和杭州王星记的檀香扇，满满两大包，准备贩回武昌赚点差价。武昌随身携带几件换洗的衣服外，就只有一个"想看长江"的念想。

"你是新疆人吗？你比江南女子勇敢。"

"我是土生土长的江南女子。"武昌暂时不想解释她和武阳迥异于一般南方姑娘的高鼻深目，庄臣就以为武昌是在开玩笑。在武昌之前，庄臣接触过一些江南女人，吴侬软语的优势弥补了不少江南女子形貌上的不足，即便爆粗口也是发嗲，小口一启，便有了正宗女人的样子。不像庄臣母亲，直着大嗓门呼来喝去。庄父是干苦力的，口味重，免不了嫌家常饭菜不合胃口。庄母就上纲上线怒斥庄父在外头野惯了，心玩野啦，哪家的野女人把你的胃口吊高啦。庄母嚷嚷得尽人皆知。庄父也不辩解，碗筷一丢，真的跑出去搞野女人，反正名声已经臭掉，再不胡搞乱来岂不亏大了？庄母泼辣到底，杀上门一通打砸，野女人也是开门做生意的，毫不理亏。两个女人打到一起，庄父赤膊坐在床上看，等到打完砸完看完赔完，就和庄母回家。除去嫖资，每次都要搭上一大笔打砸赔偿，庄父终于不再光顾野女人。庄臣每每想起便格外同情父亲，尽管当时他是和母亲形成统一战线向父亲展开道德攻势的，可怜庄父以为豁出老脸就可以胡作非为，殊不知在金钱面前，名声算个屁。

鱼米之乡，风调雨顺惯了，江南女人纵有正宗女人的样子，一听湖北，穷山恶水，纷纷退缩，尤其摸清了庄臣的身家底细只是个穷照相的之后。庄臣搞摄影是半路出家，庄父一生没拍过什么照，死后清点，唯一的人间留影还是第一代居民身份证上的小照，灰扑扑的，没法放大。遗像就请文化宫的美术师傅工笔细画，画上的庄父下巴有两颗显眼的黑痣。庄母提醒儿子，其父黑痣的准确位置一颗在后脑勺，另一颗位于左耳边，至于下巴上这两点纯属笔误，是对旧证照上的污渍的错误临摹。

庄臣吸取父亲遗像的教训，买了台二手的尼康D3s。无奈相机目标太大，庄母一见镜头就咧开嘴，笑得比哭还难看。庄臣只好不拍人，改拍厨房菜园一日三餐。庄母仍旧紧张，早知道你要照相，装螃蟹的盘子应该换个好看点的。庄臣最后只好用手机偷拍，假装刷微博，母亲终于恢复家常形貌，眼神凝滞，灵魂出窍。庄臣通过自己的摄影作品重新认识了母亲，母亲想父亲，也想自己的身后事。

为了收回尼康D3s的成本，庄臣的摄影生涯就从黄鹤楼开始了。从杭州回到武昌的头几天，庄臣是尽职尽责的好导游。武昌因为陌生而新鲜而如鱼得水：东湖、江滩、中山公园、昙华林、红楼、汉正街；瓦罐鸡汤、三鲜豆皮、米粑、热干面、欢喜坨、麻辣鸭脖、麻辣小龙虾、排骨藕汤……武昌人把吃早饭称为"过早"，仿佛早饭是一道坎、一个关口。过完早，终于来到长江边。长江之上是茅以升造的长江大桥，"从此天堑变通途……"小学课文上的表述，武昌意外地发现自己竟然还记得。在长江大桥上回头看，茂林山头一座黄色楼宇，正是天下江山第一楼的黄鹤楼，正是"此地空余黄鹤楼"的黄鹤楼啊！假如武阳在场，保证要给武昌泼冷水，又不是中了几百万，激动个屁啊。武昌对着假想的姐姐反驳道，你才懂个屁，然后一字不落地背出那首诗："……晴川历历汉阳树，芳草萋萋鹦鹉洲。日暮乡关何处是，烟波江上使人愁。"也是小学课文上的诗，终于记得了。

庄臣为武昌在黄鹤楼前拍了不少照，他要武昌做他的招牌。武昌记得婺城影楼橱窗里常年放一些女人的照片，某个清晨，橱窗被砸了一个洞，美人招牌照被人泼了墨汁，脸部乌漆漆，胸部乌漆漆，只余一双球鞋，雪雪白。那是婺城小学音乐老师吕老师的演出照。吕老师编排的采茶舞荣获全市中小学五一文艺汇演一等奖。头绑方巾的吕老师一身绿衫，外穿绣花红肚兜，两手撑住一顶斗笠，白球鞋旁是一筐新茶，清明时节雨纷纷。

"还好你没有把我拍得很美。"武昌检视庄臣相机里的自己说。

"质疑我的技术？"

"你把我拍得很家常，不出挑，这很好。"

"要是人人和你一样，这一行生意就好做了。"通常情况是，庄臣好不容易接了一单生意，对方要求庄臣连拍十几张，然后在十几张里面挑一张，千挑万选的这一张还要精心修片。"我成天造假，你说这算不算犯罪？"

武昌挑出五张允许庄臣做招牌照。她还年轻，不需要修片也拿得出手。当武昌的招牌照出现在黄鹤楼前，武昌已然厌倦黄鹤楼，尽管她还没登过。武昌每天变着花样"过早"，过了二十多天逍遥快活的异乡生活。等到看的吃的喝的都开始重复，翻不出新意了，客居生活就完全成了生活。武昌隐瞒捉襟见肘的财务状况，故作落落大方地住进庄臣租在户部巷的单间。"我既然敢跟你来看长江，我就百分之百相信你。"刚好不大的单间放了一个上下铺，上铺空空，像是专门等她，等了很久。武昌偶尔会觉得还在姐姐的集体宿舍，又觉得自己还是学生，住在男女混搭的寝室，尽管这不合实际。

白天，庄臣在黄鹤楼拍照，武昌在出租屋对着满墙的陌生面孔等庄臣下班。庄臣回来就摔出一沓废照片，同时骂骂咧咧删着相机里攒了一天的照片，不要脸！不要脸！庄臣对自己的促销手段产生了动摇：客人随意指定方位拍照，然后冲印出大小两张照片，小照片可以嵌进方形的塑料钥匙挂饰，大照片套纸质相框，和小学课本的尺寸相当，一大一小全套二十元人民币。促销广告词平易近人：小照片免费领取，大照片自愿消费。庄臣算过账，钥匙挂饰采用最低档的塑料，一凹一平两个小方块就框住了小照片，什么都是小的，成本不值一提。促销活动肉眼可见地拉了一些人气，但庄臣高估了顾客的道德感，他们多是因为新鲜凑个热闹顺便贪点小便宜。绝大多数客人只取走免费的钥匙挂饰，即使庄臣暗示他们随便丢弃自家照片大大不吉，也没什么改观。庄臣就把这些高清的无耻嘴脸带回来，贴到出租屋墙上，右手比画出一把枪，对着照片墙一通疯狂扫射，不要脸！不要脸！

庄臣生意上的失利加剧了武昌的忧患意识，"想到武汉碰碰运气"虽然是对姐姐撒的一个谎，但眼下也不得不践行了。武昌的收费是正规导游的一半，每天买一张全票入园，待到下午六点半闭园。在此之前，武昌闭关用功了一个星期，把黄鹤楼的前世今生背了个滚瓜烂熟：

"黄鹤楼坐落在海拔高度61.7米的蛇山顶，以清代'同治楼'为原型设计。楼高5层，总高度51.4米，建筑面积3219平方米。黄鹤楼内部由72根圆柱支撑，外部有60个翘角向外伸展，屋面用10多万块黄色琉璃瓦覆盖构建而成……"

武昌照本宣科之余，偶尔加一点个人发挥，在黄鹤楼二楼，长江像兰州拉面里的"大宽"，三楼是"韭叶"，到顶五楼就是"二细"了。真有甘肃的游客听了，发表抗议，不论黄鹤楼哪一楼，长江都是"毛细"，在黄河面前都是毛毛雨！武昌没见过黄河也附和说，北方的大江大河都是大手笔。甘肃游客颔首指着某块匾额,装作很有兴趣地打听历史背景。

从黄鹤楼往景区南门方向走,还有崔颢题诗图、文苑、鹅池、搁笔亭、米芾拜石、紫竹苑、白云阁等景点,游客提问少很多,武昌的耳朵嘴巴相应清闲,武昌就觉得风景这边独好。

在不长的导游生涯中,武昌带过一对聋哑游客。兄弟俩一人一张鞋拔子脸,一个模子里印出来的,衣帽也统一,坚固的无声同盟。聋哑哥哥递给武昌一个小本本,上书:带我们上黄鹤楼。武昌另起一行写道:我不是正规导游。然后指指景区咨询处,接着写:正规导游都在那里。聋哑弟弟摇头,哥哥张了张嘴,发出一个奇怪的喉音,右手食指指着武昌,聋哑弟弟在纸上传译:她们一看就是导游,我们喜欢不像导游的导游。

武昌照例从黄鹤楼二楼开始"兰州拉面"论,只不过这回是连写带比画的。到了紫竹苑,一对新人在拍婚纱照,估计是拍了一天疲乏了,新郎新娘都面泛油光,有了一点愁容和戚色,即使是头婚,也不免让人联想到二婚的怅然。以聋哑兄弟的条件,他们会有属于他们的婚姻吗?武昌带兄弟俩游完园,第一次做了亏本生意,没收费。聋哑哥哥推辞了一番,最后手写了一句"谢谢你",武昌收下了。正规导游都认识武昌了,不失时机就为难她一下,故意放大小蜜蜂扩音器的音量干扰武昌解说。武昌也不恼,号召游客,她讲得比我详细,这一段你们听她讲。

庄臣和同行的关系也好不到哪儿去。搞促销之前,庄臣过分乐观,颇有些"只此一家"的自得,反观他的对头,"古装戏服免费租用"的汪师傅,庄臣心生鄙夷,啥年代了,谁还稀罕扮成皇亲贵胄到此一游?汪师傅的照相馆是黄鹤楼一带的老字号,赶上好天气他就挑了竹竿,晾晒古装戏服,皱巴巴的赤金龙袍、褪色脱线的黄马褂、藕荷色宫女服以及起球了的贵妃装。庄臣揶揄汪师傅是"封建余孽",也不想一想这是啥地方,武昌!封建帝制就是从这里完蛋的。汪师傅说,上个月我就拍了三个皇帝、九个贵妃、两个宫女和一个太监。实践证明,庄臣的求新求变走不通。汪师傅就发表老人言了，你纯粹是瞎胡闹，看我走老路子，十几年旱涝保收。实践证明，愿意穿那些劣质古装，过一把俯瞰众生瘾的，大有人在。汪师傅幸灾乐祸地发表老人言。话题一转，忆起照相行当的黄金时代，汪师傅的面色就黯淡下来，直叹今不如昔。从前照相师傅多有地位，劳驾师傅照片拍好一点哦，麻烦师傅照片洗清楚一点哦。二十世纪八九十年代，相机金贵，胶卷金贵，照相的机会就金贵，照一张相等于过一个小节日，衣服要干净，裤缝要笔直，脸上一定要笑，双手叉腰或别在腰后，剪刀手算时髦了……照片洗好收进相册，底片包好存在信封里，还要放火柴头、樟脑丸，防霉防蛀，集体合照的背面附一张白纸，用钢笔手写每一排的姓名，有时还要在括号里注明籍贯……压膜业务的出现是九十年代中后期了，重要照片，通常是全家福、结婚照，塑封起来挂堂屋、挂正厅，只要不暴晒不起泡，一般都能保存得挺好。哪像现在，手机随时随地随照随删，太随便了，我的生意也只好随便做一做了，那些龙袍长衫我都懒得换新了。没想到你来了，年纪轻轻掺和这种夕阳行业……

庄臣中午就收摊了，回屋发现桌上的字条：谢谢你。午睡前，武昌从兜里摸到字条，想起那对不幸的聋哑兄弟以及自己的善行义举，一种自我感动的情绪使她盯着这三个不算工整的汉字看了又看，以至于睡前忘记把字条收起来，以至于庄臣误以为那是武昌向他致谢的一种委婉方式。

"我们就像是住在男女混寝的宿舍里的……好学生。"武昌午睡醒来，庄臣主动说了一些之前没想到，或者想到了不好意思开口的感想。武昌心里一动，男女混寝的宿舍，他们想到一块去了。"以前读书的时候，很多同学都住到校外，男女朋友租一间平房，买几个西红柿和鸡蛋，做个番茄蛋汤或者番茄炒蛋，比吃大餐还开心。"武昌揣摩庄臣的用意，是否话里有话。"宿舍哥们儿一个接一个地搬出去，那个时候只要晚上不熄灯不断网就是天大的自由和幸福了。宿舍最后只剩下一个人了,那哥们儿就不搬了,把他女朋友招进宿舍,两个人公然在男生寝室同居,偶尔也做一做凉拌西红柿,小日子甜滋滋。"武昌笑了。"后来另一个哥们儿回寝室拿点东西,撞见两个人正在吃西红柿拌白糖,当场大叫。"庄臣看看武昌,犹豫是否要说下去,但还是说下去了,"一嘴西红柿,一嘴白糖,两个人亲嘴巴就变成了西红柿拌白糖,鬼知道是谁想出来的鬼点子。"武昌感到脸烫,应该是脸红了。"再后来,那哥们儿就在自己下铺拉了一道帘,尽管多数时候,宿舍只有这对狗男女,但他们再也不敢在帘子外面胡来了。"

武昌想象母亲听了这个故事,必定第一时间举起痛斥"寡廉鲜耻"行为的大旗,从前的武昌和武阳都是这面旗帜的拥护者,坚信不疑地声援母亲的道德攻势,如今却觉得故事中的同居男女小题大做,亲亲嘴巴怎么啦,变着花样亲亲嘴巴又怎么啦。武昌的包容开明马上被庄臣的下一个问题粉碎了:"你知道他们在帘子里面做什么吗?"脸更烫了,脸肯定更红了,武昌想到小学课文第四课,《叶公好龙》。

武昌的青春期就像一片处女地,贫瘠和贫瘠的回忆。由于母亲职业的关系,武昌高中毕业还住在婺城小学。小学每天早晚都要播一遍"美呀美,什么是美……",加上母亲言传身教,母女三人都是"五讲四美"的模范标兵,父亲则是争取目标、改造对象。母亲不能容忍父亲生活上的自由主义:牙膏没有从底部挤起,毛巾不对折就悬挂,拖鞋没有成双摆放整齐,不洗脚就上床……凡此种种,母亲都要勒令父亲整改重做,至于喝酒晚归这类"重大问题",非书面检讨不能过关。父亲当着女儿们的面自我批评:本人杨万里,于某年某月某日晚上在外喝酒到凌晨,只图自己开心,没有顾及家人感受,愧对江柳青同志的教育和培养。本人已经深刻认识到错误的严重性,在此做出深刻检讨,对不起……

父亲的陋习不是一两次检讨就能解决的。母亲釜底抽薪,晚上十点就反锁家门,再加一道链子锁,父亲的钥匙彻底失效。第二天一早,在母亲的督促下,父亲又在武昌武阳面前做了一次"深刻"检讨。在武昌心里,"深刻"就和父亲的家门钥匙一样,和父亲的检讨书保证书自我批评一样,都没什么效力了。武昌有一次听见父亲用座机在和什么人抱怨:"我情愿她是包法利夫人,可事实上,她是可怜的包法利夫人那单调乏味的另一半,谈吐像人行道一样平板,日子像钟摆一样单调……这个传统女人太传统啦,她也许和你一样,是个好老师,但绝不是个好妻子。我在她面前不是丈夫,我是可怜的小学生……"

母亲毫无悬念再次斩获婺城小学年度"伟大园丁"的最高荣誉,客厅墙上已经有十张这样的奖状了。她心满意足地把第十一张"伟大园丁"另起一行,寓意教学生涯的新篇章、新起点。和"深刻"一样,武昌也有点厌倦了"伟大"。学校里的"伟大园丁"同时也是家里面的"伟大生活家",精打细算,斤斤计较,宁可买便宜一倍的受潮厕纸,晾干了再用。武昌和武阳因此饱受湿疹之苦。

婺城小学的教职工宿舍,一室一厅外加厨卫,统共六十平方米,塞满了武昌一家四口、家具和荣誉。卧室是父母的领地,姐妹俩在客厅睡一张钢丝床,每天上学前折叠好收到门后面,夜里再支开。令武昌困惑的是,她和姐姐同样用受潮厕纸,为什么发痒的地方却不一样。武阳操纵着武昌的手在她身上游走。武昌困惑多多,姐姐的湿疹比她好得快好得早,为什么还是痒?直到武昌初潮,武阳娴熟地用干燥厕纸为她折了厚厚一只船形纸垫,武昌方才恍悟,痒有许多不同品种,湿疹的痒只是其中光明磊落的一种。在夜色的掩护下,彼此一寸一寸探索成长的蛛丝马迹,逐渐摸出一些暗门机关,使她们在湿疹痊愈后依然还有比抓挠湿疹更甚的快感。

一日,母亲叫来婺城小学的电工卸了卧室的门。卸下的门板搁在楼道,上下楼的老师、校工都看见了,都紧绷脸皮和嘴巴,那是一种呼之欲出的笑意和一触即发的谈锋。父母的领地失了遮挡，夜里一片死寂，武昌和武阳的摸索游戏被迫停止。后半夜，武昌隐约听见父亲的哭腔，帮帮我，就一下，帮帮我……前所未闻，俨然受了欺负的小学生。更奇怪的是，面对父亲的哀告，母亲不吭一声。这样古怪的夜晚隐秘地持续了一个星期，父亲终于在星期天的凌晨得到了母亲的回应：你再吵，我出去让女儿进来帮你啊。武阳迅速地翻了个身，原来姐姐也一直在偷听。

父亲开始报复性晚归，不到半夜坚决不回家，借着酒劲猛砸反锁的家门，砸醒了整栋宿舍楼的人。母亲不得已起床放父亲进屋。父亲趴在水槽上，食指伸进嘴巴，嗷嗷狂吐，吐完又嗷嗷呻吟，一点也不讲文明讲礼貌讲卫生讲秩序讲道德。武昌接了一杯水给他漱口，父亲像等到援军似的向小女儿控诉她的母亲，她就是一杯白开水，一杯蒸馏水，容不得半点杂质，一点味道也没有，除非和尚，男人碰到这种女人要吃苦头的。武昌童言无忌，那你就去当和尚呀。

父亲办妥离婚手续后的第三天搬离婺城小学，六十平方米的家就此成了尼姑庵。母亲抬回门板重新安上，卧室是卧室，客厅又是客厅了。武阳却要求再买一张钢丝床。姐妹两个从此分居客厅南北，蓬勃的身体之间隔着六脚茶几。母亲更加努力地投入工作，荣誉墙上的"伟大园丁"长势喜人，武阳和武昌的成绩却一直在走下坡路，不得不说这是莫大的讽刺。不过，类似情况在教师队伍中并不鲜见，有一种说法是，教师把大部分的耐心和热情奉献给了学生，对待自家孩子，包括另一半难免懈怠，也是职业病的一种。老特级教师杨老师的儿子如果不是被强行送去河南少林武校，顺其自然就会发展成为婺城一霸。杨老师桃李满天下，独独对儿子无计可施，对儿子的期望一降再降，只求杨凯平平安安，不要成为社会祸害。

只要武昌如厕的时间稍长，母亲就会敲门，在门外报一个时长，提醒武昌已经在卫生间虚耗太久了。洗澡也一样，母亲总抱怨女儿洗的速度太慢。武昌后来得知,那段时间楼下肖老师的女儿因为某些难以启齿的原因导致处女膜破裂,教师队伍一时议论纷纷。肖老师的女儿一向蛮乖蛮懂事,学习考试从来不用肖老师操心,每天放学回家很自觉地先做作业,成绩也好,就是不怎么和人打交道,做完作业也是一个人在家里看书,想不到这个书呆子闯出这样的祸事……人不可貌相……书呆子看书把脑袋看坏掉了……肖老师今年刚评上"伟大园丁",这下更出名啦……福兮祸兮……肖老师这个人蛮要面子的,肖老师会不会辞职搬走啊……直到现在,肖老师还和武昌的母亲住在婺城小学,同是离异的女教师,楼上楼下邻里和睦。

倒是音乐老师吕淼在武昌父亲离开半个月后,也辞职搬走了。吕老师是婺城小学最洋气的老师,春天夹克衫软呢帽,夏天棉布裙白球鞋,秋天针织衫外套小马甲,冬天羊毛围巾混搭小皮裙。吕老师会唱英文歌,最喜欢在课上放惠特妮·休斯顿的磁带。搬空的宿舍还贴了许多黑人海报,几支全是外文的洁面乳丢在卫生间角落,还有一盆指甲花。吕老师十指纤纤,十个红指甲落到风琴键上,比琴声更曼妙。有一张手部特写的大照片挂在音乐教室,后来神秘失踪了,还有一张跳采茶舞的全身照展在婺城影楼橱窗,后来也遭到神秘破坏……武昌掐了一些吕老师的指甲花,双手插兜。晚饭的时候大意了,母亲一把捏住她的手腕,同时把另一只手从裤袋里拽出来,十指鲜红,犹如十簇火焰助长母亲的怒意。武昌当即被拉进卫生间洗刷,力道之大,十个指甲都要被母亲揭掉了。武昌不由得想起父亲曾经反驳母亲的话:你们和日本人的文化心态比较接近,都是一种典型的"耻感文化",特别在意别人怎么说、怎么看,以外部评议作为行事准则,在别人看得到的地方,会有很强的羞耻感和自我约束力,在别人看不到的地方,则百事可为……这和基督教世界的"罪感文化"完全不同,"人是生而有罪的","我们的罪高于我们的头","罪感"就在我们心里,审判和标准也发生在自己的内心,与他人无干……指甲花风波后,武昌视一切女性美为天敌,自觉地让自己不起眼,尽管她和武阳都有一对深邃的大眼睛和一个阔挺的大鼻子。离家前,武昌知道的化妆品品牌不超过五个,是武阳给她补上了这迟到的启蒙课。武阳只在休息日化妆,但她的化妆品很全面,仿佛是对灰暗青春期的报复,自我打磨和抛光,抓住年轻的尾巴。

总而言之,母亲是大生活家,母亲经手的生活展露出琐碎、沉重、控制、虚耗等质地,严重挫伤了父女三人的勇气和信心,令他们误以为无趣和疲惫是生活的主题,除了逃离,别无选择。武阳职高毕业就去了杭州。她说:"我这辈子绝对不在厕纸上花心思,绝对不会像个傻帽一样为了省那一丁点钱,天天在阳台上晒贱价厕纸!"武昌也步了父亲和姐姐的后尘,逃离婺城,逃离母亲,逃离"伟大园丁"的巨大阴影……

庄臣交给武昌一张一寸照复印件,上面是一位穿中山装的瓜子脸男人,因为复印的关系,中山装很黑,瓜子脸很白。庄臣希望武昌能够帮忙寻找和照片上相像的男人,说:"五官、面部轮廓接近就可以了,你做导游,多留心。"

"好像通缉犯。"

"只要做成黑白照,人人都像通缉令上的杀人犯。"

"他们后来做什么?"

"什么?"

"你那哥们儿和他女朋友在帘子里面……"

和武阳的手大不同,庄臣的手指们初来乍到,还有点生疏矜持。武昌领着五位手指,成了自己身体的导游。手指们迅速攀上战栗飘摇的城楼,站在颜色最深的那颗球形制高点上,俯瞰琉璃瓦般光洁的腹地,一呼一吸一起一伏,山雨欲来。武昌识趣地保持安静,给手指们留出充裕的游览时间。随着手指们的深入,腹地轰然塌陷成盆地,武昌恍惚看见了母亲。武昌拼命冲母亲笑,笑得露出了牙齿,露出了牙龈……

母亲来电,这是武昌来武昌后第一次接到母亲的电话,武昌正带一群游客登黄鹤楼。"你姐的电话怎么不通?"武阳把新号码告知武昌的时候特别叮嘱要保密,万万不能告诉母亲。

"姐姐换号了,新号码我用短信发给你。"武昌和盘托出。

"你太无耻了,你是叛徒专业户吗?"武阳的电话很快杀到,"告密无耻!"武昌对武阳的第一次告发是在婺城小学。学校西南角有一片小树林,前身是一个垃圾场,很奇怪,每年植树节校方都会组织师生在此造林,但小树林的规模一直不增不减,山茶、毛竹、桂花、含笑、广玉兰、楸树、泡桐,还有一棵硕大的樟树,难怪父亲曾经调侃,植树造零。有时姐姐不在家,武昌为避免单独面对母亲,就带本书进小树林。腥气的蚯蚓翻拱出泥里的陈年垃圾。武昌心平气和地用小树枝挑断肥壮的蚯蚓,挑成四分五裂六七截,每一截都蠕动不止。武昌静观这些低等的无脊椎生命濒死的极限反应,暗下决心自己弥留之际决不能这么狼狈。一天,武阳也闯进了小树林,还带了杨老师那个不成器的儿子。难怪姐姐不再和她玩身体游戏,原来是有了新搭档。杨凯是一个像消防栓一样矮小结实的男孩,武阳像一朵妩媚的山茶倒伏在消防栓上。武昌屏息猫在广玉兰后面观察,一条蚯蚓爬上手背,武昌表现出钢铁般的意志,任凭手背上的痒黏答答湿漉漉地灼烧着,纹丝不动。树林越来越暗,腥气越来越重,母亲当晚煮了一锅黄鳝汤,两条黄鳝熟烂了交缠在一起。武昌用筷子头点点其中一条黄鳝,告诉母亲,这是武阳,再点另一条,将之命名为杨凯。不久,老特级教师就把儿子送去河南,送进了少林武校……

"妈说有急事找你,妈又不是敌人。"

"狗屁急事,她现在就是我的头号敌人!"可能是离婚后的那一趟北京之行给母亲留下了阴影,从北京回来母亲便固守婺城,连省内的短途游都不曾有过,和武阳也仅限于电话联系,然后不失时机地把婺城的适婚男子发往杭州,发给武阳。武阳只好硬着头皮尽一尽地主之谊,带各色婺城男人走走苏堤，游游西湖。相亲对象源源不绝，武阳后来连场面话也懒得说了，冷着一张脸带他们草草走完半圈湖，临别道一声"再会哦"，其实是拒绝。许多相亲对象都是第一次来杭，久闻西湖大名却未能细看细品，心有不甘，主动再约。

"妈一天到晚找这些不三不四的男人来烦我，有一个比我大了十八岁！居然是她的学生家长！二婚头！妈是不是一个人过久了，昏头啦？她自己怎么不去结婚！"

"当年也不是没机会的……"武昌的声音很低，尽量不让姐姐认为是责难。

"当年要不是我把那个老校工赶出去，我们现在都要改姓啦。"离"当年"又过了这么多年了，武阳还是忘不了，"好不容易逃出婺城了，我不想和婺城再有半点瓜葛。我讨厌婺城城南全是服装店的后街，城西基本上是小吃店的天下，爸当年欢欢喜喜在那里开了一家法国餐厅，不到半年关门大吉。"武阳自怜道，"怎么就没有婺城以外的男人看上我呢？对了，前一阵有个湖北人，见过几面就问我愿不愿意和他回老家，直截了当，是我喜欢的性格，可惜武汉太远了，夏天不是火炉天就是发大水，我怕的，你倒是比我有决心。"

"我是叛徒专业户嘛，能屈能伸。"

"其实我当年和杨凯在一起纯粹是因为妈禁止我和杨凯在一起，妈一再告诫我们不要接近杨凯这类坏学生，我对杨凯本来没意思，只是觉得触犯一下这个禁令蛮有意思的。"

"就算我不告密，你早晚也会和杨凯分开？"

"就是有一天我睡醒，突然意识到妈其实挺没意思的，翻来覆去无非就是小学五年级的眼界和知识面。以前不觉得，现在深深体会到，小学老师更像是小学生，而不是老师。"武昌反省自己经常会记起某篇小学课文，不是小学成绩有多优异，而是因为有一个敬职的小学老师的母亲日日熏陶，那些初辟鸿蒙的课文无意中成了武昌生命底色的一部分。"你知道的，妈教出过好几个北大清华生，可妈一直在原地踏步，一点长进也没有，从小学一年级升到五年级，五年一循环，去他的'伟大园丁'。"武阳从对母亲的不满升级到对婺城的批判，"这么多年过去了，婺城还在提倡'五讲四美'，要有礼貌、守规矩、走人行道，不要随便吐痰……都是层次很低的规范要求，说明什么呢？说明婺城五不讲四不美，一点长进也没有，去他的'五讲四美'。"

武昌送走游客，终于可以不想笑就不笑了。离闭园还有半小时，武昌绕千禧钟转了几圈又笑了，自嘲是深宫里的白头宫女，这片红墙里的风景圈禁着正规的、非正规的导游，迫使她每天取悦别人且假装不在意每天都不是自己。她笑此刻的自己是多么自由，没人关心她正在做什么，她是一个仅被她更年期的母亲和部分黄鹤楼景区的正规导游所了解的人。

武昌撞一记千禧钟，咚——深沉的余音，一入宫门深似海的深和沉，又一记，咚——为母亲而鸣。可以预见，母亲的余生都将葬送在婺城小学里，五年一轮回，铁打的教师流水的学生，讲台上永葆热情故作好奇，不想笑也笑，仿佛有取之不竭的耐心，走下讲台，沉默地大口大口吞咽胖大海，咕咚咕咚。

咕咚——咕咚——

咚——咚——

落日心事重重地悬在长江头，景区只余老树黑压压，钟声轻飘飘，鬼气森森。暮色抹去了林与木、钟与声、人与物的界限，武昌是一棵树，一口钟，一动不动形同默哀。

景区最不缺新人了。假如每天都是同一拨人，武昌"大宽""韭叶""二细"之类的把戏势必将成为乏味的骚扰。母亲班上曾出过一名留级生，读了两年小学五年级，刚好那几年母亲连续带毕业班，于是每一次引经据典或者故作幽默就都成了毫无惊喜的鸡肋。深谙套路的留级生永远兴致勃勃地给其他同学做预告，等一下，江老师讲完陆游的《卜算子·咏梅》就会讲毛主席的《卜算子·咏梅》，然后还要讲一讲看天安门城楼更换毛主席像的亲身经历……留级生的存在使讲台上的母亲受到了拆台的威胁。母亲找留级生单独谈话："你是个要上大学的男孩，只是暂时在这儿混日子，等到毕业你就要离开这里，我呢，我哪里也去不了，这里就是我的生活。"母亲动之以情，却没有收到预期效果，加上班里出了一名留级生，教学生涯屈指可数的污点，不论第二年校方如何威逼利诱，母亲坚决不肯再带毕业班。那年的"伟大园丁"称号就旁落楼下的肖老师了。

武昌虽然没有带过"回头客"，但每天吃老本也没有很开心，说的话走的路看的景都和前一天相差无几，重复着前一天的前一天，比无趣更无趣，却仍要装出"第一天"看到黄鹤楼的样子，以此和第一次来黄鹤楼的游客们步调一致：好奇而热情，热情又好奇。武昌是靠这些人过活的，只要他们雇了她，他们的标准就是她的标准。武昌小心隐藏自己的厌倦，生气勃勃地度日如年。自由参观的空当，武昌在黄鹤楼上找到黄鹤楼外的庄臣，只见他挂着相机，手上展开一张价目表和一张武昌做主角的招牌照，如响尾蛇徘徊在景区门口寻找衣食父母，偶有斩获，细脖子以上的娃娃脸便如蛇蜕一般焕然一新，同时镜头打开，对焦，一、二、三，咔嚓——利落如响尾蛇攻击。武昌在庄臣的废照片堆里见过她带的游客："这是个台胞，新竹人，他说这是他第三次来大陆，第一次登黄鹤楼。他说他第一次来武汉的时候，真的一个人跑到长江边上去摸长江的水，因为从小读余光中的诗，觉得长江真是太神奇了。"庄臣冷笑一声，宝岛人民也抠门。更多的时候，庄臣无所事事，焦躁地来回踱步，散发令人难安的不祥之光。但愿晚上收工庄臣不要大发脾气，武昌居高临下地祈祷。算起来，那天其实是她主动的……算起来，庄臣虽然一身江湖气，但也不失为正人君子，母亲最欣赏这种能够把持住自己的正派人……算起来，她确实担得起庄臣的夸赞，比一般的江南女子勇敢太多啦，说走就走，或许这部分随性洒脱是遗传自父亲，那么，庄臣是否也像杨凯之于武阳那样，只是自己反叛母亲的一件道具，愈禁忌愈快乐……

当两具汗涔涔的身体再次并排躺在下铺的时候，庄臣敞开心扉："我爸走的时候，我没赶上见最后一面。"

"我不知道我爸是不是真的去当和尚了，不是没这种可能，他对中国文化很有兴趣，我现在也不知道他在哪里。"武昌用右手轻拍庄臣汗湿的背脊，"说到底，我们都一样。"

"你爸肯定不止一张照片吧。我爸只留了一张身份证，就是复印件上的那个男人。"

"你要我帮你找像你爸……的人？"

"我想给我爸多拍几张照。"

"哪怕是一个仿冒品？"

庄臣侧身抱住武昌，武昌能感觉庄臣的下巴在头顶点了点。

武昌结束每一段行程的方式就显得特别了："看完风景我们看个人，大家帮忙看看，有没有相熟的人和照片上的这位长相接近的？"意兴阑珊的游客们都来了兴致，不单单因为武昌混血美女的长相引得大家愿意亲近她争相合影，个别情感丰富的游客还要抱一抱武昌。游客是这样一种人：把日常生活抛在脑后妄想体验生活，因为想要体验生活，而暂时忘了生活。途中虽然也有人讨论时政、学区房或是老公的痔疮，但大部分人都更愿意聊一聊天气、花期，兴致勃勃地策划单车环湖路线，不厌其烦地货比三家。萍水相逢的短暂缘分使他们格外慷慨极易动情，因为短暂。事实上，他们只是在愚蠢的时候才是真诚的，只是在安全的时候才是勇敢的，只是在免费的时候才是慷慨的，只是在浅薄的时候才是动情的……

即将返程的旅行者啊，你所蔑视的一切，都是不会消逝的。明天又将有新的一拨游客，风尘仆仆不远万里，只为看一眼传说中的黄鹤楼。一眼，新鲜又短促。武昌也曾兴高采烈地去看一眼西湖、灵隐寺、岳王庙、长江、黄鹤楼……当她从游客变成导游，不得不再看第二眼、第三眼……终至冷眼冷观，但仍要堆出笑意，补缀敌意、僵硬、疲乏、倦怠的破绽。这么一想，母亲也理应得到谅解。

武昌把复印件又复印了几十份，留了联系方式，声明"只要像画中人即可"，然后将这份特殊的寻人启事贴到武昌的街头小巷。第二天上午，庄臣告诉武昌晚上要晚一点回来。武昌一个人吃过晚饭上床眯了一会儿，听到敲门声的时候，敲门已经持续了好一会儿。武昌以为是有人来提供"寻人"线索，打开门，隔壁的房东阿姨趿着鲜艳的拖鞋伫立门口往屋里张了张，打了一个深长的哈欠，脸上两条深纹从鼻翼直插下颌。房东阿姨警告武昌说，你们能不能动静小一点，别影响别人休息。武昌像处理游客纠纷一样，不管对错，首先赔笑道歉。屋里只有武昌一人，难道刚才打呼噜啦？看来这间房的四面墙都很薄，不隔音。武昌竭力回想她和庄臣有没有说过什么出格的话，特别是针对房东的。自律的母亲对于上家里来的客人有一句俏皮的口头禅，真可惜你没在门口听，你不会听到自己的坏话的。

庄臣半夜才回来，丝毫没有倦意，相反很兴奋，把武昌抱离地面转圈圈。武昌被庄臣脚不沾地一路抱到下铺。上下铺咯吱咯吱晃颤起来，仿佛骨骼碎成一节节一寸寸……宇宙洪荒，混沌茫茫，只有无穷无尽的热，原始的能量喷薄欲出，简单又粗暴，直至语言的诞生。庄臣的话音仿佛隔着几个世纪那么遥远：如果不是房东不许，我早把床用膨胀螺丝固定到墙上了……咯吱咯吱……几个世纪以后的武昌受了文明的感召，位于身体下游的理智迅速回到原来的位置……武昌仿佛看见母亲躺在卸掉门板的卧室里像一块断碑，姐姐像一条黄鳝与另一条黄鳝在小树林缠斗不休……咯吱咯吱……武昌仿佛看见神经衰弱的房东阿姨正站在四面薄墙中的一面后……武昌一把推开庄臣，庄臣以为武昌身体不舒服，拿右手背在她额上贴了贴。武昌摇头，早点睡吧，明天还要寻人呢。说完朝着墙努努嘴，示意庄臣隔墙有耳。身体彻底冷却。

庄臣虽然生意冷清，仍然坚持每天早晨出摊，不像武昌做野导游，三天打鱼两天晒网。中午，庄臣带回热干面、花甲毛豆、鸭血爆鸡胗、烧凤爪、烧虾球，满满当当摆了一桌。武昌小声说，发财啦？庄臣大声说，发财了。除了吃食，还带回两只新口罩。庄臣想了一夜，决定把他和武昌的亲热时间安排在午休和夜晚睡觉以外的冷门时段，而且全程佩戴口罩，双保险地把一切不和谐的声音扼杀在口罩内。真正口罩对口罩，武昌率先笑出了声，庄臣跟着笑："我们好像两个互串病房偷情的重症病人，时日不多了，及时行乐。"武昌示意庄臣小声一点："护士长就在隔壁。"庄臣就笑得更响了。庄父弥留之际，脑血管爆得所剩无几了，仍然说着"固的！固的！"在庄母眼皮底下最后一次扑向酒池肉林，安乐而死。庄父做了一辈子码头搬运工也没见过大海，顶多听出海归来的海员讲一讲海上日升月落潮涨潮退，以及海岸上的洋妞，金发碧眼千杯不醉的尤物，GOOD！固的！——这是庄父唯一会的一句英语，学会了之后，酩酊大醉时只会重复"固的！固的！"大洋的彼岸，异域的温柔乡……

生意难做的不只有庄臣。武昌没想到户部巷的铜人张会拿着她的寻人启事找上门来。户部巷入口即铜人张的工作场地，工作时间铜人张给自己裸露的皮肤打一层黑色的底，再抹上暗金色，然后身穿铜色马甲长褂，头戴金漆瓜皮帽，脑后梳小辫，鼻梁上架一副圆墨镜，一动不动就是一尊铜人像，一张口就是铜臭："和铜人张合影啦，十元三张，二十元八张，量大从优啦。"工作时间之外，铜人张卸下浓墨重彩，一个极普通的中年男人，头顶微秃，难得的是没有啤酒肚。武昌一开始没认出来，铜人张便自报家门："别看我和你要找的人相差十万八千里，关键我会特型化妆。"

武昌亲眼见证铜人张一点一点接近庄臣的父亲，最后套上那件做旧的中山装，庄父就从寻人启事上走下来了，走到庄臣面前。庄臣完全呆住，接着哭出眼泪，"爸……爸……"唤个不停。房东阿姨路过探头探脑，又迅速缩回脖子，仿佛开错了家门，无意间撞见了一桩丑事。

"爸……我错了，我应该早点把蹲坑改回坐坑，你最高兴一边坐马桶一边抽旱烟，你说快乐赛神仙，我都当耳边风……爸……我错了……"

铜人张一愣，猜出大概，于是自作主张地用一个父亲的口吻嘱咐庄臣说，别担心我了，你和媳妇好好过。此话一出，武昌羞红了脸，庄臣也从老父还阳的幻觉中惊醒过来。得知庄臣要给他拍照并把照片贴到老家的坟头上，铜人张高眉骨拧成一丛，说："我也不是啥钱都赚的！晦气！"说完脱去中山装，恢复了真身。

真正的庄父搬家后一直不能很好地适应新家卫生间的蹲坑。庄父还是习惯从前的坐便器，边如厕边过烟瘾，虽然久坐导致痔疮恶化，但换了蹲坑，静脉曲张成了比痔疮更大的困扰。那天，庄父如厕完毕，靠墙站了五六分钟，两条腿好像不是自己的，与此同时，肚子像一只警报器一样响起来，庄父听出了坏消息的征兆，哇——吐出第一口血，紧接着第二口、第三口……庄母当场吓掉半条命，用剩下的半条命将淘粪工一样的庄父架出卫生间，铺到门口走廊通风散味，等待救护车救驾。庄臣当时因为打群架正在拘留所，再见到父亲已是灵堂上的遗容遗体。殡仪馆的化妆师妙手回春，令庄父年轻了三十多岁，庄臣觉得自己也还是小孩子，直到丧事办完，才重新长大。"我后来才意识到，我拍了那么多我妈的生活照，都是为了弥补我爸在这方面的遗憾，就是为有朝一日我妈的葬礼遗像做准备，我妈很有可能也意识到了这点。"各种各样的庄母在武昌眼里是一个再普通不过的老妇人，瘦、黑，有点溜肩，洗白的方格衬衫或结球的咖啡色毛衣，黑西裤或黑连衣裙（更像黑色罩袍），棕色船鞋或黑布鞋……除去偷偷抓拍的部分，庄母无一例外都冲着镜头笑，笑得局促僵硬，都不适合做遗像。

"越早出去旅游越好，到了我妈的年纪再出去就很难有新鲜感好奇心了。我妈今年五十七岁，如果不是变成尸体的话，她再也走不出那个地方了，除非又建大坝，又移民搬家。长久以来，她完全不了解外面的世界，我猜她的神经系统早就生锈了，她只会用愤怒和恐怖去解释她周围的事物，偏偏又是看见镜头只会笑的那一辈人。"庄臣说，"你要是问我妈修建大坝对她有什么好处，她会很流利地回答你，大坝修好了当然有好处，对国家来说当然是有好处的，对个人也有好处。你再问，对个人有啥好处呢，她会说，住新房子。我们家现在住移民村，移民村的房子整齐划一，都很新，刚住进去的时候还有不少老外来参观。我妈之所以对这两个问题对答如流，是因为那段时间老有参观的人这样问她，包括一些老外用蹩脚的普通话问她，住新房子开心吗？开展新生活开心吗？"

"你们等于住在风景区。"武昌说。

"导游把人带到移民村，告诉他们我们现在过上了很好的生活，但那些老外似乎对古老的中国更有兴趣。有的老外很夸张的，乘坐三峡渡船维多利亚号，大摇大摆穿着龙袍，有的人家为了迎合老外，就特意在家挂上红纸剪的十字架，但讲的又是另一套，什么救苦救难观世音菩萨在大洪水的时候救了很多人，她派了一只小狗下到凡间，小狗的尾巴上粘着一吊麦穗，人们从此有了农作物赖以生存……牛头不对马嘴，老外也不介意，看上去很受用。"

"听上去很热闹。"

"热闹是他们的，"武昌暗笑，原来庄臣也会引用小学课文，然而下一句并不是"我什么也没有","对于住在景区里的人家来说,游客无异于野蛮的入侵者,兴许会带来不一样的空气,不同的文化相互碰撞,但这都不能掩盖侵略的事实。"

"侵略?"

"我们和游客永远不平等,我们的日常生活成了风景,游客们受着新鲜的刺激,而我们的刺激却停止了。好比从没见过西湖的外地人和天天在西湖边散步的杭州人,对西湖的态度肯定不一样。时间长了,这对我们是一种伤害。"

"伤害?"

"我们就算再有生活的劲头,也敌不过游客们'第一次'的那股兴头,'第一次'看见长江,'第一次'看见大坝,'第一次'看见因为大坝而新造的移民村,什么都是'第一次',反衬得我们的日常生活寡淡灰暗,好像我们消极厌世麻木不仁。"

"所以你可以忍受户部巷的吵闹。"

"两码事,我住在这里纯粹因为离黄鹤楼近。当然,户部巷是越来越商业化,一天比一天吵了。"

"我和我妈经常会在我离家的前一天吵起来,一想到马上就要摆脱死气沉沉的家了,我就一刻也不能忍受眼前家里的一切,整个人变得非常非常敏感,一言不合就会引爆特别激烈的争吵,而导火线有可能只是毛巾没有折整齐,牙膏没有从底部开始挤这一类小事。"武昌和庄臣最后得出一个悲观的结论:被看的风景与看风景的人都不轻松。

武昌的混血儿长相使她从小就承受了作为风景的重负,同样的,武昌的母亲作为跨国婚姻的一方,移民的第二代,又是为人师表的"伟大园丁",所承担的目光数量与分量自然远远超过一般的婺城女人。父亲母亲的结合也可以看作一场游客与风景的配对,他们互相将对方当成是东西方文明的化身,贸贸然被彼此吸引。事实上,母亲选择父亲还有另外一层现实的考虑,在婺城这样的小县城,一个外国人实在突兀,意味着某种"物以稀为贵"的特权。举个例子,武昌的父亲自行车丢了,婺城派出所以出奇高的效率迅速帮忙寻回失物,而杨老师的纯种金毛猎犬来福走丢大半个月也不见派出所行动,搞得杨凯到处叫嚣要和派出所所长单挑,要把派出所点了,结果杨凯因为编造虚假恐怖信息罪被拘留了半个月……母亲的选择无疑是一条满足虚荣心的捷径。武昌小时候不懂围绕母亲的许多非议,有一条居然是"贪图享受",其实父亲只是个背包瞎逛的穷光蛋,在父亲正经做英语家教前,武昌家的开销全由母亲一人支撑,这"享受"从何谈起?直到遇见庄臣,武昌豁然开朗。

武昌耽于享受的同时,一种惘惘的威胁总萦绕心头。目前她和庄臣既互为风景,又同时都是看风景的人,景致不错,看风景的人也相看两不厌,但谁能保证明天呢?父亲母亲的前车之鉴提醒武昌,也许明天,她和庄臣就将沦为住在景区里的人,凡俗日常迫在眉睫,他们的风景在别处,他们成了别人的风景。

武阳的来电加剧了武昌的不安。

"妈昨晚打电话给我,听上去挺高兴,她报名参加了婺城老年大学的国标舞培训班,每天吃了晚饭就到市民广场跳舞,阿姨对阿姨的双人舞国标舞。当然有男舞伴!男女搭配的都是老夫老妻,老公和老婆,左手握右手。"

武昌能够想象那个场面,除去几对模范夫妻,剩下的都是母亲这样的母亲。母亲们十指相扣,身体和身体毫不避讳地紧贴,母亲牵着另一位母亲换步、拖步、锁步、转折步、侧转、打圈,换取一点眩晕的快乐。

武阳模仿母亲假开心的口吻说:"我才五十多一点,就已经上老年大学了,我在老年大学算很年轻很年轻啦。"

武昌握着手机笑出了声,虽然她并不想笑。庄臣翻了个身,嘴里嘟囔了一句什么,肚子也咕噜叫了一声。大雨已经连着下了两个星期,两人一直待在屋里，武昌对庄臣的亲近表现出抗拒，房东阿姨是她现成的挡箭牌。

"没关系的，雨这么大，雨声这么响。"庄臣安慰她，试图爱抚她。"她有一对很变态的顺风耳，我们在这边的呼吸声都听得一清二楚。"就在前几天，也是暴雨天气，武昌与房东阿姨在公厕撞上，又吃了一次警告，你们能不能安分一点，不要影响我休息啊？本来下雨天我就头痛，你们又闹腾，我的头就更痛啦……大雨封门的屋里百无聊赖，武昌第一次觉出这个小屋温馨的一面：至少能遮风挡雨。庄臣打算雨一停就去找新房子，一间可以安心在里面相亲相爱的好房子。

暴雨的傍晚，小屋来了第三个人。虎头刺青因为右臂上的虎头刺青得名，毫不见外地一屁股坐到庄臣床上。武昌和庄臣咬耳朵，我一直奇怪你怎么不介绍你的朋友给我，我以为你和我一样，没什么朋友。武昌并不排斥交友，只不过在婺城确实朋友寥寥。武昌觉得自己在社交方面深受父亲的影响，合得来即合，合不来也不勉强，人活一世，人来人往，最后只有自己。当武昌发现虎头刺青的目光毫不掩饰地直射过来且毫无保留地停在她身上时，武昌露怯了，她所因袭的父亲的影子遁走了，取而代之的是母亲的阴影。武昌不自觉地表现出女主人的做派，却因生疏，险些将茶水洒到虎头刺青身上。

两人坐在床畔，各握一杯茶。武昌退到桌旁，坐下又站起来。假如有一个厨房就好了，武昌意识到母亲的影响远比她想象的还要深远，自以为遗传了父亲那一路随心随性的西洋做派的优越感正在一点点松动瓦解，此刻她迫切地希望藏身于厨房，就像母亲那样，而不是坐立不安地忍受虎头刺青持续莫名的打量。

虎头刺青自称他和庄臣是最铁的铁哥们儿，搬家前是邻居，搬到移民村还是邻居。"移民村鱼龙混杂，兴山人、巴东人、巫山人、奉节人、丰都人……凑到一起自动组成移民帮，比各自的老乡会还团结，在学校没人敢欺负我们,出了学校一样威风八面。"庄臣接过话题:"又穷又苦,所以凝聚了我们。"武昌想到故土难离的外婆至今对婺城不满不适,三天两头念叨,我要回老家哇,我在婺城就像一滴滴不进水里的菜籽油……红木八仙桌沉到水底啦,要是能找回来,我就能开开心心地回老家,开开心心地走啦……我老家一切都很湿润,从早到晚都有雾……

"我和小庄真是从小一起苦过来的,你肯定没见过他什么菜也没有,光光吃白米饭还吃了两大碗。"庄臣也开始揭短:"你别看他手臂上的老虎很威风,刺的时候那个哭爹喊娘。"虎头刺青笑笑,盯着武昌,话锋一转:"可是你出现了。"武昌发觉庄臣脸上抽了一下。"本来你不是一个问题,但是慢慢就成了问题,有意思吧?"武昌低头,尽力避免将虎头刺青的敌意理解成为某种醋意。"我和小庄这些年来相互扶持,从来没有红过脸,就算有不同意见,也能很快达成一致,这是我们的默契。但这次不一样,为了你,我们已经吵过好几回了,我只好亲自上门,来看看你究竟是何方神圣。"庄臣制止虎头刺青说:"你又喝多啦。"武昌抬起头,撞上虎头刺青一双红眼,分明煨着两团潮湿的火焰。"我最近是老喝酒,前一段是开心高兴,所以喝了不少,这一阵是苦闷,也没少喝。"虎头刺青目光灼灼,"我知道我很清醒,我看得很清楚,你在我眼里只有一个,没有变成两个、三个、四个。哈哈哈哈,你在我眼里就是个屁……你在我眼里就是棵摇钱树……"虎头刺青前言不搭后语,越说越醉,终于倒下,臂上的老虎睡着了。

"武汉真是一个奇葩城市,发大水是家常便饭,治大水是百年难遇,说不定今年长江又要发大水。我舅家在汉江流域,1998年,有条小河变得和汉江一样宽,洪水快要平堤了,我舅接到居委会的抗洪紧急通知,都去挖土固堤。"庄臣说,"我家在公安县,属荆江分洪区,为了保武汉已经做好开闸分洪的准备,分洪区里的人家全部连夜转移。我妈一路上还在想有没有东西落下了,到了安全区又回了一趟家,拎出来两只热水瓶，我爸就恼了，结果热水瓶打开，满满的针线、纽扣、五号电池，还有我爸的旱烟枪，我爸就开心了。我妈说，还有两只热水瓶带不走，只好打碎，不能让别人捡了便宜。我们在安全区天天吃南瓜，偶尔吃一吃毛豆、苕藤子换换口味。过了半个多月，洪峰过去，埋在荆江分洪区闸拦淤堤里的二十二吨炸药，最后没有引爆，可怜我妈，早知道不分洪，说什么也不可能糟蹋了那两只热水瓶。"

武昌的1998年夏天，寻常暑假，她和姐姐在家做白糖棒冰看电视剧，只有父亲对抗洪抢险表现出异乎寻常的热情。电视上一出现洪水冲塌房子的镜头，父亲就忍不住惊呼，好像球迷盼到了进球。父亲是体育迷，他和两个女儿分享观看拳击比赛的新发现，现在上场的那个家伙叫乔治贝克，他的工作就是在拳击场边上敲钟，在比赛回合之间敲钟，差不多每场都能见到他，一辈子就干这一件事——敲钟。多有趣的一种生活和职业啊，我真想知道这个人到底是怎么忍受的，可能这里面有不为人知的忍耐或满足……

"我现在可以说走就走四海为家，我想和以前住分洪区有很大关系。"庄臣说，"哪里是分洪区，哪里是安全区，转移该走哪条路线，这些我们很小的时候就知道了。我们也知道，安全永远是暂时的。"

"日本的安全教育，不知道灾难什么时候发生，只好经常应急演练。"

虎头刺青是被救护车的警笛惊醒的，诈尸般坐起，迅速地看了看庄臣，剜了武昌一眼，然后走到房门边听了一会儿，辨出不是警车也不是消防车，而是高音一秒，平音一秒，间隔一秒，循环反复的救护车的叫。虎头刺青留下一句冷冷的"走着瞧"，打开门大摇大摆地走了。

房东阿姨被一名医生一名护士一左一右搀着架着，送上救护车。房东儿子没有随行，留在家里目送，见庄臣开着门，踱进来，多余地解释道："我妈的更年期没完没了，今年还出现了幻听，老说有人打鼾，吵得她睡不好。前一阵她跟着我去夜市卖小吃，生意不错，人也精神多了，有天晚上她突然对一个客人说，你怎么可以一边吃热干面一边瞌睡打呼噜。客人莫名其妙，本打算在摊上吃的，就把热干面打包带走了。再后来不好听的话就传开了，说户部巷有个卖热干面的疯女人，我的生意就难做了。"武昌注意到房东儿子说话时，两只手不停地在裤兜上画圈，看上去挺激动。"别怕。"武昌轻轻安慰了一句。

原来房间的墙并不薄，武昌大可以和庄臣心安理得放肆一些。庄臣也是这么想的。他们像两头逃离养殖场的鹿，一路狂奔，来到水与草之地。武昌报复性地放大鹿鸣，庄臣听见自由的召唤也兴奋起来。丰茂的水草从饭桌、椅子、地板、拖鞋、床单、枕头上疯长出来，远在天边的海市蜃楼，红墙抱城，城楼之上，琉璃瓦反射金的光，武昌看见外婆心爱的红木八仙桌摆上城楼，庄臣看见父亲心心念念的外国女人们侍立桌子四角，水与草之地，奶与蜜之地……福地的幻景转瞬即逝，武昌悲哀地发现，他们的亲热并没有因为疏离而激越。庄臣的手指们对武昌的不安一无所知，但对武昌的身体熟门熟路，也因为熟，身体固若金汤，腹地不再轻易塌陷，腹地以下的水潭迟迟没有结束枯水期。庄臣加大力道。武昌两条胳膊牢牢环住庄臣，想象那是父亲的臂膀腰肢。武昌抱着假想的父亲，想到老年大学里的母亲，母亲牵起另一位母亲的时候，是否想过那可以是另一位父亲？母亲也好多年没拍照了，家庭影集里都是年轻时代的留影，在埃菲尔铁塔，在卢浮宫，在富士山，在伊瓜苏大瀑布，在好莱坞，在柏林墙，在万里长城等等照相馆的布景前，都太年轻了，不适合做遗像，容易产生"英年早逝"的错觉。这些照片曾在九十年代的婺城小学教职工宿舍广为流传。彼时翻看家庭影集这项大众娱乐活动还没有随着传统照相业的衰落而式微。家中来客，主人泡了茶，和干果盘一并捧出的就是一本家庭影集。客人就看一看这家人都去过啥地方，和什么人合过影，基本都是家喻户晓的景点，以及学校、工厂的大合照，偶尔有几张不在风景区拍的人物照，大概率是因为旅游回来胶卷没用完，赶在送洗照片前在家门口的花坛或者外墙前面拍一拍。相册传阅过程中难免发生遗失照片的事故。母亲逢人就问，你看没看见我的照片？升旗仪式的那张，上个星期都还有的……母亲找照片是真，昭告天下她仍不乏暗恋追求者的机心也不假。后来母亲从父亲的牛仔裤里翻到一张吕淼的单人照，吕老师头绑方巾一身绿衫，外穿绣花红肚兜，水水灵灵，典型江南水乡的江南女子。母亲也是逢人便讲，你说稀奇不稀奇，吕淼老师的艺术照居然跑到我们家老杨裤兜里，要不是我细心，差点就泡进水池洗烂啦。边说边掏出吕老师的照片做巡回展。卧室门的拆除标志着母亲彻底和父亲决裂，却意外在门与衣柜的夹缝里找到了那张升旗仪式上的全身照。照片上的中年女人面带微笑，身披绶带，手捧奖状，意气风发。母亲捡起照片撕个粉碎，丢进抽水马桶冲走，不料堵了下水道，破碎的微笑、绶带、奖状和母亲一齐泛上来，水落石出……

武昌梦了没多久，天亮了，庄臣被捕。武昌以为还在梦里，迷迷糊糊看着一群警察破门冲进来将庄臣反扭在地，又把她从上铺拽下来，脑袋磕到铁床角，痛得很真实，这才梦醒接受庄臣是一个人贩子的事实。

虎头刺青已经先庄臣一步入狱，并成为侦破此案的关键突破口。警方没有过多透露审讯的细节，只说了一点："你那个右臂上文猫脸的兄弟一把鼻涕一把泪地要求戴罪立功，有问必答，你跟我们走一趟吧。"没来得及质问，更来不及话别，庄臣一阵风似的从武昌的生活中过去了。武昌稀里糊涂地作为被拐卖妇女从户部巷"解救"出来，坐进警车接受一名女警的安抚。女警说，庄臣伙同虎头刺青在黄鹤楼附近干贩卖人口的勾当，作案手段相当隐秘，庄臣负责产品展示，谁也想不到那些招牌照上的女人竟都是待价而沽的被拐妇女，买卖双方通过照片先确认购买意向，有意者再由庄臣带领实地查看，女人们都关在城郊的出租屋，由虎头刺青统一看管。"也有你的照片，但只有你没关在城郊，同伙都交代了，唯独这一点他也不清楚，我们还要进一步审讯。"

武昌在路旁看见一个老妇人东张西望，脚边放了一个马扎，警车车速不快，武昌看清了马扎上的纸牌：强烈要求水利局对职工住房按照同等条件搬迁赔偿！！女警告诉武昌，原来还有一位"寻找车祸目击证人"的中年男人和老妇人做伴，男人的妻子孩子不幸丧生于初秋的一场车祸，妻子的半边脸和肇事司机一样下落不明。"每天早晨，一男一女举着两块不同的纸牌站在树荫下，除非打雷下雨，不然肯定按时出现，站成一道风景。"武昌问，后来呢？"可能是找到了目击证人，很久没见那个男的了，只剩下这个老女人孤零零的，好像无家可归。"警车经过水利局，平安驶入公安局。

武昌紧跟女警穿过昏暗的廊道，来到一间办公室，楼上在装修，电钻声响一阵停一阵。对面办公室站着一名惊惶的苍白少年，民警边做笔录边询问少年笔记本电脑型号、购买日期以及他和宿舍室友的关系。最后民警索要购机发票存证："这是必要手续，你先回去把发票找出来。"

武昌把从杭州到武昌的经过对女警大致说了一遍，武昌深知每一句话对于庄臣都至关重要，尽可能客观如实，只说自己知道的部分，以至于女警一再提醒她，庄臣和虎头刺青已经连续作案七起，缔造了本市近年来最大的人口贩卖案。"你再仔细想一想，他有没有任何强迫行为，只要是违背你的主观意愿，你不想做的任何事。"武昌果断摇头。女警也微微摇头，然后把武昌带到自己宿舍，让她先好好休息，理理头绪。

据庄臣口供交代，生意上的接连失败导致他和虎头刺青动了买卖人口的歪脑筋。"对于毒品和女人，我们总有门路变现的。"这是庄臣的原话，可是进展到一半突然就放弃了武昌，"我真的不知道，我说不清，可能就因为我看她天天坐在床上背黄鹤楼的历史，会背'昔人已乘黄鹤去'，还知道长江大桥是茅以升造的……反正就是算了……"夜已深，兢兢业业的女警用铅笔在另一份武昌的笔录上写了一行浅浅的批注：斯德哥尔摩综合征？

武昌睡醒便在荷枪实弹的民警护送下，踏上了回家的路。在此之前，武昌提出想要见庄臣一面，遭到女警反对。于是庄臣真的就像一阵风一样，彻彻底底从武昌的生命中抹去了。警车驶出公安局，抗议不合理搬迁赔偿的老妇人还戳在水利局门口，在她对面是一块半新的楼盘广告："家，最温馨的港湾"。

车过黄鹤楼，景区门口依旧熙熙攘攘游人如织，没有人知道那块地上发生过什么，又少了什么。汪师傅本打算等秋天凉快了就去北京看看故宫，拍了大半辈子"皇亲国戚"，汪师傅想去看看正宗皇亲国戚的家。立秋，照相馆重新装修，老墙皮漆得粉白发光，汪师傅想在墙上画点山水，结果踏空扶梯跌下来，头先着了地。讣告明明白白贴在照相馆门口。汪师母遵照丈夫遗愿，把遗像背景处理成故宫，墙是红墙，琉璃瓦金灿灿，惨白惨白的汪师傅立在中央。汪师母睹物思人，老汪照相技术一流，到头来遗像也还是要别人做……

"黄鹤楼坐落在海拔高度61.7米的蛇山顶，以清代'同治楼'为原型设计。楼高5层，总高度51.4米，建筑面积3219平方米。黄鹤楼内部由72根圆柱支撑，外部有60个翘角向外伸展，屋面用10多万块黄色琉璃瓦覆盖构建而成……"离开之际，武昌下意识默念了一段黄鹤楼的解说词，念完惊觉自己有点像礼佛的外婆。

外婆同母亲的关系很一般，每次念及故乡念及沉在故乡的红木八仙桌，必遭母亲的冷嘲热讽，丢了红木桌就罢了，还把魂也搞丢啦。不仅如此，母亲偏偏对外婆以外的老人都很有耐心，婺城小学的食堂阿婆、保洁阿姨、看门的老邓夫妻俩都对母亲赞不绝口，江老师这个人蛮纯的，有耐心有爱心……外婆失意婺城，寄情观音菩萨，得知武昌有惊无险的遭遇后，坚持要拉外孙女上婺城南郊的飞石寺拜谢菩萨保佑。

青青的南郊田野孤零零立着一座红色建筑，作为婺城唯一的寺庙，飞石寺是婺城善男信女们的不二去处，香火格外鼎盛。正殿中央供奉着一块大石，相传古代某夜，从华山大士岩上空飞来一轮火球，光彩夺目，声巨如雷，至婺城文昌阁上空落下，石重约250斤，表面焦黑、光滑，质硬如铁，形似缺一翼的"神鹰"。婺城为保护"神鹰"，把原来的和尚庙拆迁至城南，特制木椅做"神鹰"底座，取名"飞石寺"。"文革"时，飞石被砸为两半，不知所终。1986年，婺城小学挖塘清淤，找到一半。婺城县志办公室派人将飞石运去婺城博物馆，经过专家鉴定，认定为天上陨石，有重要研究价值。1993年，婺城重修飞石寺，从博物馆请回飞石安置……

外婆领武昌先拜菩萨，接着虔诚跪拜了八大药师佛。值守飞石寺的胖和尚坐在寝室，时不时拿细长眼往这边瞟，颈部的赘肉垂下堆积在衣领。外婆叩首完毕，起身将一些纸币越过"请勿乱投供钱"的告示牌，投向佛祖的莲花座。胖和尚提着扫帚，蹙眉而来，扫落纸币，像扫废纸一样扫到"请勿乱投供钱"的告示牌外。胖和尚额头沁出一层细汗，脸色灰黄，挂着倦怠的慈眉善目，身后墙上血红一片，层层叠叠的锦旗："神通广大，有求必应""神灵有感，有求必应""送子有功，有求必应""心诚则灵，有求必应""神灵显圣，大爱无疆""神圣显灵，药到病除"……

杨凯从少林武校毕业回婺城，被杨老师送进一家佛教用品加工厂制造加工转经筒。杨凯每天工作八小时，起初只负责组装，后来学会了把黄铜放在模具上敲打出莲花、六字真言等图案，然后把有图案的黄铜片焊接成圆筒形状。杨凯敲过不计其数的六字真言，却始终不得平静，他怀念少林武校，至少每天面对的是活生生的人，眼前这些平平无奇的黄铜片果能引领信徒得大光明吗？杨凯苦思无果就转行去学开车，做了婺城驾校的教练。杨凯在开车方面表现出来的常性令杨老师深感欣慰。杨凯和武阳结婚的前一年，被评为婺城驾校年度十佳教练。

武昌扪心自问，自己在武阳的婚姻中担当了一个怎样的角色，假如有一天武阳反悔了，自己是否该为此承担一部分责任。武昌回家一个星期后，武阳也从杭州赶回婺城，毫无预兆地向全家人宣布，她要和杨凯结婚啦。如果不是武阳介绍，武昌是真认不出来杨凯了。那个学生时代像消防栓一样矮小结实的男孩，如今像一个膨胀松软的气囊一样整天塞在驾驶室里。驾校下班了，杨凯牺牲休息时间带学员在婺城小学的操场上"开小灶"，杨凯的教学成绩在驾校名列前茅。杨凯继承了杨老师、武昌母亲这些特级教师、"伟大园丁"的优良传统，包括相关的副作用。驾校教练普遍缺乏耐心，这不难理解，就拿杨凯来说，明明是飙车高手，却成天在小操场上陪学员换挡、打弯，笨拙地在四根竹竿标出来的方块地里倒库移库，一遍一遍，轮回不止……杨凯带学员求好心切难免着急上火，又因为"十佳教练"的光环不好公然发作，只好压抑忍耐，婚后生活一直不平静。

　　武昌后知后觉自己的"脱险"回归刚好处在一个敏感的节点上，婺城小学在城北新建了一片园丁小区，但凡正式在编的教职工均可以极其优惠的内部价购房一套。母亲倾其所有，大半辈子的积蓄刚够买一套小户型，房产证马上就要下来，武昌此时突然回家难免令武阳起疑。武阳在电话里向母亲表明浪子回头的心志："我就是干到死，也休想在杭州买房，回去做婺城人，至少不用从集体宿舍出嫁。"一个士兵不是战死沙场，就是回到故乡，为赢得房产争夺战，武阳不惜赌上自己的幸福，相比武昌这位伴娘，新娘武阳于情于理都更有资格拥有这套新房。

　　一家人为筹备婚礼忙碌起来。外婆忙中出错，居然把喜帖上的"武阳"写成了自己的名字。母亲冷嘲热讽，一把年纪了还想第二春，多吃胡萝卜和韭黄可以预防老年痴呆。外婆像个委屈的小学生，坚称自己没有痴呆："我现在老是想到以前，想一想很有可能成百上千年才能遇到的大变故偏偏就叫我遇到了，现在想起来还是那么具体实在，成百上千年有可能就是昨天一天，也有可能明天又是千百年一遇的大变故，我是搞不清楚了，但我不是老年痴呆。"

外婆摇摇晃晃坐进开往酒店的婚车时还在絮叨，我很运气这辈子坐车都自觉系了安全带，我很运气这辈子坐的车都很平稳，安全带一次也没派上过用场。武昌意外地发现姐姐这边的宾客一点不少于杨凯那边，这对于武昌这样的移民家庭不能不说是个奇迹，以至于武昌怀疑是母亲花钱请婚托来壮声势。更意外的是，宾客们的感慨与外婆出奇地一致，想想我们这些人，很有可能成百上千年才能遇到的大变故偏偏就叫我们给遇上了，沧海桑田，物是人非啊……

"新娘子真漂亮，你和我们都是遂安人，就是现在的千岛湖，"江西伯伯先干为敬，说，"就是农夫山泉有点甜的那个地方。什么'千岛'，放在以前是'千山'啦。以前的遂安有山有水有城墙，还有一座孝节坊，纪念一位王家大小姐。王氏十八岁嫁给一个姚姓的穷书生，结婚不到两年穷书生就死啦。呸呸呸，不说这些了，我祝你们百年好合，幸福万年长，干！"

"五十年代造新安江水电站，水满上来，整个县城都沉下去，只有那些山还露出一点点头，变成现在的岛。"安徽叔叔接过江西伯伯的话，说，"那时候我们都还小，哪里知道'移民'的意义，还觉得很新鲜很有意思，觉得换个地方也挺好。遂安淹没前，孝节坊上长出了一棵小树，老人说那是王氏的精魂。屁个精魂，真有精魂，也成水鬼啦。"

"搬迁的时候大家各走各路，一个大族就散了。"江西伯伯抿一口酒说，"遂安有另外一个名字，狮城，跟现在新加坡的别称一模一样，只不过我们是移出去，新加坡是人口移进去。"武昌站在武阳身后，端详这一张张有着血脉亲情的陌生脸孔，很多人的安静其实是一种漫长的哀悼。

安徽叔叔给武昌敬酒，说："这些事情也就我们'永'字辈的还记得一点，你们'武'字小辈哪里会晓得？"

原来，名字中的"武昌"无关武昌无关黄鹤楼——"武昌"和"武阳"不过是顺应族谱的产物。"昌"和"阳"两个用字是"华"字辈的太姥姥的意思。太姥姥离开遂安老城，水土不服，常年受热毒湿疮困扰，隔三岔五就要上药铺取回昌阳三斗，晒干了研磨成粉，撒床榻，裸身翻滚直到遍体着药。武阳和武昌还没出生，太姥姥就把她保命的"昌阳"拆分，加入"武"谱系。再参考了测字先生的卜算，"阳"比"昌"大，姐姐就占了"阳"。武昌满周岁时，太姥姥仙游，残酷的代际更迭，一命换一命。

　　"你太姥姥带着我们'无产'移民到婺城，因为搬家之前有规定，大水缸、大锅、大床、大柜、碗橱、石磨、大木桶、大桌子以及老人的棺材都不准带，基本廉价卖给了供销社，一口棺材五元，一个大缸五角。太姥姥不愿家传的红木八仙桌贱价糟蹋了，没带走也没卖，四条桌腿绑上石磨，就等水漫上来沉下去。我们从遂安带出的周转粮票和卖粮的钱，按人头分配给了婺城公社高级社的会计。我记得那是四月份，青黄不接，我们带的那一点粮食很快被社员们一起吃光了。有个哑巴社员，在一个下雨天拿着一口砂锅去食堂打粥，脚底一滑，砂锅摔破，哑巴没多想，扑到地上，伸出舌头就舔，雨水、泥汤和米粒一起往肚子里吞。当晚哑巴腹泻不止，没几天就去世了……你太姥姥临终时，脑筋完全糊涂了，说老家的墙红了，水绿了，房顶的琉璃瓦金光闪闪晃得她睁不开眼，其实老家老屋是白墙黑瓦，水也不算很绿，老家一切都很湿润，从早到晚都有雾。不过有的地方你太姥姥到死都不糊涂，她还清清楚楚地记得红木八仙桌，记得老家土改时分来的二十多亩土地。"外婆谈起家族历史毫不含糊，武昌相信外婆没有老年痴呆。"婺城的老社员对我们的态度有好有坏，住在老社员家里确实给人家造成了很多不便，很实际的一点，因为我们来了，害得他们口粮低了，有的社员骂我们移民佬、淳安佬、贱骨头……好在你太姥姥终于回到老家去了。"外婆和母亲带上太姥姥的骨灰回千岛湖，买门票买船票，偷偷在湖中心把骨灰撒下去。在婺城殡仪馆，使用普通火化炉是不收费的，但大多婺城人都选高档炉，火化时不需要来回转动遗体，火化完毕后骨灰形体保持完整，骨灰洁白无味且质量比较好，不用担心拉下脚趾骨或手指骨。外婆说，以前是买红心柏木做上等寿材，现在是自掏腰包用高档炉。每年清明给太姥姥上一炷香就可以了，而武阳武昌的同学，包括杨凯这些婺城本地人通常都要花上一整天祭拜各种各样的列祖列宗。太姥姥的亡故为武昌一家在这片移居地贡献了第一座坟，虽然是空的，但青碑黄土，四海归帆，从此，他们与婺城，如根须滋蔓入土，有了干系……

抚今追昔认祖归宗的气氛显然与婚礼现场不合，武昌灵机一动，举起手机要给众亲朋拍合照，一张张凝重的面庞竞相笑开颜。如庄臣所言，他们都是对着镜头只会笑的一辈人，在他们心目中，那是面对镜头唯一的正确选择。

小户型的婚房容不下太多人，洞房一项也就从简略去。武昌跟外婆、母亲一道回婺城小学，难得地和母亲同睡一张床。在流行席梦思的年代，这张榆木雕花大床显得老旧过时，老木床不像席梦思可以拆分组装，没办法通过楼道搬进屋，只能从阳台吊上楼。母亲当年不能理解父亲为何相中这样一张太姥姥年代的婚床。"你知道我们的证婚人是谁吗？毛主席！你爸一路瞎玩逛到婺城，看见我在婺城影楼橱窗里的照片，坐在天安门城楼的布景前面，端端正正，毛主席就在后面看着我看你爸。你爸说我就是他心目中的'中国'，尽管我也说不清中国到底啥样，但我反复重申，中国不是他想象的那样，我也不是。你爸坚持叫我'中国女人'，好像我能代表所有的东方女性，后来听我讲了遂安老家的故事才改口叫我'海的女儿'。你爸在这些地方总是很有兴趣也很有才华的，但仅限于此，风景看得越多，越孤独和无聊，越需要去看风景。"

"太姥姥走的时候，这些'永'字长辈都回来了吗？"武昌问。

"现在席梦思不稀奇了，倒是这样有年头的老木床金贵稀罕了。"

武阳回家省亲，点名要把这张木床搬进新房子："好歹算一件古董，有噱头有卖点。"武阳把新房出租，和杨凯搬回婺城小学，住杨老师家。偶尔回家住两天，客客气气的，贵宾一样。老木床装不下三个人，武昌重新支开客厅的钢丝床，一个人睡。

外婆惊惶地盯着本地电视台滚动播放的婺城旅游宣传片，抱怨说，我昨天想吃宣莲羹，最近那家店居然没的卖，都卖光啦。以前的家已经成了旅游景点，现在这里也要变成风景区啦。

婺城"三江六岸"城区改造工程经过三年攻坚进入收尾阶段，县政府通过串联自然山水和人文古迹，打造了一片具有古城风貌的新景区。武阳的新家正好在景区规划范围内，左邻右舍纷纷改装自住房做起客栈民宿生意。外地游客渐渐多起来，他们在婺城本地人熟视无睹的八咏楼、熟溪桥上走走看看，甚至对地方戏曲婺剧也兴趣浓厚。武昌遇到过一位语言学博士，为了毕业论文专程来调查收集婺城方言，武昌说的每句话，博士都用国际音标一字不落地记下来。武昌羡慕这些人，能够默默无闻地生活在自己的世界里，而她，在一个瞬间，突然觉得自己就像那座八咏楼，高高耸立在人们的视线中，无法藏身。

纵使李清照写过《题八咏楼》——千古风流八咏楼，江山留与后人愁。水通南国三千里，气压江城十四州——武昌也从来没有对八咏楼高看一眼。家门口的景点总让人不以为是景点，反正总在那里。对于自己生活的地方，人们是很难感到激动的，过于稔熟，又与生计、经验缠绕，很难有好好看一眼的用心。设想一下，在家门口住宾馆，多么可疑又不伦不类。

武昌决定再度离开婺城。母亲以为是因为房产问题赌气，向她摊牌："学校表彰我，婺城小学这个套间只要我愿意，想住多久就住多久，当然你也一样，实际上就是我们家的第二套房。"武昌笑笑，笑自己之前怎么没计算过这些，姐姐到底是姐姐。就在不久之前，武昌身上有一部分就像激进分子，渴望婺城完全推倒重建，她对自己也寄予相同的期望，但另一部分的武昌却企盼归属于她凭本能、习惯、回忆而渐渐爱上的婺城。就在不久之前，武昌能把这两个愿望分清楚，不扯到一块，但随着时间的推移，这种能力逐渐消失了。武昌真想即刻启程，想象自己是女浪子，感官因为陌生环境的刺激而敏锐异常，终有一天，连家也成了陌生的风景。

武昌登上八咏楼。建在石砌台基上的八咏楼，坐北朝南，分楼阁、前厅、二厅和楼屋四进。李清照的像和许多景点的名人塑像大同小异，线条简约，只大致勾勒出性别特征，反正谁也没见过真人，死无对证。

有游客请武昌帮忙拍合照，年轻男女分立李清照两侧，露出八颗牙的标准笑容。武昌按下快门的同时，好像也触动了什么。

太阳站住了。如一枚石头，发不了光。

你见过长江吗？武昌在自己身上听见了一种几乎遗忘了的声音，仿佛那颗久已停歇的心又开始轻轻地跳动了。

太阳照射着大地，起风了，夜一般轻。

武昌走下八咏楼，上了人行道，混入客流中。

栗色沃野

本来我是有机会亲眼见到尸体的。

无所事事的星期六，小雨，我穿上蓝色尼龙雨衣决定出门走走。梅阿姨手握笤帚在泳池边清理落叶，背对着我，但从脚步声听出是我。"昊宇，你赶时间吗？"梅阿姨问完才转头，似乎有难言之隐。我便放弃出门计划，用一种殷勤的语气告诉她："我有的是时间。"梅阿姨的脸部肌肉并没有因此松懈下来。"我……我房间钥匙，"她边说边伸出食指朝着泳池戳了戳，"幸好水里没鱼，否则钥匙大概率会葬身鱼腹。你不知道，改造成泳池前，这里养过锦鲤，它们什么都吃的，卫生纸、塑料袋、橡胶塞，甚至全套泳衣！"我伸手搭眉挡雨说："您没有备用钥匙吗？""我只有这一把钥匙。"梅阿姨的食指仍悬停在离泳池一米多高的空气中，小雨滑过指关节，滴进池里，"能想到的办法我都试过了，除非……"梅阿姨突然直勾勾看着我。

已经是十二月，泳池还蓄着近一米深的水，寒彻骨。我的脸几乎贴到水面，手指勉强够到池底，就像在一堆废针筒、玻璃碴中间小心扒拉，生怕惊扰了某些亡魂。岸上，梅阿姨始终用笃定的目光鼓舞着我，我只好把僵掉的手一次次扎入水里，直到那枚该死的黄铜钥匙像鱼上钩一样咬了咬我的右手掌心。

梅阿姨请我上楼休息，给我泡了一杯姜茶。梅阿姨的房间怪怪的，怎么说呢，不像是一个老人的栖身之所，角落有一只篮球、一把破木吉他，书架上挂着一件褪色的篮球服，摆了不少过时的游戏攻略和手办，一堆可有可无的破烂。一开始我怀疑梅阿姨和许多退休在家的老人一样，出门跳广场舞之余不忘掏一掏广场上的垃圾箱，积少成多，变废为宝，可墙上又分明贴着德怀恩·韦德、陈绮贞以及《魔兽世界》的海报，平平整整，不像旧货。梅阿姨给我续茶的时候危言耸听："当心落下风湿。我就是从前不当心，现在最怕落雨天。"我接过毛巾，蒙住脑袋，猛搓一通，毛巾有股头油味混合了猪油味。

梅阿姨满脸歉意地坐到对面的藤椅上，捏住我捞上来的钥匙，刮擦扶手上的藤条，说："差一点，我就无家可归啦。"我留意到藤椅边的茶几底下有一条锦鲤标本，突发奇想，标本肚子里会不会藏着钥匙，冲口而出："您应该多配几把备用钥匙，藏到不同的地方。"梅阿姨飞快地看了我一眼，虔诚地点点头。

我摸出自己的钥匙，开门回到自己的房间，只剩十分钟了。我脱下湿掉的外套、棉毛衫、背心，凝视镜子里的身体，剔除锁骨、肋骨、盆骨，这是一片苍白的平原。晓颖总是抱怨我太瘦，总是硌到她，当然只是说说而已，抱怨完，晓颖又欢快地蹦跶在苍白的平原上直至精疲力竭，然后横倒身体，挨着我并排躺下，手指勾过我的脸，说："你的眼睛像小鹿一样，因此我可以勉强忍受你不及格的鼻子、嘴唇和下巴……"我和镜子里的我一齐揉了揉两只鹿眼，又打量了一番不及格的鼻子、嘴唇和下巴，互相嫌弃地撇撇嘴，转身钻进浴帘。

我洗完澡换了一件波点衬衫，看到镜子发现我把自己打扮得像一份礼物。还剩一分钟，没时间拖干卫生间地板了。一分钟后，拆礼物的人到了。晓颖从开了一掌宽的门缝蹦蹦跳跳进来，门一关上，我们一齐破口大笑。这几乎成为我们每回见面的游戏，一段有趣的前戏。"小声点，我可不想无家可归。"然后沉默地走到床边坐下，仿佛无法忍受突如其来的沉默，面面相觑，又大笑起来。

"你身上腥腥的，鱼腥气？"晓颖终于停止发笑。我伸过苍白的胳膊嗅了嗅，只有茉莉花香。我喜欢茉莉花味道的沐浴乳。晓颖搡了我一把，转身拿起床头柜上的猫头鹰标本，抚弄翎毛。"我其实一点都不想笑，你不知道，一路上我怕死了，根本笑不出来。"

"没关系，我们小心一点，梅阿姨不会发现的。"和大部分房东不一样，梅阿姨的招租要求只有一条：仅限十八岁以上、三十岁以下单身男性。和所有房东不一样，梅阿姨不收房租，以至于我一度怀疑是诈骗圈套。半信半疑见了面，发现梅阿姨只是一位快满六十岁的妇人，丈夫的离世加上无儿无女，使她的房产变得格外空旷。我不放心地问："需要我做些什么抵房租吗？"梅阿姨果断否决："你就当给我一个帮助年轻人的机会吧。话说回来，其实也是帮我，我不想让房间空着。实不相瞒，那是我和丈夫以前住的，现在我一个人住不下去，只好搬到隔壁。对了，你确定没有女朋友的吧？"我笃定地点点头。房间出乎意料地干净整洁，丝毫没有老夫老妻的生活痕迹。立秋那天，我正式入住，一个月后养了一只猫——入住要求里没有禁止养宠物，何况我养的是一只公猫——只有晓颖是不合君子协议的违禁品。

"别怕别怕，又不是第一次了，"我轻拍晓颖有点僵硬的背部，"而且我今天帮了梅阿姨一个大忙。"

"和你身上的鱼腥味有关吗？"晓颖抠出猫头鹰的左眼球，那是一颗嵌在标本的眼部空洞里的玻璃珠，"你的体味问题先放在一边，我现在想想还是很后怕，要是我今天早一点过来，你可能就再也见不到我啦。就在来的路上，今天发生了一起奸杀案，死者是一名二十五岁的女性。我经过的时候警车和救护车刚开走，听说尸体是在附近桃林里发现的，法医验出有性侵迹象，还有路人看到受害者的左眼被挖掉了。"

原本我也有机会亲眼见到那具尸体的，在那条我出门的必经之路上，而不是坐在不敢大声说话的房间里听心有余悸的晓颖断断续续地复述。要不是梅阿姨，我早就散步到那一带了，那时候警车和救护车还没走，或许也才刚到，鲜亮的警戒线围出尸体所在，我将赶在收尸前见证死者凌乱的下体以及少了眼球的左眼眶，然后和其他目击人一起轻轻发出一声惊呼或叹息，哦，真不幸。都怪梅阿姨。

"今晚留下吧。"为了安抚晓颖，我决定冒险一次，"只要小心一点，别闹出太过分的动静，没问题的。"这是一幢两层楼带后院的半独立式房子，后院有个鱼池改造成的小型泳池，一楼是起居室、餐厅、厨房，卧房在二楼，梅阿姨的房间和我的隔一条楼梯，楼梯口常年堆满杂物，多少又阻隔了一部分声音。我虽然屡次犯禁，偷放晓颖进来，可从没有留她过夜。下午才是我们的欢乐时光，直到暮色四合，我们的激情也像晚霞夕照，逐渐耗尽熄灭，然后我审时度势地把晓颖送走，再精疲力竭地倒回床上，被晓颖残留在浴帘、牙杯、镜子、床单、被子、枕头上的气息包裹着，迅速进入梦乡。第二天早早醒来，梅阿姨起得更早，笑眯眯地和我打招呼："现在的年轻人像你这样早睡早起的，恐怕可以放进博物馆啦。"说完她被自己的幽默感染，晨间湿润的空气又放大了笑声，我也牵动嘴角，跟着笑一笑。

"好了，你身上的腥味到底是怎么回事？"晓颖得知原委后，耸耸肩，"还好捞回了钥匙，要不然今晚梅阿姨只能和你一块过了。"晓颖说完，被自己的幽默感染，压低嗓音，又笑起来。至于臭烘烘的泳池、奇怪的入住要求，还有独眼女尸，全都飘远了，我们第一次可以躺到天色完全暗下来。晓颖不时抬起搁在我胸口的脑袋，望一眼窗："天怎么还没黑啊？"我挑起她的额前发，想看看有没有美人尖，一边小声安抚她，也是安慰自己："快了，快了。"没有美人尖的晓颖起来关掉日光灯，天终于暗得快一点了。

因是临时决定留宿，晓颖的包包里除了一盒安全套，再没多余生活用品了，更没带睡衣裤，只穿了一双难看的雨靴来。"天天穿高跟鞋等于天天上酷刑，只有在雨靴里，脚才是脚。"赤裸的晓颖穿着笨重宽松的橡胶雨靴在房间里踢踢踏踏，俨然一只愚蠢的企鹅，为残存的一丝天光焦虑难安。之前见面的每个下午，晓颖也都要关灯拉窗帘，杀死一切人造光和自然光。"我不要被你看到。"晓颖把身体浸入人造的暗夜中，我偶尔开小差，恶作剧地幻想晓颖是别的什么，比如惧光的倩女幽魂，又比如一只母猫……

就在前不久，我那只公猫拐了一只母猫回来，先斩后奏向我展示他的壮举，母猫沉甸甸的腹部几乎就要贴地了，天晓得那里头装了多少孽种。晓颖建议把母猫交给她的同事，我也见过的，一个戴眼镜的小伙子，穿着紧绷显小的保安服，游荡在大厦后门，后门出去那块停车场就是他保卫的地盘。据晓颖透露，他原本只是个临时工，因抓获一个二人盗窃团伙，挽回商场损失有功，被破格提拔为正式在编的安保员，还当上了保安队副队长，保障停车场安全，也代客泊车、驾车，并被允许收取小费。"他和别人不一样。冬天停车场有很多流浪猫钻进车轮取暖，有的甚至沿汽车底盘爬进发动机，汽车发动卡死小猫很常见，他就很细致，每次开车前先绕车走一圈，看看底座有没有猫，发动车子前按下喇叭，再提醒一遍。不光他自己这么做，还督促大家都照做，惹来不少投诉，他也不怕，多么高尚富有爱心。"我的公猫正是年轻的保安队副队长收留的众多流浪猫中的一只，晓颖在说服我养猫的第二天就带了过来，说："你可以当做是我们共同的孩子，好好抚养吧……"公猫被我关在阳台上，墨绿色纱门隔绝了他和待产的母猫。我悲观地计算日子，说："你确定你的同事应付得过来吗？"晓颖迟疑地点点头："猫越来越多了，似乎大家都知道了停车场有吃有喝，是一个理想猫国，源源不断地举家迁来。商场要是开一间宠物猫的店，保证货源充足。"我决定亡羊补牢：

"先结扎吧。"哪知公猫听懂了自己的命运裁决似的,居然不顾大肚子的老情人,抛妻弃子,跳出阳台,仓皇逃离。我们根本不知道如何处置剩下那只临盆在即的母猫,晓颖甚至不敢靠近,说:"它的肚子实在太吓人了,那么尖那么凸,好像就要顶破肚皮长出另一只脑袋来了。"我叫她捂上双眼,深呼吸,坐下,再三叮嘱没有我的许可千万不要擅自睁眼。我战战兢兢拎起母猫的后脖颈,板结发硬的皮毛下散发出不祥的余温。我从晓颖眼皮底下走出房间,一甩手把它丢进了游泳池。我相信身怀六甲的母猫的密度一定比水大……

夜色温柔。晓颖用完我的牙刷突发奇想:"我这样算不算和你接吻啊?"我懒得搭理她。随后晓颖又用我的沐浴乳和毛巾洗了澡,房间里顿时又多开了几株茉莉花。气氛恰到好处,一触即发。按心照不宣的计划,我和晓颖将第一次在天然的黑暗中操纵彼此的身体,紧张一阵子,放松一阵子,再紧张一阵子。可是晓颖的调侃提前让我紧张了。"你闻起来就像一条臭咸鱼。"晓颖舔舔我的锁骨,"我是专门吃臭咸鱼的大母猫。"我身子一凛,居然提前谢幕。晓颖的惊诧多过沮丧,等到完全反应过来都快哭了:"这才刚刚开始啊。"晓颖不会知道就在刚才,我又看到了那只母猫,身轻如燕,率领一众胎死腹中的猫崽扑上来,啃噬我的锁骨、肋骨、盆骨,由上至下,体无完肤……那天处决掉母猫之后,我在外面多溜达了一会儿,回到房间,晓颖还乖乖地闭着眼,没有作弊。我向她杜撰了一个归宿:母猫交给一对情侣收养了。

夜太黑,太长。我想说点什么,却说不出来,只余短暂的兴奋过后绵长的倦怠。晓颖穿好雨靴,巴不得天赶紧亮起来,拍屁股走人。我完全理解,晓颖没来得及释放的精力让房间越发憋闷无趣。这时响起了敲门声,很轻,而且没节奏。我和晓颖一惊,本能地缩回床上抱在一起,我的脆弱终于暴露无遗。事实上,我比晓颖更害怕那只畸形肿大的母猫,天晓得我拎起它丢到泳池的那一段路走得有多魂不附体。

"谁？"抱在一起的我们口径一致。在这个城市，除了晓颖，没人知道我住在这里，晚上梅阿姨也从不过来串门。我们深呼吸，屏息，假装活死人，仿佛有一头看不见的熊在逼近。敲门声持续不绝，敲得真执着，为免惊动梅阿姨，我只好把晓颖藏进无比潮湿的卫生间，再去开门。是那只该死的公猫！身上的毛乱蓬蓬的，一只耳朵给撕豁了口，圆鼓鼓的脑袋一直在顶门。晓颖不怕跳蚤地一把将猫抱进怀里，公猫紧叼着一只死麻雀，鸟尸的腐臭又让晓颖迅速抛下猫。

我有一百个理由憎恨公猫，但此刻我感谢这位不速之客打破了房间里的僵局，消弭了我们对于我的失败的无声谴责。公猫紧咬着麻雀遗体在房间逡巡，似乎在重新适应老情人的殒命之地，然后顾自踱上阳台，放下残缺不全的麻雀头颅，还有几根鸟毛。晓颖公私分明地踹了一脚公猫，为死无全尸的麻雀扼腕叹息："太可怜了，应该像候鸟一样飞到更南的南方过一个安全温暖的冬天。"公猫安详地蜷在阳台上咀嚼麻雀脑袋，我们的话题终于转到了室外，回到下午的奸杀案。"我想不通为什么要挖走左眼。"晓颖的声音受潮一般显得黏糊糊的。

"或许凶手本来计划两只眼都挖，但时间不允许。"我打开电视，试图让屋里的气氛正常一点。

"人都死了，何必多此一举？"晓颖忧心忡忡地瞥一眼阳台，"什么仇，什么怨？"

"或许凶手只想带走点什么，做纪念。"

"拿眼球当纪念品？"晓颖杏眼圆睁，"太变态了吧。"

"不是变态干不出这事。"我打了个响指，"或许是一种轻微的恋尸癖，通过占有一部分器官想象性地满足占有欲，好比你偶尔落在这里的衣物，总会让我疯狂地想你。"晓颖一个激灵，败退回到我怀里，温柔地抚过我的肋骨，同时往我左眼里吹气，嚅嚅地嗔道："你可以了吗？"

冬天的太阳中看不中用，虽然阳光普照，气温依然低下。晓颖早早被我叫醒，必须赶在梅阿姨晨起前溜走。梅阿姨差不多和太阳一块出来，身负宝剑，雷打不动地穿一身薄薄的练功服，硬朗得很。"还有鱼腥味。"晓颖边揉搓眼睛、太阳穴边抱怨，"还是一样要走夜路。"我拍拍她不情愿的肩膀，目送她走进黎明前的黑暗。

　　"昊宇，早啊。"梅阿姨一边舞剑一边慢悠悠地问我，"昨晚是你在叫吗？我睡得迷迷糊糊，好像听到两声尖叫。"

　　是晓颖。我在心里叫苦，嘴上说："有吗？可能是猫吧。"

　　梅阿姨做了一个"哦"的嘴型，没出声，挑一个剑花，仿佛有一头看不见的熊正被她一剑一剑凌迟处死，直到便衣造访。自称警察的中年男人满面虬髯，询问我们的时候，表情有点不耐烦，但声音尽量表现得匀速、公正："这两天有没有看见可疑的陌生人？夜里有没有什么不寻常的动静？"我和梅阿姨默契地摇头。"昨天你在干吗？有没有外出？"梅阿姨回答："我一整天都在清理泳池。你看，就在那边。夏天你可以过来游一游。"便衣警察受宠若惊地满口答应："希望明年夏天不会太热。你呢？"梅阿姨抢着帮我回答："他也一样，帮我清理泳池。前天也是，大前天还是，总之最近一段时间我们都忙着清理泳池。也不知道池底沉了什么东西，臭死了。"便衣警察绕着泳池转了几圈，一边摸着腮帮上的胡子，若有所思又摇摇头："与其说泳池，不如说垃圾池。"接着在速记本上写了一会儿，"如果想起什么，随时联系我。"便衣警察撕下一页写着电话号码的纸递过来，梅阿姨双手别在腰后，只好由我接过。

　　"怎么不和警察说昨晚的怪叫？"我心虚地问梅阿姨。梅阿姨满脸不屑："可能是猫叫，也可能是我听错了。"梅阿姨只扫了一眼我递过去的纸，没接，"我不喜欢跟警察打交道，东一句西一句地鬼扯，永远摸不清他们想要的是什么，而你又不得不老老实实有问必答，昨晚吃什么啦，在哪儿吃的呀，为什么非要在那儿吃啊……"梅阿姨突然停下来，我赶紧点头表示赞同。梅阿姨继续道："我丈夫死在宾馆的时候，我恰巧出门去买旅游纪念品，回到宾馆我第一时间将他送医。我在医院害怕难过得要死，警察还不断找我麻烦，端着一副公事公办的架势，反复强调为什么出事的时候我不在，好像老夫老妻就该寸步不离，二十四小时都锈在一起，还有更过分的，怀疑是我故意走开延误抢救。话说回来，从我嫁给这个二婚男人开始，我就做好了应付各种难堪的局面，各种难听的诽谤的准备，包括这些难缠的警察。"梅阿姨望向泳池，不知道是不是在怀念从前锦鲤游弋的盛况。

奸杀案悬而未破，人心惶惶，图书馆更冷清了，我得以独享一大张书桌，消磨掉晓颖到来前的漫长白昼。或许应该等到凶手落网再见面，省得晓颖每次走那段路都提心吊胆的，可今天是我生日，没道理因为死了一个不相干的人就不过生日。天色尚早，从图书馆三楼望出去，门口那一排银杏树已经掉光叶子，远处就是那片桃林，光秃秃的枝权像一堆报废的刀剑戟矛，在冬天的寒光里，锈成一堆破铜烂铁。一周前，那堆冷兵器丛中躺了一具和我同龄的女尸。

我借了一套动物图册回家，打算过完生日，就和晓颖一起为公猫做绝育手术。晓颖迟到了，说："刚才有个穿呢大衣的大胡子男人把我拦下来，吓死我了。我大声告诉他，我没钱，你也别玩什么丢一捆钱到地上然后要和我平分的把戏，结果大胡子说他是便衣，叫我别怕，还夸我警惕性和防范意识强。"我告诉晓颖，我和梅阿姨也都见过那名便衣。晓颖抬了抬睫毛，说："他也缠着你们问了一堆问题吗？有没有问你西蓝花？"我握着晓颖的手，说："西蓝花？"晓颖的声音很镇静，但手在微颤："对，西蓝花！他不停地问我喜不喜欢吃西蓝花！简直莫名其妙！""那你喜欢吃西蓝花吗？"我忍不住笑起来。"神经。"晓颖也笑了。

熄灯前，我们破例放阳台上的公猫进屋，有点大赦天下普天同庆的意思。生日蜡烛的光影投得满墙都是，衬着玉兰花墙纸，格外温馨。如果不是公猫突然发疯，把脸埋进蛋糕，吓得晓颖失声尖叫，这本来是一个百分之百完美的庆生夜。我挑了块没被糟蹋的蛋糕塞进晓颖嘴里警告她，梅阿姨已经有所察觉了。晓颖含着蛋糕，重新点起被猫弄灭的蜡烛，说："母猫离开后，公猫就一直怪怪的，也不知道母猫生了没有，那么大的肚子，至少装了六只小猫吧。"我一口气吹灭蜡烛，我们看不见彼此了。黑暗平复了我们的慌乱，沉默不再需要刻意驱散。

"我总是生活给别人看，总有人看我怎样生活。"晓颖已经很久没谈论工作了，我只知道她每天换上工作服，那是一套特制的亮色居家服，走进商场家居馆的展示区。展示区有露台、餐厅、厨房、起居室和卧房，晓颖的工作就是随场景切换，展示出与之匹配的生活状态：优雅地享用下午茶抑或烹饪一块精致的牛排，又或者甜美入梦，以实际行动把"装品位空间，饰品质生活"的家居理念植入顾客心里。下午茶各式点心包括牛排都是塑料制品，甜美睡眠也是一种很难把握分寸的假寐表演。商场提供住宿，晓颖老是抱怨六个人的集体宿舍没有隐私，所以来我这里和我约会等于放风，不一定每次都做爱，有时只是躺着说说话，喂喂猫，再洗一个热水澡。"我受够了十几个人挤公共澡堂，再也不想看到各式各样的乳房，不管坚挺的、下垂的，热水一淋，都像两个晚期的大肉瘤。我喜欢你的房间，特别是墙上的玉兰花。"晓颖当然比我更了解房子以及装修的门道，深知怎样的空间搭配怎样的装饰能调配出怎样的生活并直接影响住户的情绪。晓颖有个观点，二手房等于古迹遗址，用心发掘前屋主或前房客的生活痕迹，再大胆推测其性格、兴趣爱好是一项令人着迷的考古游戏。"专属家居是你的专属爱侣"，这是家居馆上一季的广告词。新一季的宣传再接再厉："选择品质家居，让你温暖舒适如同回到母亲的子宫。"晓颖阴阳怪气地复述完，关了床头灯，恢复本来的声音点评道："母亲的子宫，呵呵，但愿没有子宫肌瘤。"晓颖做爱必拉帘关灯的癖好，起初让我误以为是娇羞，"我不要被你看到"在我听来更是一句挑逗，我偏不随她，非要把床头灯调到最亮，必然引起疯狂抗议："快关掉，快关掉，我要死啦。"晓颖甚至专门带来一块遮阳布加厚窗帘，神经兮兮地把整个房间包得严严实实，暗无天日。"谁也看不到我。"我逐渐理解了晓颖，一个每天在众目睽睽之下讨生活的人，确实很需要在黑暗中休整，汲取黑暗给予她的养分，修复被光明和雪亮损伤的部分，才有动力迎接第二天、第三天、第四天……的干净、明亮的居家生活表演。

公猫贴了一脸奶油之后，躲回阳台，安安分分静止成一座石膏猫像。绝育计划搁置，我也不想在我生日这天见血光。我和晓颖收拾完自己，又收拾了残存的蛋糕和蜡烛，房间重新变得干净、整洁，但忧郁的细菌无所不在。晓颖准备提早回去，说："反正留下，明早也是摸黑溜走，生日快乐，今天就到这里吧。"

路灯照着静脉颜色的马路。猫跟着我出门送晓颖，一直送到公交站。独自往回走的时候，我紧紧抱住公猫，万一遭遇歹徒，除了当挡箭牌，还可以放猫咬。

"这是你的猫吗？"梅阿姨守在她的房间门口，看样子等了我一会儿了，"我刚才听见尖叫，是这只猫在调皮捣蛋吧？"

我连忙道歉："不好意思，打扰您了。"

"我确实不喜欢猫，"梅阿姨说，"除非有老鼠。"

"明天我就把它送走。"我当即表态。

"还好你不是说明天去拉一批老鼠放进来。"梅阿姨耽于自己的幽默，笑声被夜风吹得很远。二十五岁生日终于有惊无险地过去了，我这个月比过去的十二个月又长了一岁。

公猫不比有孕在身行动不便的母猫，丢进泳池不到一分钟就会游上岸；遗弃到桃林也太近了，肯定认路摸回来。我抱着还在熟睡的公猫站在被晨曦逐渐照亮的房间里，正踟蹰，又有两名警察上门来。和上次不同，他们都穿了制服，和上次一样，还是来收集奸杀案的线索的。我告诉他们，我是写东西的，与作家无关，充其量只是个编剧民工，分到一部分剧情大纲，然后写出场景和对白，压根不清楚我负责的这部分剧情的前因以及后续，好像稀里糊涂地闯进某个人的生活横插一脚，又不告而别，有点像旅途中的萍水相逢。我和我的女朋友就是出去玩的时候认识的，她叫晓颖，长得不赖，不然也不可能在本地最大的商场表演居家生活，没错，表——演——居——家——生——活。对了，这么说来，她也很容易成为强奸犯的目标。真的，太危险了，我真心希望你们可以加派警力暗中保护她……我还没说完，就听见那个年轻警察对另一个更年轻的嘀咕说："说相声呢，真是电视剧写多了。"更年轻的警察写下一串号码递给我。"前几天你们的同事已经给过我了。"看着他们满脸狐疑，我只好进一步解释，"是个便衣，穿一件呢大衣。"两人的表情忽然变得凝重："你确定？这案子不难，调查一直在明面上进行，到目前为止，没有安插便衣警。"我听到我们三人都倒吸了一口冷气。

梅阿姨抱怨警方的频繁造访破坏了平静的生活，即便如此也没有放松对猫的关心，每天打招呼都要强迫症似的确认一遍："昊宇啊，你把猫送走了对吧？"我除了点点头，只能在心里祈祷阳台上的猫安分一点。非常时期我和晓颖的约会时间恢复了老样子，冬天正午的太阳稍稍缓解了赶路的晓颖的紧张，光天化日之下，罪恶无所遁形。晓颖有惊无险地没有撞上梅阿姨，溜进房间后，我说了便衣的事情，晓颖难以置信居然会遇到假警察，一如难以置信那位假警察居然问她是否喜欢吃西蓝花。"他会不会就是那个强奸犯？一个脑子有毛病的强奸犯。"我不知道，我甚至有理由怀疑那两名叫我详细描述假便衣的体貌特征的制服警也是假的，我不知道。我们有太多疑问，加上遮阳布卡住了，怎么也拉不严实，血红的阳光透过那道巴掌宽的缝直捣房间，床笫之欢草草结束。"我刚刚捋了一遍，他不仅在夜里作案，白天同样活动，所以，白天同样危险。"晓颖气喘吁吁地分析案情，顺便解释了她刚才的心不在焉，粗重的呼气喷到我脸上，一如她高潮时的无声呐喊，"白天他会人模人样地接近目标，打着调查的幌子对奸杀对象建立初步了解，或许这有助于他的调戏，增加杀害的乐趣，就像一只猫不急着吃掉一只老鼠时那样。"

阳台上的公猫忽然一阵翻腾。有只黄绿色的蚱蜢被猫爪抓断了一条大腿。我随手捡起一枚钉子，直直扎入残存的那条多汁的大腿，钉在地板缝隙。挣扎加剧，濒死的威胁激发出无穷的生命潜能。我和晓颖第一次见面是在云南一个青年旅社，极简陋的上下铺，入夜就能听见老鼠流窜，不过我们只逮到过蟑螂。我负责用脚尖轻压住这些大号咖啡豆一样的小生灵，晓颖对准我的鞋底喷杀虫剂，等到我把脚移开，奇妙的一幕发生了：蟑螂如嗑药般剧烈逃窜，可逃来窜去不过是在原地绕圈圈，像一条疯狂追逐自己尾巴的笨狗，直至四脚朝天，像一枚尖头磨平的陀螺停止高速旋转。我们当时像发现新大陆一样，主动去搜寻、围捕房间以外的蟑螂。杀虫剂等于舞台干冰，蟑螂们上演一幕幕生命尽头的绝唱，动感十足的霹雳舞。我和晓颖乐此不疲，比同谋者更深一步的情谊在暗中滋生。

独腿蚱蜢以壮士断腕的决心，以失去最后一条大腿的代价，终于摆脱了钉子。晓颖捡起残肢，炫耀战利品似的挂到战俘的脑袋上。饱满多汁的断腿尚未枯萎，蚱蜢嗅了嗅，轻轻啃咬一口，死翘翘了。可惜没蜈蚣，蜈蚣几十条细腿可供我们刺绣一般挨个针脚钉死过去，远远超过钉死一只蚱蜢所花的时间，我们也就不会那么快又意识到这是一个无所事事的下午了。

晓颖坚持要我护送她回集体宿舍："天晓得那个冒牌便衣什么时候突然冒出来。"快到公交站的时候，意外地看见梅阿姨，我立即松开和晓颖牵着的手，晓颖默契地绕到另一边，和我分得很开很开地走。"昊宇，要出去啊？"我点点头。"那玩得开心一点哦。"101路公交车到了，我和晓颖假装谁也不认识谁地拼命挤，挤啊挤，总算都上了车。

"那是你女朋友吧？"站在我旁边的男人用一种密谋的语气提醒我，"千万别让梅阿姨发现哦。"

"你认识梅阿姨？"我转头看见他藏在套头帽下的半张脸，狡黠的笑意。

"是你马子吧？"他顾自笑着，"我看见你们的小动作了，牵手又撒手。实不相瞒，梅阿姨是我的前任房东。"

"所以我现在的房间之前住的是你？楼梯上去右手边那间。"

"不是。"他脱下帽子，露出一张高鼻深目的脸，眼睛眯缝了一会儿，似乎不能一下子适应天光，"左边那间。"

"现在是梅阿姨自己住着。"

"我有次带女友回去被梅阿姨发现，就被扫地出门了。"

"梅阿姨好像有厌女症。"

"祝你好运。"前房客理了理翻领毛皮外套，重新戴好帽子和牛皮连指手套，拎起脚边的鸟笼，做好下车准备。我指着空鸟笼，肯定其精美。他说："刚葬了一只金刚鹦鹉，冻死的，鸟不在了，鸟笼依然有意义。"

又过了八个站，晓颖安全抵达。我没多逗留，原路返回，天黑得越来越早了，我的眼睛不像猫的眼睛一样，可以习惯黑暗，然后分辨出模糊的人影、洞坑、泥潭和一些毛发。公猫不在屋里，猫粮洒得到处都是。我不得不一边收拾残局，一边咒骂公猫死性不改。晓颖今年送我的生日礼物居然是一座全自动猫屋！只要投入一定量的水和猫粮，即可维持一只猫在里头生活一个星期，排出的大小便也能自动收集、清理，完全不影响猫的生活品质，可谓猫界天堂，真正的安乐窝。公猫不负所望地在猫屋里连续吃喝拉撒了五天，表现出洗心革面做一只温驯家猫的决心，然而第六天还是出去野了。没有不偷腥的猫，没有不向往自由的生命。我放下马桶圈坐上去，一阵温热，过了一会儿才反应过来，整个下午我和晓颖都没用过卫生间。更蹊跷的是，牙杯里的牙刷湿着，显然刚刚有人用过，被子虽然是离开时的样子，可往里一摸，也有诡异的温热……

梅阿姨否认有人闯入我的房间，并指责我说话口气不友好，像警察。我只好硬着头皮回房间，反锁门窗，隐隐担心今晚梅阿姨的丈夫又会还魂回来。这毕竟是梅阿姨父妇从前的爱巢，梅阿姨现在的伤心地。我和晓颖或许冥冥中冒犯了什么，我不该违禁的。后半夜，公猫蹿上阳台终于回来了，又叼了一枚不知是什么的尸体。公猫撕裂了一条肌肉，腹部一侧有一片地方一根毛也没有了，结了厚厚的疤。我很快关灯睡觉，猫眼就像两簇鬼火，烧了一夜。

第二天有一个坏消息和一个好消息：梅阿姨住院了，冒牌便衣抓到了。晓颖终于可以毫无畏惧、光明正大地进我房间了。我们关起门来大声笑大声叫，坦然地让见缝插针的阳光绣在微微出汗的洁白身体上。傍晚，越战越勇的公猫扑下一只五六厘米长的小蝙蝠，晓颖居然从包包里掏出一把电动螺丝刀，说是从商场电工那儿借来防身的。如果不是我阻止，晓颖就要启动她的贴身武器，钻开蝙蝠的肚皮了。"相信我，就算你知道了蝙蝠血是什么样，你也不会变成蝙蝠侠的。"

晚饭后，我留晓颖看家，独自坐101路公交车上医院探望梅阿姨。梅阿姨见到我，很用力地笑了一下，努努嘴示意我坐到隔壁空床上。"今晚你可以睡这里吗？"见我犹豫，梅阿姨的声音低了一些，"就一晚。"她定定地看着我，我又收到了那种沉重的不忍心让梅阿姨失望的鼓励，但这次我撒了个谎："实在抱歉，晚上要赶个急活，明天一早截止，恐怕我今晚不用考虑睡觉的问题啦。"梅阿姨的神情顿时黯淡，终于露出一点病人应有的倦意："我今天一直梦见我丈夫，只要一眯眼，他就来到我跟前。你知道吗？我在我丈夫出意外的那间宾馆房间里住了一年，整整一年，我不要保洁，不要任何人。"我点点头，肯定了梅阿姨的坚强意志，不回避伤痛，努力克服伤痛。梅阿姨点点头又摇头："历史上，孝贤皇后随乾隆皇帝东巡，半路死在游船上，皇帝悲痛不已，非要把船运回京城。船很大，城门很窄，古代没有起重机，乾隆差点要把城门楼拆掉。这个时候礼部尚书想到一个办法，搭起木架，铺上木轨，木轨上铺满菜叶增加润滑，从城墙垛口过，再耗费千余个劳动力，推拉拽，这才把皇后最后生活过的大船运进城里。"

小护士进来查房，我这才想起来问问梅阿姨的身体情况。小护士面无表情地回答我："接种完四针狂犬疫苗就可以了。今天已经接种两针，考虑到病人年纪，建议住院观察一晚，没问题的话明天出院。记得两周后回来打第三针，第四针是一个月以后。"我连忙问梅阿姨被什么狗咬了，什么时候的事。小护士不快地纠正我："是猫。"说完把手背放到脸红红的梅阿姨的额头贴了贴，在气鼓鼓地走出去之前不忘教训我一顿："年轻人不能光有事业心、恋爱脑，也要常回家看看的。"我感到我脸红了，我看见梅阿姨的脸更红。

我一回房间，晓颖就直扑过来，用最高分贝喊着告诉我："天啊，你终于回来了。晚上我又看见那个男人了，那个冒牌便衣在我们房子外面来来回回地走。"

"他越狱啦？"我赶紧把门反锁好。

"无罪释放。他是坐警车回来的，已经调查清楚了，什么便衣啊，只不过是个弄丢了一只喜欢吃西蓝花的母猫结果思念成疾的老鳏夫，搞笑吧？真正的强奸犯还没抓到呢，搞笑吧？"

我想笑一笑，可是笑不出来。困惑塞满我的口腔，堵了我的气管。我不知道我亲手解决掉的那只母猫是不是那个可怜的鳏夫的，或许对他来说，那不单单是一只猫，更是某种情感的寄托、肉欲的替代……我也不知道梅阿姨是什么时候被猫抓伤的又为何秘而不宣，她需要的似乎也不单单是行善积德的好意和自我感动，她有如此可观又空荡荡的房产，就像一个坐拥江山却失去挚爱的帝王，一生走不出哀痛与寂寞。也可能是我想多了，我最近在写一部清宫剧，谁知道呢……我更不知道公猫等一下又会叼回来什么动物尸体，阳台上早已狼藉满地，棕褐色的体液横流、板结、龟裂，俨然一片大开杀戒后的刑场：无头麻雀、缺腿蚱蜢、单翼蝙蝠，还有其他各种来历不明的躯干、翅膀、四肢、触须……

"春天快来吧，春天一到，桃树开满花，就会有很多赏花人，这一带就会热闹起来，桃林就不会那么恐怖了。"晓颖的眼球越来越向外鼓出，"更恐怖的是，我有预感，下次过来八成还会遇上那个找猫的鳏夫，百分之百还会问我喜不喜欢吃西蓝花。"

我轻拍晓颖的后背，以一种均匀的节奏，表面上是安抚她，实际是我需要这样有规律的机械活动让自己镇静。我长舒一口气，终于站起来，走过去关上阳台门。天气预报说今晚要大降温，猫还没回来，不管了。我们清醒地在刑场边上躺下来，再过两天就是新年，眼下天已经黑透，什么都看不清了。

后记
不可靠之言

写这篇后记的前一小时,我还在修理厂。车子水箱漏水已经持续一段时间,车上常备两瓶水随时添加,每次发动车子前,必要打开引擎盖观察一下水箱水位,以免开到半路,高温报警。好在更换了一段管道,问题圆满解决。写这篇后记的前一周,还是这辆车,年检,仪器检测结果不合格,具体地说是手刹有点毛病,往返检测站和修理厂搞了两个回合,总算过关。再之前的七月,车子先后出现电池老化、小吊杆磨损等故障。总之,我和修理厂师傅的交情也在今年迅速升温。

我对车没研究,能顺利代步即可。我对很多日常事务也缺乏耐心,比如修车,比如年检,在我看来都是需要克服焦躁的修行,直到归于"文学"的范畴,以文学的名义和目光重新打量这一切,才减轻了一些不良情绪。如美国作家约翰·厄普代克所言:"我真的不觉得我是唯一一个会关心自己前十八年生命体验的作家。海明威珍视那些密歇根故事的程度甚至到了有些夸张的地步,而我会让它们适得其所。看看吐温,看看乔伊斯,二十岁之后的我们身上发生的任何事情都与自我意识脱不了干系,因为那时开始我们已经以写作为业。作家的生活分成了两半。在你决定以写作为职业的那一刻,你就减弱了对体验的感受力。写作的能力变成了一种盾牌、一种躲藏的方式,可以立时把痛苦转化为甜蜜——而当你年轻时,你是如此无能为力,只能苦苦挣扎,去观察,去感受。"

当我大汗淋漓地回到检测站,站在复检通道等待结果时,我轻车熟路地搬出了那个心理暗示:这一切都有价值,都有意义,假如我要写一个抛锚的题材抑或需要刻画焦虑的细节。这么一想,顿时释然,身体比心灵更早一步感知到徐来的秋风。

无可否认,我是通过小说的阅读、写作才后知后觉地搞明白很多事情的,尽管有可能推开的只是《世界》,而非世界——我忘不了赵涛在贾樟柯的长镜头里穿过世界公园后台的热闹与哀戚——但也是一种个人的进取,哪怕只是一个想象性的进取的姿态。我想不出还有什么能使人又世故又敏感单纯,又强悍又曲折变通,又历经沧桑又生气勃勃。正如布鲁诺·舒尔茨所说,他成熟时期所有的奋斗都是为了重新接触他早年的力量,都是为了"成熟为童年"。

小说就像一面湖,照见我并让我心甘情愿地投身其中,湖水润滑清凉,让我能更充分地感受此时此刻,逝者如斯夫。回顾我个人的写作,在我尝试写小说的 2007 年,中国当代文学范畴的"先锋文学"作为一场运动早已结束了许多年,"先锋文学"已然成为一份文学遗产、某种传统。因此对于没有亲历这场运动的我来说,其中的反叛与变革自然是不切肤的,而是很自然地就接受了这份文学遗产。具体到小说创作,我认可小说就是小的,最重要的是你在表达和思想上的个人性,小说的语言应该是更为精美有效的汉语;小说可以是隐秘的欲望叙事,可以时空变形扭曲,可以跳出严苛的现实逻辑展现另外一种可能;小说不等于故事,读小说除了享受其中的故事、叙事技巧和小说逻辑,更是一场发现之旅;小说是一种复杂的、自由的东西,对社会流俗、规则有一种起码的反叛、怀疑……以上种种似乎是某种先天性的常识,是走上文学道路之初就知道的东西,我觉得这是我们这一代写作者的幸运。

阅读之初,我的兴趣在余华、苏童、杜拉斯、卡夫卡、米兰·昆德拉等等，惊叹于《在细雨中呼喊》的酷炫结构，兴奋于《不能承受的生命之轻》《好笑的爱》的智慧思辨。可以说，先锋文学，包括现代主义文学，成了我文学出发的起点，激活了我有限的经验和想象，让我自以为是地通过语言等技巧层面的搬弄，安置那些未必有多么独到的童年、少年经验。结果当然是形式大于内容，那些文字中深埋着许许多多实实在在的空白，尽管技巧起到了一定的掩饰作用，甚至有可能被误读为某种"可贵的留白"，但我心知肚明它们是真贫瘠，"白"的背后真的只是空白。

我其实是很晚才阅读《包法利夫人》这样的作品的。那种比缓慢更缓慢的推进节奏，那种比繁复更繁复的描写，那种在闪闪发光的细节上的停顿，都让我获得了某种新奇的体验，就像中文系的学习，在符合自己趣味的鲁迅、张爱玲、沈从文、萧红等的阅读之外，忽然读到了赵树理，这也是在"揭出病苦，引起疗救的注意""苍凉的手势""希腊小庙的湘西""酷寒与饥饿"之外的新体验。于是我个人的文学接受史出现了某种错位倒置，文学的发生似乎是先"20世纪"再"19世纪"，等我再去接受福楼拜、莫泊桑、托尔斯泰，惊奇地发现他们有一种老实的笨重，诚恳的扎实，是一种我个人意义上后于"先锋文学"的"先锋"。

《包法利夫人》让我印象深刻的有这样一处细节描写："灵柩的布从胸部到膝盖凹陷下去，在脚趾那儿再隆起；在夏尔眼里，仿佛有个庞然大物，极其沉重地压在她身上，那就是死亡……"不妨和马尔克斯在《没有人给他写信的上校》中对"死亡"的描写做一个对比。老上校出门参加葬礼前，马尔克斯对老上校有一番外貌描写。写老人衰老通常会落入"白发苍苍""皱纹满布"之类的窠臼，马尔克斯偏就写老上校"双手皮肤光润，紧绷在骨头上"，而且"把漆皮靴靴缝里的土都弄干净，然后才穿上脚"，一个肤质不错且穿戴讲究毫不邋遢的老上校似乎和"老"没什么关系。紧接着马尔克斯来了一个触目惊心却极为天才的对照："妻子看见老上校穿戴得和结婚当天一样,这才发现丈夫老多了",紧接着,马尔克斯在老上校的妻子联想到他们的婚礼之后立刻点出老上校出门是要去参加葬礼,那是老上校所在的地方"多年来第一个自然死亡的人"。以前我可能热衷于马尔克斯这一类的谋篇布局,恨不得一句话有三句弦外之音,几句下来又埋了一个意想不到的雷,而今我对于福楼拜在细致沉稳的观察中所表现出的耐心和笨拙,对世界的惊奇与笨手笨脚以及重新打量那些忽略而过的事物和附着其上的名词的做派,也深深着迷。

张爱玲有言:"像我们这样生长在都市文化中的人,总是先看见海的图画,后看见海;先读到爱情小说,后知道爱……"(《童言无忌》)及至张爱玲晚年,这份气短情怯犹存:"写爱情小说,但是从来没有恋爱过,给人知道不好……"(《小团圆》)毕飞宇也曾自我揭秘,许多人看了《青衣》以为他对于梨园行很懂行,事实上涉及戏曲的部分全靠他当时手边一本相关的科普读物来弥补。

我始终有个观点,小说是很好的藏拙的艺术,尤其是中短篇小说,选定某类题材也就意味着划定了某个范围,在此之外大可懵懂无知,只要在这个范围内发力,像准备论文一样下些功夫,再加一点个人的想象力和共情力,是很容易蒙混过关,搞得像那么一回事的。至于创作谈,无异于自架白刃于脖颈,以类似自刻的诚恳姿态,自行拆穿"大巧若拙"的谎言,即便真有几分轻盈灵巧,也必然因为夫子自道的笨重,而彻底坐实"拙"名。

因此以上种种仅代表本人此时此刻的一些思绪,说不定一觉醒来,又有了锋锐的怀疑和变化,远不如今年可能要买辆新车的念头来得实际、可靠。

特别感谢孟繁华老师约稿,才有了这本书,这是可靠无误的;也感谢一众师友一直以来的帮助和鼓励;最后感谢家人和我自己,这也是可靠的。